Oscar classici moderni

Giovanni Testori

IL PONTE
DELLA GHISOLFA

Con una nota di Camilla Cederna

A cura di Fulvio Panzeri

OSCAR MONDADORI

©2003 Arnoldo Mondadori Editore S.p.A., Milano

I edizione Oscar classici moderni maggio 2003

ISBN 978-88-04-51447-3

Questo volume è stato stampato
presso Mondadori Printing S.p.A.
Stabilimento NSM - Cles (TN)
Stampato in Italia. Printed in Italy

Ristampe:

2   3   4   5   6   7   8   9

2008   2009   2010   2011

www.librimondadori.it

Giovanni Testori

La vita

Giovanni Testori nasce il 12 maggio 1923 a Novate Milanese, un paese dell'hinterland della capitale lombarda. La famiglia è originaria dell'Alta Brianza, il padre è un industriale del campo tessile. Testori rimarrà legato per tutta la vita al suo paese natale, a parte alcuni periodi in cui si traferisce in città, conducendo una vita regolare da pendolare, ritornando ogni sera dallo studio di Milano.

Dopo le elementari a Novate frequenta le superiori al Collegio Arcivescovile San Carlo di Milano dimostrando già in questi anni uno spiccato interesse per la pittura e per il teatro. Negli anni della guerra collabora a diverse riviste universitarie, occupandosi di pittori contemporanei, legandosi in particolare al gruppo di «Pattuglia», una rivista dei GUF (Gruppi Universitari Fascisti), edita a Forlì. Proprio in un libretto delle edizioni di «Pattuglia» pubblica nel 1943 *La morte*. *Un quadro*, due atti unici che rappresentano il suo esordio drammaturgico. Nei primi anni del dopoguerra prende parte attiva nel dibattito culturale italiano, pubblicando numerosi articoli in «Argine Numero» e «Numero Pittura» e aderendo, nel 1946, al manifesto *Oltre Guernica*, nel quale i firmatari affermano l'esigenza di superare l'esperienza picassiana: «In arte, il reale non è il reale, non è la visibilità, ma la cosciente emozione del reale divenuta organismo».

Nel 1947 Testori si laurea in lettere con una tesi sull'estetica del surrealismo, che viene giudicata a una prima consegna «non degna di essere discussa», perché abbraccia le tesi del modernismo e deve essere rivista da Testori prima di venire accettata.

Nel 1948 viene rappresentato per la prima volta a Milano un suo testo teatrale, la *Caterina di Dio*, interpretato da Franca Valeri, mentre nel 1950 va in scena a Padova un altro suo dramma, *Le Lombarde*.

All'inizio degli anni Cinquanta avviene un incontro importante per Testori: conosce il grande critico d'arte Roberto Longhi; si avvia così un rapporto di collaborazione con la rivista «Paragone». Con Longhi, nel 1953, collabora all'organizzazione della mostra «I pittori della realtà in Lombardia», che si tiene al Palazzo Reale di Milano. Le sue ricerche sull'arte figurativa spaziano anche all'ambito piemontese e Testori, con le scoperte e le attribuzioni critiche, nonché attraverso l'organizzazione di mostre ormai «storiche», rivaluta i grandi artisti che hanno lavorato al Sacro Monte di Varallo, Gaudenzio Ferrari e Tanzio da Varallo. I suoi studi valorizzano le loro opere e l'intero percorso dei Sacri Monti, restituendo valore a questo tipo di arte popolare, non più da considerarsi come espressione minore, ma come un momento centrale nella storia dell'arte italiana.

Scrive il primo testo di narrativa, *Il dio di Roserio*, pubblicato da Einaudi nel 1954. Nel 1958 esce, per Feltrinelli, *Il ponte della Ghisolfa*, che avvia un importante ciclo, *I segreti di Milano*, composto da raccolte di racconti, testi teatrali e romanzi. Il libro riscuote un grande successo di pubblico, seguito dall'approvazione della critica. Vince il premio Puccini-Senigallia e viene candidato allo Strega, rimanendo però escluso dalla rosa dei dieci finalisti.

L'anno successivo pubblica una seconda raccolta di racconti, *La Gilda del Mac Mahon*. Nello stesso anno termina la stesura definitiva di un successivo capitolo del ciclo, il suo primo romanzo: *Il Fabbricone*. Nello stesso periodo torna a interessarsi al teatro. A breve distanza vengono allestite due sue opere: *La Maria Brasca*, pubblicato in contemporanea da Feltrinelli e indicato come il terzo dei *Segreti di Milano*, e *L'Arialda*, per la regia di Luchino Visconti, il quale si era appena basato su alcuni racconti testoriani del *Ponte della Ghisolfa* per la sceneggiatura di *Rocco e i suoi fratelli*. *L'Arialda*, per alcuni contenuti giudicati scabrosi, vive una storia particolare. Dopo l'intervento della censura preventiva, riscuote un enorme successo a Roma, dove viene replicato cinquantatré volte. Arrivato però al Teatro Nuovo di Milano lo spettacolo viene sospeso «per turpitudine e trivialità». Lo scandalo viene ripreso su tutti i quotidiani e fa nascere un accesso dibattito sulla censura che colpisce le opere d'arte. Quando poco dopo viene pubblicato *Il Fabbricone*, che dal punto di vista tematico non si discosta particolarmente dalle opere precedenti, la critica lo accoglie con perplessità, ma il pubblico corre a comperarlo, facendone un caso editoriale.

Fra il 1961 e il 1964 Testori scrive un romanzo, *Nebbia al Giambellino*, rimasto inedito fino al 1995, e due testi teatrali anch'essi non pubblicati dall'autore. Si dedica alla critica d'arte, all'allestimento di mostre ed entra a far parte del comitato di redazione di «Paragone».

Nel 1965 pubblica *I Trionfi*, un poema che introduce un nuovo corso espressivo. Due anni dopo esce un altro poemetto, *Crocifissione*, opera dedicata alle suggestioni della pittura di Francis Bacon. In questo periodo avvia una nuova collaborazione con Luchino Visconti, per la regia di un testo del 1967: *La monaca di Monza*. Con quest'opera Testori dà il via a una lunga riflessione sul teatro, espressa sul piano teorico nel saggio *Il ventre del teatro*, pubblicato su «Paragone» nel 1968. Scrive *Erodiade*, pubblicato nel 1969, ma che verrà rappresentato, in una nuova versione, solo quindici anni più tardi, con la regia dello stesso Testori. Agli inizi degli anni Settanta ricomincia a dipingere vari cicli pittorici dedicati ai pugili, ai nudi femminili, ai disegni dei fiori e delle anatomie, che espone in varie mostre a Milano, a Torino e a Roma. Nel 1972, con l'attore Franco Parenti e con la giovane regista Andrée Ruth Shammah, fonda la Cooperativa Salone Pier Lombardo. Il suo testo *L'Ambleto*, rilettura in chiave lombarda della tragedia di Shakespeare, inaugura il nuovo teatro milanese e diventa, con gli altri due testi della «Trilogia degli scarrozzanti», uno degli eventi del teatro italiano di quegli anni. Contemporaneamente escono due romanzi: *La cattedrale* (1974) e *Passio Laetitiae et Felicitatis* (1975).

Nel 1977, dopo la morte della madre, scrive *Conversazione con la morte*, un monologo teatrale che lo scrittore leggerà nei teatri e nelle chiese di tutta Italia. Intensifica la sua collaborazione con il «Corriere della Sera» con interventi in prima pagina di carattere etico-morale che suscitano polemiche e discussioni. Nel 1978 inizia la collaborazione con un nuovo settimanale cattolico, «Il Sabato», e per Rizzoli dirige la collana «I libri della speranza»: il primo titolo è un colloquio tra Testori e Don Giussani. Al 1980 risale anche l'inizio della collaborazione con Emanuele Banterle e la Compagnia dell'Arca. Il gruppo allestisce *Interrogatorio a Maria*, che viene rappresentato anche a Castelgandolfo per il papa Giovanni Paolo II, e, l'anno successivo, *Factum Est*.

Nel 1983 Testori costituisce una nuova compagnia teatrale, il Teatro de Gli Incamminati, del quale assume la presidenza; la direzione artistica è invece affidata a Emanuele Banterle e Riccardo Bonacina. Gli Incamminati allestiscono lo stesso anno *Post-Hamlet*, una nuova rilettura di Testori dell'*Amleto* di Shakespeare. In occasione delle manifestazioni del bicentenario manzoniano lo scrittore torna a rileggere la lezione letteraria e morale del grande lombardo con il testo teatrale *I Promessi sposi alla prova*, messo in scena dalla Compagnia Franco Parenti. Nel 1985 comincia poi, con *Confiteor*, la collaborazione con Franco Branciaroli. Per l'attore Testori scrive una prima *Branciatrilogia*, che suscita ancora scandalo per la radicalità dei temi trattati: oltre a *Confiteor*, *In exitu* (tratto da un romanzo uscito l'anno precedente) e *Verbò*. Nella rappresentazione degli ultimi due spettacoli, l'autore sale sul palco, recitando accanto a Branciaroli.

Alla fine degli anni Ottanta Testori viene ricoverato all'Ospedale San Raffaele di Milano. Da questa data in avanti alternerà periodi in ospedale ad altri al Palace Hotel di Varese, in condizioni di salute sempre precarie. Nonostante tutto, intensifica il lavoro: traduce la Prima lettera ai Corinti di san Paolo, scrive una seconda *Branciatrilogia*, i due romanzi *Gli angeli dello sterminio* e *Regredior* e il ciclo teatrale dei *Tre lai*.

Il 16 marzo 1993 Giovanni Testori si spegne a Milano.

Le opere

Nell'opera di Giovanni Testori si può riscontrare una continuità di variazioni intorno a precisi nuclei tematici: la Croce e il sangue, la madre e il senso della nascita, la città e l'Apocalisse, il mondo degli «irreparabili» e dei disperati, intuiti come nuova immagine di Cristo. Lo scrittore ha bisogno di sperimentare tutti i generi letterari, dal testo teatrale alla poesia, dal racconto al romanzo, dallo scritto d'arte alla riflessione etico-morale, rimanendo comunque fedele alle tematiche che sente fondamentali per una lettura della realtà. Testori potrebbe addirittura definirsi uno scrittore dell'ossessione: rimane legato sempre al bisogno di esprimere la lotta dell'uomo che si interroga sul mistero della nascita. L'uomo che inscena lo scrittore milanese è minacciato, quasi sopraffatto dal male, in un mondo devastato e indifferente, che non conosce più il senso della pietà e della carità. Dopo la morte della madre, la visione della terra come un inferno in cui l'uomo si dibatte, vinto dalla sua disperazione e dal peso di un potere intuito come annientatore della propria dignità, si placa e rivela la natura del male come dimensione metaforica interna alla logica della Croce, necessaria per giungere alla redenzione. Dal punto di vista espressivo Testori ha sempre prediletto un linguaggio sperimentale, reinventato attraverso l'uso di parlate dialettali, di slang, di latinismi, di lingue smozzicate e urlanti per meglio aderire alla personalità e alla natura dei suoi personaggi. Come scrive Giovanni Raboni, «nessuno è stato tanto fecondo nel reinventarsi e feroce nel ripudiarsi, tanto incapace – incapace fino alla prodigalità, sino allo sperpero – di ripetersi, di mettersi a profitto, di "capitalizzarsi"».

Dopo una serie di testi teatrali, la prima opera di svolta nel percorso testoriano è *Il dio di Roserio* (1954). In questo breve romanzo lo scrittore inizia a raccontare l'hinterland milanese, schiacciato tra le campagne e le fabbriche, la vita che vi si svolge, i suoi personaggi, tratti da incontri reali («… il dio di Roserio che mangia chilometri e chilometri esistette, seppur variato, non fu, vi prego di crederlo, invenzione dello scrivente, fa, ora, il muratore e ha messo su famiglia» scriverà anni dopo Testori). Il romanzo narra di un ciclista di straordinarie capacità, Dante Pessina, il quale, per uscire dalla realtà sportiva locale e affermarsi, commette una scorrettezza nei confronti del suo rivale diretto, provocandone una caduta che lo lascerà demente. Pessina si aprirà così la strada per il trionfo, ma rimarrà irrimediabilmente uno sconfitto. A fronte di una storia tutta incentrata in un universo immediato, però, Testori opera alcuni interventi, stilistici, nella struttura e nel linguaggio dell'opera, che conferiscono alla narrazione connotati espressivi lontani dall'oggettività realista. L'intreccio non lineare, il cambio continuo dei punti di vista, l'impasto del dialetto e dell'italiano, anche molto colto, costruiscono una lente deformante che ingigantisce dettagli, pensieri, gesti in grado di generare una visione morale lucida e impietosa. Questi elementi essenziali si possono ritrovare, in varie rielaborazioni, nelle opere del ciclo dei *Segreti di Milano*. In particolare, nei primi due titoli della serie: *Il ponte della Ghisolfa* (1958), raccolta di racconti nella quale, non a caso, compare una versione rivista e riscritta de *Il dio di Roserio*, e *La Gilda del Mac Mahon* (1959). Testori racconta la vita della periferia milanese degli anni Cinquanta e ne circoscrive i confini tra il Mac Mahon, la Ghisolfa e Piazza Prealpi, vale a dire in quel territorio di nessuno che si estende una volta usciti dalle officine di Sesto, di Niguarda e della Bovisa. I suoi protagonisti sono i giovani di allora, con i semplici sogni di evasione, con i drammi sentimentali, con le passioni per le soubrette della rivista e per i campioni dello sport. È l'affresco popolare che interessa allo scrittore, un mondo che vive di fatica e di povertà, di piccoli espedienti per sopravvivere. Così mette in scena le gelosie e le ripicche, gli amori e le violenze, i sogni e le speranze deluse di giovanotti e di signorine che sperano in un cambiamento nella loro posizione sociale. Ha scritto Roberto De Monticelli: «Gli Eros e gli Enea dei sobborghi, i ciclisti di Roserio, le Gilde del Mac Mahon erano allora la sua realtà di superficie. Ma quelle figure e figurette, così apparentemente proiettate fuori di lui, nel grigio duro delle periferie milanesi erano tutte gonfie dello stesso siero: il siero di una diatriba monotona, ripetitiva, ossessionante, perfino un po' ebete talvolta: ma già tutta puntata su una negatività, su un rifiuto di condizioni esistenziali e sociali e insomma su un dolore appena ammorbidito da un entusiasmo fisico, da una specie di cupa allegria carnale».

Dopo *La Maria Brasca* (1960), una commedia incentrata sugli umori e sugli amori della protagonista, con *L'Arialda* Testori accentua il tono tragico, mettendo in evidenza i drammi esistenziali dei vari personaggi, ognuno impegnato in una lotta con il proprio tormento, a partire dalla protagonista che vive nella straziante memoria dell'amato perduto. Per Testori questo dramma «è il tentativo di una riscoperta in chiave popolare di quelli che sono i fondi tragici dell'esistenza».

Per un certo periodo, Testori credette che il ciclo dei *Segreti di Milano* che si prefissava di scrivere avrebbe esaurito tutta l'attività narrativa della sua vita. Ma, dopo *Il Fabbricone* che chiude il ciclo, scrive un altro romanzo *Nebbia al Giambellino*. Anch'esso ambientato nella periferia milanese nebbiosa, con i grandi caseggiati in costruzione, accentua i toni tragici e si presenta come un «giallo» dell'anima. Racconta infatti dell'assassinio di una vedova, Gina Restelli, che non vuol cedere alle proposte amorose di un ricco industriale, presso il quale va a servizio. Testori nel romanzo racconta un dramma della coscienza, richiamandosi alla lezione dei grandi scrittori francesi quali Bernanos e Mauriac. Nel 1965, con il poema *I Trionfi*, inizia la grande stagione della poesia testoriana, che alterna una meditazione sul senso dell'amore a una rivisitazione delle grandi opere d'arte che lo scrittore sente affini. Il tema della periferia viene sostituito da una memoria personale, letteraria e artistica.

Questo passaggio trova un esito rilevante nella trilogia teatrale degli «scarrozzanti» che affronta e rielabora alcune grandi tragedie. Con *L'Ambleto* (1972), *Macbetto* (1974) ed *Edipus* (1977), Testori esplora le possibilità del tragico nella nostra epoca, nella quale il valore della tragedia costituisce un rimosso: «Ho raccolto i personaggi di Amleto, di Macbeth, dell'Edipo, così come si erano depositati in me e nella storia della cultura e li ho stravolti, li ho cambiati nella trama. Perché mi sembrava che Amleto non potesse essere che l'*Ambleto*, Edipo l'*Edipus*, senza per questo toccare Shakespeare o Sofocle». Anche per queste tre opere, Testori costruisce un mondo di miseri. Ma questa volta i miseri sono guitti, attori di strada, «scarrozzanti» che allestiscono e reinventano i drammi negli sperduti paesi della Lombardia. Testori per loro inventa un linguaggio magmatico, costruito con una lingua inventata che trae lo spunto dalle parlate dialettali, dal latino, dai richiami al francese e allo spagnolo. Seguendo il modello del teatro popolare e di strada, Testori accentua i toni del grottesco e dell'ironia, chiamando i suoi «guitti» a urlare la loro rivolta contro il potere e contro la vita, in una negazione totale dell'atto della nascita.

L'esito tragico-nichilista viene però ripreso e negato poco dopo. *Conversazione con la morte* (1978), scritto in occasione della morte della madre, mette in scena una meditazione sul tema della morte stessa, che attraverso l'esperienza della madre viene intuita non come dramma doloroso, ma come naturale passaggio verso l'eterno. Questo monologo teatrale avvia a una nuova concezione della dimensione teatrale, che per Testori diventa una specie di altare. L'azione drammaturgica diventa essenziale, semplicissima e si avvicina, nella profonda essenza teologica, alla forma dell'oratorio sacro. Dall'imprecazione del grembo materno lo scrittore giunge con *Interrogatorio a Maria* (1979) all'umile disponibilità mariana dell'accettazione della vita e della sua grazia. In *Factum Est* (1981) invece inventa la voce balbettante di un feto, vittima sacrificale che afferma l'ineluttabilità della vita e della nascita.

Nell'ultima fase della sua opera, negli anni Ottanta, Testori continua, con *Post-Hamlet* (1983) e con *I promessi sposi alla prova* (1984), una sua personalissima rilettura, nel segno della speranza cristiana, di grandi opere della storia letteraria, anche se poi accentra la sua attenzione sul mondo degli «irreparabili», in una serie di testi teatrali che portano in scena vicende estreme. È il caso della prima *Branciatrilogia*, al cui centro si situa *In exitu* (1988), il capolavoro di Testori, nato come romanzo e poi adattato come testo teatrale. Protagonista è un drogato, Riboldi Gino, che attraversa Milano, tra il Parco e la Stazione Centrale, dove morirà in un cesso, per overdose, inveendo e gridando contro la città indifferente, chiedendo pietà per sé e per tutti i disperati che vivono ai margini. La sua condizione è quella dell'Agnello immolato e il suo racconto, simile a quello di una Via Crucis contemporanea, smozzicato e strascicato, conduce verso l'ultima stazione, quando, morendo, Riboldi Gino viene invaso da una luce mistica e viene accolto dal Padre. Negli altri due testi teatrali, *Confiteor* (1985) e *Verbò* (1989), Testori racconta due altre vicende radicali e tragiche: quella di un uomo che uccide il fratello handicappato e quella dei poeti francesi Verlaine e Rimbaud.

Il testamento dello scrittore è un'ultima trilogia: *Tre lai* (1992), drammi nei quali tre donne (Cleopatra, Erodiade e Maria) affrontano il dolore del lutto, finendo però per accentuarne il senso del mistero, in un esito di fede e speranza.

La fortuna

Sperimentatore instancabile, ma anche autore franco e aperto in grado di «offrirsi», secondo le parole di Raboni, «nel più frontale dei modi, a figura intera», Testori ha saputo sempre mantenere uno stretto legame con i critici che lo hanno seguito. Questo non significa che ogni capitolo del suo percorso abbia riscosso una generale approvazione; al contrario alcune opere hanno suscitato reazioni dure da parte del pubblico, perplessità della critica e, in molte occasioni, anche l'intervento della censura. Nel suo ruolo di intellettuale isolato dalla società letteraria, Testori ha saputo essere «attivo» nel rapporto con il pubblico, andando a turbare sonnolente stagioni teatrali o piuttosto cercando per sé, come nel caso di *Conversazione con la morte, Interrogatorio a Maria, In exitu*, un pubblico nuovo, nelle chiese, nelle carceri, nelle stazioni, nelle piazze. Anche da questo tipo di ricerca è dipesa una fortuna alterna, e ancora da valutare nel suo complesso.

Ancora oggi, difatti, anche nel campo della critica, a fianco di un rilevante corpo di articoli e recensioni, redatti in occasione di uno spettacolo o della pubblicazione di un libro, poche sono le monografie e pochissimi i tentativi di rendere conto dell'intera opera di Testori.

Tra gli anni Cinquanta e Sessanta, i lavori del ciclo dei *Segreti di Milano* conquistarono quasi immediatamente l'interesse della critica, dimostrando una certa resistenza a farsi inquadrare in una determinata corrente letteraria. Si parlò (Banti e Vigorelli, 1955) di realismo, in accezione sia negativa che positiva, sottolineando la presenza del contesto locale, e leggendo in alcuni casi tra le righe una forma di denuncia sociale.

Altri critici, Citati per primo, nel 1959, ma soprattutto Ferretti, hanno invece parlato di un naturalismo astorico, nel quale a essere indagata è, attraverso l'ambiente ristretto, la fisicità, il corpo, come motore stesso del comportamento, senza spazio, nota Ferretti, per una possibilità di rivalsa contro la meccanica naturale.

Puntando su alcuni dei concetti precedenti, ma rovesciando completamente la questione, Ghidetti, in un saggio del 1974, trova nella prima parte dell'opera testoriana le premesse per un discorso in ascesi che, partendo dal grado zero dell'umano, nel punto in cui questo è indistinguibile dal *continuum* della natura, risale fino all'interrogazione diretta di Dio. Il giudizio di Ghidetti risale ad anni in cui Testori aveva davanti a sé ancora un lungo percorso, ma costituisce uno dei primi tentativi di rendere conto della varietà della produzione dello scrittore. Ne seguiranno pochi altri. La prima svolta verso il tragico raffredda l'interesse di una parte della critica, che pur ne aveva seguito gli esperimenti linguistici. Inoltre, le posizioni dure e personali dello scrittore, ben chiarite sul «Corriere della Sera», hanno contribuito a creare attorno alla sua figura un certo silenzio da parte del mondo della cultura, silenzio che col tempo si è acuito, ad eccezione di Giuliano Gramigna che ha attentamente analizzato l'evoluzione linguistica dell'opera testoriana, di Domenico Porzio, di Stefano Crespi, di Giovanni Raboni, che negli anni Ottanta ha rivalutato con grande fermezza la forte presenza di Testori, definendolo uno dei grandi scrittori italiani viventi.

Tra i pochi (insieme al già citato Gramigna) a seguire tutte le fasi dell'opera testoriana è stato Carlo Bo, i cui interventi sono stati raccolti in volume nel 1995. Bo identifica nel *Christus patiens* e nella testa del Battista le chiavi dell'immaginario testoriano. La testa, che rotola a occhi spalancati fissando i commensali, indica il modello per una figura d'artista che denuncia senza sosta e annuncia un momento più alto. Questo momento è la Croce, metafora che si fa perno dell'esistenza e della storia, con il suo carico di dolore e la sua apertura, unica possibile, sulla salvezza.

Con la scomparsa dello scrittore, il lavoro attorno alla sua opera si è intensificato grazie all'apporto di giovani critici quali Fulvio Panzeri che, oltre ad aver curato con un ampio apparato di note critiche le pubblicazioni postume e le riproposte dei suoi libri, ha individuato nella «topografia» testoriana un importante strumento di analisi dell'opera o Luca Doninelli e Giovanni Agosti, il cui contributo si segnala per l'analisi parallela dell'opera letteraria e di quella riferita alla critica d'arte. Oltre a una serie di valide opere di carattere didattico e introduttivo, sono state pubblicate raccolte di saggi che hanno delineato linee critiche interessanti con una prevalente attenzione all'aspetto teatrale dell'opera. Il riepilogo critico è comunque ancora a una fase iniziale.

Bibliografia

Prima edizione

Il ponte della Ghisolfa, Feltrinelli, Milano 1958.

Bibliografie

Panzeri, Fulvio, *Bibliografia degli scritti di e su Giovanni Testori*, in Testori, Giovanni, *Opere 1943-1961*, Bompiani, Milano 1996.
—, *Dedicato a Testori. Catalogo bibliografico*, Comune di Novate Milanese, 1998.

Monografie

Benedetti, Maria Teresa, *Il teatro di Giovanni Testori*, Linostampa Nomentana, Roma 1975.
Cappello, Giovanni, *Giovanni Testori*, La Nuova Italia, Firenze 1983.
Cascetta, Anna Maria, *Invito alla lettura di Testori*, Mursia, Milano 1983.
Rinaldi, Rinaldo, *Il romanzo come deformazione. Autonomia ed eredità gaddiana in Mastronardi, Bianciardi, Testori, Arbasino*, Mursia, Milano, 1985.
Doninelli, Luca, *Conversazioni con Testori*, Guanda, Parma 1993.
Bo, Carlo, *Testori. L'urlo, la bestemmia, il canto dell'amore umile*, Gilberto Santini (a cura di), Longanesi, Milano 1995.
Cascetta, Anna Maria, *Invito alla lettura di Testori, L'ultima stagione*, Mursia, Milano 1995.
Santini, Gilberto (a cura di), *Giovanni Testori nel ventre del teatro*, Quattroventi, Urbino 1996.

Agosti, Giovanni, *La testoriana di Brescia*, Edizioni L'obliquo, Brescia 1997.

Goldin, Marco (a cura di), *Ritratti a Testori* (con interventi di Marco Goldin, Giovanni Raboni, Luca Doninelli, Stefano Crespi, Piero Bigongiari, Marco Vallora, Giorgio Soavi, Osvaldo Patani), Marsilio, Venezia 1997.

Panzeri, Fulvio, *Coro degli irreparabili. Topografie testoriane dalla "Città-civis" alla "Valle Assina"*, Palazzo Sormani, Milano 1997.

Pierangeli, Fabio – Dall'Ombra, Davide, *Giovanni Testori. Biografia per immagini*, Gribaudo, Cavallermaggiore 2000.

Agosti, Giovanni (a cura di), *La pietà e la rivolta, il teatro di Giovanni Testori negli spettacoli di Sandro Lombardi e Federico Tiezzi*, ERI, Roma 2001.

Bisicchia, Andrea, *Testori e il teatro del corpo*, San Paolo, Cinisello Balsamo, Milano 2001.

Panzeri, Fulvio, *Vita di Testori*, Longanesi, Milano 2003.

Il ponte della Ghisolfa

Il dio di Roserio

I

"Gli ho mandato un biglietto e se non è diventato un vigliacco deve venire" l'aveva pensato così forte che gli sembrò d'averlo detto.

Allora alzò il polsino della camicia e guardò l·orologio: la lancetta aveva passato le dieci.

Era affondato nella sedia; i piedi chiusi nelle fibbie incrociate dei sandali gli uscivan da sotto il tavolo; la camicia aperta sul davanti fin all'inizio del ventre aveva due macchie di sudore che s'allargavano da una parte all'altra.   .

"Tutta colpa della ginnastica!" pensò.

Ma doveva fargliela fare: anche se alla sua mole con il caldo sul punto d'assalire la città come una bestia, costava. Perché se lui non li seguiva si sarebbero ridotti in niente. E allora la "Vigor"?

La targa della società gli stava alle spalle, sopra la testa e sopra la vetrina che riluceva di coppe, statue e medaglie. Era dipinta in giallo e attraversata da una scritta che diceva: "Vigor". S'ergeva obliqua fino a raggiungere il soffitto. Sul basso invece da parte a parte portava infisse due ruote che lui stesso aveva tolto dalla bici della sua giovinezza, quella su cui aveva volato come testimoniavano lì, nella vetrina, medaglie, coppe e trofei.

Ormai i suoi ragazzi se n'erano andati giù per le scale uno addosso all'altro, gridando e ridendo.

Quasi un'ora di ginnastica, poi il programma della settimana.

Era lunedì: ad arrivare all'"Olona", una gara su cui, dopo la sanguinante vittoria alla "Coppa del Lago" (primo posto a distacco, terzo e quinto) la sua società puntava più che legittimamente, mancavano solo quindici giorni e perciò bisognava star sotto.

«E il Dante deve dire di sì. L'ho fatto io.»

Fece passar gli occhi sul tavolo, sul foglio dell'appello e sulla «Gazzetta» con cui durante la ginnastica prima s'era fatto vento, poi s'era asciugato il sudore che dalla fronte era scivolato sul naso e nelle sopracciglia.

Non era necessario leggerlo quel foglio per vedere quali eran stati anche quella sera gli assenti: lo sapeva. Ormai erano diventati la sua angoscia. Perché i suoi ragazzi li amava: come fratelli, come figli, come tutto. E per loro avrebbe dato qualunque cosa.

Strinse il pugno: il fazzoletto mezzo inumidito si spiegazzò. Quindi riprese a fissar il tavolo.

Doveva toccare proprio a loro, ai suoi due pupilli, quelli su cui aveva alitato per anni la sua cura come una madre sul figlio.

"E se crede di non venire…" ma questa volta il pensiero gli si fermò lì poiché subito gli parve d'esser risucchiato dal vuoto in cui durante la "Coppa del Lago" la curva aveva inghiottito il Consonni e il Pessina: lui e il nipote si trovavano cinque curve sopra quella che i suoi due campioni stavano per abbordare. Li aveva seguiti sfrecciar come falchi, giù, verso il piano del lago. E adesso la discesa gli tornava davanti come se il tavolo su cui continuava a tener fissi gli occhi si dilatasse in una pozza azzurra sulla quale l'afa non riusciva a vincere i riverberi e le sciabolate del sole. Rocce enormi gli s'alzavano intorno, proprio dove i piedi uscivan da sotto il tavolo e le suole dei sandali s'inclinavano sulle mattonelle.

Aveva continuato a guardar giù dall'alto della Giardinetta, sicuro e superbo d'una vittoria che aveva covato (quasi dieci minuti di vantaggio e altri forse si sarebbero aggiunti nei chilometri che mancavano), tanto sicuro e tanto superbo che aveva spostato gli occhi dalla strada sul lago dove s'alzavano, incendiate dal sole, le montagne. In quel momento aveva visto lo stemma della società volar più alto delle punte rocciose: la scritta gli era roteata davanti nell'immensità del cielo: "Vigor!" "Vigor!": mentre vedeva un'altra coppa collocarsi dentro la vetrina e il nome della sua società richiamar altri elogi e altre invidie.

Si voltò; guardò nell'armadio e vide la coppa rilucere in mezzo a tutte le altre.

Ecco, era stato proprio nel momento in cui aveva riportato gli occhi dal panorama sulla strada che non li aveva più visti. Allora aveva urlato al nipote che guidava:

«Accelera. Dev'esser successo qualcosa. Accelera.»

Aveva spinto la testa ancor più in fuori e quando la macchina era stata sul culmine della curva aveva visto tre giri di strada sotto lui, nel punto in cui l'ombra d'una sporgenza rocciosa precipitando nel lago tagliava la luce del sole, sulla proda, di là dal paracarro, due maglie gialle: erano avvinghiate l'una all'altra e si stringevano come corpi in agonia. Non era riuscito ad afferrar subito con esattezza l'accaduto, ma il riverbero fermo dei raggi e dell'acciaio delle bici di lato ai due corpi gli aveva stroncato ogni illusione.

Allora aveva voltato la faccia verso il nipote e gli aveva gridato: «Suona! La staffetta deve fermarsi».

La macchina aveva traballato sul limite della strada in una nuvola di polvere. Due, quattro, cinque, dieci colpi di clacson s'erano accavallati, l'uno sull'altro, rieccheggiando nella valle.

«Cos'è successo?» aveva gridato il nipote, cercando di superar con la voce il rombo del motore.

Dietro, un'altra macchina stava piombando su loro.

Il Todeschi non aveva risposto.

«Cos'è successo?» aveva ripetuto il ragazzo.

Le marce s'erano innestate e disinnestate come se ogni volta si strappassero dal motore.

Aveva guardato giù, verso quel punto. Una pianta gli aveva nascosto per un attimo il disastro. Ma l'aveva rivisto appena l'ostacolo s'era alzato dietro le spalle, sopra il piano dove per un attimo la Giardinetta transitava imprigionata in una nube di polvere e fumo.

"Perché se non viene è la sua carriera che gioca..." pensò allargando la mano.

Il fazzoletto cadde giù molle dal palmo. Accavallò le gambe una sull'altra, ma i calzoni resi umidi dal sudore gli si spiegazzarono. Allora ripeté il gesto aiutandosi con la mano per trovar una posizione più comoda.

Non gli era mai sembrato un tipo da lasciarsi impressionare. Questo a parte il fatto che caduto era anche lui; e va be' che dalla caduta non aveva avuto conseguenze, mentre quella aveva mandato il Consonni al manicomio...

La frenata, compiuta qualche metro prima del previsto, era stata repentina. Aveva portato la mano sulla portiera proprio nello stesso momento in cui la macchina che stava piombando su loro li superava. Il nipote aveva dato altri colpi di clacson per costringere quelli dell'Aurelia a fermarsi. Perché, oramai non c'eran più dubbi, eran caduti.

Così l'Aurelia aveva bloccato la corsa proprio davanti a loro. La portiera s'era già spalancata e già la gamba d'uno dei due giovani s'era sporta in fuori e stava per appoggiar a terra il mocassino di camoscio, allorché il colpo del freno aveva gettato il Todeschi contro il parabrise. Le due macchine eran state investite da una stessa nube di polvere; da quella nube lui era corso fuori subito, così d'arrivar sui ragazzi insieme ai due sconosciuti.

Basta con questi pensieri! Per l'amor di dio, basta!

Disse a se stesso che avrebbe dovuto alzarsi, andare alla finestra e starsene là a guardar quelli che giocavano.

Nel cortile, dov'era il retro dell'osteria, sul campo, le bocce scivolavano veloci incontrandosi o arrivando quasi sul punto d'incontrarsi, ma poi proprio a quel punto fermandosi.

Sembrava che volesse levarsi dalla faccia una ragnatela che invece continuava ad avvolgerlo impedendogli di veder altro che quell'immagine distesa su uno spiazzo d'erba magra, ingrigita dalla polvere, a precipizio sulla pozza afosa del lago: il Pessina che chiudeva nelle mani la testa del Consonni impiastrata di terra, fili d'erba e sangue.

Appena l'aveva visto arrivare il Dante aveva voltato in su, verso lui, gli occhi svuotati dal terrore e aveva detto:

«È stato un sasso.»

Risentì la voce del ragazzo tremare come se belasse: «è stato un sasso».

E lui quante volte l'aveva detto al Consonni? «Se non metti giudizio, quando fai le discese finirai col rovinarti.»

E adesso l'aveva lì, vivo appena della forza necessaria a batter le labbra e con un'ombra viola che gli s'allargava sulla fronte.

Ma la corsa? Dieci minuti di vantaggio. Ed era una delle più importanti.

No. Basta, basta! E invece, ecco lì, davanti, sempre, quell'immagine.

Aveva continuato a raccomandarglielo:

«Metti giudizio, Sergio. Metti giudizio.»

Dalla finestra entrò il colpo secco e preciso del pallino che centrato dalla boccia schizzava via.

Poi entrò una lunga risata.

«Io gliel'avevo detto di rallentare, presidente, gliel'avevo detto» aveva continuato a ripetere il Pessina quando dal traguardo, dove malgrado tutto era arrivato primo con ancora tre minuti di vantaggio, lo aveva riportato a Vialba sulla sua Giardinetta: bianco, sfinito per la fatica, sfinito per tutto il resto della corsa tirato da solo ma, adesso capiva, sfinito anche per la paura di quel disastro, anche se non gli era mai sembrato un tipo da lasciarsi impressionare. Infatti appena gli aveva detto:

«Tu va'. A lui pensiamo noi. Devi vincere» era ripartito.

Appena arrivato però era sembrato un altro: «Basta. Non correrò più» aveva continuato a dire. Tremava. Dopo avergli messo addosso la coperta di lana gli si era seduto di fianco e sapendo come quelle impressioni potessero riuscir gravi aveva cercato di rassicurarlo dicendogli: «Han detto che è una cosa da niente. Gli passerà. Son dei tagli, dei tagli solamente. Gli passerà, vedrai. Gli passerà».

Ma a un certo punto aveva visto gli occhi del Pessina fermarsi in mezzo alla faccia, i muscoli tendersi. Allora l'aveva preso per un braccio. A quel colpo il Dante s'era gettata la testa nelle mani ed era scoppiato a piangere.

«Che cosa fai adesso? Sta' quieto. Sei arrivato primo e questo è quello che conta»; ma non eran state lacrime quelle che erano uscite dalle labbra del Pessina, era stato come un urlo che non riusciva a liberarsi. Era venuto su, s'era fermato ricadendo in un silenzio da cui era rimontato subito, cupo e profondo come quello d'una bestia.

Lo sentì risalire come se avesse ancora lì sulle spalle la testa del Pessina; non voleva abbandonargliela quantunque lui, intanto che teneva il volante, continuasse a tentare; capiva che solo così l'avrebbe calmato; la Giardinetta filando da Affori a Vialba stava salendo il ponte della Ghisolfa.

«Mi lasci arrivar solo. Non voglio che mi vedano così. Non voglio...»

«Ti porto fin davanti a casa» gli aveva risposto lui staccando per un momento la mano dal volante e accarezzandogli una gamba. E adesso l'aspettava. Malgrado tutto si sentiva in diritto.

"Perché l'ho fatto io" si disse un'altra volta. "Io" si confermò. Anche quella volta nessuno che non fosse stato il Pessina sarebbe riuscito a tirar per i cinquanta e più chilometri che separavano Lecco da Milano, solo, con quello che era successo. E allora perché adesso si lasciava abbattere in quel modo?

"No. Deve venire. Deve dirmi che correrà ancora. E per cominciare deve darmi il suo nome per l'"Olona'."

Si alzò. Non voleva che oltre a tutto quanto gli era tornato nella mente, cominciasse a girargli davanti anche la faccia del Consonni così come la caduta l'aveva ridotta. Del resto il Dante non l'aveva neppur visto, pensò cercando di riferir quel pensiero alle esigenze che aveva. Ma intanto per il Consonni era finita. Anche se qualche speranza l'avevan lasciata; col tempo; facendo certe cure; per pagare s'era messo a disposizione lui; cure che adesso però non poteva ancora cominciare.

Ma era una speranza o invece soltanto un'illusione lasciata cadere per pietà dal direttore del Ricovero a lui e ai parenti? Poteva capire ai parenti ma a lui, se non ci fosse stata almeno una probabilità, anche perché l'aveva pregato d'essere sincero, di dir tutto... Non aveva più voluto vederlo. Mentre lui era convinto che se si fosse deciso ad andar a trovarlo, dato che il Consonni quand'era in condizioni di ragionare pareva non cercasse altro, ecco, se si fosse deciso, si sarebbe potuto calmare.

Seguendo quei pensieri si scostò dal tavolo. Fece due passi. Sistemò il fazzoletto nella tasca. Tirò la cintura che aveva slacciato.

Non voleva che arrivando il Dante lo trovasse disorientato: e perciò cercava di scansar la faccia del Consonni che, invece, quanto più il Pessina tardava a venire tanto più gli si avvicinava. Pareva un arabo con tutte quelle fasce sulla testa! Ma sotto, le volte che gli era capitato di vederlo in crisi, gli occhi, il filo di bava che aveva cominciato a spuntare all'angolo della bocca e poi a scender giù fin quasi al mento, mentre se ne eran stati seduti sul sedile di pietra, nel cortile del Ricovero! Quella volta poi la bocca gli s'era aperta quasi avesse voluto ridere, e difatti a ridere era scoppiato, ma era stato un riso fisso e senza senso.

Tuttavia era sicuro che se fosse stato possibile farglielo vedere nei momenti di calma forse il Pessina si sarebbe deciso a uscir dal rifiuto in cui, dopo l'incidente, s'era chiuso come se non sentisse e vedesse altro che il momento in cui l'aveva colto, uscendo dalla nuvola di polvere, sopra Onno, e non avesse altra paura se non che capitasse anche a lui una disgrazia così.

«Ma adesso, basta. Amico, gregario, capisco, capisco tutto quello che vuoi...»

Era sincero. E se il desiderio di risollevar il Pessina dall'abbattimento coincideva con la necessità che il suo pupillo fosse con la sua squadra all'"Olona" non era meglio per tutti? Pazienza per le altre corse, cose da poco, ma per l'"Olona", non doveva, non poteva mancare, le altre società non aspettavano che quello per ringalluzzire e prender quota.

Mentre s'avvicinava alla finestra si ricordò d'aver promesso al Consonni che all'"Olona" l'avrebbe lasciato correre libero e che in quell'occasione il Pessina si sarebbe impegnato a fargli da gregario; almeno sotto sotto; perché chiaramente non poteva: il Pessina era il numero uno; glielo seguivan tutti; persino quelli della Bianchi.

E adesso invece sembrava che si fosse dimenticato di tutto. «No.» «Quello che ho fatto, ho fatto.» «Devo vivere.» «Ho detto basta.» «La mia mamma comincia a diventar vecchia.» «A casa, non ci sono che io. E se succede anche a me, come al Consonni...» le poche volte in cui gli era riuscito di parlargli, il rifiuto del Pessina era stato violento e deciso.

Eppure sentiva che con l'ultimatum che gli aveva mandato sarebbe venuto. Non poteva uno che staccatosi, dietro suo comando, dal corpo del compagno aveva osato continuar solo, tirando sempre («Devi continuare» gli aveva gridato mentre aiutato dai due giovanotti dell'Aurelia alzava il Consonni per deporlo nella Giardinetta; «Devi vincere.») nella disperazione di non saper quello che al compagno era successo, senza nemmeno l'aiuto di un'informazione (lui aveva dovuto precipitarsi con il Consonni a Niguarda perché di lasciarlo all'ospedale di Lecco l'avevan subito escluso), sempre dietro allo scoppiettio della moto (ai colpi di clacson del nipote la staffetta s'era fermata, aveva risalito le curve ma come lui aveva comandato al Pessina di ripartire s'era rimessa in percorso; così voleva il regolamento; gli altri infatti potevan sopraggiungere da un momento all'altro), uno che, come non bastasse, aveva saputo tagliar il traguardo con tre e più minuti sul gruppo che appena avuta notizia e poi testimonianza diretta della sciagura (era transitato proprio quando i due sconosciuti dell'Aurelia, sistemato il ferito, si staccavano dalla Giardinetta per salir sulla loro macchina) s'era dato a un inseguimento violento e rabbioso. Lui non aveva più potuto seguirli. Lo sfrecciar degli inseguitori imbaldanziti dalla congiuntura, di lato alla sua macchina ancor ferma, l'aveva trapassato come se la violenza delle loro gambe e quella dei loro urli gli rovinassero dentro la testa schiacciandola nel sibilo delle ruote, nel gridar delle gole, nell'affanno dei respiri nel profumo mescolato e invincibile dei sudori:

«Dài, che lo freghiamo!»

«Dài, Nino!»

«Dài!»

«Dài che la "Vigor" è sgonfia!»

«Dài!»

Tranne che alcuni avevan poi girato gli occhi anche dentro la macchina e avevan scorto, oltre il finestrino, come se fuggisse, la testa, le macchie, il fiotto di sangue, le palpebre incavate, poi sulla strada i segni, le gocce, le chiazze, ma anche questo non più che fuggendo, perché bisognava star all'erta, pedalare, volare, perché si poteva davvero vincere, un'occasione così, con quella testa lì, adesso che il Pessina era rimasto solo...

E quando aveva sentito urlare: «Nino!» dai compagni e poi dal presidente stesso dell'altra squadra, aveva avuto un sussulto come se un pugno l'avesse colpito allo stomaco e gli avesse fatto rigettar tutto per la gola. Il Nino era il numero uno della "Villapizzone": lo conosceva bene.

Ma è una carogna, se crede di cantar vittoria dopo una disgrazia così. Ammesso che riesca a prenderlo...

Gli altri, tuttavia, giù, la curva sotto dov'era lui con la Giardinetta, più di venti, continuavano a urlare:

«Dài, Nino! Dài che è cotto!»

«Dài, che lo freghiamo!»

«Dài, che glielo mettiamo nel culo.»

Allora s'era alzato, aveva guardato giù. Sì, adesso, lo poteva ammettere: in quel momento aveva osato peccar di sfiducia.

Ma quegli urli, il peso di tutti quei muscoli scatenati che quando gli eran passati di lato la terra aveva quasi sussultato... S'era alzato; aveva guardato giù, temendo che il Pessina fosse ormai sul punto d'esser ingoiato dall'orda di quelli che la bestiale felicità aveva scatenato. Come se il Pessina...

«Dei scemi: ecco cosa sono. Dei scemi e niente più.»

Di fatto per guardar che avesse fatto non era riuscito a vederlo; forse era già arrivato sul lago. Ecco: sì! La moto, giù, sulla strada e poi, dietro, come una formica disperata, forando solo l'andirivieni delle macchine, lui, il Pessina!

La Giardinetta s'era rimessa in moto e lui era tornato a sedersi. Aveva guardato il Consonni: pareva si fosse assopito. Gli aveva preso il polso, gliel'aveva tenuto stretto.

«Dài, Franco! Dài che dobbiamo arrivare a Niguarda. Dài!»

E almeno tutto fosse stato com'era sembrato all'Accettazione: niente di grave. Così era ripartito lasciando con il Consonni il Franco, suo nipote.

Aveva ripescato il pupillo tra Seregno e Nova, qualche chilometro cioè prima dell'arrivo.

Ma la sera, verso le nove, a casa, quando aveva già messo il cuore in pace e stava mezzo dormendo sull'alloro sanguinoso, la telefonata:

«Venga. Delira.»

"No. Basta, per l'amor di dio! Basta!"

Si sporse dal davanzale, guardò nel cortile. Le bocce cadendo dalle mani sul campo, per un calcolo magistrale, si disponevano una dietro l'altra vicino al pallino, diminuendo sempre più intorno ad esso lo spazio libero. Cercò di lasciarsi prendere dalla tensione degli osservatori che ai bordi facevan qualche commento: non eran molto riconoscibili perché le lampade, limitandosi a illuminare il campo, rendevano per contrasto anche più sicuro quant'era fuori.

«Tutto per un sasso! Un sasso poco più di quello lì...» si disse cercando di seguire il correre delle bocce sulla sabbia. Ma anche la possibilità che la partita lo sviasse da quel pensiero vacillò. Adesso i giocatori si stavano spostando sul lato opposto del campo: ricominciando, avrebbero tirato le bocce contro lui.

«Dovevi dar l'effetto» commentò uno.

«Ma se non c'era un buco!» ribatté l'altro.

«Appunto, con l'effetto» fece ancora il primo.

Il Todeschi si tirò indietro la manica un'altra volta; guardò l'orologio: le dieci e mezza.

Non viene neanche stasera. Metti il cuore in pace. È finita.

Si staccò dalla finestra mentre il pallino faceva scricchiolar il velo di sabbia su cui stava correndo. Tornò a portarsi verso il tavolo.

"Tanto vale che chiuda tutto" pensò. "Ma se poi... Se poi..." ripeté. No. Non doveva rinunciare. Gli sembrò ingiusto non concedere al Pessina quest'altra e sia pur quest'ultima prova di fiducia. Poteva darsi che il turno di lavoro l'avesse tenuto al box fin a tardi. E non doveva poi mangiare anche lui? "Se mi dice di sì, come gregario gli dò il Riguttini" pensò con un improvviso ricupero di euforia. "È la coppia migliore che possa metter insieme."

Guardò la lavagna: nel momento in cui prima d'andarsene avevan fatto baraonda, i ragazzi gliel'avevan coperta di evviva, di abbasso, di figure e di firme.

Alzò un'altra volta il polsino, gettò gli occhi sull'orologio ma non riuscì a leggervi niente. S'appoggiò allo spigolo del tavolo voltando la schiena alla lavagna. Affondò le mani nelle tasche: "e pensare che poteva diventar qualcuno anche lui...". Del resto lo dicevan tutti che era poco meno del Pessina, soprattutto in discesa.

La volta in cui era andato a trovarlo, la crisi era cominciata subito dopo che lui gli aveva ricordato la promessa di correrl'"Olona" come capitano.

Gli teneva una mano sulla spalla pensando: "povero il mio Sergio". Ma le bende eran diminuite. Di lì a una settimana le avrebbero tolte del tutto. Allora avrebbe potuto cominciar la cura. Quantunque le speranze fossero poche. In ogni caso l'avrebbe fatta, costasse quel che costasse. Poi la bocca aveva cominciato a tremargli e invece delle parole eran venuti fuori dei gorgoglii e dei rumori.

Allora lui gli aveva preso la faccia, gliel'aveva voltata con tutta la dolcezza che gli era stato possibile verso lui, per vedere se guardandolo riusciva a riportarlo ancora in equilibrio.

Basta, basta con questi pensieri!

Ma neppure lo sforzo di guardar la vetrina che fece subito dopo e tutto quello che dentro vi riluceva, servì a qualcosa.

«O Sergio?» gli aveva detto tenendogli la faccia nelle mani.

Ma il Consonni aveva già preso a fissarlo, come se avesse davanti qualcosa di strano.

«O Sergio?» gli aveva detto un'altra volta.

Poi il labbro inferiore aveva cominciato a piegarsi mentre quello superiore aveva continuato a tremare.

Un altro colpo salì secco dal cortile. Sul campo la boccia schizzò via andando a sbattere contro l'asse. Qualche parola di commento sommerse l'eco del colpo. Poi qualcuno comandò a voce alta del vino.

No, non doveva lasciarsi vincere da quei pensieri. Forse se avesse tentato di decifrar i segni, i disegni, le scritte, quello di cui gli avevan impiastrato la lavagna, il tempo sarebbe passato e il Pessina, se veramente era uscito tardi dal box della Certosa...

Andava avanti tutto così liscio, tutto così bene. Ecco, doveva proprio capitare a lui, al Consonni...

La moglie, ogni tanto, glielo diceva:

«Una volta o l'altra, andrai nelle rogne.»

Forse perché le dispiaceva che lui, per la "Vigor" lasciasse in disparte lei? Ma dopo che eran stati insieme dieci anni e che di figli non ne eran venuti!

Lei del resto poteva fare e disfare; era libera, libera in tutto.

«Hai visto che le rogne son venute?» gli aveva rinfacciato la sera, quando da Niguarda la telefonata aveva comunicato che le condizioni del Consonni s'eran aggravate e che il ragazzo minacciava d'andarsene. «Ecco,» era stato il commento «e adesso grattatele tu.»

Fu allora che gli parve di sentir un passo salir le scale. Si mise in ascolto: non s'era sbagliato. Ma era poi lui? Non voleva illudersi.

«Be',» si disse «aspettiamo. Se è lui, quando arriva al piano, si ferma.»

Infatti, giunto al piano, il passo si fermò. Allora il Todeschi allungò la mano verso la «Gazzetta», la prese, se l'aprì davanti, vi fece passar sopra gli occhi quel tanto che bastò per accorgersi che l'aveva aperta al contrario e quando mosse le dita per girarla sentì qualcuno spinger da fuori la porta.

«Avanti» disse e si staccò dal tavolo per andar incontro.

La porta finì di spalancarsi: il Pessina apparve sulla soglia vestito della tuta.

Appena lo vide il Todeschi spiano la faccia come per ringraziarlo d'esser venuto. Ma il Pessina sembrò non accorgersi di quei segni di gioia; guardò intorno la stanza, poi si voltò e richiuse la porta. Un odore acre di benzina si diffuse nel locale, come se vi avessero aperto una latta.

«Finalmente» disse il presidente dandogli una mano e facendogli passar l'altra sul collo.

«Ho ricevuto il biglietto» disse il Pessina.

Aveva la faccia stanca: gli occhi, quasi sempre inerti, di tanto in tanto venivan percorsi da un'ombra che li fissava verso un punto al quale parevan esser legati.

«Sei stato tu a costringermi a mandartelo. Se non facevo così, non sarei più riuscito a vederti.»

Lasciò andare la mano dal collo. Il Pessina si strinse la cintura alla vita: la tela azzurrastra che gli ricadeva molle su tutto il corpo, poiché a furia d'esser usata e lavata aveva perso ogni consistenza, era piena di macchie d'olio e di benzina che si sovrapponevano l'una all'altra mordendola come un muschio: il corpo era tagliato nel mezzo della cerniera chiusa fin quasi al colmo del petto, dove un lembo del bavero si ripiegava lasciando veder sotto il giro bianco della canottiera.

«Dunque?» gli domandò il Todeschi.

Invece di rispondere, il Pessina guardò tutt'attorno come se cercasse qualcuno.

Ci fu una pausa di silenzio difficile e penosa. Poi il Todeschi fece: «Allora?».

«Ma» disse il Pessina staccando appena le labbra una dall'altra, senza quasi accorgersi di parlare.

«Chi dice ma cuor contento non ha» fece il presidente e cercò di sorridere. Ma non appena s'accorse che il proverbio poteva determinare un altro, più lungo silenzio:

«Perché, ma?» domandò.

Il Pessina lo guardò senza rispondere. Quel modo di guardare sembrò al Todeschi sottintendere un invito perché si decidesse a dire quello che doveva e per il resto a lasciarlo in pace.

«T'ho fatto venir qui perché fra quindici giorni c'è l'"Olona"...» Si fermò aspettando un cenno di consenso. Ma sopra la tuta gli occhi, invece che a lui, eran corsi alla vetrina e continuavano a fissar la coppa che stava nel mezzo del ripiano più alto.

«È tornato a vederlo?» gli chiese d'improvviso il Pessina.

«Chi?»

Il Dante abbassò gli occhi, poi li alzò subito verso la finestra come se volesse evitare d'esser spiato.

«Il Consonni?» chiese il Todeschi con lo stesso tono di voce e cercando di non dar molto peso alla domanda del Pessina.

Il suono d'una bocciata salì dal cortile nella stanza. Allora con una decisione che il Todeschi non s'aspettava il Pessina andò alla finestra, guardò giù, poi si voltò verso lui e gli disse: «Sarebbe stato meglio che fosse andato all'aria lei e la sua società insieme».

«Meglio di cosa?»

«Di venirmi in testa di correre.»

«Sei proprio diventato un coniglio» fece il Todeschi cercando tuttavia di trattenere il disprezzo. «Un coniglio» ripeté con un tono di voce appena più basso. «Da tutti mi sarei aspettato una cosa così, non da te. Perché dopo tutto, ascoltami, te t'ho fatto io.»

Capì che avrebbe dovuto trattenersi da quel tono severo, ma non riuscì: oramai il discorso era cominciato. Del resto, prima o poi, da una parte o dall'altra, cominciare avrebbe dovuto. Che cosa valeva dunque, arrivato lì, tornar indietro e riprender a parlare da lontano? Meglio dir tutto e subito, dato che oramai c'era: poi qualcosa sarebbe successo. Ecco: aveva di nuovo davanti il suo campione e sia pur nella luce polverosa della lampadina che pendeva dal soffitto, ne vedeva i muscoli emergere potenti dalla tela rilasciata e molle. L'orgoglio, appunto, d'averlo fatto lui e la gelosia che la paura glielo portasse via s'unirono in un sentimento di tenerezza e di forza.

«Sì, io» disse ancora. «Sei arrivato qui che eri un'assetta e adesso guarda.»

Ma era solo lui, lo capì, a stupire di quella forza perché il Pessina pareva non solo non vantarsene ma addirittura disprezzarla.

«E adesso per un po' di paura vorresti piantar lì tutto, carriera, soldi, gloria, speranze... Lo sai che ti guardano.» Glieli voleva metter lì, davanti, gli occhi di quelli della Bianchi, ormai non era più un mistero, che l'avevan fatto seguire in qualche gara e che a farlo seguire avrebbero continuato. Gliel'avevan detto. Magari proprio all'"Olona".

«Il tuo avvenire dipende da quello che farai in questa stagione» si fermò un momento per guardare il Dante e cogliere in lui il riflesso di quello che aveva detto.

Il Pessina continuava a star appoggiato, schiena e gomiti, al davanzale: teneva le mani incrociate alla vita e le gambe una tesa in avanti, l'altra ripiegata all'indietro.

Il Todeschi non disse niente per un altro minuto in cui continuò a guardar il Pessina, finché il muscolo del polpaccio tremando come tirato da uno sforzo ruppe l'immobilità del ragazzo: la tela ebbe una scossa che si propagò per tutto il corpo. A quel colpo, al Todeschi sembrò di vedergli cader di dosso la veste di lavoro e apparir sotto, gialla e lucente, la maglia della sua società con il nome "Vigor" scritto di traverso.

Ecco: stava appoggiato al muro in attesa dell'appello e quel muscolo teso e rialzato era il segno di un'ipoteca messa dal suo numero uno sulla corsa. Perché quando correva lui speranze per gli altri ne restavan poche. Lo sapevan tutti: quelli della "Villapizzone", della "Garibaldi" e dell'"Aurora"; sì, doveva insistere; non importava il modo come lui l'avrebbe presa; era in diritto di farlo; e in dovere. Ormai il discorso s'era avviato. "Per uno che s'è spaccato la testa…" pensò che avrebbe dovuto dirgli, riprendendo a parlare.

No. Questo no: non tanto per il Pessina, quanto per il Consonni. Capì mentre stava per dirlo che non era giusto anche perché, formulando la frase, gli tornò davanti la testa del ragazzo proprio nel punto in cui il labbro aveva cominciato a piegarsi e la saliva a uscir biancastra dalle fessure dei denti. Ma il Consonni, era sicuro, gliel'avrebbe perdonato: se era per la "Vigor", per il Pessina, per il "suo capo".

«Un altro così, lo so, non lo trovi più» continuò, lasciando tra frase e frase qualche pausa. «Ma è stata una disgrazia. E se mai ti dovrebbe servir di controllo, non di paura. Se poi vuoi sentir tutto, devi correre anche per lui, ecco, dato che lui ormai correre non potrà più.»

Fu allora che il Pessina alzò gli occhi dal pavimento e li gettò su quelli del Todeschi come per impedirgli di continuare. Poi subito, con la stessa velocità, li riportò sul pavimento.

Il Todeschi non capì la ragione di quello sguardo, ma fu ugualmente preso da un senso di timore. Qualche parola e una lunga risata salirono dal cortile, sfioraron la testa del Pessina, si disfecero adagio nel silenzio della stanza.

Il Todeschi si spostò dal tavolo contro cui s'era tenuto appoggiato con le mani. Rimase un momento indeciso, poi si diresse verso la finestra. Quando fu a due metri dal Pessina, si fermò; mise le mani nelle tasche. Poi sembrò ricordarsi di qualcosa e disse:

«Stasera il Riguttini ha gridato agli altri che se all'"Olona" la "Vigor" non stravince, si farà tosare.» Tentò d'accompagnar le parole con un sorriso.

«Che grinta!» aggiunse avvertendo sempre più il vuoto in cui le sue parole cadevano.

Si fermò un'altra volta.

Ecco, sì, il momento giusto per dirlo era adesso, adesso che con l'aiuto del caso il discorso era caduto sull'Ezio: Riguttini Ezio, anni diciotto: altezza; peso; torace...

Sapeva tutto a memoria, di tutti. E in quel momento la tabella delle generalità del neo-numero due gli tornava davanti lucida, esatta e invitante.

Per un gregario cosa poteva desiderare di più? Non aveva lo sprint del Consonni, ma ci mancava poco: nelle discese poi era quasi un gemello. L'occasione per provare la nuova coppia non poteva esser migliore dell'"Olona". Il caso dopo averlo perseguitato pareva favorirlo. Sì, doveva dirglielo.

E lui? Come avrebbe accolto la proposta? Cosa poteva interessare al Pessina saper che intendeva dargli come gregario il Riguttini dal momento che non s'era ancora deciso a parlare? Era venuto lì per dirgli un'altra volta: «Basta. Ho deciso. La pelle è una sola ed è mia», oppure per sciogliere in qualche modo il rifiuto che fin lì aveva opposto ai suoi inviti? Ma se era venuto per questo non poteva risultar controproducente assillarlo con richieste e decisioni, come se il rifiuto fosse già stato ritirato? Non era meglio usar una tattica più prudente? Andargli incontro? Lasciar che il rifiuto fosse lui a disdirlo? O limitarsi al massimo a spingerlo con qualche parola togliendogli magari quel tanto di responsabilità che, lui era sicuro, il Pessina continuava a sentir d'aver avuto nella caduta del Consonni?

Gliel'aveva già detto; era stato l'accordo: che il Consonni tirasse in discesa e lui, il Pessina, in salita; salvo imprevisti. Perché quel tanto di responsabilità gli sembrava non potesse consistere altro che in questo: che vedendo la velocità irresponsabile con cui il Consonni s'era ostinato a scendere, lui non l'avesse costretto con la sua autorità di numero uno o con un colpo di forza a dargli il cambio in attesa che sopravvenendo con la Giardinetta vietasse lui, dall'alto, la continuazione di quella pazzia.

«Ma poi, uno come lui non saresti riuscito a convincerlo lo stesso. Ti sarebbe passato avanti un'altra volta. Voleva arrivare con un'ora» gli aveva detto la sola sera in cui era riuscito a parlargli con un po' di calma: una settimana circa dopo la disgrazia.

E adesso forse era meglio ripeterglielo. Ma come accordarlo con quello che fin lì aveva detto?

Continuò a star davanti al Pessina che dopo il colpo di muscoli non s'era più mosso, senza per altro trovare una decisione anche se ora gli sembrava di propendere verso un modo di parlare più calmo, quasi scherzoso. Quanto a prima, aveva detto così perché così gli era venuto, ecco; e il Pessina avrebbe capito.

Sentì le bocce correre, sfiorarsi, batter l'una contro l'altra: sentì qualche parola venir su dal cortile. Poi, dai poco più di due metri che lo separavano dalla finestra, guardò giù: quelli che giocavano stavan attraversando il campo per portarsi dalla parte opposta. Ne vide prima le teste, poi una parte del busto e dopo ancora, quando furon pressoché fermi, le figure complete. A destra la lampada imprigionata nelle foglie della pergola ricevette il colpo d'una farfalla notturna: il Todeschi ne sentì il "tac" viscido e soffocato.

Ma, nonostante il peso di quel silenzio, il Pessina non accennò a muoversi: nemmeno ad alzar gli occhi dal pavimento dove li teneva fissi.

«Non capisco proprio» fece alla fine il presidente «perché tu ti sia messo in testa d'aver anche solo una parte di responsabilità in quello che è successo...»

«Non mi sono messo in testa niente» replicò subito il Pessina. Nel dirlo si spostò facendo gravitar la persona sull'altro gomito.

«E allora cosa ti disperi per fare? Quello che potevi fare l'hai fatto. Quante volte gliel'avevo detto che se continuava così un giorno o l'altro si sarebbe rovinato? Non glielo continuavi a dire anche tu? Non gliel'avevi gridato anche quella volta?»

Era il massimo d'accondiscendenza che poteva offrirgli: s'aspettava che dicesse: "Sì, gliel'ho gridato, gliel'ho detto. Ho continuato a dirglielo e a gridarglielo".

Invece no: lo stesso, duro silenzio di prima accolse le sue nuove parole.

E allora perché insistere? Non era sbagliato anche quel tono? "Tanto valeva tornar dov'era rimasto" pensò "e arrivar dritto allo scopo": almeno avrebbe saputo cos'aveva in testa di fare. E se gli avesse detto ancora di no l'avrebbe costretto in qualunque maniera, fin mettendogli davanti non più solo la carriera, ma il dovere di fronte a lui che l'aveva cresciuto, fatto e formato. "A meno di non ricattarlo" pensò alla fine "con quella testa, con la faccia che era venuta al Consonni..."

Quando pensò al Consonni ebbe un sussulto. Il Pessina se ne accorse e tornò a fissarlo bruscamente. Allora per superar lo smarrimento il Todeschi tentò di dir qualcosa; ma non trovò il punto da cui cominciare, né la cosa da dire.

L'attimo d'esitazione lo fece anzi ricader nell'incertezza di prima. "Ricattarlo" continuò a pensare "obbligandolo a correre e a vincere per l'altro", la cui bocca, mentre pensava, tornò a piegarglisi davanti così come la saliva a venirgli fuori dai denti.

"No. Basta. Faccia come vuole. Se ne vada pure. Se ne vada! Ne troverò degli altri. Dopo tutto non c'è solo lui."

Ma intanto, domani? Domani avrebbe dovuto consegnare agli organizzatori dell'"Olona" la lista degli iscritti; era l'ultimo giorno; e al fianco del numero uno sul foglio non era ancor scritto il nome, benché lui mentre l'aveva compilato era stato sul punto di metterlo: Pessina Dante; tanto era sicuro che alla fine la paura non sarebbe riuscita a vincere sul suo campione e su tutto ciò che in quella stanza e per le strade gli aveva insegnato, prima di tutto la volontà, il coraggio, "quello che l'altro aveva anche troppo e che tu mi pare che hai perso del tutto" pensò che avrebbe dovuto dire. E certo l'avrebbe detto se il Pessina non l'avesse preceduto:

«Mi ha fatto venire qui solo per questo?» domandò.

La domanda parve al Todeschi immeritata e irritante: sul momento tuttavia non seppe come rispondere. Non gli aveva detto poco prima, proprio appena era entrato, che era l'"Olona" la ragione per cui l'aveva chiamato?

«Te l'ho detto chiaro fin dal primo momento il perché. Non sono abituato a far storie. Se ho tentennato, è perché non so più da che parte prenderti.»

«Allora per cos'è?» fece il Pessina come se il rimprovero implicito nelle parole del Todeschi non lo riguardasse minimamente.

«Lo sai anche tu che domani devo consegnare la lista» disse il Todeschi.

«Credevo che l'avesse già fatto.»

Il Todeschi non capì se in quelle parole fosse sottintesa un'altra provocazione o invece un accordo, quasi che il Pessina avesse inteso dire che la sua partecipazione non poteva nemmeno esser messa in dubbio.

«Cioè...» mormorò sospendendo la frase e concentrando nello sguardo quanto la sospensione sottintendeva.

«Mi pare che di solito fosse lei il primo a consegnar le liste.»

«Ma è che di solito...» e sospese una seconda volta la frase senza smetter però di fissare il Pessina, anzi acuendo la fissità dei suoi occhi ai quali, ormai lo credeva davvero, il Pessina non sarebbe riuscito a sfuggire. Il Pessina invece non solo li sostenne, ma rispose con una forza che sopraffece quella del presidente.

"Se cedo mi scappa un'altra volta" pensò il Todeschi. "Basta che abbassi gli occhi..."

Così resistette e continuò a fissarlo.

«Quand'è che l'ha visto l'ultima volta?» domandò di colpo il Pessina spezzando ogni previsione e ricacciando di nuovo il Todeschi davanti alla realtà della testa fasciata, del labbro che tremava e della saliva che scendeva dalle gengive.

«Non t'ho fatto venir qui per quello. Del resto se vuoi vederlo,» continuò «non hai che d'andar a trovarlo. Anzi non capisco perché ancora non ci sia andato. A meno che sia vero...» ebbe paura di continuare, tanto più che, appena pronunciato "a meno che", il Pessina staccandosi dalla finestra si drizzò sui piedi.

«A meno che cosa?» disse. «Finisca di parlare.»

«Ma lo sai anche tu cosa dicono intorno.»

«Cosa?»

Davanti agli occhi allucinati del Pessina il Todeschi esitò.

«Cosa dicono? Se non è un vigliacco, parli. Avanti. Cosa?»

«A meno che non abbia paura di vederlo, ecco. Dato che ormai dicono tutti che la disgrazia del Consonni ha scoperto cosa sei: una mezza-donna.»

L'aveva detto; lui era ben lontano dal crederlo, ma ormai l'aveva detto. Sentì subito che era inutile restar lì, uno di fronte all'altro; con quella parola tutto ormai era rotto e per sempre.

«Una mezza-donna»: l'aveva detto. I numeri della tabella si sarebbero dovuti spostar in avanti d'un posto: e il nome che si sarebbe affiancato all'uno sarebbe stato quello del Riguttini. La disgrazia glieli aveva portati via tutti e due: uno scemo per sempre, l'altro ridotto per sempre a un coniglio. Il suo sogno era finito. Doveva ricominciar da capo. Star dietro ad altri. Tirarli su. Soffrire. Sperare...

Mentre pensava a questo non ebbe il coraggio di guardar il Pessina; tenne gli occhi sul pavimento per qualche minuto in attesa che il Dante comprendendo la situazione che s'era creata uscisse dalla stanza.

In verità in quei minuti il Todeschi non desiderò che quello: sarebbe stato l'unico modo per risolver degnamente il colloquio. Invece non accadde niente.

Allora, quando si fu convinto che ormai il tempo per una simile decisione era passato, cominciò a guardarsi intorno: poi adagio a guardare anche il Dante: ma sulla faccia del ragazzo non vide nessun segno né d'umiliazione, né di rabbia, né d'offesa.

Allora? Era inutile. Quello che era stato era stato. Gli aveva detto tutto. Non s'era offeso nemmeno a dargli della mezza-donna.

«Allora è vero?» fece il Pessina, quando ormai il Todeschi pensava che l'unico gesto che il Dante avrebbe potuto fare era d'aprir la porta, gridargli qualche insulto e andarsene.

«Vero, cosa?» ebbe appena il coraggio di domandare il To deschi.

«Quello che dicono» spiegò il Pessina restando sospeso sulla risposta come su un precipizio.

«Ma cos'è che dicono?»

«Che è diventato scemo e che resterà scemo per sempre.»

Ci fu un silenzio. "Sì, era vero" pensò subito tra sé il Todeschi: "scemo." Che speranze si potevan covare? Ma lui non doveva continuare a correre proprio per quello, dato tutto quanto li aveva uniti e legati fin lì, il campione e il gregario, sempre insieme, a darsi sempre una mano?

«E non è anche questa una ragione per cui devi continua re?» fece il Todeschi.

Gli sembrò di non poter credere alla soluzione che pronunciando quelle parole aveva trovato, soluzione nella quale sentiva d'evitare e nello stesso tempo contenere la risposta, oltre che trascinare in qualche modo la disgrazia dalla parte sua e dalla parte della "Vigor".

«Del resto» aggiunse «tenteranno tutto. Fra qualche giorno comincerà una cura, con la quale dovrebbe perlomeno migliorare.» Si fermò e seguì con gli occhi il Pessina.

Il Pessina fece qualche passo, s'avvicinò alla lavagna; la guardò per un momento; strinse silenziosamente i pugni. Poi si voltò e disse: «Allora cosa aspetta a dirmelo?».

«A dirti cosa?» domandò il Todeschi che temeva di non capir niente un'altra volta.

«Mi metta nella lista. Non è questo che vuole?»

«Dante?» fece il Todeschi schiarendo faccia e voce.

E subito gli andò incontro e gli gettò una mano sulla spalla.

Il Pessina non si mosse, né disse niente proprio come se la cosa non lo riguardasse. Il Todeschi era troppo felice per lasciarsi colpire da quell'immobilità: quello che voleva l'aveva ottenuto e proprio quando ormai gli sembrava impossibile.

«Allora ti metto?» chiese il Todeschi.

«Ma certo. Cosa crede che sia diventato, un cretino?» gli

rispose il Pessina tentando di allargar la faccia in un sorriso liberatore.

Il Todeschi lo guardò, poi guardò il muro dove tra le due ruote lo stemma saliva obliquo facendo ascendere la scritta.

Poi: «Leggi qui» disse al Pessina. E gli indicò una scritta che attraversava tutta la lavagna.

Il Pessina vi gettò sopra gli occhi come un automa; lesse: "ragazze slargate le gambe"; poi ne lesse due o tre altre: "fascisti merdoni", "culo chi legge".

«E su allegro!» fece il presidente mentre toglieva la mano dalla lavagna e la batteva un'altra volta sulle spalle del ragazzo.

Come se quel colpo avesse fatto uscire ciò che era contenuto nella stoffa, l'odore della benzina si diffuse di nuovo nella stanza, duro e potente, come quando il Pessina era entrato.

«E se poi hai tempo, va' a trovarlo. Può darsi che riesci a vederlo in un momento di calma e allora puoi anche parlargli. Non fa che domandare di te. Anche se capisco...» aggiunse quando s'accorse che il Pessina pareva non aver più niente né da dire né da ascoltare. «Perché se, andando, hai paura che ti torni addosso la malinconia, forse è meglio... Guarda tu.»

E comprendendo che su un simile argomento era meglio non insistere, si fermò. Fece qualche passo; s'avvicinò al tavolo; aprì il cassetto; tirò fuori una cartelletta di pergamoide nera; v'introdusse il foglio d'appello; richiuse la cartella e subito dopo anche il cassetto.

«Che si lascia tosare: ha detto così il Riguttini. Quello lì viene su come il Consonni. Ma bisognerà che anche tu gli stia dietro perché metta a posto la testa.»

Lasciò una pausa, poi: «Ne han fatte di tutti i colori, stasera!».

Guardò per terra: vicino alla lavagna, due o tre gessetti giacevano spiaccicati; poi dappertutto carte di caramelle, pezzi di chewing gum, chiazze in parte riassorbite di sputi: uno nel calare dal muro s'era impigliato in una rugosità ed era rimasto lì, in quella strana posizione.

«Bisognerà che faccia pulire. Sembra una ruera.»

Poi s'avvicinò alla finestra e disse:

«Adesso sarà meglio chiudere e andare.»

Il Pessina continuò a star fermo nel mezzo della stanza;

sentì le gelosie sbattere, poi la finestra chiudersi facendo tremar i vetri. Si voltò; fece girar le mani nel fondo delle tasche. Tirò fuori una sigaretta. Se la mise in bocca. Cercò nel fondo della tasca un fiammifero; ma s'imbatté solo nel «Grand-Hôtel» che teneva lì piegato e ripiegato per leggerlo nelle pause del lavoro. Il Todeschi che stava venendo via dalla finestra s'accorse di quello che il Pessina cercava e gli disse:

«Aspetta.»

Tirò fuori l'accendisigari, grattò col pollice la rotellina zigrinata, fece fuoco e lo spinse davanti al labbro del Pessina.

«E per gli allenamenti?» gli domandò mentre faceva scattar il coperchietto e rimetteva l'accendisigari nella tasca.

«Ne parleremo domani» disse il Pessina. «Stasera ho fatto anche troppo.»

Allora il Todeschi levò dal tavolo la «Gazzetta» e la piegò. Poi cercando di parlar da pari a pari disse:

«Hai visto che scherzo, oggi, il Giro?»

Ma non avendo ottenuto risposta piegò un'altra volta il giornale; lo schiacciò; s'avvicinò alla porta; lasciò che il Pessina andasse avanti. Il Pessina si voltò, guardò le coppe dentro la vetrina, staccò gli occhi che eran caduti sopra quella del "Lago", poi strisciò di lato al Todeschi buttando fuori una boccata di fumo. Mentre il Dante gli passava di lato il Todeschi sentì arrivargli al naso una zaffata di benzina: pensò che il suo campione doveva esserne tutto impregnato, quindi portò la mano sull'interruttore, lo girò e fece cader la stanza nel buio.

II

Con un colpo abbassò il morsetto della cerniera fin sotto il ventre: arrotolandosi la tuta s'aprì da una parte e dall'altra.

Poi portò la punta della scarpa sinistra sul calcagno di quella destra; fece forza e tirò fuori il piede. Gettò la scarpa da una parte. Fece lo stesso con l'altra. S'abbassò; tolse le mollette che fermavan la tuta alla caviglia e le mise sul comodino.

Sentì che anche la stanza si riempiva dell'odore di benzina.

Riprese il morsetto della cerniera; l'abbassò fin oltre il ca vallo, introdusse le mani nelle mutandine che il sudore aveva reso umide e giallastre; ne allargò l'elastico; tirò giù davanti e di dietro la canottiera; poi le alzò con forza fino a sentirsi stringer i muscoli del cavallo; allora lasciò l'elastico Restò un attimo fermo pensando a quello che il presidente gli ave va detto poco prima.

Poi slacciò i bottoni delle maniche; con un colpo si fece scivolar di dosso la tuta; allargò un'altra volta l'elastico; abbassò un'altra volta la canottiera cercando di fasciarsela me glio attorno alla vita; tirò un'altra volta verso l'alto le mutandine, poi lasciò andar l'elastico.

Allora voltò la testa verso la finestra. Sentì che la vecchia si girava nel letto. Rimase ancora un momento soprappensiero. Quindi alzò prima uno, poi l'altro piede; si liberò della tuta che era scivolata sul pavimento. S'abbassò; raccattò la tuta; l'appoggiò alla spalliera della sedia. Andò alla porta; girò l'interruttore.

Fece qualche passo. Arrivò alla finestra; si sporse; prese le persiane; le avvicinò; le chiuse. Si portò di nuovo sul tappetino che smunto se ne stava di fianco al letto. Piegò una gamba; allungò una mano; si sfilò la calza; la guardò. Gettò la calza sulla sedia. Si sfilò anche l'altra. Gettò anche quella sulla sedia.

Tirò indietro la coperta; appoggiò un ginocchio sul letto; restò un momento in quella posizione guardando il comodino. Poi si lasciò andare sul materasso.

«Pessina!»: la voce del Consonni entrò dalla finestra nella stanza, gli passò le orecchie. Era uscita dalla gola mentre stava per precipitare sulle pietre che spuntavan di lato alla strada; da quell'urlo replicato tre volte era stato colpito sulla faccia come da una sassata. Aveva stretto i freni; la bici bloccata gli era girata su se stessa; era saltato giù lasciandola andar sul selciato.

«È stato un sasso. Te l'avevo detto di rallentare. È stato un sasso, Sergio.» La menzogna l'aveva trovata subito; appena il Consonni gli era stato davanti, mentre di lato la ruota della bicicletta finiva di girar sul selciato; la maglia gialla bagnata di sudore; le mutandine sporche di polvere; i ciuffi d'erba; i sassi; i ginocchi e i polpacci spellati. Era stato in quel momento, mentre lo fissava, con la Giardinetta del Todeschi che da cinque curve sopra gli piombava alle spalle: l'aveva capito subito che ormai non c'era altro che inventar una storia e andar avanti: "un sasso"; ecco. Perché lui cos'aveva fatto? Una sterzata. Ecco. E se avesse parlato, se avesse detto anche soltanto qualcosa, la galera.

Sarebbe stato meglio che contro il paracarro avesse sbattuto la testa e che vi fosse rimasto schiacciato; per ridursi come gli avevan detto quelli che eran andati a trovarlo! Nient'altro che uno scemo, senza più né cervello, né voce. Non gliel'aveva confermato poco prima anche il Todeschi? «E non è anche questa una ragione per cui devi continuare a correre?» aveva poi aggiunto.

Per cos'era venuto al mondo, se non per quello? Cosa gli importava del resto? Niente: giusto sua madre. Ma forse sarebbe stato disposto a passar sopra anche a lei.

Dunque gli avrebbe messo insieme il Riguttini. Di lì a quindici giorni, l'"Olona". E lui avrebbe dovuto correre con l'Ezio. «Ha detto che si lascia tosare.» Continuare, sì, continuare. Senza che nessuno sapesse niente. Salire: scendere: andar su: andar giù: tirare: con l'urlo del Todeschi dal megafono: lo scoppiettar delle moto davanti: i chilometri da bruciare uno dopo l'altro; poi in fondo la gente che si stringe, che lo chiama; sopra le teste ventilante contro il cielo lo striscione d'arrivo; con sempre quella sicurezza d'esser stato lui, anche se nessuno lo sapeva.

«Vai a trovarlo» gli dicevan tutti.

«Cos'hai, adesso? Paura d'impressionarti?» commentavano increduli.

«Vai. Gli farai piacere.»

«Domanda sempre di te.»

Gliel'aveva detto poco prima anche il Todeschi.

Risentì la voce del presidente che non riusciva a nasconder l'eccitazione provocata dal fatto che lui gli aveva dato il permesso di metter il suo nome nella lista dell'"Olona":

«Non fa che domandare di te. Anche se capisco... Perché

se andando, hai paura che ti torni addosso la malinconia, forse è meglio...»

Pensavano così: che era diventato una mezza-donna. Lui che aveva vinto, che aveva sbaragliato sempre tutti, lui che l'anno venturo poteva esser nelle squadre dei pro, magari alle "Tre Ville", magari al "Giro"... Allungò la mano. Tirò in su la coperta. Si girò per restar appoggiato sulla destra e non veder la luce che scendeva dalle persiane sul pavimento e sul letto.

Era andata così. Il Consonni stava facendo quello che lui aveva paura che facesse. Anche quando s'era voltato. Poi aveva continuato a voltarsi mostrandogli i denti, per ridere, per fargli capire che s'era accorto che lui non andava, per sfotterlo, per sputargli in faccia la convinzione che aveva, e cioè che se lui avesse rallentato quella volta la coppia famosa della "Vigor", la coppia invincibile, sarebbe andata in merda. Poi l'aveva capito dai muscoli, dalle gambe, quando non era più riuscito a farcela e gli s'era messo sulla ruota.

Pedalava armonioso, irresistibile, di qua e di là, a destra e a sinistra, su e giù, su e giù, anche nelle salite: ma appena nell'ultima; mentre i patti volevano che nelle salite tirasse lui; perché i colpi, quelli che seminavano per la strada gli avversari come formiche, era lui che li dava; e così anche quella volta all'inizio della Marcolina.

Allora dopo quattro o cinque di quegli allunghi, s'era voltato e dietro la testa del Consonni aveva visto gli avversari seminati uno dietro l'altro mentre s'alzavano sulla sella, dentro le maglie rosse, azzurre, grigie, rigate di verde e di bianco, mentre piegavan il collo sul manubrio nello sforzo di perder il meno terreno possibile, con dietro solo il Consonni e anche lui perché gli serviva che uno gli restasse vicino come gregario, che se avesse voluto anche il Consonni non avrebbe fatto una fine diversa di quelli che ormai, due o tre curve sotto di lui, tentavan di resistere, incitati invano dai megafoni di quelli che li seguivano: «Dài!» «C'è ancora speranza!» «C'è ancora tempo!» «Dài, Nino!» «Dài!» «Forza!» «Dài!» «Il Nino: il fighetta della "Villapizzone"»: ecco: primo sì, degli altri, ma dietro a lui: e dietro a lui sarebbe restato per tutta la corsa. Mentre lui invece poteva perder anche il tempo necessario per voltarsi e per sfottere: poi, via! Aveva continuato a mangiar metri e metri: chilometri e chilometri: con davanti la nuvola di fumo e terra della moto su cui di tanto in tanto svettava la bandierina rossa: con dietro il megafono del Todeschi alzato nella Giardinetta: «Dài, Dante! Dài, che sei il mio dio!».

Aveva voluto portargli via posto, nome, premi e gloria. Tutto perché era incappato in una giornata storta: il ventre in disordine; e quello che il Todeschi gli aveva dato a Como che non voleva andar giù.

«Non ho voglia di mangiare, presidente.»

«Con le tirate che devi fare? Ma fammi il piacere. Mangia...» gli aveva detto.

Si girò: la luce che entrava dalle persiane gli colpì gli occhi. Li riaprì. Guardò il pavimento, il pezzo di tappeto, le scarpe e più in là le gambe della sedia da cui pendeva la tuta.

Si sentì dar fastidio al naso. Alzò una mano. Si ricordò che il fazzoletto l'aveva lasciato nella tasca della tuta. Buttò indietro le coperte. S'alzò. Restò fermo sul pavimento. Allungò la destra verso la tuta. Se la tirò addosso. Affondò una mano nella tasca. Tirò fuori il fazzoletto. Lo portò al naso. Soffiò due o tre volte; poi non riuscendo a liberarsi adoperò le mani.

Sentì un'altra volta le molle del letto di sua madre scricchiolare. Rimise la tuta sulla sedia e tornò a gettarsi sul letto. Ma invece di tirar su la coperta, portò le mani dentro le mutandine all'altezza dell'elastico.

Si trattava d'aver pazienza: il Todeschi gli aveva detto che di lì a poco avrebbe cominciato delle cure. E allora? Non sarebbero servite a niente. Doveva abituarsi: l'unica cosa che poteva fare era quella. Cercar d'abituarsi e in quel modo calmarsi. Oramai l'aveva fatto. Del resto cosa poteva fare di diverso? L'aveva capito subito, a Vialba, la mattina della partenza: quando insieme agli altri aspettava che facessero l'appello. A un certo punto il Consonni gli era venuto vicino: lui stava alzando prima uno e poi l'altro ginocchio per sgranchirsi le gambe.

«Che cos'hai stamattina, che non dici niente?» gli aveva domandato.

«Pensa a te» gli aveva risposto lui.

Era rimasto appoggiato alla spalletta del ponte, di fianco alla bici; poi aveva levato gli occhi dal Consonni e sulla destra in mezzo a tutti quelli della "Villapizzone" che gli si stringevano addosso aveva visto la schiena del Nino fasciata dalla maglia grigia, rigata di verde. Aveva stretto i denti.

«Su, allegro che glielo mettiamo dentro anche 'sta volta!» gli aveva fatto il Sergio mentre con due o tre respiri s'allargava il torace.

Poi l'incaricato dell'appello aveva gridato:

«Oldani Giulio» quindi:

«Origgi Erminio.»

«Attento che adesso tocca a te» gli aveva fatto il Consonni mentre vicino a loro l'Origgi alzava la mano e urlava il «presente».

«Origgi Oreste» aveva gridato ancora il presidente della giuria. Poi:

«Pessina Dante.»

Senza staccarsi dalla spalletta, aveva alzato la mano e risposto «presente». Gli altri s'eran voltati tutti verso di lui.

Gli occhi gli s'eran puntati sulla faccia come se guardassero uno che avrebbero voluto distruggere. E lui allora aveva capito che ormai doveva difendersi: contro tutto e contro tutti: anche contro i suoi. Sì, anche contro quelli.

«Quella vacca d'un ventre» aveva pensato voltando la testa verso l'acqua che se ne stava ferma sotto la spalletta.

Ma sì, s'era accorto. E allora? Cos'è che doveva fare? Forse muovendosi sarebbe andato a posto.

«Sarà stata la soppressa di ieri» aveva pensato. Poi aveva portato una mano sotto la maglia e, allargate con l'altra le mutandine, aveva cominciato a farla passar sullo stomaco per scaldarlo e per muover quello che invece pareva non volesse andar giù.

«Ma sì, passerà!»

S'era rimessa in fuori, poi tirata giù di nuovo la maglia, aveva preso pel manubrio la bici e aveva cominciato a staccarsi. Allora dal tavolino della giuria, dove avevan finito di far l'appello, il Todeschi s'era mosso verso di lui e l'aveva guardato come faceva sempre alle partenze, quasi volessi costringerlo a vincere.

Rivide gli occhi del Todeschi entrargli nella testa, così come poco prima avevan fatto quelli degli avversari e guardargli poi dentro la carne e dentro le ossa.

Ecco: e allora cos'è che doveva fare? Aveva capito già da due o tre gare che il Consonni aspettava l'occasione buona per tirargli il colpo e che se non ci fosse stato il Todeschi una volta o l'altra gliel'avrebbe tirato. Nelle discese; con la velocità a cui andava. E non era servito a niente che il Todeschi, venuto vicino a lui e preso per un braccio il Consonni, li avesse chiamati in disparte e avesse detto:

«Guai a chi rompe i patti. Qua la mano.»

La mano se l'eran data, sì, ma era stata solo una scena.

«Dopo il trionfo dell'anno scorso, la "Coppa del Lago" è nostra di diritto. E nostra deve restare» aveva continuato a dire il Todeschi fissandoli con la stessa forza di prima.

«È nostra»: gli si ripeteva adesso nella testa: «è nostra». E ogni volta che gli si ripeteva, la voce del Todeschi diventava più forte come se fosse la voce di tutta la gente che gli si stringeva intorno.

«È nostra!» «È nostra!» Poi quella voce cominciava a confondersi con gli urli che il Todeschi aveva lanciato dal megafono lungo il percorso, quando cioè gli era sembrato di tornar a posto.

«Dài, Dante!» «Dante!» «Sei un dio!» «Avete più di sei minuti!» «È nostra!» «Ne avete più di sei!»

«È nostra!» «È nostra!» «Ti metteranno su la foto!» «L'arrivo sulla "Gazzetta"!» gli aveva gridato a un certo punto il Todeschi, quando sulla Marcolina lui aveva cominciato a dar gli allunghi e a staccar tutti.

L'arrivo sulla «Gazzetta»: ecco: la foto sulla «Domenica Sport».

Poi alla partenza, finito l'appello, s'era messo sulla riga cercando di confondersi tra gli altri; ma s'era accorto che tutti continuavano a fissar lui. E mentre passava nella selva di gambe, ruote e pedali, uno aveva detto a un altro:

«È quello lì, il Pessina. Quello lì.»

«Il Pessina»: come avevano gridato l'anno prima, quando all'inizio d'una stagione di vittorie che avrebbe strabiliato tutti, giurie e tifosi, e che l'avrebbe piazzato tra i primissimi della categoria, aveva tagliato il traguardo di Affori con sette minuti di vantaggio: tutte le mani tese verso lui: tutte le gole che gridavano il suo nome: mezza Vialba e mezzo Roserio ad aspettarlo e a portarlo in trionfo, su, sulle spalle: «È lui!» «Il Dante» «Il Dante!» Già da prima che imboccasse il rettilineo i bordi della strada gli eran venuti incontro pieni di teste, mani, gambe e sottane, la puzza dei sudori, le strisce del sole che stava cadendo su quelle teste agitate dall'orgoglio e dalla gioia: la sua mamma che finalmente avrebbe capito perché voleva piantar lì tutto, box, lavoro, signor Gino e non pensare che a correre. E quest'anno doveva ripetere il trionfo, costasse quello che costasse. All'inferno il ventre e la soppressa. Passerà. E lui mi deve dare una mano, se ne avrò bisogno. Perché se no cosa sarebbe gregario per fare? Anche se da più d'un segno aveva capito che ormai a quella parte il Consonni non ci stava più. Nelle discese; avrebbe tentato di batterlo, come poi era stato; approfittando della giornata in cui era andato a sbattere; con quella mania "d'andar giù alla brutto dio" con tutto che anche il Todeschi continuava a dirglielo. E poi come se il resto non bastasse, il sole, sempre, da quando il presidente della giuria aveva abbassato la bandierina del via; prima in faccia; poi alzandosi fino a colpirlo come una lama, costringendo il sudore a moltiplicarsi come se andasse tutto in acqua, con la testa che gli pesava, con quello in mezzo a cui passava che cominciava a tremargli davanti, dietro a lui che continuava a pedalare come un delinquente. Onno, più in là Lecco, "passato Lecco siete a posto" come gli aveva detto il Todeschi quando aveva spiegato il percorso sulla lavagna. «Rallenta, troia! Rallenta!»: aveva voluto farglielo capire: «guarda che siamo soli»: e lui no, avanti, pedalando come se andasse nell'aria, e lui allora, dietro, a tenere quel passo folle, sempre, finché gli occhi...

L'aveva voluto lui. Anche il Todeschi mezz'ora prima cosa gli aveva detto?

«Uno come lui, non saresti riuscito a convincerlo lo stesso.. »

Ma nonostante tutto aveva tentato allungando la mano per prendergli la maglia e farglielo capire, perché di dirgli che non poteva più tenergli dietro per via del ventre, per via del vomito che gli mandava su tutto quello che aveva mangiato, per via delle gambe che gli sembravan diventate di pasta, quello no; ma con uno strappo alla maglia, sì, magari approfittando del suo sbandamento per portarsi in testa e gridargli:

«Il servo sei tu. E allora fa' il servo. Fa' quello che comando io!»

E tenerlo dietro, poi. Tanto avevano più di tredici minuti. La "Coppa del Lago" era già loro. Ma lui, no. Voleva umiliarlo.

Era chiaro: da come aveva fatto durante tutta la corsa. Quando poi se era diventato qualcuno lo doveva a lui.

Staccò le mani dal ventre. Le fece uscir dalla cintura d'elastico. Piegò il braccio sul fianco. Si girò voltando un'altra volta la schiena alla luce che entrava dalle persiane.

Era disposto a tutto, pur di dormire. Ma non riusciva. La testa del Consonni che non aveva avuto il coraggio d'andar a vedere gli tornava davanti. Ecco: tutto lì: il coraggio: gli mancava il coraggio; e quello era il segno che malgrado tutte le ragioni che aveva cercato di trovare non si sentiva a posto. Perché se no sarebbe già andato e sarebbe anche tornato, dato che come tutti gli avevan detto e gli dicevano non faceva che domandar di lui. Invece non era mai riuscito, quantunque più d'una volta fosse stato sul punto. Non poteva dirlo anche al Todeschi subito dopo che l'aveva autorizzato a metterlo nella lista dell'"Olona"? Dirgli: "andiamo"; "venga anche lei"; "domani, ecco, chiedo al signor Gino il permesso d'uscir dal box prima dell'orario...".

L'aveva sempre lì, davanti, la testa, da qualunque parte si voltasse, anche se stava col fiato sospeso e sentiva nell'altra stanza quello della madre, né più né meno di quando il Todeschi gli aveva comandato d'inforcar la bici e partire: «Tu va'. A lui pensiamo noi. Si può ancora vincere»: e nel pedalare che aveva fatto come un dannato, giù, verso il lago, gli era sembrato d'esser riuscito finalmente a rubare al Consonni la pazzia di scendere alla velocità con cui scendeva, adesso che l'aveva rovinato come aveva cominciato subito a sperare: "perché se resta vivo, finirà col parlare. Forse ha visto, forse ha capito...".

La testa del Sergio gli era venuta davanti subito tra il gas bruciato e scoppiettante della moto, mentre lo straccio ora teso e ora molle della bandierina si confondeva con la macchia di cui la testa s'era subito bagnata, e così le mani con cui l'aveva sollevata cercando di dirgli qualcosa, ma riuscendo soltanto a dire che aveva continuato a gridarglielo «rallenta, rallenta», e poi che era stato un sasso, nient'altro che un sasso. Aveva continuato a scendere preso da quello che aveva davanti; la testa fracassata, ballonzolante in mezzo alla nube del gas. Doveva arrivare lui, vincere lui. Gli sembrava che la testa lo chiamasse e anche gli occhi che lo fissavano fermandogli il vomito, mentre il sangue veniva giù dalla fronte tra la polvere sollevata dalla moto che ora si diradava, ora si gonfiava come una nuvola, contro il lago che continuava a fiammeggiare, contro le macchie delle piante, contro il selciato, i tronchi, le rocce, i tetti, i muri, come se quella testa fosse la preda che lui inseguiva tanto che poteva scender a quella velocità, adesso che finalmente l'aveva tolto di mezzo; "rallenta, rallenta"; a lui nessuno lo diceva, ma non gli importava, pur di correre, arrivare, il dio della "Vigor", il dio di Roserio, cominciando a pensare, a desiderare, a sperare, che fosse rimasto schiacciato, la testa fracassata dal colpo, era facile, col taglio che aveva visto quando gli aveva sollevato la faccia. La sterzata l'aveva liberato dal rivale, quello che con la sua stessa maglia, con il suo stesso stemma lo stava scalzando: non il Nino: non la vedetta del "Niguarda"; ma lui, il suo gregario; voltandosi, ridendo, sfottendo, come aveva fatto, perché non andava col suo solito stand, perché il ventre non gli voleva mandar giù la soppressa, il vino e tutto quello che il Todeschi l'aveva obbligato a mangiare. Ma adesso s'era liberato: così, con una sterzata. Un vigliacco di meno. Non poteva essergli andata meglio. Chi avrebbe potuto dir qualcosa? Tanto più se, come cominciava a credere, era finito: ecco: aveva perso il cervello. Quando aveva alzato la testa, quel taglio che gli aveva spaccato la nuca e l'altro che dall'orecchio arrivava alla fronte, come se si fosse aperto nel momento stesso in cui gli sollevava il collo... E allora pedalare, correre, pedalare, correre, Lecco è lì, «passato Lecco siete a posto», «l'arrivo sulla "Gazzetta"», le foto, lo striscione, proprio come l'anno scorso, solo, contro la luce del sole, senza gregario né niente, ricuperando anche qualche minuto dei tanti che la caduta gli aveva fatto perdere, perché sarebbe stato un incidente, nient'altro che un incidente...

Finché la discesa di Onno sembrò sul punto di finire e la strada si strinse nelle case come in una gola, il cui fondo si piegava in una curva. Oltre quella curva, la strada entrava nel lungo-lago: davanti il rombo della moto, la bandierina che svettava, l'ombra delle case; ma per lui tutto era uguale, ombra, sole; pur di correre, pedalare; pur che il timore, la paura, il desiderio, il bisogno che fosse finito, senza più né cervello, né niente, gli vincesse la stanchezza che aveva nelle gambe e continuasse a tenergli fermo il vomito; corri; pedala; corri; ecco; per arrivare, per vincere, come gli avevan detto e come aveva voluto la mattina il Todeschi, guardandolo nella maniera in cui l'aveva guardato, per essere il dio di sempre, di tutti, per schernire quella testa che gli stava davanti, tanto nessuno mai avrebbe saputo niente, per schiacciarla con la coppa che avrebbe preso, spegnendogli anche il respiro che gli era restato, se uno ancora glien'era restato...

Portò la sinistra sugli occhi... la schiacciò contro come per levarsi davanti quella faccia sanguinante, quegli occhi fermi eppur vivi.

«Pessina!» la voce rauca del Consonni nel momento in cui davanti a lui, che stava allargando i pugni per prender dentro i freni, precipitava sulla strada. Quindi subito tutte le voci che aveva sentito e cioè che «doveva decidersi ad andare»: «che aveva continuato a cercare di lui»; «che qualcosa di quello che diceva si capiva»; «che era un egoista se si ostinava a non voler andare»; «una mezza-donna» come gli aveva detto il Todeschi; «paura»; «paura e basta»; «vuoi rovinarti la carriera per la paura»; «tanto e tanto, basta che tu abbia come hai più giudizio; per l'"Olona" ti metterò insieme il Riguttini».

Perché poi era lui che si metteva in testa tutto; ancora un

mese così e la sua carriera sarebbe andata all'aria. Gli altri non aspettavano che quello: che mancasse all'"Olona", poi alla "Abbiategrasso-Voghera-Abbiategrasso". Il suo nome sarebbe uscito dalle corse, poi dalle teste, poi dalle memorie. E lui si sarebbe ridotto a usar la bici solo per andar al box e tornare. E quelli della Bianchi avrebbero messo gli occhi sugli altri che eran lì solo ad aspettare che lui si ritirasse.

L'anno venturo come gli avevan ventilato poteva darsi che l'avrebbero passato di categoria. Forse le "Tre valli", forse il "Giro..." «E per un po' di paura ti vuoi giocare la carriera? Adesso che anche la tua mamma ha cominciato a capire? Può darsi che di qui a un po' ce la faccia a guadagnar quanto basta per piantar lì il box e tutto, senza aver rogne».

Risentì l'odore di benzina in mezzo a cui stava tutto il giorno e di cui ormai intorno puzzava tutto: calze, mutande, maglie, coperte, carne. Anche adesso che era in casa: quello che vestiva e quello che mangiava.

Lentamente la mano gli scivolò dagli occhi: capiva che cominciava a venirgli addosso un po' di sonno.

Il Todeschi gli aveva detto chiaro e tondo che ormai era scemo: e che scemo sarebbe restato. Fuori non sarebbe più uscito, sia pur con le cure; erano storie; giusto per calmare la madre e togliersi ogni scrupolo. Gliel'aveva detto anche il Riguttini. E anche il Camisasca.

E allora? Di cosa poteva aver paura? Non avrebbe saputo niente nessuno; anche se al Consonni fosse saltato in testa di dirlo; ma non doveva averlo dubitato neppur lui. Quelli che eran andati a trovarlo e che eran riusciti a parlargli in un momento in cui capiva, gli avevan detto che raccontava sempre lo stesso particolare, quello della caduta, e che allora tirava su un sasso, il primo che gli capitava tra mano, e diceva:

«Tutto per una roba così.»

Del resto poteva andarci anche lui; così avrebbe visto e si sarebbe calmato; e nessuno gli avrebbe più potuto dir niente; né che aveva paura, né che temeva di impressionarsi andando a vedere come il Consonni s'era ridotto. Avrebbe ricominciato subito ad allenarsi: di lì a quindici giorni c'era l'"Olona": poi l'"Abbiategrasso-Voghera-Abbiategrasso".

«Pessina!» aveva gridato come se la voce uscendo gli ta gliasse la gola. «Pessina!»

Si voltò. Schiacciò la faccia nel cuscino. Restò un momento in quella posizione cercando di spegner così ogni ricordo. Poi si girò dall'altra parte. Era inutile. Dormire? E come? La voce del Consonni gli era arrivata un'altra volta nella testa proprio quando aveva cominciato a capire che stava per addormentarsi.

L'aveva voluto lui. Gliel'aveva richiesto con quel suo modo di fare, di correre, d'insultare. Non s'era più sentito e a quella troia in qualche modo aveva dovuto farlo capire. Cos'aveva continuato a gridargli per fare: «Rallenta! Siamo soli! Rallenta»? Il Consonni aveva capito ma aveva insistito ugualmente ad andare in quel modo, per fregarlo con la vaselina. Voleva arrivare lui. Voleva sputargli in faccia la fatica che aveva fatto a tirarselo dietro mentre di solito era lui che si tirava dietro il Consonni. Ad Affori gli avrebbe dato la solfa; magari lasciandogli fino all'ultimo l'illusione che sarebbe stato ai patti e che il traguardo l'avrebbe lasciato tagliar prima al numero uno, da gregario che era. Un'ostia. Appena gli fosse riuscito, l'avrebbe piantato in asso; anche prima; magari sulla discesa; dato che lui non si sentiva più, con tutto quello in mezzo a cui passava che cominciava a tremargli davanti, confondendosi in una specie di girandola di luci che gli arrivava alla testa e gli toglieva il respiro; il sudore che gli veniva giù dalla fronte sul naso, sugli occhi; lo scoppiettio delle moto; più avanti la distesa del lago, come una colata d'acciaio; le ombre che sprofondavano in quello schianto di luci, come se fossero precipizi in cui stava per cadere, ma che venivan subito sopraffatte dal fulgore di altre luci; i muscoli delle gambe del Sergio davanti, di qua, di là; la schiena che dondolava sicura, potente, e la sua faccia, tutte le volte che si era voltato, pronta a ghignare, fin quando s'era deciso, aveva aperto la bocca, aveva riso, proprio poco prima che lui si decidesse a sterzare, a toglierlo di mezzo. Allora il sole aveva colpito in pieno la faccia del Consonni e gliel'aveva fatta diventar lucente.

In quel momento la faccia del Sergio gli era sembrata della stessa materia delle coppe; quella testa d'argento che voltata verso lui apriva la bocca mentre continuava a pedalare, per prenderlo in giro, per dargli la solfa, per arrivare lui primo e solo...

«Rallenta! Rallenta!» era stato così, i denti si eran sporti dalle labbra per insultarlo. Poi, come se tutto il resto non fosse bastato, gli aveva sputato sulla faccia.

Risentì la saliva sfiorargli la carne, fermarglisi fra il mento e lo zigomo, raffreddarsi sulla pelle al contatto dell'aria che lo investiva da ogni parte.

Si voltò un'altra volta. Portò le mani sotto il petto: l'aria che se ne stava ferma tra le lenzuola, sconvolta dal movimento, gli portò un'altra volta l'odore della benzina.

L'aveva tirato via con la mano quel pezzo di saliva intanto che il Consonni si voltava per vedere se aveva mirato giusto. Allora gli aveva gridato un'altra volta:

«Rallenta, troia! Rallenta!»

Ma era stato inutile. Aveva continuato a sentir le gambe di gesso, come se il sudore ne avesse levata ogni forza: di là e di qua; tutto quello che vedeva; Onno; i muri; le pietre dei chilometri; l'erba, i tetti che sprofondavano nel lago buttandogli ancor più addosso la schiena che gli s'alzava contro:

«Rallenta. Dobbiamo arrivare a Milano! Rallenta!» intanto che la testa cominciava a pesargli e l'altro si voltava e gli gridava:

«Cos'hai? Parla. Non sono un cane. Parla.»

L'aria schiacciava le parole: «se vai avanti così, ti romperai la testa»; e così infatti era stato. Un sasso. E perché preoccuparsi? Nessuno aveva dubitato di niente. Il Sergio non poteva più parlare. E allora? Voleva giocarsi i soldi, la carriera e la gloria per una fesseria così!

«Sei diventato un coniglio» sentì la voce del Todeschi calma e ferma come gli aveva parlato poco prima nella sede della società. «Un coniglio»; «per un po' di paura, vorresti piantar lì tutto, corse, soldi, gloria e speranze...» Che paura? Cosa ne sapeva lui? «Lo sai che ti guardano...» Quelli della Bianchi: e non solo quelli. E allora cosa stava lì a far lo scemo per fare?

Quello che aveva fatto, era fatto: basta. Era questione d'aver pazienza. Lasciar passare ancora un po' di tempo, e intanto correre. Di lì a pochi giorni l'"Olona", la gara in cui il Consonni avrebbe voluto che lui gli facesse il servo, non era l'occasione buona? Doveva andarci. Tanto aveva avuto la conferma che il Consonni non sarebbe più uscito e che tutto quello che avrebbe potuto dire, ammesso che fosse stato nelle sue intenzioni di dirlo, sarebbe stato preso per quello che era: parole di un povero scemo: nient'altro. Al Todeschi di metterlo in lista l'aveva già detto. Ecco: doveva continuar per quella strada. E andar a trovarlo: meglio per lui che si sarebbe convinto, vedendolo coi suoi occhi e toccandolo con le sue mani, delle condizioni del Consonni e che il Consonni non avrebbe potuto fargli più niente: né parlare, né accusare; niente. E meglio anche per gli altri. Nessuno avrebbe potuto dir più niente; era andato; l'aveva visto; e se proprio era il caso ci sarebbe tornato. Per quanto quelli che c'eran stati gli avessero già detto che era finito. Ma era meglio veder di persona. Non doveva forse salvar la faccia? Riprendere sì, continuare. Perché così quella testa non gli sarebbe più tornata davanti come invece continuava a tornargli dal giorno della "Coppa". Se andando a trovarlo gli avesse tirato in ballo qualcosa, avrebbe potuto dirglielo: e cioè che lui l'aveva capito da come faceva che voleva dargli la solfa, umiliarlo, fregarlo: e che non era stata quella la prima volta. Voleva scalzarlo: proprio dove l'anno prima aveva riportato un trionfo. A quell'ora già tutti eran usciti dalle case e stavano dirigendosi ad Affori per aspettarlo. La staffetta arrivando doveva dare né più, né meno la notizia dell'anno prima. «Chi? Il Dante. È avanti lui, il Dante! Più di dieci minuti.» No: dieci ormai non era possibile. Ma avanti sì, e solo. Nonostante quello che aveva perso per aiutare quel cretino che "andando come andava, per forza doveva finire così". «S'è comportato come un atleta. S'è fermato. L'ha aiutato. Ma quando gli ho comandato di ripartire ha inforcato la bici e senza né tanto, né quanto ha ripreso a pedalare. È riuscito a tener il distacco e a guadagnar ancora qualcosa»: come aveva detto il Todeschi all'arrivo; perché c'eran quelli della «Gazzetta». La foto gliel'avevano scattata, lui aveva alzato la testa: così era stato stampato sulla «Domenica Sport»: così era stato visto da tutti; sopra la foto la scritta in grande diceva: un primavera.

«Il Consonni?»

«Cosa?»

«Rovinato?»

«E dove?»

Tutte le domande che avevan rivolto a lui, al Todeschi e a quelli della staffetta; gli occhi della folla sbarrati per sapere:

«Il Sergio?»

«Ma quando?»

«Un sasso?»

«Cosa?»

«Un sasso, sì, un sasso. Non ha fatto in tempo a frenare.»

«E dove?»

«Sopra Onno.»

«E adesso?»

«Adesso è a Niguarda.»

Mentre lui si divincolava per liberarsi da tutte le mani che volevano toccarlo, stringerlo, da tutte le bocche che volevano baciarlo: «è lui», «sempre lui», «il Dante!»; da tutte le braccia che volevano prenderlo, portarlo in trionfo, con quel sangue che colava giù sulla testa che aveva davanti e che lui cercava di togliersi dalla mente alzando il braccio per levar dalla sua il sudore; è lui», «lui», «il Pessina», «il Dante», «su qui, su qui Dante!» «su sulla mia spalla»: talquale l'anno prima, ma questa volta si sentiva stremato. «A casa. Lasciatemi andare a casa», aveva supplicato; anche se dal momento in cui aveva ripreso la bici gli era sembrato d'andare come non era mai andato, benché ci fosse ancora qualche chilometro a precipizio, giù, sul lago che gli gettava negli occhi riverberi di luce, benché le piante e i tronchi gli girassero sulla fronte scomparendo per esser sostituiti da altri, poi da altri ancora, quindi le pietre dei chilometri, le curve, la testa insanguinata davanti, «è stato un sasso, Sergio, un sasso», mentre lui con quelle stesse mani con cui stringeva il manubrio per tener la strada aveva dato la sterzata, "così almeno capisce, dato che in altri modi non vuol capire", e allora giù, così avrebbe finito di credersi un dio e "la Coppa quando me la daranno gliela farò vedere sul didietro". Ma quello che era capitato no, quello no, non l'aveva voluto. Solo una lezione: che il culo sulla sella non lo mettesse più o lo mettesse in un'altra maniera: sapendo con chi aveva a che fare: perché era un gregario: ed era inutile che si montasse la testa: anche quella volta lì, tante scene per cosa? Che se lui non si fosse deciso a dar l'attacco sulla Marcolina sarebbe rimasto insieme a tutti gli altri con le mezzeseghe della "Vigor", della "Villapizzone" e della "Garibaldi". E allora per cosa faceva il cretino?

Doveva star ai comandi. Invece aveva voluto scalzarlo: passar in testa: metter sul tappeto la questione del capo e del servo. E se avesse vinto certo l'avrebbe fatto; bastava che arrivasse, parlasse e facesse la spia; bastava che dicesse al Todeschi come s'era svolta la corsa e chi aveva tirato anche in certe salite. La spia l'avrebbe fatta; quello che gli serviva l'avrebbe detto; e non solo al Todeschi.

Sì, domani sarebbe andato. Era meglio. Scemo a non chieder prima al Todeschi di venirci anche lui. Ma forse era più opportuno che andasse solo; dato che non sapeva vedendolo cosa sarebbe successo.

Niente. Cosa voleva che succedesse? Avrebbe ripetuto un'altra volta la storia del sasso. E lui gli avrebbe detto: "Se mi ascoltavi...".

Forse andando l'avrebbe incontrato in un momento in cui non poteva vederlo. Perché gli avevan detto che qualche volta capitava. Al Camisasca, quand'era andato la seconda volta, era capitato di vederselo inscemire sotto gli occhi. Gli aveva detto che a un certo punto aveva cominciato a tremare, poi a fissargli la cravatta, gli occhi fuori dalla testa, come se fossero di vetro, poi a piegar le labbra, poi a lasciar uscire qualcosa come un lamento, poi che una specie di bava era venuta giù dall'angolo della bocca...

Scemo: e scemo sarebbe restato. Perché voleva far tragedie? Adesso il campo era libero: il Nino, l'Andreoni e quelli della "Garibaldi" eran paste molli: e lui li avrebbe regolati; subito; all'"Olona"; così avrebbero imparato a sperare che lui entrasse nell'ombra; se lo sarebbero trovato davanti alla partenza; il nome l'aveva già dato; domani il Todeschi avrebbe consegnato la lista.

Vide la selva delle maglie, delle schiene, delle facce e delle gambe. Vide le saette di luce rimandate dai manubri, dai raggi e dai pedali colpiti dal sole della mattina. Sentì la voce di quello che dal tavolo faceva l'appello:

«Oldani Giulio.»

«Origgi Erminio.»

«Origgi Oreste.»

«Pessina Dante.»

Vide la selva di facce e di teste voltarsi verso di lui. Sentì gli occhi entrargli nella carne come se volessero svestirlo: per vedere com'era fatto: sotto, sì; bell'e che nudo: «un dio, ecco», come aveva detto il Todeschi a quelli della giuria all'arrivo della "Abbiategrasso-Voghera-Abbiategrasso" dell'anno scorso, facendolo vedere, dato che gli altri li aveva seminati per la strada e non accennavano ad apparire.

«Guardatelo, guardatelo bene: è lì, fresco come una rosa.»

Quella volta dato che avevan avuto corsa libera anche il Consonni era rimasto per strada. E allora? Perché non aveva digerito la soppressa del giorno prima? Approfittare di quello? Perché gli veniva da vomitare e le gambe non gli funzionavano più? E allora giù, la sterzata.

Si voltò un'altra volta: il chiarore che scendeva dalle fessure delle gelosie tornò a cadergli sugli occhi. Levò una mano; la portò sulla faccia; la strinse due o tre volte sulla fronte. Ma la voce del Consonni gli tornò nelle orecchie e ricominciò un'altra volta a chiamarlo come se fosse lì, vicino al suo cuscino: «Pessina! Pessina!».

III

S'abbassò per alzare il secchio in cui aveva appena gettato la spugna; poi si voltò e vedendo che il Dante continuava a star fermo davanti all'edicola gli gridò:

«Qui, qui che c'è da fare!»

Nello stesso momento con un colpo l'Aurelia scattò dal

marciapiede verso sinistra, fece baluginar l'aria di riflessi argentei, poi si mise in coda alle macchine che aspettavano il turno per prender il tagliando e aver via libera sull'autostrada. Allora il signor Gino fece passare il braccio sulla fronte, appoggiò con l'altro il secchio sulla destra del distributore e si rialzò. Gli occhi gli caddero sulla curva lucente dell'Aurelia, dove poco prima aveva passato la spugna: le macchie d'umidità vi si stiravano una a una scomparendo. Stava girandosi di nuovo verso il box, quando un colpo di freni lo costrinse a riportar gli occhi in avanti. Guardò: ballonzolando una Giardinetta gli s'era fermata sui piedi.

«Avanti!» gridò un'altra volta al Pessina con più forza mentre s'avvicinava alla macchina e agitava il braccio in direzione dell'edicola.

La porta della Giardinetta s'aprì e il piede di chi la guidava cominciò a spingersi fuori e ad appoggiarsi sul selciato. Quando ebbe finito di mettersi in piedi, quello che guidava disse al signor Gino:

«Mi faccia il pieno.»

Il signor Gino si portò sul davanti della macchina. Facendo quel movimento voltò la testa e vide che il Dante stava arrivando di corsa. Allora si piegò, prese il tappo e cominciò a svitar .

Q do dal respiro che gli ansimava alle spalle capì che il Pessina era arrivato:

«Ti eri fermato a veder cosa?» gli domandò. Poi subito: «Dammi il becco».

Continuando ad ansimare il Pessina appoggiò il «Tuttosport», il pacchetto di "Nazionali", i cerini e il resto in moneta di carta unta e slabbrata sulla sedia, strisciò le mani contro la tuta, staccò la canna del distributore e l'allungò nelle mani del principale.

«Ecco» disse, poi: «È venuto fuori il libretto del Lorenzi».

Quello che guidava estrasse dal taschino un astuccio di pelle, prese una sigaretta, la portò alle labbra e accese un fiammifero. Il Pessina fece scattar il misuratore. La benzina cominciò a correre dentro la canna e a inondare il serbatoio. Una piccola fiamma gialla e azzurra s'accese in mezzo ai tre.

Poi il fiammifero gettato con gesto veloce da quello che guidava tagliò l'aria: la fiamma tremò, si spense.

Intanto il gorgoglìo della benzina era diventato affannoso. Il signor Gino capì che stava arrivando a livello e disse a Dante: «Ferma».

Con uno scatto il Dante portò la mano al misuratore, poi s'inchinò. Prese il becco della canna che il signor Gino aveva levato dal serbatoio e l'agganciò al distributore.

«Chiudi» disse il signor Gino al Pessina.

Il Pessina s'abbassò, prese il tappo da terra, vi soffiò dentro per liberarlo dei due o tre peli che v'eran rimasti attaccati, lo fece combaciar sulla madre e cominciò ad avvitarlo. Poi chiudendolo tra pollice e indice diede una serie di colpi. Man mano che avvitava, la faccia del "Veleno" gli tornava davanti come l'aveva vista poco prima sulla copertina del libretto esposto nell'edicola: Benito Lorenzi: "il Veleno": c'era scritto così: in grande il nome, più piccolo e tra virgolette "il Veleno". Continuò a dar colpi su colpi finché l'ultimo mordendogli i polpastrelli coincise con la piega delle labbra che sulla copertina tagliava la faccia affaticata del campione.

Forse di lì a un po' di tempo l'avrebbero fatto anche a lui. Quando la primavera avesse messo sui rami i fiori. Come gli aveva detto il Todeschi. Pessina Dante: il mandorlo di Roserio. Con le gambe piantate sulla sterzata della "Coppa del Lago" e su quella faccia da scemo. Col Riguttini era già uscito due volte; andava; non era ancora il Consonni, ma poco a poco l'avrebbe pareggiato; intanto stava ai comandi come il Consonni non aveva mai voluto stare; e questo era quello che importava. Si sollevò giusto in tempo per vedere quello che guidava la Giardinetta dar due biglietti da mille al signor Gino. Poi s'avvicinò al distributore; allungò una mano nell'interno del box; prese dal tavolino un pezzo di pelle; s'avvicinò al parabrise della macchina. Con la sinistra staccò prima una, poi l'altra bacchetta del tergicristallo e intanto fece passar la destra sul parabrise, due o tre volte da una parte e due o tre volte dall'altra. Poi la fece passar sui finestrini laterali. Vide le luci rosse, viola e in qualche punto addirittura livide del sole rovesciarsi nei riquadri di cristallo, scomparir sotto la mano e il pezzo di pelle con cui li sfregava, ricomparir sopra i tetti e i muri delle case che sı schiacciavano una sull'altra dentro i finestrini. Poi quello che guidava aprì la portiera, saltò sulla macchina, fece con la testa un segno come per dire che così andava bene, girò la chiavetta; schiacciò la frizione; innestò la marcia; diede due singulti e girando anche lui a sinistra mise la sua macchina in coda.

Il Pessina restò un momento imbambolato a guardar la macchina sempre tenendo in mano il pezzo di pelle gialla e unta: la piega della bocca del "Veleno" gli tornò davanti agli occhi. Poi vide la piega della bocca del Consonni sostituirsi a quella, allargarsi, tremare, com'era successo tre giorni prima quand'era andato a trovarlo. Che era andato al Todeschi l'aveva detto. Il Todeschi gli aveva risposto che aveva fatto bene: «Finalmente. Non mi parevi più tu: ecco».

Gli aveva anche detto che dopo l'"Olona" sarebbe andata a trovarlo la "Vigor" tutt'insieme: se vincevano: come dovevano: adesso che lui s'era rimesso: «Perché adesso sì, adesso sì, che mi piaci».

Il signor Gino prese dalla sedia il «Tuttosport», il pacchetto di «Nazionali», i cerini e il resto. Mise il resto nel taschino e «Nazionali» e cerini nella tasca, poi si lasciò andare sulla sedia. Allora il Pessina s'avvicinò al box, rimise il pezzo di pelle sul tavolo; restò un momento tra dentro e fuori; guardò le luci che nel cielo sembravano allargarsi fin a bruciarlo. Le vide moltiplicarsi nei cristalli di cui il box era fatto, come se anch'esso pigliasse fuoco e diventasse una gran torcia alzata sul marciapiede dove altre torce piccole e grandi, a destra e a sinistra, avevan preso a bruciare.

L'"Olona": di lì a dieci giorni. Ormai era sicuro. Il Consonni non avrebbe più parlato. Non sospettava niente.

Poi sopra una di quelle torce cominciò a ballargli davanti il suo nome. Un'altra fotografia sulla «Domenica Sport» e forse l'articolo e tutto il servizio sulla «Gazzetta». Gli sembrò di veder la sua faccia combaciare e poi sostituirsi a quella del "Veleno" nella copertina del libretto appeso all'edicola, che continuava a bruciare in quel fuoco di luci, cristalli, distributori, parafanghi, paraurti, bacchette di cristallo per il neon sul punto d'accendersi.

Doveva andar avanti. Visto, l'aveva visto. D'aver paura non era più il caso. Gli faceva anzi pena che fin lì avesse potuto averne, dato il modo in cui l'aveva ridotto. Il Riguttini la sera prima, mentre tornavano da Saronno, dove eran stati ad allenarsi, gli aveva detto: «l'ha voluto lui. Peccato...» ma l'aveva detto in tal modo per cui aveva capito bene che in fondo per lui era stato meglio così e cioè che si fosse rovinato, che avesse avuto la testa balzana che aveva, almeno il numero due della "Vigor" adesso era toccato a lui. «Intanto tu cerca di imparare a non esser scemo alla sua maniera», gli aveva detto lui per tutta risposta invitandolo con due o tre allunghi a seguirlo. «E adesso stammi dietro, se sei buono» e via pedalando, aumentando il ritmo a ogni pedalata. Perché quando le piante dei piedi premevan sui pedali tutto davanti e dentro gli svaniva come i metri sotto il filo dei tubolari, uno via l'altro, incastrato nel telaio com'era, né più né meno di come i giunti s'incastravano nella catena.

«Il libretto del Lorenzi?» gli domandò d'improvviso il signor Gino dalla sedia mentre allungava le gambe per incrociarle poi alle caviglie. Quindi piegando il tono interrogativo in affermazione: «Domenica a quelli del Milan ci daremo la solfa».

«Vorrei vedere!» fece il Pessina stringendo la cintura attorno alla vita con un colpo deciso.

Nel piazzale ad ogni macchina che passava frammenti di luci, case, muri e finestre infuocate dai riverberi, squarci d'aria grassa e oleosa, si gettavan per un momento nei loro occhi, scomparivano, riapparivano subito, un po' più in là o un po' più in qua, un po' più in alto o un po' più in basso, a seconda dell'altezza d'ogni macchina e del punto in cui ogni macchina frenava per mettersi in coda.

«Sicché ti sei rimesso...» domandò il signor Gino mentre con una mano spingeva il pacchetto di sigarette e i cerini in fondo alla tasca fino a toccarne la cucitura.

«Non lo conosco il Riguttini» aggiunse tirando fuori la mano e passandola larga e grassa sulla testa.

«È stato qui ieri sera a prendermi» spiegò il Pessina.

«Quel saltamartino là?» fece il signor Gino di rimbalzo, quasi il Riguttini gli fosse piombato con un salto davanti.

Il Pessina non rispose: gli occhi che fissavano girando di punto in punto tutto quello che si muoveva davanti avevan visto una freccia rossa scattar da una Millecento proprio mentre la macchina avanzava nella direzione dello spiazzo. Capì che si sarebbe fermata da loro. Infatti continuando a venir avanti la macchina si portò sulla destra, rasentò il marciapiede e proprio mentre si fermava vi strisciò contro.

Il Pessina si mosse subito. Andò verso la portiera. Il signor Gino s'alzò dalla sedia, guardò la macchina e fu colpito dalla donna ch'era seduta di fianco al volante. Nello stesso momento quello che guidava spalancò con decisione la portiera, scese, s'accorse d'essersi fermato troppo avanti rispetto al distributore e allora guardando il Pessina domandò:

«Devo andar indietro?»

«Lasci. Ce la faccio lo stesso» rispose il Pessina.

«Super?» fece di rimbalzo il signor Gino.

«Faccio il pieno?» incalzò il Pessina.

«Il pieno, sì» disse in fretta l'uomo che guidava.

Il Pessina passò dietro la macchina e cominciò a svitare il tappo.

Quello che guidava s'avvicinò alla portiera, l'aprì, disse alla donna:

«Vado a prender da fumare», e s'avviò verso l'edicola confondendosi con quanti vi sostavano o vi si muovevano.

«Sicché ti sei rimesso...» mentre svitava risentì le parole che il principale gli aveva detto poco prima. Sì, si era rimesso: e non avrebbe più mollato: sicuro com'era. Poi risentì quello che gli aveva detto il Todeschi quando gli aveva riferito d'esser stato a trovare il Consonni: «Finalmente! Adesso sì, che mi piaci». Continuò a dar colpi su colpi, finché il tappo gli restò nella mano. Allora l'appoggiò sul profilo del marciapiede. Andò al distributore. Vide che il signor Gino aveva già pronta la canna; la prese; la tirò con uno strattone guidandola verso il foro del serbatoio. La canna grossa e rivestita di tela grigiastra s'allungò ondeggiando, poi con un colpo entrò nel serbatoio. Era sicuro; nessuno ormai poteva dir più niente; andato era andato; l'aveva incontrato in una giornata buona. Quando il signor Gino gli aveva dato il permesso d'uscir fuori orario e aveva preso la bici per dirigersi alla Ghisolfa e poi da lì al Ricovero, non sapeva cosa vedendolo sarebbe successo. Non era successo niente. Ecco. Perché, cosa mai doveva succedere? Era venuto il direttore. Gli aveva parlato. Gli aveva detto d'aspettarlo nel cortile. Mentre l'aspettava, aveva temuto che una volta che il Sergio gli fosse stato davanti non avrebbe resistito e gli avrebbe gridato in faccia come era andata, lo ripetesse pure a tutti, tanto lui aveva le sue ragioni. Poi il Consonni era arrivato: lo accompagnava un infermiere. Poi l'infermiere l'aveva lasciato solo; restando per tutto il tempo sulla porta a fumare e a far passar le pagine d'un giornale.

Attraverso la canna la benzina continuava a gorgogliare. Il Pessina la sentì scorrere nel palmo della mano con cui teneva alzata la canna per facilitarne il deflusso.

Poi il gorgoglìo diventò un'altra volta affannoso. Allora il Pessina si voltò verso il signor Gino che era già pronto per dar lo scatto e lo guardò facendo il solito cenno d'intesa. Mentre rivoltava la faccia verso la macchina sentì il "trac" della molla scattare. Allora s'avvicinò al distributore e l'appese al gancio. Intanto quello che guidava era tornato verso la macchina. Il Pessina lo vide mentre gli occhi gli si posavano sul tavolino. Allungò la mano, prese il pezzo di pelle. Tornò ad avvicinarsi alla macchina; s'appoggiò al parafango; s'allungò verso il parabrise; vide gli occhi della donna seguirlo; strofinò quattro, cinque, sei, sette volte, la mano sul cristallo; ogni volta che nel percorso la mano gli lasciava libera la vista gettava la coda degli occhi sul petto della donna. Poi passò dall'altra parte.

Benito Lorenzi: "il Veleno". O come il libretto del Koblet che era uscito nella stessa serie e che lui aveva a casa sul comodino e che teneva lì come se fosse un vangelo. Del resto adesso cosa poteva fare? Andato era andato. Successo non era successo niente. Tutto come prima. La menzogna che aveva inventato era scesa sul fatto e l'aveva chiuso come un coperchio chiude una bara. Nessuno, ormai poteva esser certo, l'avrebbe più sollevato. Dopo esser andato a vederlo aveva cominciato anche a calmarsi; se non altro aveva visto e toc cato lui coi suoi occhi e con le sue mani; aveva avuto la fortuna d'incontrarlo in una giornata buona; più che scemo gli era sembrato stordito; la testa pareva sempre lì, lì per andar via; di tanto in tanto la bocca gli s'era aperta e lora il labbro aveva cominciato a tremare.

Ma fin a quando? Del resto meglio così. Col tempo, capiva anche lui, tutto sarebbe andato in niente. Bastava che pensasse a quello che aveva continuato a girargli in testa fino al giorno in cui era andato a trovarlo e a quello che gli girava in testa adesso.

«Hai visto che roba?» gli disse d'improvviso il signor Gino, appena la Millecento con un rombo scattò via.

L'esclamazione sorprese il Pessina nei suoi pensieri.

Aprì sbadatamente la bocca per ridere.

"Chissà cos'ha da essere sempre così..." pensò il signor Gino.

«Ma non sei contento?» gli domandò quando s'accorse che la faccia del ragazzo pareva oppressa da una tristezza mortale.

Tenendo fermo il corpo il Pessina voltò verso il principale la testa e disse:

«E di cosa?»

«Ma che ti sei deciso a ricominciare» fece il principale alterando la voce grassa e pastosa; non riusciva infatti a credere che il Pessina potesse pensare a qualcosa che non fosse la bici, le corse, le coppe e la gloria.

«Perché...» fece il Dante senza né domandare né rispondere, cercando invece di trovar subito qualcosa da fare, fosse un attrezzo da riordinare o uno da pulire, che lo liberasse in un modo o in un altro dal rispondere più chiaramente.

Fu allora che s'accorse d'aver ancora in mano il pezzo di pelle. Si voltò: fece i passi che da dov'era l'avrebbero portato dentro il box, vicino al tavolo. Il signor Gino lo guardò e lo seguì muoversi. Capì che stava venendo dove era lui. Si tirò indietro. Portò la mano sulla testa. Sentì la tuta del Pessina sfiorarlo, poi lo vide protendersi verso il tavolo.

«La solfa...» fece per cambiar apertamente discorso. E dopo una breve pausa: «Vieni anche tu a San Siro?».

Il signor Gino sapeva bene che il Pessina dovendo allenarsì, gli avrebbe risposto di no; ma era proprio questo quello che voleva: che il discorso tornasse da sé sulla corsa, sul Riguttini.

«Non ho tempo. Devo allenarmi.»

Gli occhi del signor Gino ricominciarono a guardar il Pessina con curiosa dolcezza, quasi pensasse che quella confidenza dovesse favorirne altre. Continuarono a guardarlo mentre prendeva uno a uno gli attrezzi e li passava e ripassava nella pelle. Perché faceva il tifo anche lui, per il suo meccanico prodigio: non era proprio come per l'Inter; però, dato che l'anno venturo quelli della Bianchi, come gli aveva ripetuto anche ieri il Todeschi, che si era fermato lì prima di prender l'autostrada, la Giardinetta carica di scatole di sapone, saponette e dentifrici...; e domenica l'altra, all'"Olona"...

«È domenica l'altra l'"Olona"?» domandò.

«Sì» fece il Pessina mentre finiva di pulir una grossa chiave dentro il pezzo di pelle.

Ecco: sarebbe andato ad aspettarlo all'arrivo. Perché era sicuro che il rientro si sarebbe chiuso con una vittoria strepitosa. Va bene che, per quanto sapeva, all'"Olona" di salite non ce n'erano. Ma il Pessina doveva distruggere tutte le voci che s'eran sparse sul suo conto e cioè che non correva più per questo e per quello, che la disgrazia del Consonni aveva dimostrato cos'era, una mezza-donna, una bolla di sapone e nient'altro. Domenica sarebbe andato; proprio seguirlo no, ma aspettarlo all'arrivo, quello sì, dato che il traguardo non era troppo lontano dalla Certosa e un paio d'ore poteva perderle. Ma forse sbagliava. Forse qualche salita c'era. Forse passato Varese...

«Ce n'è poi di salite all'"Olona"?» fece. «L'anno scorso» continuò, «cos'hai fatto che non mi ricordo?»

«Niente. Non sono partito. Avevo i foruncoli.»

«Come fanno a venire i foruncoli a voialtri? Dovrebbero venirvi i calli non i foruncoli a furia di star sulla sella.»

Il signor Gino guardò un'altra volta il Pessina. Lo osservò mentre continuava a pulir gli attrezzi con il pezzo di pelle gialla e spiegazzata: la bocca e i muscoli della guancia seguivano uno per uno i movimenti che facevan le mani. A ogni strattone le labbra si piegavano e le mascelle si tendevano una sull'altra. Poi lo vide alzar un attrezzo più grande degli altri, muoverlo due o tre volte. Allora nell'aria infuocata si distesero delle violente schegge di luce.

Appena l'aveva visto in cima alla scala che metteva nel cortile, non aveva saputo cosa fare: se andargli incontro o invece fermarsi lì, ad aspettarlo. Poi quando il Consonni aveva cominciato a far i primi gradini s'era mosso. Allargando la bocca per sorridere il Sergio gli aveva allungato la mano. Allora aveva capito che doveva far tutto quello che poteva per rinforzar la menzogna. Così gli era andato incontro, gli aveva dato la mano e mentre stringeva la sua gli aveva battuto l'altra due o tre volte sulle spalle. Poi gli aveva domandato: «Com'è che va?». Invece di rispondere il Consonni aveva portato una mano sulla testa. Era ancora fasciata ma dall'alto si vedevan spuntare i ciuffi grassi e neri dei capelli. «Hai su ancora la benda?» gli aveva detto. L'infermiere aveva continuato a star fermo in cima alle scale e a far passare il giornale.

«Non ce n'è salite all'"Olona", è vero?» si sentì domandar un'altra volta dal principale proprio mentre gli tornavan in testa le parole che aveva detto al Consonni e quelle che il Consonni aveva detto a lui.

«Già,» fece alzando di poco la fronte «e la Valganna dove la mette?»

«Non ricordavo più...» fece il signor Gino deluso.

Il Pessina ripose sulla sinistra l'attrezzo che aveva pulito da ultimo. Poi li guardò tutti quanti uno in fila all'altro. Con lo spostarsi dello sguardo i riflessi si spostavano come se vi fossero legati.

Fuori le macchine continuavano ad arrivar sullo spiazzo dell'ingresso, spegnevano per un attimo il rombo dei motori oppure lo riducevano a un ansimar malamente contenuto in attesa che il tagliando le liberasse sulla pista larga e perfetta, in mezzo alle distese dei prati.

La visita era andata così: non era successo niente. Soltanto una volta il Consonni gli aveva fermato gli occhi sulla faccia e l'aveva fissato come se avesse voluto gridargli quello che lui temeva. Era stato in quel momento che aveva sentito salirgli in gola le parole che dal giorno della coppa gli avevan martellato la testa: "Cosa vuoi? Avanti? Parla. Credi che quella del sasso sia una balla? È questo quello che vuoi dire? Parla. Vuoi che te lo dica io com'è andata?".

Ma la saliva scendendo a grumi nella gola gli aveva ricacciato indietro quelle parole. Sospeso sulla sua faccia per un momento aveva temuto che il Consonni gridasse, aprisse le mani, gliele portasse alla gola, dato che continuava a fissarlo, forse per fargli capire che lui sapeva, forse per gridargli: "Non è stato un sasso. Io lo so, lo so che cos'è stato!".

Una frenata violenta gli fece girar la testa verso lo spiazzo e muover poi il piede fuori dal box. Anche il signor Gino, pur continuando a star seduto, voltò la testa in quella direzione. L'uno e l'altro riuscíron a vedere che un'Alfa, nel tentativo di sgusciare oltre una Giardinetta per guadagnar qualche posto nella coda, s'era trovata davanti improvvisamente una Millequattro uscita allor allora dall'autostrada. Nel punto estremo la frenata delle due macchine aveva evitato l'urto. E adesso i colpi di clacson di tutte le macchine che fremevano per aver via libera cadevano uno sull'altro, lunghi e ripetuti, tanto che quello che guidava la Millequattro pensò bene di non intralciar oltre il traffico uscendo, come pure si sentiva in diritto di fare, per sputar qualcosa addosso a chi, toltisi gli occhiali neri, si guardava intorno stupito come d'una mancanza di rispetto verso la sua fuoriserie. Non era stato niente. Cose così ne succedevan tutti i minuti.

«Si capisce chi sono anche da come frenano quelli lì» commentò il signor Gino rigirando la testa mentre l'accavallarsi dei colpi di clacson andava distendendosi.

Il Pessina continuò a guardare, vide le ultime manovre dell'Alfa e della Millequattro per liberar il traffico, quindi il traffico riprendere nella sua congestionata normalità.

Ecco. Proprio quando, preso dalla paura, s'era messo a guardar le mani del Consonni per veder se, come aveva continuato a temere, si scagliavano su di lui improvvisamente il Consonni gli aveva detto: «Speriamo di rimetterci presto. Se no», aveva esitato un momento, poi: «Con chi è che corri adesso?» gli aveva chiesto spostando la voce in un tono d'interrogazione sfocata. Ecco: non sapeva niente: né che lui dal giorno della "Coppa del Lago" non s'era più presentato a nessun via, né che forse non si sarebbe presentato mai più e per sempre. Erano passati sì e no tre giorni da quand'era andato al Ricovero e già aveva deciso. Ritirarsi per cosa? I dubbi che il Consonni potesse aver capito erano svaniti. E se anche per ipotesi fosse tornato normale e l'avessero lasciato uscire, da lui non aveva più niente da temere. Anzi, a un certo punto il Consonni gli aveva detto: «Se tu m'avessi obbligato a rallentare...», appena finito di dir "rallentare" s'era fermato e aveva aperto gli occhi come se gli si fosse ripresentata davanti la rovina di tetti, prati e strade, nel punto in cui, spinto dalla sterzata, stava per balzar giù dalla sella. Ma li aveva rimessi subito a posto e lui gli aveva così potuto dire: «Cos'è che ti ho gridato dietro tutto il tempo? A un certo punto ho anche allungato la mano per prenderti». Menzogne. L'aveva allungata per fermarlo, per passagli davanti. A quelle parole il Consonni aveva abbassato lentamente la testa come se avesse avuto vergogna della testimonianza definitiva che il Pessina, il suo capo, ricordandogli quel gesto gli dava. Poi la bocca aveva cominciato a tremare. Allora lui aveva guardato in cima alla scala per veder se l'infermiere era ancora là. Da quel momento aveva continuato a spostar gli occhi dal Consonni all'infermiere quasi per costringerlo a venir giù, a riprender l'ammalato e condurselo via. Infatti le labbra avevano continuato a staccarsi una dall'altra tremando e lasciando veder nell'interno le due file dei denti; gli occhi avevano cominciato a svuotarsi d'ogni espressione e dalla bocca era uscito un sospiro lamentoso.

Ormai era sicuro. E stupido a esser rimasto tutto quel tempo con una paura che non aveva senso, adesso che aveva visto come non ne esisteva la ragione.

Sopravvenendo nello spiazzo due pullman lacerarono il rombo sordo dei motori con le sirene dei loro clacson. Il Pessina ne fu colpito come da una frustata che lo riportasse dal cortile del Ricovero nel box.

Finì d'uscire. Guardò i due pullman passargli di lato.

Vide sul secondo l'indicazione: Milano-Bergamo. Cercò di

guardar dentro; vide le teste scorciarsi per via della maggior altezza e frantumarsi nei bagliori del sole che trapassava i finestrini, rimbalzava sui poggiamano, i portapacchi, le finiture e su tutto quello che nell'interno era d'acciaio o metallo scoperto.

Quanto alla vecchia poi, niente. Cosa poteva importarle se gli davano una bella paga?

Dopo l'"Olona" sarebbe tornato a trovarlo e allora con tutta la squadra. Era perfino riuscito a dirgli che il Todeschi gli aveva messo in coppia il Riguttini. Allora lui aveva fatto:

«Tu, ma quando vengo fuori, prendi ancora me, è vero? Se ci sarai ancora.» Poi, subito dopo, aveva detto che quelli della Bianchi lo cercavano; di star attento, di non esagerare, va be' divertirsi e tutto, però...; poi del Koblet, del Giro, ma senza che lui potesse capir niente, poiché i nomi delle corse, quelli dei corridori e tutti gli altri riferimenti eran usciti dalla sua bocca senza nessun nesso e nessun senso. Il Todeschi aveva già consegnato la lista. Intorno s'era già sparsa la voce che lui aveva ripreso ad allenarsi e che all'"Olona" sarebbe apparso in coppia col Riguttini. Qualcuno aveva cominciato anche a dire che non era stata la paura a farlo ritirare, come si credeva, ma qualche malattia: «Avrà preso qualche broda» gli aveva riferito il Riguttini che avevan detto due che lavoravano nell'officina dove lavorava lui e che stavan di casa dalle parti di Villapizzone. «Con tutte le donne che gli giran intorno» aveva aggiunto.

Ecco: aveva saltato il fosso; e adesso che si trovava sull'altra sponda doveva tirar il carro al quale s'era legato facendo quello che aveva fatto. Continuare, sì. A qualunque costo. Anche se avesse dovuto sputar sangue. Il Riguttini poteva venire su come il Consonni, forse meglio. E lui avrebbe dovuto andar avanti così e per sempre. Cosa gli mancava? Quel coraggio lì, dopo che aveva avuto quell'altro? Ormai, arrivato dov'era, non aveva altra scelta. Parlare a chi? Dir cosa? E per far che?

Nel crescere dei colpi di clacson per un nuovo ingorgo che s'era formato sulla destra, gli riapparve davanti la copertina del libretto, ma con sopra la sua faccia invece che quella del Lorenzi: la maglia gialla, schiacciata sul foglio, scottava come se fosse arroventata. Poi sopra quella maglia gli sembrò che andassero sostituendosi altre di altri colori. Fin a quando nel moltiplicarsi delle pedalate che si sovrapponevano nella testa con l'aumentar dei colpi di clacson provenienti fin da oltre l'incrocio dello spiazzo di viale Certosa, la maglia prese i colori dell'iride mentre una corona d'alloro, dalle foglie grevi e cupe, cominciò a pesargli sul collo come un giogo.

Sul culo: ecco. Gliel'avrebbe dato sul culo il trofeo dell'"Olona": quello che avrebbe voluto vincer lui e per cui avrebbe dovuto fargli da servo. Era una coppa con una donna che alzava nelle braccia una ruota. Gli mancava giusto quella per completar la serie. Le altre, in due anni, più o meno, le aveva prese tutte. Ma non era il caso; chiuso dov'era non poteva far più niente.

La sterzata gliel'aveva richiesta lui: con quello che aveva fatto. Del resto con i dilettanti sarebbe rimasto per poco. Lo seguivano: quelli della Bianchi, eccetera, eccetera. Ecco, sarebbe passato coi pro.

La tuta l'avrebbe lasciata a un altro. E anche il posto al garage. Magari al Riguttini, visto che portava buono e che il signor Gino era uno che la bici la capiva.

Una freccia scattò con un "trac" leggero dalla portiera d'una Millecento nella direzione del loro box. Frenando gradatamente la macchina sfiorò prima il marciapiede, poi si fermò col parafango anteriore all'altezza della sedia. Il signor Gino si alzò.

Appena sollevato il piede dal freno quello che guidava aprì la portiera. Uscì fuori. Si sgranchì le gambe. Disse di verificar le candele, far il pieno e metter il "Motoroil".

Sentite le richieste il Pessina andò verso la macchina. Riaprì la portiera. Allungò nell'interno una mano. Fece scattar l'apertura del cofano. Ritirò la mano. Si portò sul davanti e alzando il cofano con un colpo spalancò il motore.

«Tu fa' il pieno» disse al Pessina. «Qui ci guardo io.»

Il Pessina che stava già per metter la testa sotto il cofano si ritrasse. Passò le mani sulla tuta facendovi strisciar contro le dita. Poi andò sul didietro della macchina, s'abbassò e cominciò a svitar il tappo.

Nell'abbassarsi l'aria infuocata che si liquefaceva dentro i cristalli della macchina gli si schiacciò negli occhi. Allora, per evitar lo sbattito, girò la testa. Ma s'incontrò di nuovo nell'incendio dei riflessi che da Roserio i vetri mandavan su tutto l'orizzonte. Così mentre svitava il tappo e seppure con minor forza anche dopo, quando cioè staccò dal gancio il becco della canna e l'introdusse nel serbatoio, continuò ad aver dentro gli occhi quella macchia luminosa e dilatata come se tutto ciò che aveva davanti, tappo, canna e carrozzeria andasse sciogliendosi in una luce che era insieme d'oro e di sangue.

IV

«Ma cosa?»

«Sono tutte storie! Storie degli interessati!»

«Lo dice lei.»

«Ma infine si può sapere chi è in testa?»

«Noi.»

«Noi, chi?»

«Noi!»

«E chi?»

«Il Pessina!»

«Il Dante?»

«Il Dante, sì, il Dante!»

«E subito dietro il Riguttini.»

«E di quanto?»

«Non ci dia retta. Son tutte storie.»

«Se vi dico che sono in testa loro due...»

«E dove li avete lasciati?»

«A Nerviano.»

«E di quant'è che sono in testa?»

«Di due.»

«Due cosa?"

«Ma due minuti! Si vede subito che lei è uno della "Garibaldi".»

«E lei? Ma si tiri là, ma mi faccia il piacere... Pessina, Pessina. Non ci sarà solo il Pessina!»

Intorno ai due ragazzi che con una frenata avevan arrestato la Lambretta proprio nel mezzo della folla, obbligandola ad aprirsi a raggio, le voci continuavano a moltiplicarsi: la gomma chiusa nella morsa aveva strisciato sull'asfalto lasciando una grossa riga nera da cui continuava a salire l'odor acre della combustione. Da una parte e dall'altra della strada la folla faceva ressa fin da qualche centinaio di metri prima della grossa riga bianca che tagliava l'asfalto; sopra la riga lo striscione stava ancora ben teso tra i due pali. Ormai eran le sette e la tabella di marcia dava per imminente l'arrivo. Infatti la Lambretta che liberamente s'era messa al seguito della corsa arrivando aveva in parte soddisfatto l'attesa di quanti aspettavano, anche se non ne aveva calmato l'orgasmo. Non tutti però riuscivano a dar fede alle parole dei due ragazzi che stando uno in piedi, l'altro a cavallo del moto-scooter, erano sopraffatti dai tifosi della "Vigor" accorsi su loro appena avevan sentito volare intorno il nome del loro dio:

«È in testa il Dante!»

«Altro che paura! Altro che broda!»

«E il Riguttini?»

«Vien su come un motorino.»

«Ma come han fatto?»

«Dov'è che li han staccati?»

I due lambrettisti si sforzavano di rispondere alle domande un po' con le parole, un po' rappresentando coi gesti quanto avevan visto e chiudendo talvolta la faccia con le mani, come se avvertissero la loro incapacità:

«Bisogna vedere, bisogna vedere che corsa!»

Quello che guidava la Lambretta e che chiudendo la testa nelle mani aveva espresso con quelle parole la sua meraviglia, era sceso ancor bambino da Giussano a Vialba dove adesso abitava: per questo lo chiamavano "il Brianza". Era uno dei più accaniti e ammirati ballerini dei dancing della zona e sfrecciatore di cuori quando, alzando fino all'inverosimile il rombo della Lambretta di sua proprietà, se pur non ancor del tutto pagata, rasentava le sottane delle ragazze, riuscendo anche nel passaggio velocissimo a unger l'aria di "Tabacco d'Harar", della brillantina cioè con la quale soltanto riusciva a tener fissati i capelli. Le ragazze seguivano il suo volo catturate da quella folata d'odore come dal violento raggiro. Tanto più che il Brianza si voltava, sorrideva e schiacciava l'occhio: senza però far altro: perché a lui piacevano solo le "anziane": «quelle che hanno un po' d'esperienza. Le verginelle a me non mi dicono niente».

«Ma il Riguttini? Conta, su. Cos'ha fatto, il Riguttini?» gli domandavan da più parti.

«In che modo ha corso?»

E poi: «Su, dite, dite qualcosa.»

«Una corsa, ma una corsa! Non l'han mollato un momento, né quelli della "Villapizzone", né quelli della "Garibaldi". Che l'anno venturo quello lì va al Giro, com'è vero dio!»

«Ma dov'è che han cominciato a staccarli?»

«Dalle parti di Valganna» fece il Brianza. Pronunciando il nome della località il Ballabio fece rimbalzar la mano sulla cintura dell'amico: un lampo di luce passò dal braccialetto che gli era scivolato sul polso negli occhi di chi lo guardava. Poi la mano tornò sulla manopola e la strinse dominandola nel pugno.

Allora diede un colpo rabbioso e con la punta del piede fece scattar l'avvio. Il motore ringhiò:

«Vieni su, vieni su che torniamo a vederli» disse.

Il compagno s'avvicinò alla Lambretta, alzò una gamba e velocemente s'installò sul sedile posteriore. Poi l'uno e l'altro allungarono la sinistra sull'asfalto per facilitar la ripresa del motore e quindi la curva, curva che allargarono per potersi far vedere più a lungo.

Urla, nomi, lanci d'evviva, li assalirono: «delle bauscie! Ecco cosa siete: delle bauscie!»: «Diglielo, Brianza, che stasera ci facciamo il boogie!»: «C'è lo spumante!». Poi tendendosi su tutti come la corda d'un violino una ragazza gridò a quello che era seduto dietro:

«Dagli un bacino anche per me!»

Ma i due rimessisi nel mezzo della strada stavan già scattando nella direzione opposta, seguiti via via dagli sguardi di quanti da una parte e dall'altra aspettavano l'arrivo.

Poco lontano, neppur due metri in qua della striscia bianca, attorno a un tavolino, protetti da quattro carabinieri, parte in piedi, parte seduti, stavan quelli della giuria.

Sul tavolino, di lato al foglio, nelle caselle del quale il presidente di lì a poco avrebbe scritto l'ordine d'arrivo, il trofeo era lì, pronto per esser consegnato.

Era una statuetta fusa in bronzo e coperta d'un velo d'argento: la donna che v'era rappresentata alzava con le braccia, in un gesto energico, una ruota e in quel modo pareva un uccello sul punto di prender il volo per perdersi nelle nubi.

Poco più in là, di fianco al tavolo, dal bordo d'un secchio, tra alcune gambe, spuntava il mazzo di fiori che la figlia del presidente avrebbe dovuto offrire al vincitore: erano una ventina di garofani rossi involti in un pesante foglio di carta oleata.

Guardandoli di tanto in tanto con noncuranza studiata la ragazza cercava di staccar il proprio contegno da quello delle altre che tuttavia non parevano osservarla molto.

Intanto quelli che eran venuti per festeggiare il Nino, l'Andreoni e i numeri maggiori delle società dei loro quartieri, si eccitavano in un orgasmo di speranze, parole e insulti all'indirizzo dei due lambrettisti:

«Sono dei venduti! Chi ci crede?»

«E allora per cosa l'avrebbero detto!»

«Del resto la corsa non è finita. Può succedere tutto.»

Quell'orgasmo era tanto maggiore quanto più la minaccia che il Pessina, l'invincibile, quello che loro avrebbero desiderato vittima e per sempre della paura di cui sempre secondo loro s'era invece liberato, li aveva lasciati un'altra volta e tutti a zero.

Qualcuno anzi cominciava già a pensare che se le cose stavan veramente così, era meglio che quelli della Bianchi o chi per loro, venissero, lo prendessero, lo portassero via, e di lui fra loro basta, ma proprio basta.

«Del resto,» sostenne ad alta voce uno della "Villapizzone" «il Nino è terzo. E non verrete qui a sostenere che se fosse stato da solo il vostro coso, lì, il Riguttini, ce l'avrebbe fatta a star dietro al Nino! Si sarà impiastrato alla ruota del Pessina come faceva prima il Consonni.»

Frattanto quelli della Lambretta proseguivano il volo con cui di lì a poco avrebbero raggiunto di nuovo la corsa: con piacere irrompente vedevan che ai bordi della strada, poco prima dei paesi, in mezzo e anche fuori, c'era già molta gente: così a gruppi, era chiaro, non poteva aspettare che il passaggio della corsa. Vedendola i due si sentivano quasi artefici, certo in diritto d'urlare come facevano:

«Arrivano! Tra poco son qui! È in testa la "Vigor"! Il Pessina! La "Vigor"! Il Pessina!»

Qualcuno allora diceva:

«Sono ancora loro.»

«Chi?»

«Quelli di prima.»

Infatti attraversando le stesse strade per scender da Nerviano al traguardo, già prima i due avevan sparso a tutta gola la notizia che di lì a un quarto d'ora, oppure mezz'ora, secondo le distanze, la corsa sarebbe passata e che in testa era la gran coppia della "Vigor". A quelli poi che s'eran meravigliati avevan aggiunto:

«E chi dovrebbe essere in testa? Noi, si capisce! Noi!»

Da dietro la folla, da dietro i gruppi, i manifesti dei cinema si fissavano per un momento nei loro occhi: se li avevan già visti, meccanicamente a ogni titolo con la rapidità d'un lampo essi richiamavano nella loro mente trame, facce, corpi, gambe, tutto ciò insomma che li aveva sedotti. E come sui muri a quei manifesti s'alternavano quelli del Binaca, delle Lane Rossi e del Cinar, così quelle trame e quei corpi s'alternavano nella loro fantasia alla bocca aperta di quella del Binaca, alla chiostra dei denti che era una specie di grande corona di perle, al palato tenero come un petalo di rosa, per saltare poi al colpo della "Carabina Williams", mandando in pezzi la faccia del Gregory Peck o per trattenersi con l'urlo del gol nel volo del portiere, spianato sul manifesto che annunciava la partita fra la "Pro-Rho" e il "Magenta".

Poi i ciuffi di piante, i vetri delle finestre, le piazze, in mezzo alle piazze i sedili, poi le sottane da sollevar passando, via, come saette.

Continuando così la Lambretta s'incrociava con la moltitudine dei motori domenicali. I due contavano i minuti: ormai dovevan essere vicini: potevano spuntare da un momento all'altro; ma si sarebbe dovuto sentir prima 'l grido della folla e il fragore delle staffette; poi veder le bandierine tese nell'aria; poi sentir il sibilo delle ruote. Forse avevano guadagnato ancora qualcosa. «E stasera si balla»; sarebbe venuto anche il Pessina: aveva fatto la promessa: «giuro, sì sì, giuro»; quantunque sapesse sì e no gettar là le gambe: ma si sarebbero esibiti loro; dopo che fosse finito il brindisi nella sede; il Todeschi aveva preparato il Cinzano e due o tre cabaré di paste del Motta; sarebbero andati alla "Rosellina"; lì, chi voleva, trovava poi d'arrangiarsi.

D'improvviso dalla strada un urlo salì contro i due.

L'aria, in cui il sole tramontando s'era disteso, parve scoppiare e rimbalzar attorno a pezzi come se dei grappoli di fiori fossero saltati sopra la massa di teste che s'era assiepata ai lati della strada.

Lo strombettare delle due staffette portò quell'urlo a un'altezza vertiginosa continuamente aumentandolo col diminuir continuo della distanza tra loro e la corsa.

«Sono loro!»

«Arrivano!»

«È in testa l'Ezio!»

«Adesso è lui che tira!»

Forando la siepe di mani che si tendevan sulla strada, preceduti dalle staffette, il Riguttini e il Pessina avanzavano verso la Lambretta violenti e indomabili come se non fossero ancora soddisfatti né del vantaggio, né degli entusiasmi che via via andavano suscitando. Appena li ebbe visti quello che guidava si tirò da parte; subito l'altro scese dal sedile; e tutt'e due guardarono senza dir parola la loro coppia sgominar l'aria, sbriciolarla con il movimento delle gambe.

Dietro, dalla Giardinetta, la testa del Todeschi spuntava grassa e congestionata per la troppa felicità: proprio al punto in cui le schiene dei due corridori raggiungevano il massimo della curva il parabrise della sua macchina rifletteva di striscio il lago rosso, venato di giallo e di profondità di perla, in cui il cielo s'era trasformato.

«Forza! Dài!» urlava senza neppur più servirsi del megafono il Todeschi. Ogni volta che l'urlo usciva dalla bocca la faccia s'allargava diventando d'un rosso livido.

«Forza! Dài!» La folla che forse non conosceva neppure i nomi incitava i due corridori prima vedendoli giungere, il casco dei capelli ingrommato e pesante, poi seguendone i muscoli impolverati allentarsi e stringersi attorno alle ossa, come se ogni volta cercassero di strapparsi via, quindi vedendone le cosce alternar la loro pienezza, di qua e di là, tanto che le maglie delle mutandine parevan sul punto di non più contenerle e infine vedendone le macchie di sudore allargarsi sulle schiene, prender l'aspetto d'un muschio cresciuto sotto le maglie dai tessuti della carne e dei polmoni.

«Hai visto l'Ezio, che roba?» gridò il Todeschi piegando la sua mole dalla Giardinetta verso il Pessina. «Te lo dicevo io che era come il Consonni...» aggiunse mentre seguiva l'equilibrio con cui il neo-numero due faceva la sua parte di asino da tiro.

Per il Pessina quel nome fu come l'ultima frustata. Pensava già di farlo; anzi l'aveva pensato durante tutta la corsa; ma adesso sì, adesso doveva cominciare, doveva scattar subito, via!

«Ah sì?» gridò voltando la testa verso la Giardinetta. «E allora gli dica di starmi dietro» aggiunse facendo uscir a fatica le parole dalla gola.

«Ma cosa vuoi fare adesso?» urlò il Todeschi. Poi, avendo capito quello che il Pessina intendeva fare dalla rabbia con cui aveva ricominciato ad affondar i polpacci sui pedali:

«Aspetta! Aspetta dopo! C'è ancora tempo! Aspetta!»

Il Dante girò un'altra volta la faccia verso il Todeschi: nel coro di urla, evviva, forza e dài, ricevette dallo sguardo del Todeschi il benestare, ma per dopo, al suo ultimo guizzo.

Tanto ormai con la vittoria che stava per agguantare era chiaro: ancora un anno in mezzo a quelle frigne e poi, via. E lui che restasse pure. Sì, l'Ezio era come il Consonni: anzi meglio. Ma a lui non gliene importava niente. Sull'avviso l'aveva messo. Sentito doveva averlo sentito. Un momento prima, quando aveva risposto al Todeschi: «e allora gli dica di starmi dietro». Doveva aspettarselo. Non avrebbe tardato molto. Appena fuori del paese avrebbe cominciato a tirargli il collo. L'avrebbe piantato lì, quanto bastava per arrivar con il distacco che l'avrebbe riconfermato per quello che era: il campione: il dio: senza rivali, senza nessuno, né niente che gli potesse star dietro: né delle altre squadre, né della sua: nemmeno il ricordo del Consonni: niente. Adesso capiva: se avesse fatto come stava pensando di fare anche col Consonni, sì o no si sarebbe poi trovato a dover fare quello che aveva fatto. «Te lo dicevo io che era come il Consonni...» Come lui; e forse anche meglio. E come stava facendo con l'Ezio avrebbe dovuto fare con il Consonni fin dalla prima volta che avevan fatto coppia. Non gli sarebbe successo niente. Sarebbe stato quello che era e sarebbe diventato quello che stava per diventare senza dover far i conti con nessuno e men che meno con se stesso. Non avrebbe avuto la nausea che ricominciava a sentire per tutta quella gente, per tutte quelle mani, quegli occhi, quelle bocche che gli gridavano: «Forza!» «Dài!» «Sei un dio!» «Forza!» «Dài!»: per cui ormai cosa doveva fare?

Che se era nausea, era poi anche la sola cosa che gli interessava: la folla, gli urli, le mani, le braccia, le strade, le curve, le salite, arrivare dove nessuno arrivava e col tempo con cui nessuno riusciva a farcela, come aveva fatto anche oggi, e tutti quelli che aveva seminato per la strada, come merde di mosche, pur con le voci che aveva sentito correre sulla bocca dei colleghi alla partenza, «non ci son troppe salite», «non è un percorso per lui», «possiamo farcela», «basta stargli addosso, addosso sempre»; infatti li aveva avuti sempre addosso, sulle costole, sulle reni, intorno ai pedali, sul culo. Per fregar lui avevan superato ogni rivalità di squadra, di società e di colori, quelli della "Virtus", della "Villapizzone" e della "Garibaldi" s'eran messi tutti d'accordo, tutti insieme, per non dargli fiato, per non lasciarlo scappare, per stroncare chiudendolo come in una morsa ogni tentativo che avesse fatto, come se loro sapessero che a spingerlo oltre a quello che c'era già prima adesso s'era aggiunto quella faccia di scemo e che per lui l'unico modo per farlo tacere era proprio di sbattergli sul muso, appena gli veniva davanti con la saliva che gli pendeva dalle labbra, la prodezza che stava facendo. E allora di cosa s'illudevano? Di poterlo tenere? Di poterlo fermare? Con quello che lo spingeva? Con la voglia d'uscir al più presto da quelle frignette per salir tra i grandi? E oltre a quello il Consonni; ecco perché l'aveva tolto di mezzo; tutte le ragioni che aveva avuto di farlo andavan bene; ma doveva continuare a giustificarle e non solo adesso ma domani, dopodomani, in ogni corsa cui avrebbe partecipato; sempre. Non poteva mollare; se avesse mollato, quello che aveva fatto gli sarebbe tornato davanti in tutta la sua inutilità, proprio nel punto in cui portava il filo della ruota appena avanti e appena a destra di quella del Consonni, per poterlo poi colpire, giù, mentre la strada piombava nello sfolgorio del sole, nei muri e nei prati. No. Non come il Consonni. Meno balzano e meno forte: ecco. Ma in ogni caso non gli avrebbe permesso di farsi troppe illusioni; gli avrebbe stroncato ogni velleità sul nascere. Perché quest'anno tenergli su la coda toccava a lui. Appena usciti dal paese avrebbe cominciato a scappare; i nove o dieci chilometri che c'erano bastavan per esser sicuri: si sentiva a posto come non s'era mai sentito, di ventre, di testa e di gambe. E quella faccia davanti che per farla tacere doveva umiliarla anche più di quanto aveva pensato, sbattergli addosso anche quest'ultima impresa, chiudergli la bocca con quest'altra fuga, in maniera che arrivando libero, solo, tutti non pensassero più che a lui e nessuno a quello che era stato il suo gregario, né a quello che cominciava ad esserlo adesso.

Alzò la testa quel tanto che bastava per veder se le case del paese stavano per finire. Vide prima le file di scarpe, poi mano mano sollevava gli occhi quelle delle gambe e dei calzoni. Quindi vide le file dei calzoni alternarsi a quelle delle sottane. Poi dietro a quelle file vide alcuni pezzi di muro color terra, ruggine e fango. Poi vide alcune chiazze di luce, alcune schegge spiccar tra le teste, i capelli, gli occhi e le gole spalancate. Davanti continuava ad aver la curva gialla del Riguttini.

L'aveva chiamato, l'aveva minacciato. Aveva fatto di tutto. E lui per riprovargli le sue intenzioni s'era voltato e gli aveva sputato addosso. Ma allora la strada precipitava, come chi lo precedeva, nell'incendio della terra, del lago e delle montagne.

Adesso invece le schegge di luce gli arrivavan dai vetri delle case all'altezza dei quali continuando a sollevar la testa era ormai arrivato e così continuavano a restare alternandoglisi davanti un momento le facce, le gole, i capelli, un momento i frammenti di muro sbrecciato, un momento le mani che si tendevano verso la sua bici, un momento il dondolio della schiena del Riguttini.

Le case erano ancor molte; ma poco più avanti la strada cominciava a piegarsi in una curva larghissima. La vista gli si fermò sulla calce d'un muro, sul verde gonfio e brillante di alcune piante, sulla facciata della casa che s'intravedeva oltre quel verde. Ma di là dalla curva ecco, sì, non potevano essercene ancora molte di case. Avrebbe dato i primi allunghi quando intorno ci fosse stata ancora un po' di gente, così da farla scattar in un urlo di spavento per la potenza che quegli allunghi avrebbero assunto, bruciando per ogni pedalata metri e metri, alzandosi sulla sella come già si sentiva spinto a fare e affondandovi poi con falcate che nessuno avrebbe mai immaginato; il Riguttini, per quanto se lo doveva aspettare, sbiancando avrebbe mollato. Dalla Giardinetta il Todeschi avrebbe ricominciato a gridare portandosi in bocca il megafono: «Dài, Dante. Dài! Sei il mio dio, Dante! Il mio dio!». Forse prima si sarebbe voltato e per metter a posto subito le cose avrebbe detto al Riguttini: «Prova a starmi dietro».

Sentì i muscoli delle gambe, delle braccia e quelli che eran tra la sella contrarsi per trattenere lo sforzo. Li sentì gemere nella fatica di protrarre un'attesa che la curva vietandogli la vista lo costringeva a prolungare.

Tese gli occhi in avanti. Vide le due moto della staffetta piegarsi. Vide le bandierine azzurre spostarsi a destra, afflosciarsi, seguir la curva. Poi le vide tendersi un'altra volta, scomparir dietro la moto, dietro il tripudio verde delle piante. Poi vide le piccole nubi di gas gettarglisi contro, disfarsi, come se poco più avanti dell'Ezio si spaccassero moltiplicandosi all'infinito.

Risollevò gli occhi. Vide il bosco gradatamente girare. Seguì il moto del Riguttini. Si spostò sulla destra. Si piegò sulla sinistra. Si sentì cadere verso il muro, verso le file dei calzoni, delle sottane, delle gambe e dei piedi. Poi sempre seguendo il movimento del Riguttini si rimise dritto. Allora s'accorse che le case cominciavan a diradarsi e che da una parte e dall'altra gli spazi d'erba e prato s'allargavano. Ecco, era il momento buono.

Con un colpo violento s'alzò sulla sella. I muscoli si scatenarono. Il corpo si protese tutto in avanti come se volesse gettarsi oltre la ruota. La testa precipitò di là dal manubrio, giunse a ricevere il sibilo della gomma, nello stesso attimo in cui davanti gli riapparve impiastrata di sangue la faccia del Consonni.

Un urlo salì dai bordi della strada: tutti, anche quelli davanti ai quali la coppia era già passata, si voltarono e con un brivido di spavento videro il corpo del Pessina diviso in due parti: una obliqua al telaio, l'altra che per il movimento velocissimo dei muscoli scompariva nel punto di congiuntura. Il Riguttini ebbe appena il tempo d'accorgersi di quanto accadeva. Prima se lo sentì strisciare pesante e sudato sulle cosce; poi mentre il respiro veniva a fiotti dalla bocca del Pessina sulla nuca se lo sentì strisciar sui pugni. Allora girò gli occhi, giusto in tempo per veder i denti del capo stringersi orribilmente, le mascelle serrarsi, le gocce di sudore fermarsi nei solchi che le rughe moltiplicavano sulla fronte. Finché nel crescere dell'urlo, nello scoppiettar delle moto, lo vide passar davanti alla sua bici di mezza ruota, poi d'una ruota intera. Allora capì che era inutile tentare. Del resto per lui era già molto così. «E se non vinciamo, mi lascio tosare.» Invece no. Ce l'aveva fatta. Tuttavia mollare così non era da quel neo-campione che pensava d'esser diventato. Anche se a stargli dietro non sarebbe riuscito. Non doveva permettere che gli desse troppo distacco. Era il numero due, va bene, ma la sua carriera cominciava proprio adesso e allora, giù, forza, dietro!

Anche per il Todeschi che dalla Giardinetta guardava esterrefatto, quell'ultima impresa del Pessina era attesa sì, per l'annuncio che lui stesso voltandosi gli aveva dato, ma non nel modo in cui andava verificandosi. Il presidente infatti continuava a trattenere il respiro temendo che i polmoni del ragazzo non potessero reggere a quello sforzo e che spezzandosi ne fermassero con una caduta la corsa.

Ma il Pessina procedeva senza neppur supporre quanto nel Todeschi creava quella paura. Anzi lasciati alle spalle gli urli della folla la ruota della sua bici passava e ripassava schiacciandola e quasi riducendola in poltiglia su quella testa di scemo: ecco: di scemo; e allora avanti, avanti Dante! Avanti!

«Ma fin a quando riuscirà a tenere quell'andatura?» si domandarono nello stesso tempo il Todeschi e il Franco che seduto al volante seguiva con apprensione appena inferiore a quella dello zio quanto avveniva sulla strada.

Morendo il sole continuava a rovesciar sul selciato le colate incandescenti dei suoi ori e delle sue perle, le distese dei suoi fiumi gloriosi.

«Fin a quando?» domandò il Todeschi al nipote abbassandosi quel tanto che bastava a farsi sentire.

Il Franco non rispose. Si limitò, non visto dal Todeschi, ad aprir la bocca in una smorfia di stupefazione.

"Ecco. Prendi anche questa. Cosa credevi di poter fare? Sì: sono stato io. Con quelle mani qui. Ma cosa vuoi che m'importi adesso?"

Le ruote continuavano a rotolar sulla testa schiacciandola, riducendola pezzo per pezzo a uno straccio di carne, facendovi scomparire in quel continuo, violento, strisclar delle gomme anche i pochi segni di sangue che v'eran restati.

Si voltò un attimo, in tempo tuttavia per afferrar con uno sguardo i cento metri che ormai lo dividevano dal Riguttini. Nello stesso momento il Todeschi, non potendo più contenersi, senza usar il megafono, ma allargando le mani e subito ricongiungendole come se volesse stringere qualcosa di vivo, urlò:

«Sei proprio il mio dio, Dante, il mio dio!»

Poi riafferrato il megafono si passò la destra sulla fronte e asciugò il sudore che gli continuava a scendere dal colmo della testa oltre la linea d'appoggio del berretto di tela gialla, mormorando tra sé qualcosa.

Nell'andirivieni delle macchine e dei motori con colpi prolungati oppure spezzati di clacson le due staffette aprivano la strada alla fuga del Pessina.

Sulla destra in mezzo a una distesa di campi, passò lontana, piccola e quasi infantile la catena d'un treno. Poi subito dopo sempre sulla destra s'accese la rete d'una centrale elettrica: un rimbalzar di placche d'acciaio, fili, incroci, curve, ottoni, pareti trasparenti, imbuti, ceramiche, comignoli, punte, aghi, matasse liquefatte, raggi, platini e sprazzi. Il Pessina alzò la testa. Vide per un attimo quell'intrigo metallico. Poi attratto tornò a guardarlo. Lo fissò anzi ripetutamente mentre per sistemar le mutandine rallentava quasi impercettibilmente l'andatura.

Quando rimise gli occhi sulla strada l'abbaglio di quella luce sopraffece quanto della testa del Consonni era rimasto; lo fulminò; lo travolse nelle fiamme che continuavano a dilatarsi. Poi quella luce si contorse, s'allungò, si distese, prendendo la forma d'un foglio d'acciaio di color giallo, come quello della maglia che il sudore adesso gli attaccava alla pelle. Quindi nel mezzo di quel giallo si stampò la foto della sua faccia.

"Ecco. Prendi anche questo, brutta troia! Prendi!"

Sopra la foto, il nome: Pessina Dante: e sotto, tra virgolette: «il dio di Roserio». Ecco. E allora avanti, dài, avanti!

Allo stacco delle cosce la maglia sfregava la pelle: continuando a strofinarsi attorno al cuoio della sella in quel punto la carne anche per il sudore e l'umidità s'era arroventata dolorando.

Allora sentì precipitarglisi dietro, prima da oltre la Giardinetta del Todeschi, poi di qua della Giardinetta e dopo ancora di qua da dove pensava dovesse essere il Riguttini, la Lambretta del Brianza. La riconobbe con un fremito, dagli urli che l'accompagnavano.

«Forza! Sono due e mezzo!»

«Han detto di darti un bacino!»

«Forza, Dante! Forza!»

Nuovi gruppi si sporsero dalla strada. Il Pessina ne sentì gli occhi appiccicarglisi alle gambe e alla faccia.

Doveva esserci di lì a poco un altro paese. I piedi che gli

occhi spostandosi in fuori vedevano sulla riva della strada da una parte e dall'altra, le scarpe, i pezzi di gambe, di calzoni e di sottane ne eran il segno. Alzò un'altra volta la faccia. Scosse la testa per gettar via senza muover le mani quel sudore che più gli dava fastidio. D'una goccia che scesa dal naso stava per calargli sul labbro, eliminò il fastidio tirandosela in bocca e mischiandola alla saliva.

Allora si ricordò della scorza di limone che ridotta in poltiglia aveva deposto nell'angolo della bocca; con un movimento veloce la riprese e ricominciò a masticarla. Ma i denti non riuscivano a schiacciar con la rabbia che pur era necessaria a sfogare la sua tensione: i pezzetti di scorza inumiditi gli si attaccavano alle gengive. Pensò che qualcuno di quei pezzetti avrebbe potuto entrargli tra un dente e l'altro. Allora si voltò verso la Lambretta e gridò:

«Un limone, Ivo. Un limone.»

La Lambretta s'arrestò. Quindi curvando lentamente si portò sul lato opposto della strada e ripartì nella direzione opposta. In quel modo s'incrociò col Riguttini.

Quello che stava dietro gli disse:

«Tira, Ezio! Tira!»

«Prendilo, se sei buono» fece il Riguttini con una voce infiacchita ma ugualmente orgogliosa.

«Va', che per essere la prima corsa hai fatto anche troppo» disse il Brianza.

Il Riguttini che aveva capito bene sorrise, quantunque anche i muscoli della faccia fossero provati dalla fatica e stentassero a muoversi. "Se non vinciamo, mi lascio tosare" pensò due o tre volte; "invece eccoli lì e stasera..." Aveva già fissato l'ora dove, dopo la festa che ci sarebbe stata alla sede, in via Aldini, con la felicità snervante della vittoria, avrebbe incontrato la Nanda. Era la prima volta che provava quella felicità e tutto aveva per lui l'interezza degli avvenimenti nei quali si prevede non possa esserci alcun'ombra. La faccia dolce e molle della ragazza che avrebbe baciata con la sua bocca, adesso arida e arsa, le gambe che avrebbe stretto attorcigliandovi attorno le sue, che adesso cercavano di star dietro al ritmo del Pessina, si confondevano con la folla che vedeva, con quella che pensava avrebbe visto al traguardo, ɪɴ una sola, prolungata felicità.

Subito dietro al Riguttini veniva la Giardinetta del Todeschi. Dalla manovra dei lambrettisti il presidente della "Vigor" capì che doveva esser accaduto qualcosa e quando i due rallentando gli arrivarono di fianco lui s'era già sporto in fuori pronto a sentire e a fare.

«Ha detto il Dante di portargli un limone.»

Il Todeschi s'abbassò verso il fondo della macchina, frugò in un sacco da montagna, levò un limone, lo palpò tra le mani soddisfatto. Si rialzò. Si sporse in fuori e lo diede a quello che era dietro.

Appena il compagno l'ebbe preso il Brianza passò in coda alla Giardinetta, girò un'altra volta, si pose un'altra volta nella direzione opposta e partì.

Scoppiettando fu di nuovo sul Riguttini; gli occhi gli caddero sul numero, cinquantanove, che grande e impillaccherato di fango seguiva la curva della schiena gonfiandosi al centro per il rigurgito d'aria che la velocità accumulava. "Ne mancano giusto dieci" pensò tra sé sorridendo. Poi:

«Forza, Ezio!» gridò.

«Ma non vedi? Va come una Rumi» disse il Riguttini per risposta. La Lambretta gli passò davanti. Quello che era dietro si voltò e fece al Riguttini un cenno d'acconsentimento: d'accordo, come una Rumi. Ma che bisogno c'era al punto in cui era arrivata la corsa d'imbastir un'altra fuga?

Intanto la Lambretta era quasi arrivata alle spalle del Pessina. Allora quello che stava dietro allungò in fuori la mano che stringeva il limone:

«Prendi» disse.

Il Dante staccò la sinistra dal manubrio, prese il limone, lo portò in bocca e lasciò che il sugo gli scivolasse in gola. Poi s'alzò con tutta la persona e per un attimo pedalò lasciando libero il manubrio: l'andatura si ridusse.

Il Riguttini vide e capì che affondando le gambe con più decisione avrebbe potuto approfittare per accorciar d'ui paio di metri la distanza. Ma capì che era solo questionc d'un momento.

Infatti dopo aver allargato le braccia in fuori due volte come se volesse provarsi la potenza dei polmoni, il Dante portò la destra sul limone e schiacciandolo tra i denti ne strappò un pezzo. Guardò quello che gli era restato in mano, con un colpo lo gettò sul bordo della strada e masticando la polpa e la scorza che gli eran rimaste in bocca ricominciò a pedalare. Allora quelli della Lambretta, fatti sicuri che tutto riprendeva il ritmo di prima, scattaron via per superare anche la moto della staffetta e destreggiandosi tra macchine e motori portar per primi a quelli che aspettavano quest'altro particolare del trionfo della "Vigor".

In quel momento, sul punto d'arrivo, il signor Gino finiva d'avvicinarsi al tavolo della giuria. Quando vi fu sopra sporse la testa fra quelle che vi stavan raccolte; vide la statuetta rilucere per il movimento che il presidente imprimeva alla base di marmo.

«Si sa qualcosa?» domandò.

Tre o quattro di quelli che eran intorno si voltarono e lo squadrarono da capo a piedi. Uno della "Garibaldi" gli portò in fretta lo sguardo sull'occhiello della giacca per vedere se avesse qualche distintivo, naturalmente temendo che fosse la ruota della "Vigor" e solo quando vide che non c'era niente s'avventò a dire:

«Pare che sia in testa il Pessina.»

«Grazie» fece il signor Gino e scomparve nella folla.

Intanto girando da destra a sinistra la Lambretta, su cui quello che era dietro continuava ad agitar le braccia e a urlar il nome del Pessina, si bloccò.

Tutti si precipitarono sui due ragazzi: quelli che stavan già dalla loro parte pressandosi e mescolando l'odor dei sudori a quello delle brillantine e dei profumi; quelli invece che eran dalla parte opposta, superando a salti la strada, alzando le gambe foderate dai calzoni o i polpacci nudi, aprendo le sottane, agitando i pullover neri e i colli aperti delle camicie; e gridando gli uni e gli altri, nomi, parole: «la Vigor», «la Vigor», «ancora la Vigor», «sempre la Vigor», continuavano a batter le mani iniziando il delirio che sarebbe scoppiato di lì a poco, non appena l'avessero visto spuntar là, dove la strada secondaria si staccava dalla provinciale.

«È scappato!»

«Ha fatto un'altra fuga!»

«Ma non era già in testa?»

«Sì, ma stavolta è solo.»

«Solo?»

«E come?»

«Cose da non credere!»

«Solo?»

«E il Riguttini?»

«Ha fatto una corsa che è una meraviglia. Ma chi ci sta dietro a quel demonio?»

Il Brianza aveva appena finito di dir "demonio" che le guardie entrando nel gruppo comandarono di lasciar libera la strada: la corsa poteva arrivare da un momento all'altro.

A quell'invito gli evviva, gli urli, il rimbalzar dei nomi, soprattutto di quello del Dante anziché diminuire si moltiplicarono. Man mano che ognuno tornava al suo posto le due siepi di folla si ricomponevano continuando tuttavia ad agitarsi come se nessuno riuscisse a star fermo e serpeggiasse in tutti un desiderio incontenibile di sporgersi, vedere e toccare.

Allora il Brianza scuotendo con un colpo il compagno che era seduto dietro s'avvicinò al tavolo della giuria. Cercò la ragazza designata alla premiazione e le gridò dal mezzo della strada:

«Si prepari a dargli un bacino, signorina.»

«Un bacino? E a chi?» fece il fratello del presidente della "Garibaldi".

«Come a chi? Al Pessina.»

Nel rispondere invece di guardar l'interlocutore il Brianza gettò gli occhi sulle labbra della ragazza: scivolandovi sopra la luce del tramonto le aveva inumidite come se qualcuno se ne fosse appena staccato.

«Te lo darei anch'io» disse aprendo e richiudendo subito la mano sulla manopola mentre la bocca gli si allargava in un sorriso esaltato. Poi tra sé aggiunse: "Anche se per me sei un po' troppo fresca".

La ragazza capì che non poteva rifiutar il gioco. Seguita dallo sguardo del padre si staccò dal tavolo, s'avvicinò alla Lambretta e disse:

«Fra quanto arriveranno?»

Soddisfatto il Brianza seguì la ragazza avvicinarglisi. E quando fu quasi sul manubrio girò gli occhi dei.ro la scollatura della camicetta, seguì due o tre volte il sollevarsi e abbassarsi dolce e profumato della carne e rispose:

«Questione di minuti» e riprese a guardarla dappertutto come se volesse fasciarla.

Infatti i minuti passando aumentavano l'agitazione e l'orgasmo della folla: oramai essi s'eran diffusi nei gruppi che gli addetti al servizio d'ordine avevan sciolto e poi ricomposto come un contagio. I commenti, le esclamazioni, gli evviva, i segni rimandati da un fronte all'altro, composti con scatti violenti dei gomiti e dei pugni, si sovrapponevano ai commenti più discreti sui risultati delle partite. Ancora due domeniche poi il campionato avrebbe chiuso i battenti. Gli spalti di San Siro avrebbero riposato deserti sotto il sole che avrebbe moltiplicato, intersecandole e sovrapponendole, le crepe aperte dallo sgelo: le formiche avrebbero corso su e giù dove nel gennaio, quando cioè sedersi è impossibile, i piedi avevan pestato il cemento, dove s'eran accesi i falò con le «Gazzette», con le spoglie delle zaccarelle, con le cartine del chewing gum, vinto o perso che si fosse, tanto e tanto domani è lunedì. Anche adesso il pensiero del lunedì veniva giù come un'ombra nei meno giovani: avvertendolo essi per primi cercavano di stornarlo montando l'orgasmo dell'attesa oltre il limite della credibilità: come se volessero mettersi in gara coi più giovani, nei quali lo stesso pensiero era quasi soltanto una questione di dormir meno. Con l'amore in vista per stasera: i campi, i prati, i baci, rotolando dentro il verde, dopo aver messo sotto qualche giornale, magari lo stesso che piegato e ripiegato tenevano nella tasca dove avrebbe dovuto esserci la grana: poi, fino a sabato, cinghia. Ma anche senza l'amore, il boogie oppure il bigliardino, oppure le corse su e giù per il ponte del sei, oltre l'ingresso del Sanatorio, verso Rho, verso Castellazzo, sulla Lambretta o sull'Iso, confondendo il piacere di stringer nelle gambe le forme tenere di qualche donna con quello di stringere il serbatoio nel punto in cui s'incavava e i muscoli vi premevan sopra, sentendo rotolar dentro la miscela: e star attenti di non trovarsi alle volte lontano senza più niente dentro.

«Questione di momenti» ripeté il Brianza alla ragazza che il salir del motore aveva costretto a una smorfia.

Fu atto di cavalleria, come il Brianza pensò, la subita ridiminuzione. Così mentre riportava il motore al silenzio tornò a guardare dall'umidità dei suoi occhi il caldo e pacifico sollevarsi e affondarsi del seno della ragazza, quasi volesse indurla col risucchio che il cessar del rombo aveva provocato nelle sue orecchie a un segreto cedimento.

Per un attimo la vide infatti impallidire. Allora lui che teneva divaricate le gambe fino a strisciar terra con le scarpette scamosciate, ebbe un sussulto e tremò.

Fu proprio in quel punto che l'agitazione della folla si trasformò in urlo. Si voltaron tutti, anche quelli che non potevano aver visto cosa stava accadendo. All'inizio del rettilineo d'arrivo, dove la strada del traguardo si staccava dalla provinciale e la folla cominciava a infoltirsi, erano apparse rombando le due staffette. L'urlo continuò ad alzarsi; crebbe; divenne un nome solo, gridato come se facendolo uscire le bocche si spaccassero:

«Il Dante!»

«Ecco!»

«Il Dante!»

«Il Dante!»

L'odore di gas bruciato invase il punto dell'apparizione, si dilatò sulle teste, nelle gole, coinvolgendo il tremito rosa dell'aria nello scoppiettio intermittente con cui usciva dai tubi e andava diffondendosi intorno.

Altre moto si eran aggiunte negli ultimi chilometri alle due sui cui sedili posteriori i portatori alzavan le bandierine azzurre che per un po' si tendevano, poi subito fluttuavano, quindi si ridistendevano sfilacciate dal vento da cui lungo tutta la corsa eran state percosse: star indietro per cosa? Ormai la corsa era decisa e se anche erano accompagnatori di società antagoniste della "Vigor", tanto valeva unirsi al carosello in cui il rivale procedeva talmente veloce da parer che volesse vincere anche con se stesso e salvar in quel modo la faccia: «tanto contro lui non c'è niente, ma proprio niente da fare».

I colpi di clacson con cui le staffette e le altre moto andavan aprendo la strada al vincitore, s'assommavano così, acuti, bassi, lunghi, brevi, improvvisi, ostinati, all'urlo che cresceva mano mano il carosello abbordava la curva.

Ecco. E non era ancor tutto. Non era ancora contento. Quantunque fosse andata come aveva pensato e anche meglio.

Il nome che adesso l'aveva accolto, forse ancor prima che la folla avesse potuto vederlo, e in cui il suo corpo aveva vibrato era la spinta decisiva. Sì, doveva mostrarlo a tutti chi era: che vedessero lì, sotto il naso, di che razza era il motore che gli girava tra le gambe: che nessuno, neppur per ridere, osasse più parlare di paura, di ritiro e di Consonni: che quella testa o l'ombra che di quella testa gli era rimasta davanti diventando nient'altro che una grigia poltiglia resa viva soltanto dalle punte degli occhi, finisse per scomparire per sempre, proprio nel punto in cui la sua macchina d'acciaio sarebbe passata sulla riga di calce. Avrebbe stretto con un colpo, giù, così, i freni, mordendo le mascelle, intanto che da terra gli scattavan le foto, i lampi, le luci dentro gli occhi, saltando subito giù dalla macchina per ricevere i baci, gli abbracci, per essere alzato su tutti, così da veder le case, quelle di Roserio e quelle di Vialba e anche quelle dov'era ricoverato lui, dall'alto, come dalla torre del Parco.

Fu in quel preciso momento che sentì dietro di sé il Todeschi dargli l'ultimo grido:

«Ce l'hai fatta, Dante!» Poi subito: «Un dio! Ecco cosa sei: un dio!».

Il Pessina pensò che con quelle parole il presidente volesse invitarlo a rallentare, a percorrere con calma quegli ultimi metri come se avesse paura che un altro sforzo... Paura di cosa? Ma lo sa chi sono io?

Gettò gli occhi in avanti, cercando di misurare con l'avidità d'un affamato i metri che mancavano a tagliar la striscia del traguardo, proprio mentre il Todeschi sporgendosi dalla Giardinetta lo fissava per trasmettergli l'ordine di rallentare; basta, cosa voleva ancora? Basta. Nonostante lo sforzo al

Pessina non riuscì di prender subito coscienza della distanza. Ma sentì di poter forzare lo stesso: era a posto: era sicuro.

Vide le moto delle staffette rallentare, vide i due seduti dietro tener a freno con le bandierine l'accalcarsi della folla, lo spingersi delle teste e delle mani nella direzione del suo corpo. Così che d'un colpo e quasi senza volerlo si trovò sulla loro stessa linea.

Allora capì che era il momento giusto. Si voltò come se volesse dare a tutti l'avviso dell'ultima stoccata; che guardassero; ecco; gridassero pure; lui era quello che adesso stavan per vedere.

Nel voltarsi la bocca gli s'aprì in direzione del Todeschi con un sorriso feroce.

"È per te, che lo faccio" si disse, rimettendo la testa avanti, verso l'ombra che lo perseguitava. Poi, subito: "E allora prendi anche questo, brutta troia! Prendi!".

E come se avvertisse che ormai la faccia del Consonni non poteva ricevere nemmen più quell'insulto, s'alzò sui pedali.

La schiena gialla, fradicia di sudore si piegò; il quadro di tela biancastra del numero "32" apparve mezzo staccato su quella curva; la seguì piegandosi anch'esso. Fu un attimo; gli occhi della folla che si eran attaccati ai suoi polpacci ebbero appena il tempo di vederlo scattare, affondar i pedali, raspar l'asfalto.

Facendo sibilar l'aria, ributtandola come una nube incolore verso la folla che era rimasta intontita, la macchina si piegò a sinistra. Poi insieme al corpo che vi si era incarnato si riportò con prepotenza ancor maggiore sul centro. Da lì cambiando nuovamente la fase della pedalata precipitò sulla destra.

Dalle braccia e dai gomiti si vedeva la tensione scaricarsi attraverso i muscoli, i tendini e le vene, nei pugni che, quasi gemendo, si stringevano ai corni del manubrio.

Nello spostarsi alternato da destra a sinistra e da sinistra a destra i metri venivano ingoiati dalle ruote sibilanti; il peso del corpo sembrava cader ogni volta dentro la parete della folla, ma sul punto di piombarvi un nuovo strappo lo rimetteva diritto, poi di nuovo nella parte opposta, dove si ripeteva per la folla raccolta in quel punto la stessa, angosciosa paura di vederselo piombar nel mezzo.

Alcune gocce di sudore venendo giù dalla fronte, dove i capelli stanchi s'eran tuttavia drizzati in nodi umidi e grovigliosi, venivan fermate nel loro percorso da quegli strattoni continui e contrari. L'odor di sudore, terra e polvere, scendeva sulla folla durando, come una scia palpabile, anche dopo il passaggio.

«Dante!»

«Dante!»

«Dante!»

Il Pessina alzò la testa; gettò gli occhi in avanti e con una felicità avida ed eccitata guardò come se la toccasse la striscia larga, grassa e bianca che poco più avanti di lui tagliava la strada.

Poche pedalate ancora, "come un bolide", "come un dio", aprendosi la strada da solo, con la potenza del suo solo corpo, ora che le staffette erano rimaste indietro…

Un altro lampo partì dalla macchina dei fotografi: questa volta prima di finir sulle teste che dietro il suo passaggio tentavano di richiudersi, fermate a stento dalle staffette e dal Todeschi che ilare e sboccato minacciava, agitando le mani dall'alto della Giardinetta, gli colpì le rughe, i segni che lo sforzo e l'angoscia gli avevan scavato sulla faccia, le pupille arse dall'ossessione e dall'orgoglio.

Nel bagliore di quel lampo e dei successivi che si sovrapposero a catena cadendogli sempre più vicino fino a investirlo come una fiammata, anche l'ombra del Consonni sembrò svanire.

Fu proprio dentro il fulgore di quella sequela di lampi che il Pessina diede la penultima falcata. Poi alzando un'altra volta la testa e gettandola avanti, quasi avesse da abbattere una parete trasparente ma durissima, affondò la destra sui pedali: l'aria vibrò travolta dal peso del corpo. Si rialzò. Affondò la sinistra. La ruota della bici sfiorò la striscia bianca, la schiacciò stritolandone la sostanza; la striscia si riempì di crepe; si spezzò. Allora, appena sentì che anche la ruota posteriore aveva varcato il segno del traguardo, con una frenata bloccò d'improvviso la macchina.

Subito gli si precipitarono intorno tutti; i ragazzi, gli uomini, le ragazze, quelli della giuria, i tifosi della "Vigor" e quelli delle altre società, sia che la superba prova del rivale li avesse completamente snervati, sia che la violenza di quel gettarsi di tutti attorno al vincitore li trascinasse nolenti nel cerchio di teste, braccia, mani e gambe che volevano veder da vicino, abbracciare, sentire, toccare.

Intanto mentre il Franco premeva sul clacson a un ritmo che a mano a mano aumentava sempre più assomigliava a quello di un boogie sfrenato, il Todeschi spalancò la portiera della macchina e tirandosi dietro una coperta di lana scese giù ed entrò nella folla.

«Lasciatemi passare» gridava dando spintoni da una parte e dall'altra. «Lasciatemi passare!»

Quelli che lo riconobbero non mancaron di sorridergli e di gridargli tanto il suo nome quanto quello della "Vigor". E lui allora, rallentando quel tanto che bastava:

«Avete visto che roba? Al posto delle gambe, quello lì ha un motore! Un motore!» e continuando a trascinar la coperta che di tanto in tanto restava impigliata nella folla, arrivò così vicino al Pessina da poterlo prendere, come fece, per la maglia.

Il Pessina si voltò. Lo vide; ma per poco, poiché il Todeschi con un ultimo strappo gli si portò sul fianco e lo bloccò nell'abbraccio.

«Grazie» cominciò a dire mentre se lo stringeva al cuore come un figlio e alcune lacrime gli uscivano dagli occhi: «Grazie, Dante».

Senonché gli venne subito in mente che il trionfo della sua società non era ancor finito. Allora si staccò dal cuore del suo dio che cadde subito in nuovi, multipli e confusi abbracci.

Appena staccatosi, il signor Todeschi prese ad alzar le mani. Vide i carabinieri, poco più in là dei carabinieri il signor Gino. Ne provocò lo sguardo. Gli strizzò l'occhio:

«Fate largo! Arrivano gli altri!» gridò. «Largo!»

«Largo!» ripeté il presidente della giuria.

L'invito del Todeschi e del presidente fu accolto dalle staffette che immediatamente rimisero in funzione i motori. Poi strombettando e gridando come dannati quelli che vi eran seduti sopra cominciarono a far largo e ad aprir nei limiti del possibile un corridoio: tale almeno che gli altri ciclisti potessero passarvi, finir la corsa e denunciare il loro ordine d'arrivo.

Dalla parte più distante infatti cominciavano a gridare seppure con minor orgasmo un altro nome:

«Arriva il secondo!»

«È giallo anche lui!»

«È un altro della "Vigor"!»

«È l'Ezio!»

«È il Riguttini.»

«Chi?»

«Il Riguttini!»

«Ecco! È lui!»

«Lui!»

«Fate largo!»

«Largo che viene!»

«Largo!»

Intanto la ragazza destinata alla cerimonia s'era avvicinata al secchio e ne aveva levato i fiori.

La folla però non le permise, come intendeva, di farne scolar l'acqua dei gambi. Tuttavia li alzò. Su quella macchia umida e grassa, d'un rosso reso ancor più profondo dalle luci e dalle ombre della sera, gli occhi del Pessina si posarono subito stanchi e agitati. Ce l'aveva fatta. Le foto: gli ballavano ancora dentro gli occhi i lampi e gli abbagli. Domani l'arrivo sulla «Gazzetta». E adesso la premiazione; la statuetta del trofeo; il bacio della ragazza.

Ne guardò il viso; ne fissò poco sopra i fiori, la bocca unta di rossetto, dolce e desiderosa.

La busta con le trentamila lire che c'eran di premio, insieme al trofeo; poteva prendersi una giacca; il resto l'avrebbe dato alla vecchia; la quale a casa trepidava per lui: «che non gli capiti una disgrazia come al Consonni, perché ha la testa matta anche lui»; aveva già messo a bollire sulla stufa un secchio d'acqua perché potesse lavarsi; e girando per la cucina le pareva di vederselo arrivare da un momento all'altro, sudato, impiastrato di fango, con addosso la coperta e tenuto

stretto alle spalle dal Todeschi. Sì. E quella faccia di scemo...
Sarebbero andati a trovarlo tutti insieme: la "Vigor" bell'e intera. Poi quelli della Bianchi. Ecco. E l'anno venturo il posto
al garage l'avrebbe lasciato a qualche altro pistola.

«Dante!»

«Sei un dio, Dante!»

«Un dio!»

Mentre le mani di due ragazzi gli toccavan le gambe e altre di altri gli si posavano qua e là sul corpo, tirandolo per la
maglia, chiamandolo, perché vedesse che eran lì tutti a partecipare al suo trionfo, mentre il signor Gino apertosi un
passaggio gli stava piombando addosso per baciarlo, il Pessina alzò la maglia e vi portò dentro una mano. Allora si accorse che gli veniva fuori acqua da tutte le parti. "Sudato come
una vacca" si disse. Poi portò l'altra mano sul cavallo e tiran-
dosele da una parte e dall'altra cominciò a mettersi a posto le
mutandine.

Sotto la pergola

«Ma va' là! Ma vuoi mettere le anziane...» ormai, con tutte le volte che l'aveva detto e ripetuto, quello che lui pensava dovevan saperlo anche loro: cioè, «che la donna è solamente questione di esperienza. Ascolta: quello che c'è di diverso tra l'uomo e la donna, se vuoi proprio saperlo, è che la donna la forza se la prende con gli anni. Adesso, non faccio per dire, ma quelle verginelle che oltre a tutto devi anche insegnargli come si fa... Andiamo».

Non era stata solo questa diversità, espressa più volte tra uomo e donna che in alcuni, quelli cioè che non riuscivan a capire come facesse a essere sempre lì così, da quindici giorni poi, una specie di pioggia d'oro, due vestiti, le scarpe scamosciate, quelle con la fibbia, «e adesso anche l'anello, gliel'hai visto sul dito? Grande e grosso come una noce», aveva creato il dubbio che le anziane, ecco, in verità, non fossero proprio anziane, ma...

«Cosa?» ribatté subito il Berto. «Andare insieme ai cosi l'Ivo? Ma fammi il piacere!»

«E allora?»

Il vestito che gli avevan visto su stasera l'aveva preso già fatto, poiché lei glielo voleva veder subito addosso, per via che, come lui aveva detto, andavano nei ritrovi dei gagà, eccetera, eccetera. Ma lei, chi?

«Guarda. A me»; fece un'altra volta il Renzo, «dico, per quello che mi pare di capire...»

«L'Ivo? Ma cosa credi che sia venuto giù dalla Brianza per fare?» ribatté un'altra volta e con più forza il Berto.

Proprio in quel momento un pipistrello, sfiorando una a una le loro teste, scivolò dall'altezza cui era entrato nella pergola verso i loro piedi.

Il Camisasca lo seguì abbassarsi, rialzarsi, attraversar il fascio di luce, poi voltatosi verso il contraddittore del Berto esclamò:

«Ma di' piuttosto che è nato con la camicia!»

Quindi tornò a seguir il pipistrello che premendo in un pertugio era entrato dentro le foglie per restarvi poi acquattato. Ma pur guardandolo, né lui, né gli altri riuscirono a farci caso: di tanto in tanto una di quelle ombre veniva giù, saliva, ridiscendeva, faceva dei ghirigori intorno alla lampada, strisciava sulle foglie, poi con la stessa indifferenza con cui era venuta se ne andava.

Avevano in testa altro. E non solo l'identificazione dell'anziana, ma tutto ciò che da quell'enigmatica figura era caduto e continuava a cadere sopra, intorno e nelle tasche dell'Ivo. Perché proprio da stasera bisognava che facessero i conti anche con l'anello. Non che fosse un brillante o in ogni caso un gran che: era appena una di quelle pietre dure, color fondo di caffè: però la montatura, oro, oro a diciotto carati: una montatura solida, potente.

«Può darsi che a furia di stare tutto il giorno lì, dietro il banco», fece il Luciano, «nella zona dove lavora lui, che è dove passano tutti i figli di papà e tutte le manganone, ecco, può darsi che una di quelle... Cosa devo sapere? Bello è bello, dritto è dritto...»

Così nelle teste di tutti loro che stavano seduti sotto la pergola, a mano a mano uno pronunciava un nome, «San Babila, ecco», «nei paraggi di via Durini», «al Re di Picche», le vie di quel centro, transitate da loro solamente quando passavano sulle motorette o sul tram per andar nei cine di Porta Venezia o al Lirico, si ricomponevano davanti come una serie di nastri partenti a raggio dal cuore, cioè da Piazza San Babila, dalla quale scendevan giù, proprio dal mezzo, «dove c'è l'edicola», loro, le manganone, «quelle come quella del

Brianza». Se era così, allora poteva darsi che, come andavano dicendo, l'avesse vista davvero stando dietro al banco, «perché adesso, diciamolo tra noi, bello è bello, dritto è dritto», di colpi ne aveva fatti, lo sapevano tutti, e perché allora impedirgli d'aver fatto proprio adesso quello grosso?

L'Ezio del resto poteva parlarne con più cognizione, poiché era stato a prenderlo giusto sei giorni prima, quando cioè la storia su cui adesso parlavano era già cominciata. Fra tutto, al «Re di Picche» l'Ivo era sì e no un mese che lavorava. E anche quello era stato un bel passo avanti, da dov'era prima, e cioè non tanto più di un'osteria, a un bar come il «Re»: e anche quello, bene, bene, com'era andato non l'aveva capito nessuno.

Adesso ripensandoci, mentre sul vetro dei bicchieri quello che era restato della coca e della spuma, un'umidità piena di bollicine, scendeva e si depositava sul fondo, il Riguttini se lo rivedeva lì, nel modo in cui gli era apparso, prima sbirciando dal marciapiede, poi guardando dalla soglia di cristallo: la giacchetta stretta come un gilè, a righini viola e neri: la cravatta a farfalla della stessa stoffa: al posto del taschino, una carta ricamata e messa di traverso con su il re di picche: i bottoni d'oro: le maniche appena rimboccate...

«Magari, ecco, una di quelle che vanno e vengono in quei bar, cosa devo dirti», fece il Riguttini, «il tè, che io non so come faccia a piacergli, il whisky e tutte quelle cose lì...»

Del resto non l'aveva continuato a dire anche lui, il Brianza?

«Dovreste vedere: gambe, tette, davanti, didietri! Appena arrivate come sono dalla campagna...» e cioè con la tinta provocata dal sole non più forte, ma già sul punto di finire in una specie di rosa.

Infatti era il ventidue settembre. Il Riguttini lo sapeva bene, perché di lì a tre giorni avrebbe dovuto correre alla «Coppa della città di Sesto»: «Calende, no Sangiovanni: quello dove comincia il lago»: come aveva detto al padre che gli aveva rinfacciato il tempo che buttava via negli allenamenti: «così capiterà anche a te come al Consonni, che è finito scemo», proprio quella sera lì, prima d'andar fuori di casa, entrar in sede e sentir la tirata del Todeschi che li insultava perché si buttavan via: «fate di qui, fate di là, poi vedremo alla corsa i ciondoli dove saranno andati a finire».

Terminata la seduta, gli altri della «Vigor» se n'erano andati tutti, chi da una parte, chi dall'altra, tranne il Camisasca che stava lì, abbandonato su una sedia, alla sua destra. Quella sera il Todeschi li aveva lasciati liberi prima del solito perché doveva far i conti delle saponette, dei dentifrici, dei profumi, delle lamette, degli spazzolini, di tutto quello insomma di cui doveva riempir la Giardinetta per il suo giro; l'indomani mattina avrebbe dovuto partire alle sei e arrivare poi fino a Ghirla: «fate, fate pure» aveva urlato, «a me tanto cosa volete che importi? Chi si rovina siete voialtri»: una tirata così lunga e insistente da far andar giù, se le avessero avute, le calze. Invece avevan su appena gli zoccoli, residui dell'estate che tanto era stata furiosa nell'agosto, tanto era dolce adesso che se ne stava andando: «seguitate, seguitate a bere», aveva aggiunto ancora, «che vi tirerete il ventre come un'incinta. Poi, dopo... Piegati meglio, Carletto! Avanti. Cos'è che hai mangiato stasera, la vaselina? Su, andiamo...»: poi le parallele, poi quelle ostie di piegamenti, trenta di fila, poi le gambe divaricate, poi eccetera, eccetera: così lunga e insistente da lasciar credere che il Todeschi avesse i nervi per qualcosa che gli era andato di traverso. Ma come se, al momento di lasciarli, si fosse pentito li aveva fermati sulla soglia e asciugandosi la fronte e agitando il fazzoletto raggomitolato e inumidito per fare un po' d'aria, aveva detto: «E adesso qui che si beve?».

Così invece che dalla porta di strada, quelli della «Vigor» erano passati tutti col presidente dalla porta di sinistra, quella che dava nel retro dell'osteria. «Però, dopo», aveva fatto mentre dal retro si portava sul banco, «dopo, subito a nanna.» Aveva chiesto cosa volevano: la scelta, obbligatoria, era tra l'aranciata, il pack, la spuma e la coca, bevande cioè senza alcool. Loro avevano scelto. Lui aveva ordinato. Loro erano stati serviti e lui, ma solo lui, si era preso il caffè, «ma Hag, Hag, per l'amor di dio! Se no dopo, stanotte, non son più buono di chiuder un occhio». Poi mentre finivano di trangugiare quello che avevan scelto e che, una volta entrato nella bocca, suscitava una specie d'esplosione, mentre dal ventre di qualcuno quel gas, appena entrato, risaliva sottoforma d'un lungo, fragoroso arrampicamento, il signor Todeschi se n'era andato, dopo aver ricordato un'altra volta che «domani sera qui tutti, con la bici a posto, mi raccomando, alle nove»: e dopodomani, ancora tutti al Vigorelli per vedere i pistards: l'appuntamento era per le otto e mezza alla fermata del sei di Via Aldini. Così insieme al Camisasca e malgrado il consiglio del presidente, il Riguttini s'era potuto unire agli altri che parlottando l'aspettavano sotto la pergola. L'aria veniva giù leggera tutt'intorno, faceva tremar le foglie e riusciva a penetrar fin dentro la pergola, fin sotto, dove la compagnia stava sdraiata sulle sedie per tirar l'ora giusta d'andar a letto.

Quando il Riguttini e il Camisasca erano arrivati, il discorso era già cominciato da tempo, provocato dal fatto che il Brianza, dopo aver accompagnato i giovani amici fin sulla porta, dopo aver ronzato intorno a loro sulla Lambretta, dopo aver descritto una serie di anelli larghi e lenti, proprio mentre dava il motore al Berto, che salitovi era poi corso oltre il cavalcavia del sei, oltre il Sanatorio, piegando a sinistra, con dietro il Candela, uno venuto su dalla terronia nella confusione del dopo guerra, aveva detto:

«Tre minuti, mi raccomando. Perché mi aspetta.»

Dunque anche quella sera lì, lei l'aspettava. Ma lei, chi?

Tutti, più o meno, alla raccomandazione rivolta dall'Ivo al Berto, se l'erano chiesto; nessuno però aveva osato domandarglielo. Finché appena il Berto era tornato da dove aveva spinto il motoscooter, l'Ivo aveva ripreso la Lambretta, con un balzo vi era salito sopra, aveva allungato in fuori le gambe, aveva mostrato sotto le scarpe senza stringhe un paio di calze a righini verdoni e neri, poi aveva girato due o tre volte in un senso e nell'altro la manopola facendo crescere e diminuire alternamente i giri del motore, quindi, schiacciando l'occhio come se volesse proporre a loro che restavan lì sul marciapiede le delizie verso cui si dirigeva ed esibendo sempre la macchia densa, incastrata nell'oro, dell'anello, era partito oscillando da destra a sinistra e da sinistra a destra con una temerità più esibita che reale, per scomparire oltre l'angolo agli occhi di loro che non avevan smesso di seguirlo un minuto.

«È un gran dritto!» aveva fatto il Luciano.

«Figurarsi! Adesso che ha trovato la tizia con la grana...» aveva aggiunto il Berto mentre rigirava gli occhi dall'angolo dove il Brianza era scomparso verso il muro che stava davanti.

Dall'aria che era restata oltre lo scatto della partenza tutti avevan potuto notare che anche il profumo era cambiato: non più il «Tabacco d'Harar» che aveva adoperato fin lì, ma un'essenza più forte e tuttavia più sottile.

«È una di quelle che mettono i gagà di San Babila», fece il Berto.

«Gliel'avrà detto lei di cambiarla. Se è una del centro, per forza che non le vanno le cose che ci mettiamo noi. Sentirsi addosso tutto il giorno l'odore degli operai...» aveva commentato il Luciano.

Poi, anche se un po' incerti sul vero destino del compagno, avevano cominciato a muoversi per entrar nell'osteria: intanto sopra, nella sede, quelli della «Vigor» facevano gli ultimi esercizi e le voci dei ciclisti e le esclamazioni del Todeschi arrivavano fin giù a loro.

Al dubbio il discorso era arrivato subito, non appena cioè, entrati nella pergola e sedutisi al tavolo, avevano dato i loro ordini: il Berto, l'aurum: il Luciano, la coca: il Candela, una coca anche lui: e il Ciulanda, il caffè.

Il nipote del gestore dell'osteria, voltata la schiena ai loro ordini, era entrato dalla pergola nella sala e li aveva trasmessi alla zia che stava dietro il banco.

Il dubbio cioè che lei, la signora...

«Una signora? Ma quand'è che s'è visto una cosa così?» fece il Ciulanda.

«Non sarebbe la prima volta.»

«Perché tu hai già provato?» ribatté il Ciulanda.

«Piantala va', piantala!» fece il Berto che capiva bene dove il Renzo voleva arrivare.

«Ma intanto hai dato un occhio al vestito?» rincalzò il Luciano.

«Be', cos'è? Flanella, santo dio, flanella...»

Mentre discutevano ciascuno di loro rivedeva la riga dei

calzoni che stretti cadevan giù a perfezione sulla scollatura molto aperta delle scarpe, sui righini verdastri e neri delle calze e sull'imbottitura leggermente molle della giacca, come se a sostenerla fossero solo le spalle.

«Sarà anche come dite voi, ma a me...»

«A te, cosa?»

«A me...»

Chi insisteva nel dubbio era il Renzo, quello cioè che, minore di tutti, da tutti ormai e per tutta Vialba veniva chiamato Ciulanda. Era stato lui quello che, raccolto il sospetto vagante un po' anche sugli altri, aveva osato esprimerlo chiaro e netto in parole, lui quello che, avuto quant'aveva ordinato, aveva poi continuato a girarci intorno allargandolo e precisandolo con il gusto di chi vuol entrar con le proprie mani in una ferita altrui e godere dell'altrui vergogna. Sembrava anzi che il caffè, una volta sorbito, gli avesse aumentato la vena critica già da sé più forte della norma e che ugualmente continuasse a fare l'aria sotto cui le foglie della vite del Canadà continuavano a tremare. Guardandole nel punto in cui giungeva il fascio di luce della lampadina, si vedeva il guadagno che il rosso faceva sul verde, così da far pensare che il calore le bruciasse: era invece l'autunno che anche in quel modo cominciava a farsi sentire.

«Perché, adesso ragioniamo», fece il Ciulanda dopo essersi raschiata con un colpo di tosse la gola, deciso a distrugger tutto, «ma chiaro e netto, però. Del resto, se anche fosse come dico io, a noi cosa frega? Ognuno fa quello che gli fa comodo.» Si fermò un momento; poi, ripetuto il colpo di tosse, riprese con lo stesso tono di prima. «Adesso, ragioniamo, gli altri, quelli che voltano da così a così», dicendolo girò due volte la mano dal palmo al dorso e dal dorso al palmo e cominciò a fissar il Luciano, «o anche poco a poco, quelli che un giorno ti lasciano giù i calzoni usuali per metterne su un paio un po' troppo meglio, non dico che debbano essere tutti come quelli dell'Ivo, poi che fanno lo stesso con la camicia, poi con le cravatte, poi con le scarpe, quelli che sul polso un giorno gli vedi spuntare un braccialetto col nome "Arardo", "Loretto", scritto sulla placca e che magari fanno un cristo di niente, cine e caffè, caffè e cine, bigliardino e carte, carte e bigliardino, quelli che un bel giorno, magari, ti arrivano lì con un vestito bell'e intero, poi un altro con il trence, poi un altro ancora con il paltò, be', ma dico, quelli lì, secondo voialtri, dico, dov'è che vanno a prenderla la grana, dalle signore anche loro? Andiamo, ma vi pare il caso di far gli ingenui proprio adesso che c'è di mezzo l'Ivo?»

«A cos'è che vuoi alludere?» rintuzzò scattando il Luciano appena il Renzo ebbe finito.

«Non voglio alludere a niente. Voglio solo dire come stanno le cose, almeno per me.»

Il Luciano sul cui polso, anche se fiaccamente colpito dai raggi della lampadina, riluceva un braccialetto tanto d'aver attirato gli occhi di tutti gli altri proprio in contemporaneità all'uscita del Renzo circa l'apparire in quelli che voltano da così a così del braccialetto col nome sulla placca, lo fissò con violenza.

«Non dico a te, che a te lo sappiamo tutti che te l'ha regalato questa Marisa qui», fece il Renzo agitando le mani nel fondo delle tasche.

«Che Marisa?» gridò scattando dalla sedia il Luciano. Nello stesso istante una sberla, precisa come un colpo di fucile, partì dalla sua destra sulla faccia del Ciulanda.

Il Ciulanda traballò, poi si guardò intorno ma non tentò nemmeno di reagire, tant'era chiara la differenza tra i suoi muscoli e quelli del Luciano. Gli altri intanto eran scoppiati tutti a ridere fragorosamente.

«Del resto», continuò in un tono anche più forte il Luciano, «mio è mio»; poi voltandosi verso il Candela e sollevando con forza la mano in modo che il braccialetto oltre che rilucere meglio potesse anche tinnire:

«Neh, te, terrone della madonna. Cosa ve ne importa a voi chi è che me l'ha dato?»

Il Candela approvò continuando a ridere e mostrando così sotto la carne magra delle labbra la fila dei denti.

Dopo quell'interruzione il discorso riprese subito. Infatti a misura che il Ciulanda prima s'era ostinato in un senso il Riguttini adesso si preparava a ostinarsi nell'altro.

«Anziana, anziana fin che volete», fece, dopo qualche intervento indeciso, «ma signora. Sottana, ecco.»

Quello anzi gli parve il momento di buttar là la notizia che il Pessina gli aveva raccontato poco prima, cioè d'averli visti insieme: naturalmente il Dante non aveva detto di più: però che li aveva visti insieme, quello sì. Lui anzi poteva anche dir dove: all'ingresso dell'autostrada: ecco: la macchina s'era giusto fermata per prendere il tagliando.

«La macchina? Che macchina!» disse il Renzo che con la destra si teneva coperta la guancia colpita dalla sberla del Luciano.

«Ma non l'ha già detto anche l'Ivo che lei ha la macchina?» fece l'Ezio.

«L'Ivo ne racconta così di storie!»

«Un'Alfa, se vuoi proprio saperlo», replicò il Riguttini. «Un'Alfa», ribatté con più forza. Poi, dopo una pausa leggera: «E con su tutt'e due che si baciavano».

«Contala al gatto, va'!» fece il Renzo staccando la mano e mostrando a tutti il segno lasciato dalle dita del Luciano sulla sua carne. «Al gatto!» ripeté.

Il Riguttini non raccolse la provocazione del Renzo, anzi direttamente saltandola si rivolse agli altri e continuò:

«Scherzi a parte, il Dante m'ha detto che l'Ivo era seduto sul fianco e che quando ha capito che dal suo box lui l'aveva visto, s'è voltato e gli ha fatto l'occhio.»

«Avrà stravisto, altro che visto!» fece il Renzo ricostringendo l'Ezio a prender atto di sé.

«Quello lì, guardate, neanche un mese, ci faccio su la testa e arriva a casa con una Guzzi al posto della Lambretta. Perché buono di mungere come lui, non ce n'è.»

Sul nome della Guzzi, caduto sul tavolo dalle labbra del Riguttini, sul suo odore combusto di benzina e di miscela, sui suoi brividi di velocità e di rischio, il discorso sembrò potersi fermare. Il Camisasca ne approfittò subito: si voltò verso il ragazzo che, tirato il grembiule da una parte, se ne stava fermo sulla porta un po' inebetito dal sonno, non tanto però da non poter seguire il corso della discussione e gli gridò:

«Tu, pirletta, portami una coca.»

«Una anche a me», fece di rimbalzo il Luciano. Poi, subito, alzando il tono della voce, «e al Ciulanda servigli per piacere un vov, che ha il manganello che non va più.»

Uno scroscio di risa scoppiò nuovamente intorno al tavolo. Poi cercando di alzar corpo e voce su quel frastuono il Renzo si staccò dalla sedia e gridò:

«Se è per quello...»

«Se è per quello, cosa?» fece il Luciano riprendendo l'interrogazione rimasta a mezzo; poi con un colpo di spalla allungò la testa, buttò in fuori la lingua e scaraventò sulla faccia del Renzo una pernacchia.

«Pare una scorengia!» fece il Camisasca nel convulso di risa che obbligò lui, come il Candela e il Riguttini, a piegarsi sulla sedia fino a toccar il ventre coi ginocchi.

Spentoglisi il verso con un sibilo, il Luciano si volse al ragazzo che era scoppiato anche lui a ridere e ripeté l'ordine:

«Qui, la coca. Qui.»

Il ragazzo continuando a ridere si voltò, rientrò nel bar e ripeté gli ordini alla padrona attendendo per uscire che fossero pronti.

Dopo quel nuovo sfogo, sia pur in mezzo ai traballamenti di chi ancora rideva, la discussione ricominciò.

Dunque, adesso, era entrata in ballo anche una macchina, anzi un'Alfa, e la probabilità di vederselo, come aveva detto il Riguttini, neanche di lì a un mese, piombar giù dalla Varesina o dall'Espinasse a cavalcioni non più della Lambretta ma d'una Guzzi nuova fiammante.

«Ma sarà poi vero?» domandò il Camisasca.

«Cosa?» chiese il Berto.

«La storia della macchina e del tagliando...»

«Adesso, un altro, magari; ma il Dante lo sai anche tu che di storie non ne conta.»

«Del resto», fece il Berto riprendendo quota su tutti gli altri, «prima o poi, dovrà mollare. E allora ci racconterà tutto.»

«Perché tu t'illudi che parli?» domandò il Camisasca.

«Per forza. A furia di cominciare e poi fermarsi...»

«Su queste cose qui? Con di mezzo la grana?»

«Tirerà fuori tutto e tutto d'un colpo, vedrete: chi è, chi

non è, dove sta, dove vanno, chi è il becco, cos'è la grana che gli dà. Tutto. Vedrete.»

Ma nonostante la sberla e la pernacchia, anzi proprio per quello, il Ciulanda a cedere non riusciva. Avevano un bel dire: il «Re di Picche» va be', va bene; le mance, va be', va bene; i figli di papà, le manganone della troia, va be', va bene:

«Tutto quello che volete», ammise, «ma in definitiva», aggiunse subito, fissando tutti con occhi freddi e irosi, «proprio in definitiva, cos'è che è? Un barista. E per niente non muove la coda neanche un cane.»

«Ma se l'ha detto lui?» fece il Berto.

«Lui, cosa?» replicò il Renzo.

«Che è un'anziana...»

«E cos'è che vuoi, che venga qua a dirti che è un...?»

Questa volta il Renzo non lasciò uscire di bocca la parola, non certo perché stava sopravvenendo il ragazzo che recava sul cabaré le nuove ordinazioni, ma per il gusto di gettare, con il rifiuto di pronunciarla, un'ombra di schifo sul sospetto.

La sua ostinazione nel riproporre a ogni momento quel dubbio derivava sì dal gusto in lui naturale di dir sempre il contrario di quello che dicevan gli altri, ma anche e più dal bisogno quasi bestiale che lo prendeva di distruggere ogni possibile sorger d'immagini di felicità altrui: figurarsi quando, come adesso, quell'immagine prendeva l'aspetto d'una donna che tremava sotto lo sgargiare delle sete: quello di seni, magari un po' antichi, ma, come aveva detto l'Ezio, «da forzata»: lui che aveva avuto in dono dalla natura quattro ossa e quanto più desiderio, tanta più incapacità d'avvicinarsi a quell'immagine: figurarsi quando quell'immagine era poi o anche solo poteva essere, come nel caso d'adesso, di tanta consistenza da tirar giù insieme all'intima, quella che lui non appena gli capitava l'occasione si perdeva a guardare, col cuore in gola, esposta nelle vetrine su due, tre, quattro file, anche se per esempio i reggiseni eran vuoti, da tirar giù insomma insieme a tutto quello, anche i biglietti da mille, proprio come se si svestisse di quelli e di nessi e connessi, e cioè la flanella, il trence, le camicie, adesso l'anello e domani, magari proprio domani, la Guzzi... Lui che, tra l'altro, la cosa che sapeva di più era che aveva l'orecchio destro più lungo del sinistro, come se appena nato l'avessero appeso a un gancio, talquale succedeva con la carta dei giornali che la sua mamma ogni due o tre giorni tagliava in otto e appendeva vicino al water. A consolarlo di tanto in tanto era il pensiero che, in fondo, gli anni che aveva eran diciassette. Consolazione che tuttavia gli durava poco, perché appena s'avvicinava a una ragazza, signore, per parlare parlava, per ridere rideva, per toccar dentro toccava dentro, ma l'immagine del suo naso lungo, curvo, reso dalla miseria ancor più trasparente, del naso che, quando arrancava sul triciclo per mandarlo avanti, stracarico com'era sempre di lastre d'acciaio, tra il Parco, Via Legnano, l'Arena e Piazza Tripoli, gli sfiorava il campanello, il naso e quell'orecchio del porco dio, gli si mettevano lì, davanti, come se si staccassero dalla faccia per farlo convinto più di quanto già non fosse della sua amara bruttezza. Una volta staccatisi poi, stavan lì a mezz'aria, di fianco a lui, come se ci fosse uno specchio. Allora una tristezza crudele cominciava a serpeggiargli per le ossa lunghe e magre, così che col passar dei minuti quelle ossa venivano spinte verso l'incapacità di ogni tentativo, verso il fallimento e il ritiro. Una lotta acida e silenziosa, anche se già perduta in partenza, tentava d'ingaggiarsi allora tra quel naso e quell'orecchio da una parte e il desiderio che gli palpitava nel cuore e per tutto il corpo dall'altra. Dài e dài, lo schifo gli distruggeva tutto, voce, sogni, allegria, forza e gli faceva venir voglia di sputar addosso a tutti e a tutto. Allora, se voleva proprio sfogarsi, perché dopo tutto ciò che importava era quello, piantava lì tutti, si metteva in coda al gruppetto che verso le dieci preso il sei, calava giù dalle minime fino all'Arco della Pace, per disperdersi nei viali e nei sottoboschi del Parco e nelle sue accoglienti adiacenze. Lì, la notte che fasciava tutto come il fiato d'un enorme, tranquillo animale e il fatto che le barbe fossero lì proprio per quello, «l'uno o l'altro fa lo stesso» ecco, il naso stava dov'era e lo stesso l'orecchio.

Ma adesso, no. Adesso non voleva. Non poteva. Con quella sberla, con quell'insulto... Come una bestia s'affannava ad alzar le zampe contro quell'immagine di bellezza vittoriosa e danarosa: la flanella, le scarpe scamosciate, la noce d'ametista color caffè e il sorger all'orizzonte delle probabilità d'una Guzzi fiammante, testimoniavano anche troppo quest'altra particolarità.

«Sì, un'anziana! Andate a contarlo al gatto. Per me quella lì, ve l'ho detto cos'è...» e anche questa volta non pronunciò la parola ma come se fosse arrivato al colmo della disperazione la sostituì con un'immagine ottenuta unendo ad anello il pollice e l'indice della sinistra col pollice e l'indice della destra e che alzò su tutti, ma con più evidenza sulla faccia del Luciano.

All'apparire di quella forma tutti, d'un tratto, si alzarono.

«È questo!» gridò il Ciulanda. «Guardate cos'è: questo!»

«Questo, cosa?» gli domandò con un urlo il Luciano che sentiva come quell'immagine ridestasse i sospetti che sul suo conto nessuno era mai riuscito a scacciare.

«Questo!» ripeté il Ciulanda, come se stesse schiacciando la testa d'un cane. «Un culo, ecco cos'è! Un culo!»

Alla replica, al nome gridato con tale forza rabbiosa, tutti gli saltaron addosso.

«Senti chi parla di culo!» gridò il Luciano. Poi subito agli altri: «Quello che se vuol toccarne una deve andare con le barbe del Parco!».

«Te lo dò io il culo, ma per leccarlo, zitella troia!»

«Prendi di qui, Luciano. Prendi di qui!»

Sberle, calci, sputi cominciaron a volare insieme agli insulti dalle bocche, dai piedi e dalle braccia dei cinque sulle quattro ossa del Renzo che nonostante tutto non smetteva di gridare dall'estrema vicinanza alla terra cui l'avevano costretto:

«Altro che un'anziana, un culo!»

«Sei tu un culo, Ciulanda porca!»

Ma il più feroce di tutti, in quell'assalto era il Luciano: in lui sembrava che l'ira volesse rivolgersi oltre che contro il suo offensore, anche contro qualcosa, una specie d'ombra che più direttamente l'ossessionava.

«Prova a dirlo ancora, merdone! Prova!» urlò ad un certo

punto prendendo il Ciulanda pei capelli e tirandoglieli come se fossero corda.

Sembrava che a spinger i cinque in quella furibonda violenza contro l'oppositore, nella quale rami e foglie della pergola spezzati dai pugni cominciavano a cadere dentro la mischia dei corpi e delle voci, fosse la figura piena e potente dell'anziana: lei, la manganona, quella che andava a prendere il tè e il whisky al «Re di Picche», a invitarli a difendere le bellezze di cui ognuno l'aveva arricchita, quasi avesse già disposto di rioffrirle a loro, suoi feroci protettori.

«Prova a dirlo ancora! Prova!»

«Sì, lo dico: un culo, un culo come te!» replicò quasi piangendo il Ciulanda mentre cercava d'aprir i denti sul polpaccio del Luciano. «Diglielo agli altri da chi l'hai preso il braccialetto! Diglielo.»

«In fondo ai tuoi ciondoli!» gli ribatté il Luciano, poi subito: «Prendilo di qui, Berto. Dammi una mano che glielo tiriamo fuori!»

«Quello no!» gridò il Renzo. «Quello no!» gridò ancora. Poi, accorgendosi che malgrado gli sforzi non sarebbe riuscito a proibire il proposito del Luciano: «Siete dei culatoni. Ecco cosa siete: dei culatoni! Tutti!» gridò tentando come poteva di allontanar le mani che avevano cominciato ad aggredirlo.

«Prendilo di qui, Ezio!»

«Smolla la cintura...»

«Svelto, svelto che la biscia scappa!»

«Aprigli i bottoni, i bottoni.»

«Svelto! La patta...»

Fu mentre la mano del Luciano, trovato uno spiraglio, stava calando sui calzoni del Ciulanda per spalancarglieli, che il Camisasca, salito sul tavolo per veder meglio, incespicò nel cabaré dei bicchieri e nello stesso tempo andò a sbatter con lo zoccolo che stringeva in mano nella lampadina.

Negli urli, nelle risa, nella tensione di tutti a coglier la gioia di quel momento, il colpo fu appena sentito: ma la pergola era precipitata nel buio.

Il primo ad accorgersi di quello che poteva esser accaduto

fu il Luciano. Si voltò. Strappò di forza la mano da dove l'aveva messa: tre bottoni gli rimasero un attimo in bilico tra le dita, poi scivolaron a terra.

Il precipitar della pergola nel buio aveva però ridotto anche gli altri al silenzio. Stavan giusto districandosi dal nodo che avevan formato per cercar di capire ciò ch'era successo, allorché la proprietaria, venuta sulla soglia, cominciò a gridare:

«Cosa fate, adesso? Luce, luce, che casini qui non ne voglio!»

Poi, dopo un momento d'attesa:

«Ho detto di accender la luce. Su, la luce!»

Ma nessuno rispose, né si mosse: solo il Ciulanda, tenendo stretti i calzoni alla vita, si voltò per paura che gli altri potessero vedere che gli stava venendo da piangere.

Torna a casa, Lassi!

I

«Be', allora?» disse la padrona. «Tutto insieme, lampadina e bicchiere, fa cinquecento. Arrangiatevi; il disastro l'avete fatto voi. Ma senza pagare da qui non esce nessuno.» E raccolti gli ultimi pezzi di vetro sul cabaré, si voltò per entrare.

I ragazzi si guardaron desolati tanto per l'imprevista interruzione della rissa, quanto perché in quel modo non avevan potuto sfogare sulla vittima la loro rabbia; quantunque arrivassero dall'interno e fossero perciò deboli e stanchi, i raggi della luce rivelaron a tutti lo smarrimento che errava nei loro sguardi. Nessuno però osò guardare il Renzo; pur avendo finito di sistemarsi camicia e calzoni, egli continuava a star nell'angolo più buio della pergola.

«Tutta colpa di quel scemo là», fece il Luciano indicando il Camisasca.

«Ma sta' quieto, sta' quieto, che il casino a metterlo in piedi hai cominciato tu. E va bene che avevi le tue ragioni...»

«Cosa vuoi dire?» ribatté il Luciano ferito un'altra volta dal riferimento dell'amico, facendoglisi sotto a pugno chiuso. «Avanti. Cosa vuoi dire?»

Il Camisasca lo guardò un momento di striscio e già stava per rispondergli con una manata allo stomaco, quando intervenne il Candela.

«Adesso piantatela. Se c'è da pagare, pagheremo insieme. Cosa volete che sia tirar su cinquecento lire?» e così dicendo levò dal fondo della tasca un biglietto spiegazzato da cento e lo mise sul tavolo. Poi rivolgendosi agli altri disse:

«Questa è la mia parte. E adesso, sotto.»

Basandosi su quello che al momento ognuno aveva a disposizione la somma fu raccolta in pochi istanti. Naturalmente nessuno pensò di chieder al Ciulanda la sua parte. Così, anche quando il Camisasca incaricato di portar la somma alla padrona cominciò a muoversi per entrar nell'osteria e dietro di lui man mano tutti gli altri, il Renzo rimase fermo; solo la mano che aveva continuato a starsene appoggiata nel vuoto che dentro l'allacciatura aveva lasciato la perdita dei bottoni, lo convinse a un certo punto a voltarsi. Arrivò giusto in tempo per fermar gli ultimi sulla soglia.

«Te, scemo», disse con la voce soffocata dai singhiozzi, «dove li hai messi i bottoni?»

Il Luciano si voltò insieme a tutti gli altri e vedendo la figura del Ciulanda rattrappirsi nell'ombra della pergola ebbe una sensazione di pietà e di paura:

«Cercali. Sono in terra.»

«E con cosa se non si vede una madonna?» fece il Renzo.

«Tira fuori la lingua e lecca.»

Una risata breve ed acida corse per tutta la compagnia; in essa i ragazzi scomparvero nell'interno da dove, consegnata la colletta, usciron ciondolando sulla strada.

Dalla pergola il Renzo sentì le loro voci perdersi nei rumori della strada. Poi sentì che qualcuno degli amici cominciava a cantare, senza convinzione tuttavia, se non gli riuscì d'individuar la direzione verso cui si allontanavano.

Pian piano il silenzio ridiscese così sulla pergola, rotto solo dalle voci dei clienti che nell'interno o giocavano a carte o discutevano. Quindi il fischio d'un treno che transitava lontano si diffuse sulle ultime case e sui primi prati.

Quando anche l'eco di quel suono, dopo essersi ripetuta alcune volte, si fu spenta il Renzo si decise; s'inchinò; cercò a tentoni e con una certa delicatezza d'imbattersi con le mani nei bottoni; lugubri, oscene bestemmie si formaron nella sua mente e qualcuna gli uscì tra i denti, sottovoce, come se in quel modo sentisse che sarebbe arrivata più a segno.

«Chissà dove li ha messi, quel culatone!»

Eppure non poteva rinunciare; non per il valore in sé, ma perché sapeva che quelli eran i calzoni che doveva metter l'indomani e che appena a casa, per evitar umiliazioni anche da parte della madre, doveva mettersi lui con pazienza ad attaccarli.

Esplorò due o tre volte il fondo della pergola, ma non riuscì a trovar niente. Pieno di sconforto stava già per alzarsi e andar a chiedere alla padrona l'aiuto d'una candela quando, continuando a strisciare sul terreno, la mano s'imbatté in un pezzo di vetro. A ritirarla non fece in tempo: la punta infatti gli s'era conficcata nel mignolo, tanto che alzando la mano alzò anche il piccolo e lucente frammento del bicchiere.

«Troia!» disse e subito, senza guardar troppo, cercò d'estrarre il pezzo di vetro. Quindi si portò il dito in bocca e cominciò a succhiare e a sputar saliva e sangue fintantoché di sangue non ne uscì più.

«Per fortuna», pensò allora, «che quei farabutti non eran lì a vedere, altrimenti ne avrebbero cavato un altro pretesto per insultarmi.»

La nuova constatazione, d'esser cioè dannato a far da bersaglio a tutti gli scherzi della compagnia, gli strinse un'altra volta la gola. Cercò tuttavia di reagir subito e, deciso a far in fretta, entrò nell'osteria e s'avvicinò al banco.

Appena si vide davanti il ragazzo, smarrito, i capelli sconvolti dalla lite, la padrona che se ne stava dietro il banco a seguir il nipote che puliva i ripiani, alzando e spolverando bottiglia dietro bottiglia, disse: «Ma non sei andato anche tu insieme agli altri?».

Il Renzo finse di non aver in proposito niente da rispondere e a mezza voce disse che aveva bisogno d'una candela.

«Una candela? E per fare?»

«Ho perso della roba», fece continuando a tenersi appoggiato al legno del banco per timore che qualcuno dei clienti o la stessa padrona potesse vedere quello che era successo ai suoi calzoni.

«Soldi?» fece la padrona.

«Mi dia la candela», replicò con impazienza il Renzo.

«Basta che non combini qualche altro disastro...» fece la padrona levando da un cassetto del banco una candela che già usata teneva lì, insieme a due nuove, per ogni evenienza.

Quindi, dopo aver strofinato sul rovescio del cassetto un fiammifero e averla accesa:

«Ecco cosa siete capaci di fare voialtri...» disse dandola al ragazzo.

Il Renzo prese la candela e subito cercò di difenderne la fiammella raccogliendovi attorno il palmo della sinistra.

«E portamela indietro appena hai finito», aggiunse la donna.

Preoccupato che la fiamma non si spegnesse il Renzo continuò ad avanzare senza dir niente. Quando poi fu fuori e un colpo d'aria piegò la fiammella fino a farla scomparire, un vuoto gli s'aprì nel cuore: si fermò, lasciò che la fiamma riprendesse vigore, poi custodendola con precauzione ancor maggiore s'avvicinò alla pergola.

La prima cosa che vide quando fece girar la candela due o tre volte per illuminare ora un angolo ora l'altro, fu la macchia viscida e nera del pipistrello: come un sacchetto di rifiuti se ne stava aggrappato nel mezzo della pergola, di fianco al piatto della lampada, e ad un ramo che in parte anche per il suo peso arrivava giusto all'altezza di quello. Ma non lo guardò che quel tanto necessario per convincersi che si trattava proprio di lui. Poi s'inchinò per ispezionare con cura, di qua e di là, tutto il terreno; a un certo punto, nel girar di tutte le ombre, quelle delle foglie e quelle delle sedie, quelle delle sue mani e quelle della sua persona, a pochi centimetri uno dall'altro, confusi nella ghiaia, scorse i tre bottoni. Si piegò in fretta; in fretta, come un ladro, senza preoccuparsi che con quel gesto la fiamma poteva spegnersi, li prese e se li infilò nella tasca. Quindi portò la candela che era rimasta accesa sul davanti dei calzoni e illuminandone da vicino la spaccatura si piegò a vedere:

«Meno male», si disse quando fu certo che quelle che spuntavano non eran slabbrature della stoffa ma solo fili di cotone, «meno male che non mi han spaccato niente...»

Alleggerito nel suo dolore da quel ritrovamento e da quella

constatazione con un soffio spense la candela; entrò nell'interno e la restituì alla padrona. Quindi uscì anche lui sulla strada: l'unica cura che ebbe nel riprender a camminare fu di tenersi nei punti più bui della strada e di strisciar contro la siepe che la costeggiava col desiderio di non farsi vedere da nessuno e quasi scomparirvi.

II

«È questa qui la vita?» si disse. Nascere com'era nato, lavorare come gli toccava lavorare, tossire, tirar per tutte le strade tricicli carichi d'acciaio, latta e zinco, sognare cose che nessuno mai sarebbe riuscito a fargli toccare, e quando poteva cominciare un po' d'allegria, la cattiveria dei suoi amici che gli si scaraventava addosso, ogni sera in maniera diversa, ma ogni sera con lo stesso obiettivo: di divertirsi loro e di far piangere lui.

Piangere? Piangere per quei quattro gatti?

«È questa qui la vita?» si disse. Nascere com'era senza chiedersi verso dove. «Arrivato sul fondo», pensò ad un certo punto, «avrebbe voltato a sinistra e da lì costeggiando dal lato opposto i retri alti e ciechi delle case sarebbe arrivato fino all'autostrada. Per far poi cosa?»

«Incominciamo ad andare, va'. Incominciamo.» Tanto a quell'ora sua mamma era ancora su a finir i mestieri e a preparar i pacchetti per il mezzogiorno dei suoi figli; e a parte che non aveva nessuna voglia di dormire, conciato com'era, a casa, prima che se ne fossero andati tutti a letto, non sarebbe tornato.

Affondò la mano nei rami della siepe, strappò una foglia, la portò in bocca, la strinse fra i denti, poi preso dall'agitazione cominciò a masticarla.

«Che scemo, quel Romeo!» si disse. «Farsi cogliere con le mani nel sacco! Ma se devi rubare, ruba bene. Cosa pretendi, o bamba, che il padrone ti veda e ti dica anche grazie?»

E così l'avevano licenziato e una mattina, tornando in stamperia, avrebbe trovato un compagno di schiavitù diverso; perché cos'era il modo come lo mandavano in giro?

Quelle pigne di lastre, una sull'altra, che a metterle a posto e a tenerle come doveva per tutto il tragitto gli avevan tagliuzzate le mani! «Eccole qui», fece a se stesso voltandosele due o tre volte sotto gli occhi. Ma ormai s'eran abituate tanto che avevan creato da sé una protezione sicura. «Guarda che calli! Mi tengon via tutte e intere le dita. E per prender cosa?»

«Eppure», aggiunse subito dopo, «la fatica di trovar quella specie di massacro che era il suo posto di lavoro! Prima dai sindacati, poi dai compagni, poi dai preti, poi dagli uni e dagli altri indifferentemente, e per intenerirli aveva detto a tutti che lui era della loro parte perché quelli dell'altra erano dei venduti, mentre se proprio volevano saperlo lui era solo di quel partito qui.» A questo punto dei suoi pensieri si trovò fermo nell'atto di batter la mano sul ventre. Il colpo andò a segno ma risuonò debole come se la cassa su cui era stato battuto fosse vuota.

Con quel niente che mangiava! Come quella sera: minestra, pane, taleggio e un bicchiere; il pollo, la domenica, quando c'era o se no l'oca; e per il resto, sogni su sogni; e a mezzogiorno il pacchetto che la vecchia forse stava preparando proprio adesso, pacchetto che a disfarlo (anche se ce la metteva tutta, ma erano in tre, quattro col vecchio, cinque con lei), con la fame che aveva quando insieme agli altri si sdraiava sotto la cinta dello stabilimento, sul bordo d'erba e calcinacci che lo contornava, c'era da svenire: cinque o sei fette di soppressa, quando andava bene un cotechino o una costoletta, due o tre cetrioli, un po' di gruviera...

Stando così le cose poteva forse non capire le ragioni per cui il Luciano... Andiamo, non siamo più al tempo dei cavalli. L'avesse fatto la sua mamma meno striminzito, avesse avuto anche lui la possibilità... Lui? Arrivar anche lui a quel punto? Va be' i vestiti, va be' la colazione che il Luciano poteva permettersi il lusso di far in trattoria, a prezzo fisso, ma in trattoria (e lo diceva in giro e se ne vantava), va bene il braccialetto, va bene tutto, ma l'onore? E lo schifo? «Che se a me piacciono le donne? Le barbe, sì, le barbe», fece come se d'improvviso gli si fosse parato davanti qualche interlocutore; «be', cosa c'è? Loro almeno non fanno differenza e non si preoccupano se uno è fatto bene o se uno è fatto male, se uno ha la faccia come quella d'un divo o se uno invece ha il naso storto, tanto vogliono e tanto fanno a questo e a quello; loro che dopo tutto son le sole ad avere il coraggio di ridur tutto a quello che è: una merda.»

Malgrado di tanto in tanto s'illudesse di poterli allontanare dalla dolorosa umiliazione di poco prima, i suoi pensieri finivan sempre per ricondursi lì. Così anche in quel momento l'insulto e la ferocia con cui i suoi amici avevan cercato di scaricare su lui la loro rabbia, gli riportarono un'altra volta alla gola la stretta di lagrime. Se le sentì spuntar sugli occhi e quasi cader fuori.

«Ma perché, perché fanno così?» si disse. «Se cominciamo a tradirci anche tra noi, dove andremo a finire? Perché son nati belli? Solo per quello? Ma la testa che ho io, allora…» Eh sì, perché certe cose come quelle inventate sul conto del Brianza a lui non le avrebbe fatte bere nessuno. «Al gatto, ecco, contatele al gatto. Una signora? Sì, sta' a vedere che con tutti i figli di papà che ci sono in giro che non fanno un'ostia di niente, che dovrebbero far schifo a tutti quelli che penano a vivere come peniamo noi, una signora va a innamorarsi d'un barista…»

A un certo punto, nel buio in cui continuava a camminare, fu costretto a voltarsi: dal mezzo della strada qualcuno infatti l'aveva salutato. Non fece tuttavia in tempo a veder chi, perché pedalando nella direzione opposta lo conosciuto non lasciò veder di sé che la schiena. Il fatto però che l'avesse chiamato col nome, Renzo, bastò a dargli una certa sicurezza; quasi un sollievo. Fu indotto a pensare che si trattasse d'un anziano: il padre forse di qualcuno dei suoi compagni; o qualche operaio che abitava nel suo stesso caseggiato e che avendo i turni serali tornava solo allora dal lavoro; perché se si fosse trattato d'uno dei suoi sette zii, non avrebbe mancato di fermarsi, provando tutti nei suoi riguardi molta tenerezza, una tenerezza che per la verità a lui dava più fastidio che piacere.

«Meno male», si disse. Fu in quel momento che tornò a ricordarsi dei bottoni; con un colpo delle dita se li richiuse nel palmo, poi riprendendo a camminare, la mano nel fondo della tasca, cominciò a giocherellare, spostandoli ora di qui, ora di là.

Ormai era arrivato alla via che correva parallela all'autostrada; si fermò; guardò da una parte e dall'altra; non vide nessuno salvo una coppia ferma dove il cerchio di luce che il lampione proiettava sull'asfalto finiva nell'ombra; entrò nel prato e calpestando l'erba con cautela, come se temesse di svegliar qualcuno, continuò ad avanzare.

Le macchine e gli autocarri che passavano sull'autostrada eran pochi: s'annunciavano oltre il cavalcavia con un chiarore diffuso, poi gli piombavano addosso col rombo e coi fari.

Giunto al limitare del prato si fermò un'altra volta e si guardò un'altra volta intorno: tutto se ne stava immobile; anche i colpi d'aria non parevan sufficienti a muover le cime delle siepi, neppure quelle che a destra eran tanto più alte e più folte delle altre. Rimase per una lunga serie di minuti in quella posizione, poi si voltò; vide le case alzarsi come grandi pareti contro il cielo della notte; sentì il clacson d'un pullman avvicinarsi, trapassargli l'orecchio; ma rimase ugualmente rivolto verso la città di cui, senza chiedersi più niente, vedeva il pulviscolo di luce alzarsi su tutto l'orizzonte, là più forte, qua più lieve, fin ai bordi estremi dove gradatamente si perdeva.

L'avevan messo al mondo per quello? Illusioni e offese, offese e illusioni? E la vita? Era tutta qui, la vita?

Stava rimontandogli addosso un'altra volta il dolore, quando sulla sua sinistra gli parve di sentir un fruscio, come se le foglie scricchiolando si rompessero. Si voltò con trepidazione. Rimase in ascolto. E allora adagio adagio i rumori gli si precisarono: eran respiri; e gli scricchiolii eran i movimenti di quelli che pochi metri in là, stavan abbracciandosi (o almeno a lui così sembrò subito).

Trattenne il respiro; poi preso dal desiderio di vedere o di sentir così forte da potersi immaginare quello che tra i due accadeva, in punta di piedi riprese ad avanzare in modo che confondendosi la sua figura con la siepe i due che facevan l'amore non potessero sospettare che un estraneo stava per spiarli. Giunto dove ritenne d'essere al sicuro, si rannicchiò su di sé e cominciò ad ascoltare.

Non s'era sbagliato: mentre il gemito delle foglie l'avvertiva che i due stavano lentamente rotolando ora di qua, ora di là, sentì una voce di donna dire con un tono indefinito ma pieno di gioia:

«Che bellezza, Rino! Che bellezza!»

III

«Non mi stancherei più. Starei insieme a te in eterno.»

«E io allora? Mi sembra d'essere in paradiso.»

«Anche a me, Rinetto, anche a me...»

Non aveva neppure il tempo di capire che stava provandosi d'aver avuto ragione nel pensar che tornar con chi si ama, dopo un po' di lontananza, rende più bello l'amore, tanto che val quasi la pena di creare apposta quei distacchi. Erano infatti quindici giorni che non si trovavano più: quindici giorni in cui la loro relazione aveva minacciato di rompersi:

«E il bello è che tu dicevi che piuttosto di tornare con me, saresti andato con una...»

«Con una, chi?»

«Niente, Rinetto. Niente.»

«Con una, chi?» continuò il Rino, mentre baciava la ragazza sulle guance, risalendo dal mento alle tempie e scendendo poi da lì sotto le orecchie, dove a sentirsi baciare la ragazza veniva presa da un tremito che la faceva sorridere.

«Oh, Rinetto, Rinetto mio», disse la Carla, stringendo da parte sua le braccia con forza tanto più grande quanto più il fidanzato insisteva a baciarla in quel punto. Poi quasi non riuscisse a sopportare quel solletico mormorò:

«Basta, Rinetto. Basta.»

Ma il suo cuore era invece per l'ancora.

«E quando farà freddo e non potremo più venir qui?» fece subito dopo.

«Troveremo, troveremo...»

«E dove?»

«Adesso non pensarci. Adesso va bene qui. O forse hai freddo?»

«Come faccio ad aver freddo se sono con te?»

La risposta del Rino fu di staccar per un attimo la bocca dal collo della ragazza e farla poi ricadere sulle sue labbra. Ma contrariamente a quanto pensava incontrò la resistenza dei denti che rimasero chiusi.

«Apri», mormorò allora il ragazzo stringendo con le mani le spalle della ragazza, ma così in alto da toccar con la punta delle dita anche il suo collo. «Apri...»

La Carla girò due o tre volte la testa per sfuggire all'assalto del fidanzato: si trattava però d'un semplice scherzo. Così, mentre il Rino ripeteva con più desiderio, anche se a voce più bassa:

«Apri, stella. Apri...» la Carla cominciò a rilasciar la stretta dei denti. Allora, piano piano, come se quello fosse il suo modo d'esser furioso, la bocca del Rino si posò felice sopra quella della ragazza.

Ormai la lite era dimenticata; dimenticati i sospetti dei quali la felicità di quel lungo amore finiva di distruggere anche le minime ombre; sospetti che nell'animo geloso del Rino eran stati più il segno d'una passione esclusiva che non quello d'una scarsa fiducia.

«Solo perché m'hai visto due o tre volte col Pessina», disse la ragazza. «Ma ti sembrava il caso di far la tragedia che hai fatto?»

Fu allora che la Carla ebbe la piena consapevolezza di come fosse bello star lontani e tornar insieme, digiunare e mangiare. La forza con cui quella constatazione apparve nel suo cuore fu tale che non si trattenne dall'esprimerla:

«Del resto è meglio così. Stasera è talmente bello! Oh che bello, Rinetto. Che bello!»

Quell'esclamazione sospirosa aveva però anche un'altra ragione: infatti in quel momento il Rino le aveva spinto la mano sotto l'abito e aveva cominciato a passargliela di qua e là per tutto il petto.

«Non ha freddo alle volte la mia stella?» chiese il Rino

quando per i suoi movimenti, l'abito della ragazza si fu aperto sulla schiena.

«Freddo insieme a te? E come? Come se è così bello?» fece la Carla mentre gli occhi, ormai incapaci di star aperti, parevano perdersi nel buio.

«Oh che meraviglia Rino, che meraviglia!»

L'abbraccio continuò ancor a lungo finché con un colpo improvviso il Rino si staccò dalla Carla, almeno di quel tanto che fu necessario per guardarla negli occhi. Spaventata la ragazza aprì i suoi mentre il respiro, in parte per la fatica, in parte per lo smarrimento, si faceva affannoso.

«Carla?» fece il Rino, fissandola con una rabbia in cui s'incarnava l'ultima resistenza che la sua gelosia poneva alla conclusione di quell'abbraccio.

La ragazza non rispose.

«Giurami che il Pessina non t'ha mai baciata!» aggiunse il Rino con lo stesso tono. «Giurami!»

«Ma Rino, cosa dici?»

«Ho detto di giurare. Perché se so che lui t'ha baciata, basta, è finito tutto. Io la bocca dove l'ha messa un altro, non la metto. Hai capito? E allora giura», fece dopo un'esitazione, «giura che non t'ha mai baciata, né toccata!»

«Te lo giuro, te lo giuro dove vuoi. Oh, Rino, cosa ti salta in mente adesso? Farmi baciar dal Pessina? Ma se ha in testa solo le biciclette! Rino?» fece la ragazza accentuando il tono della voce nella misura in cui vedeva gli occhi del fidanzato insistere nel fissarla. «Rinetto…»

«Qui? T'ha baciata qui?» fece il ragazzo, stringendo l'abito sopra il petto.

«Ma Rino…»

«Qui?» ripeté passando la mano sul ventre. S'era levato sui ginocchi e ora il suo busto s'alzava proprio dove, in quello della ragazza, si staccavan le gambe.

«Qui?» ripeté un'altra volta indicando il grembo.

«Ma, Rino, Rinetto», fece la ragazza. Questa volta però fu lei a sollevarsi e benché a fatica a prenderlo per la schiena con le braccia e a tirarselo giù.

«Rinetto, cosa ti prende? Vieni qui, vieni qui e sta' qui, sta' qui dalla tua Carla... Non lasciarti prendere da queste fisse. Sono fisse e basta. Lo sai bene anche tu perché mi sono arrabbiata con te. Perché eri geloso, geloso di tutti, geloso delle mie amiche, di quelli che incontravo e che non potevo non salutare, fin di mio padre e dei miei fratelli. Su, sta' qui, sta' qui con me. Lo sai che ti voglio bene come nessuno ha mai voluto bene a nessuno. Come son contenta che tutto è finito, che tutto è tornato come prima! Anzi, meglio, Rinetto, meglio! Non m'è mai sembrato bello come stasera. Te lo giuro. Mai.»

Il Rino aveva continuato a star fermo sulla coperta di fianco al corpo della ragazza, la testa dentro un ciuffo d'erba, come s'era messo quando la Carla l'aveva costretto a distendersi. La vergogna per quello che aveva fatto, per la stupidità dei sospetti da cui s'era lasciato vincere e soprattutto per la gelosia di cui continuava a esser vittima, cominciava a prenderlo e a farlo tremare (sua madre gliel'aveva detto fin da bambino, quando cioè non riusciva a sopportare che pigliasse in braccio uno dei suoi fratelli senza che prendesse anche lui: «finirai a morire di gelosia, tu»); e a quella vergogna si univa l'altra, di sentirsi così indecorosamente in balìa della pietà della sua ragazza...

«Senti il cuore come ti batte», fece la Carla. «Vieni qui, vieni qui, povera anima disperata.»

Lo toccava ora qua, ora là, con forza quasi materna, poi con calore trepido gli passava la mano sul collo e sulle guance; di tanto in tanto era la testa che gli accarezzava, finché, vinto da quegli inviti dolci, calmi e continui il Rino si sollevò sulla mano che aveva distesa contro il petto e tornò a voltar la testa verso di lei.

Più che il luccichio delle lagrime, invisibili nel buio in cui erano, fu il respiro a dare alla ragazza il sospetto che il suo Rino stava per piangere. Allora gli si tirò vicino, tanto vicino da diventar come una cosa sola e mentre gli appoggiava una mano intorno al collo gli fece scivolar l'altra nella tasca, quasi d'improvviso avesse sentito freddo e avesse voluto scaldarsi nello stesso tempo in cui scaldava lui...

«Che manina!» mormorò il Rino, ricambiando l'abbraccio

e riprendendo a baciarla: «Ma come fai ad avere una manina così?»

A quel punto, dietro la siepe, il Renzo che, accovacciato aveva assistito al colloquio dei due innamorati, si alzò di scatto e indirizzò verso loro una pernacchia.

«Chi è?» disse da giù il ragazzo.

Per un momento il Renzo sentì i tre cuori battere attorno alla siepe, poi non riuscì a trattenersi e scoppiò a ridere.

Allora mentre a salti, quasi fosse stato preso dalla paura, s'allontanava da loro, cominciò a gridare:

«Altro che mano e manina! Siete dei porconi! Venire a far l'amore qui, sull'autostrada!» e giù pernacchie, nomi osceni, invettive e bestemmie.

IV

Quando entrò in casa tutti quelli della sua famiglia, chi da più chi da meno, stavan dormendo. Nonostante l'avesse subito capito dal silenzio e dal buio, preferì usar discrezione tanto nell'entrare quanto nell'accender le luci della cucina e prender poi dal cestino della madre l'ago e il cotone; né volle perder tempo a constatar se l'aveva scelto del color giusto: «tanto e tanto», si disse, «lì non vede niente nessuno».

«Cani!» fece entrando nel gabinetto, un buco situato a destra dell'ingresso.

Quindi senza far rumore richiuse la porta e diede due giri alla chiave.

«Cani!» ripeté, mentre sentiva rimontargli in corpo l'ira di poco prima e farsi più forte il dolore.

Si levò i bottoni dalla tasca e li mise sul bordo del lavandino assieme all'ago e al cotone. In fretta si tolse scarpe e calzoni.

«Anche la sarta mi fan fare!» disse mentre cercava di infilar l'ago. La mano gli tremava; così dové faticar molto per averlo pronto. Quindi abbassò l'asse, vi sedette sopra e con pazienza cominciò ad attaccar il primo bottone.

Quando ebbe finito di sistemar quello, portò i calzoni vicino alla bocca e con un colpo dei denti spezzò il filo. Poi fece lo stesso col secondo. Sistemato il secondo ripeté l'operazione col terzo.

Si sentiva già disposto ad inorgoglirsi per quella sua imprevista capacità, quando dal tubo di scarico venne giù precipitoso uno scroscio d'acqua.

Lasciò che gli ultimi gorgoglii morissero dentro il tubo, poi senza neppur più la tenerezza delle lagrime fece a se stesso:

«Non vali né più né meno di quello che adesso è andato giù nella fogna.»

Quindi, infreddolito, come se avvertisse solo allora l'umidità che gli era entrata in corpo stando sul prato a far la spia, tornò a infilarsi i calzoni per assicurarsi che nell'attaccare i bottoni non aveva sbagliato posto e li allacciò. Come fu certo, girò la chiave, aprì la porta ed uscì.

Dalla cucina dove si recò per rimetter a posto ago e cotone, passò nella stanza e lì, accesa la luce, vide che i tre fratelli se ne dormivan beati: le due piccole che una di testa l'altra di piedi riposavano nella branda addossata al muro, stavan calme sotto le coperte; il fratello invece che dormiva nel matrimoniale, era messo di traverso, tanto che aveva invaso una parte del posto riservato a lui; il lenzuolo, ingiallito dal sudore e dal lungo contatto coi loro corpi, era spiegazzato e le coperte se ne stavano arrotolate in qualche modo ai piedi così che il ragazzo, coperto appena dagli slip e dalla canottiera, faceva mostra della forza e della prestanza del suo corpo.

«Guarda come è fatto, quella frignetta!» fece il Renzo a se stesso mentre s'appoggiava alla sponda del letto per levar scarpe e calzoni.

Profondi e affannosi dall'altra stanza venivano intanto i respiri del padre e della madre.

«Proprio me dovevano far così!» continuò il Renzo rimettendosi in piedi per levar i calzoni.

In quel momento la luce cominciò a turbare il sonno del fratello che si mosse di qua e di là, per poi voltarsi dove inconsciamente sentiva che la luce batteva con minor forza.

«Tirati dalla tua parte, scemo», disse il Renzo, quando

capì che il fratello s'era svegliato. «Ho detto di tirarti dalla tua parte.»

Meccanicamente il ragazzo si spostò sulla sinistra. Allora il Renzo andò alla porta, spense la luce e con un tonfo, in cui molle e sponde diedero un cigolio lamentoso, si gettò anche lui nel letto.

Il Brianza

I

I fatti invece erano andati così: una sera, dopo nemmeno dieci giorni di servizio, quando ormai il bar stava per chiudere il Ballabio era stato avvicinato da un cliente; abitudinario, aveva pensato, se la padrona quand'era stata alla cassa l'aveva sempre trattato con palese confidenza.

Era un uomo tra i cinquanta e i sessant'anni, dal portamento ricercato che tuttavia faticava a nascondere una cert'aria strana.

Quando l'aveva visto avvicinarsi al banco il Ballabio non aveva potuto pensar altro che a una normale ordinazione; infatti lo sconosciuto aveva messo con calma sul bordo lucente d'acciaio lo scontrino e senza guardare aveva detto:

«Un punch.»

«Al rhum», aveva poi aggiunto.

La prima sorpresa il Ballabio l'aveva avuta quando nell'allungar la mano per prender lo scontrino aveva visto spuntar sotto, piegato in due, come mancia, un pezzo da cento. Pronto a volger ogni cosa nei limiti del possibile a suo vantaggio aveva preso il biglietto e aveva ringraziato.

Era stato allora che nello sguardo dello sconosciuto, applicato su lui per coglierlo nel momento di quella stupita soddisfazione, aveva scorto un palese sottinteso.

«Per carità...» aveva detto il signore e sicuro d'avere iniziato bene s'era voltato.

Versato il rhum nella piccola tazza di cristallo e sottomessa quella al becco del vapore, il Ballabio aveva preso a girar la manopola; uno sbuffo calò così dentro la tazza e diffuse intorno la sua profumata eccitazione. Poi con garbo anche se velocemente prese da destra un limone, ne lasciò cader dentro la tazza un pezzetto di scorza e sottoponendo al piattino uno dei tovaglioli bianchi che eran sul banco servì.

Che durante la preparazione lo sconosciuto, con quel suo sguardo ambiguo nello stesso tempo che gentile, lo avesse seguito non aveva avuto dubbi: e del resto se l'era provato alzando di tanto in tanto gli occhi giusto quanto bastava per veder lui ma per non farsi vedere. Che però all'atto di servire se lo dovesse trovar davanti così palesemente strano ed invitante, non aveva pensato. Abituato com'era a star dietro il banco e a vederne e a conoscerne d'ogni tipo, non rifiutò quell'invito; rispose anzi con malizia crudele, quasi volesse dire all'altro: «se deve dirmi qualcosa, lo dica. Io, da parte mia, sono pronto».

«Dove abita?» fece lo sconosciuto.

«A Vialba», rispose l'Ivo con decisione come per invitar l'interlocutore a compromettersi con più chiarezza.

«E tutte le sere va da qui a Vialba in tram?»

Lo sconosciuto aveva preso la tazza di cristallo per il manico d'argento e l'aveva avvicinata alla bocca da dove l'aveva subito scostata come se il calore fosse stato eccessivo.

«Chissà a che ora va a nanna...» concluse dopo una pausa, rimettendo la tazza sul banco.

Nel breve intervallo tra una parola e l'altra il Ballabio aveva avuto la buon'idea di voltarsi verso la padrona e così era riuscito a leggere nel sorriso con cui la signora aveva risposto al suo una sorta d'incitamento.

«Veramente», fece l'Ivo che aveva compreso dove lo sconosciuto voleva parare, «di solito uso la Lambretta...»

«E stasera?» incalzò l'altro riprendendo la tazza.

«Mi pareva che ci fosse un po' d'aria...» rispose l'Ivo. Teneva le braccia intrecciate una all'altra e stava appoggiato con una certa delicatezza al retro del banco.

«Vuole che l'accompagni?» fece allora lo sconosciuto. Ma non aveva finito di parlare, che già s'era portata la tazza alla bocca e aveva cominciato a bere. Poi, non volendo lasciar tempo alla risposta, riallontanò la tazza e voltandosi verso la signora disse:

«Sempre così caldi li fa i punch il suo Apollo?»

Da dietro la cassa la padrona rispose con un sorriso largo e compiaciuto; quel sorriso provò un'altra volta all'Ivo ciò che aveva sempre pensato e cioè che la sua padrona doveva esser stata, come dicevano i compagni di lavoro, una ragazza dal fascino irresistibile ma che per lui, dati i suoi gusti, lo era ancor più adesso.

«Vuole che l'allunghi?» disse staccandosi e inchinandosi verso lo sconosciuto.

«Lasci. Qualche minuto e sarà al punto giusto», e così dicendo l'uomo si staccò dal banco e si riavvicinò alla cassa.

Il Ballabio avrebbe certo faticato a comprender la logicità di quella mossa se nello stesso istante, girando sui cardini d'ottone, resa ancor più lucente dal contrasto col buio della notte, la porta di cristallo non avesse lasciato entrar una coppia di clienti: uomo e donna, eleganti, ciarlieri e felici.

Infatti solo quando, dopo averli serviti, essi furon tornati sulla strada lo sconosciuto si decise a riavvicinarsi al banco e a riprender la tazza.

«Adesso sarà freddo...» disse il Ballabio che aveva ripreso la sua posizione di riposo.

Lo sconosciuto alzò le spalle come per dire che non importava, poi s'avvicinò all'Ivo e disse:

«Allora l'aspetto fuori?»

Il Ballabio sorrise, quindi fece:

«Mi dispiace. Non vorrei farle perder tempo...»

«Non si preoccupi», rispose lo sconosciuto. «Prima d'una cert'ora non riesco mai a dormire.»

Ma non aveva finito di pronunciar l'ultima parola che già s'era voltato verso la padrona e verso lei aveva cominciato a muoversi.

II

«È uno di quelli», aveva pensato subito e s'era poi ripetuto il Ballabio con una sorta di crudele compiacimento. La complicità della signora, evidente anche se non manifestata, servì a dargli quel tanto di sicurezza necessaria a garantire ciò che avrebbe fatto di fronte al suo posto di lavoro. «Perché se è veramente quello che penso», continuò a dirsi e a ripetersi accentuando in se stesso l'acredine dei propositi, mentre si preparava a uscire, si sarebbe comportato con quello come s'era comportato coi suoi non infrequenti predecessori: e cioè senza violenza ma anche senza paura, soprattutto badando a piegar l'occasione al suo vantaggio.

Questa volta però il suo fiuto l'aveva tradito; anche se l'avventura che da quell'incontro stava per cominciare si sarebbe ugualmente rivelata del genere che soprattutto lo eccitava. A dubitar della sua convinzione fu costretto pressoché subito: infatti appena salì sulla macchina, una lunga fuoriserie amaranto, dové ammettere che la stranezza dell'accompagnatore era assai diversa da quella che avrebbe dovuto avere se veramente fosse stato quale l'aveva pensato. Anzi al calore che aveva sorretto il colloquio avvenuto nel bar, non appena la macchina ringhiando partì verso San Babila e da lì verso la Scala, andò sostituendosi una freddezza raggelante. E come prima cosa il più assoluto silenzio. D'altra parte non riusciva a convincersi che toccasse a lui cominciare.

«Cosa vorrà», continuò a pensare e ripensare mentre la macchina percorreva Via Dante e Piazza Castello, «che muoversi non si muove, mani non ne allunga e parlare non parla?»

Dovette aspettar fino al Parco, fin dove cioè lui stesso aveva pensato che se lo sconosciuto aveva da dirgli qualcosa quello sarebbe stato il posto adatto, perché accadesse qualcosa di particolare; passata la Nord, avvistata la lunga fila di lampioni che rischiaravan da sotto le chiome un po' ingiallite degli alberi, il motore cominciò a dar segni di rallentare fino a fermarsi del tutto quando, voltato a sinistra, imbucò il viale adiacente la ferrovia, a metà del quale si fermò.

Il Ballabio ebbe appena il tempo di dirsi: «ci siamo», e guardar fuori le ombre che stavan ferme o passavan furtive come quelle dei ladri, quando a un colpo dell'accompagnatore l'interno della macchina s'illuminò tutto. Poi l'uomo levò dalla giacca un portasigarette d'oro, fece scattar la chiusura, l'aprì e con palese ostentazione glielo porse:

«Fuma?» disse.

Il Ballabio tolse una sigaretta che l'altro, dopo averne presa una per sé, accese servendosi dell'apposito apparecchio che sulla macchina era posto di lato al cruscotto.

«Riparta», fece il Ballabio appena l'accendisigari fu rientrato nella sua sede. «Sono i posti della pola...» aggiunse.

«Be'? Cos'ha adesso, paura?»

«Che paura! Ma le grane, potendo, è meglio evitarle. Se ha qualcosa da dirmi, me lo dica più avanti. Fuori dal Parco posso star sulla sua macchina tutta notte», disse il Ballabio con un accento sbrigativo e perentorio.

«Se proprio vuole...» fece lo sconosciuto riavviando il motore.

«Non lo dico solo per me, lo dico anche per lei. Cerchi di capire», commentò il Ballabio seccato dal contrattempo. «Del resto, scusi, a quest'ora non c'è più in giro nessuno. Qualunque posto va bene...»

«Per far cosa?» chiese l'uomo mentre la macchina attraversava velocemente la seconda parte del viale.

«A me lo dice?» rispose il Brianza.

Ad avviar l'argomento e con decisione lo sconosciuto cominciò subito dopo, quando giunto a metà del Sempione il Ballabio gli indicò verso sinistra lo spiazzo erboso e deserto antistante il Velodromo.

«Le piace viver bene?» fece l'uomo di colpo.

«Siamo al mondo per quello», rispose il Ballabio. «Purtroppo non sempre si riesce...» aggiunse.

«Basta volere», commentò l'altro.

«Basta potere», replicò il Brianza, «altro che volere!» aggiunse con un tono deciso, ma ugualmente triste ed accorato.

Ormai s'eran convinti tutti e due che quello era il momento buono per fare e ricever la proposta, infatti voltandosi verso il Ballabio e fissandolo con uno sguardo lucido e imperioso lo sconosciuto disse:

«Vuol arrotondar lo stipendio?»

«Arrotondar lo stipendio?» riprese il Ballabio stupito dalla forza con cui l'uomo continuava a fissarlo quasi volesse impedirgli qualsiasi scappatoia. «Sentiamo», aggiunse.

«Un'altra sigaretta?» interruppe lo sconosciuto tornando a levar dalla giacca la scatola d'oro.

«Una sigaretta? Forse sì. Fumando si ragiona meglio», fece l'Ivo che pure aveva appena terminata l'altra.

Il dubbio d'essersi sbagliato nel giudicar l'accompagnatore, dubbio che era andato aumentando anche se molti dei suoi gesti eran sembrati accordarsi a quel giudizio, riprese il Ballabio e in forma definitiva allorché, accesa la seconda sigaretta, lo sconosciuto cominciando a spiegarsi disse:

«Ecco. Si tratta di fotografie...»

III

Era sceso dalla macchina velocemente, dopo aver lasciato che le due ombre ferme sull'ingresso del caseggiato si salutassero, che la donna entrasse e l'uomo, riprendendo a camminare, voltasse l'angolo.

Era eccitato e sconvolto dall'avventura, per lui nuova, che con quello strano colloquio stava per aprirglisi davanti; il colpo secco della portiera nel suo chiudersi ne fu il suggello fiammante, come se con quello avesse spezzato ogni rapporto con le ultime e già deboli resistenze della sua coscienza. Ciò che soprattutto l'attirava era la possibilità d'entrar in un regno cui fin lì aveva battuto invano: feste su feste e come conclusione invece che tirar fuori, prender grana. Quanto allo scotto da pagare, perché nella vita senza far niente non si riceve niente, si trattava di alcune fotografie che avrebbero preso a sua insaputa, almeno così gli aveva detto lo sconosciuto, come all'insaputa degli altri, ragazzi e ragazze, che come lui si sarebbero prestati, quando il regista della strana festa avesse ritenuto opportuno; «delle feste», si corresse subito, «perché sarebbero state una lunga serie». Naturalmente per venderle ai vecchi rimbecilliti e ai viziosi del centro; giusto come doveva essere lo sconosciuto di cui adesso sapeva nome, cognome e indirizzo, appunto perché già domani sera avrebbe dovuto recarsi da lui per il primo di quei ritrovi. Finito il turno che proprio l'indomani cambiava, avrebbe avuto giusto il tempo di tornar a casa, mangiare, cambiarsi e poi via in gran segreto e in gran fretta dal G. M. Via C. 26.

Aveva imparato subito a ricordarselo così, con le semplici iniziali, come lo sconosciuto gli aveva raccomandato: G. M. Via C. 26: perché tutto doveva svolgersi e restar nel silenzio e nel segreto, come in una tomba.

«Un vizioso? Già, perché non ce n'era anche tra la sua gente di tipi così!» si disse. «E cos'è poi questo credere che a divertirsi in quei modi son solo i danarosi?» E ammesso, ammesso che fosse così (per quanto ricordava bene certe feste cui aveva partecipato, nelle quali gli pareva di poter dir fin d'ora che l'unica differenza rispetto a quelle cui aveva accettato di prender parte, era la miseria e la povertà, la miseria e la povertà e basta, perché quanto al resto «veniamo al mondo anche noi come loro») ammesso, ammesso che fosse così, se a lui era capitata quella fortuna cosa doveva fare? Chiuderle la porta in faccia?

Del resto, come gli aveva detto il G. M., non è che le foto le facessero girare così: c'era un'organizzazione segreta sì, ma precisa. E a parte il fatto che compra e vendita, il mercato insomma, doveva pur dirla questa parola anche se gli faceva schifo, avveniva nel più stretto riserbo, il fotografo aveva l'ordine di toglier via dalle facce ogni possibilità di riconoscimento; dal collo in giù, infatti, più o meno, siamo tutti e tutte eguali.

La garanzia d'aver trovato l'introito che da tempo desiderava, l'aveva già lì nelle tasche: un biglietto da diecimila: caparra d'una ben più lauta rimunerazione; e questo era ciò che contava.

Quanto ai suoi, per far tacere anche quegli ultimi scrupoli del resto senza molto peso, potevano star tranquilli; com'era accaduto in alcuni frangenti prima, anche da quei suoi nuovi guadagni avrebbero avuto soltanto giovamento. Per sé come prima cosa si sarebbe rimesso in ordine il guardaroba, ormai un po' intristito dall'uso; poi avrebbe tentato di accumulare quanto bastava per il cambio della Lambretta con la Guzzi che era ormai un sogno covato troppo a lungo. Quanto al dopo... «Quanto al dopo», si disse entrando in casa, «sta' calmo, Ivo. Un passo per volta.» Non s'era detto d'esser disposto al gioco anche se il G. M. fosse stato quello che lui sulle prime aveva pensato? E allora? Perché, in fondo, con gli scrupoli cosa si ottiene? Ci si rovina la vita e si resta per sempre nella miseria. Se poi non lo fai tu, sta' tranquillo che ci sarà un altro, meno scemo e meno pieno di paura di te, che non ci penserà due volte.

IV

Le prime ombre di delusione e di malessere le avvertì e con una forza che non avrebbe dubitato, di lì a una quindicina di giorni, quando riuscì ad aver tra mano un gruppo di quelle fotografie. Intanto mentre le cose in sé l'avevano sempre divertito, vedersele lì, ridotte al monocromo d'una serie di positive ebbero l'immediato potere d'irritarlo; poi ed anzi soprattutto la questione della riconoscibilità. Per quanto infatti alcuni rettangoli neri s'affaticassero a mutilar facce, occhi, nasi e bocche qualcosa restava sempre; e per riconoscere in quei complicati grovigli di corpi il suo non aveva dovuto faticar troppo: eccomi qui; eccomi qui; qui; qui; e non s'era mai sbagliato; finché dall'immagine era riapparsa ingombrante e piena di orrore la realtà.

Se tutto però si fosse fermato al malessere di quel personale riconoscimento e al fastidio di quei momenti fissati per sempre sulla carta, forse lo smarrimento lo avrebbe superato; fu la facilità con cui oltre a se stesso in quelle fotografie riconobbe a uno a uno gli altri e le altre a rigettarlo nella paura e in quella paura lo spettro che gli apparve davanti, scomodo e vergognoso, fu subito quello dello scandalo e della galera.

Già, perché se per caso (e i casi potevan essere tanti) una di quelle foto andava a cadere in certe mani, allora dalla foto sarebbero risaliti, feroci come giustizieri, alle persone, agli appuntamenti, agli ospiti, ai fotografati...

Un brivido d'orrore corse per la schiena dell'Ivo, tanto per la cosa in sé quanto per le conseguenze. Non aveva sempre pensato che la vera capacità di vivere consiste nel far tutto, anche le cose più pericolose e degradanti, senza rischiar niente?

Allora un vuoto improvviso gli si formò nel cuore, un vuoto in cui presero a serpeggiare immagini e paure indistinte, ma ostinate, come incubi della sua stessa mente.

«E tuttavia», si disse come per tentar di risollevarsi, «in che modo lasciar una fonte così doviziosa e così facile di guadagno? E con cosa sostituirla se ai vantaggi che gliene derivavano s'era ormai abituato? Ridursi ancora alla sola, magra quindicina del bar? O se no, scendere a dei compromessi ancora più vergognosi e umilianti?»

Il sospetto che al punto in cui era e con le persone con cui in proposito trattava, un gesto per quanto vile non sarebbe mai stato vile abbastanza, gli sovvenne nel momento stesso in cui ridiede le fotografie a quello dei suoi compagni di feste e di guadagni che gliele aveva mostrate. Per nasconder tuttavia quei suoi pensieri sorrise. Ma non ebbe poi la forza di mentire fino in fondo e allora disse:

«Farle, capisco, e difatti le facciamo anche noi. Ma divertirsi a vederle stampate... Bisogna proprio esser dei viziosi, degli impotenti cóme loro: delle merde, ecco.»

«Già, ma se tutti fossero come noi, chi tirerebbe fuori la grana?» commentò l'altro.

E su quella conclusione i due si lasciarono: l'Ivo per entrar nel bar, l'altro invece che lavori fissi non ne aveva per entrare in uno dei cinema che funzionavano anche la mattina; per poco, poiché la sera si sarebbero trovati come al solito dal G. M.

Fu entrando nel bar che alle paure e agli incubi di prima si aggiunsero quelli che gli derivarono dal ricordarsi d'aver avuto un giorno tra le mani un opuscolo nel quale foto del genere eran diventate cliché.

«E se le stampano?» si disse. Era passato nel retro del bar e come sempre anche quel giorno dovette prepararsi con cura al servizio; metter la giacchetta, la cravatta... E tuttavia durante tutto quel giorno quella domanda gli martellò la testa come la voce di chissà quanti, passati prima di lui per quella strada, si trovavan chiusi a consumar come cani la loro vita nelle galere. «Ah, no! No!» gridò a se stesso più volte come se volesse allontanarsi dalla schiena un coltello che era lì lì per colpirlo. «Questo no!»

La spinta decisiva, quella che diede forza al suo progetto e lo fece diventar impietoso, sordido e crudele, la ricevette tre sere dopo allorché, entrato con la solita festosa accoglienza nell'appartamento del G. M. (un disco aveva già preso a scatenare dal radiogrammofono il ritmo della danza, consueto preludio alla festa) e passato dall'ingresso nel salotto, guardando, poté vedere in fondo alla sala, sprofondata nel divano, nientemeno che lei: la padrona.

Sul momento pensò d'essersi sbagliato; ma un'ulteriore verifica gliene diede conferma. Allora parve tremare, non tanto per l'indignazione quanto per un'interiore, drammatica gioia: che se fin dalla sera dell'abboccamento aveva pensato che la padrona fosse a conoscenza di chi in realtà il G. M. era, solo da quell'istante aveva la prova che un'altra persona, e quale, giocava a vantaggio definitivo del piano che aveva in mente d'attuare. Anziché mostrarsi intimidito, preferì così affacciarsi alla soglia della sala e colpir la padrona con un'occhiata penetrante e crudele, quasi avesse da sfogar su lei un risentimento d'amore.

«Ecco l'Ivo!» gridò il compagno che qualche giorno prima gli aveva mostrato le fotografie.

Tutti si voltarono poiché il suo nome aveva finito ben presto col coincidere per tutti con quello dell'Apollo.

Ricevuto il consueto omaggio, ma quella sera con una festosità ancor più audace del solito, il Brianza esitò un momento, poi con una decisione improvvisa, di cui l'unica ad accorgersi fu la padrona, si voltò verso il G. M. che per tutto quel tempo gli era stato alle spalle:

«Che scemo!» disse. «Ho lasciato le chiavi sul sedile della

Lambretta. Ho paura che me le freghino. Mi apra, per favore; vado e vengo.»

Non aveva ancor cominciato a scender le scale che gli si parò ben chiara davanti la viltà del ricatto cui stava mettendo mano; tanto più quanto più aveva constatato la festa con cui un'altra volta era stato accolto. Ma le sue paure s'eran ormai trasformate in altrettanti incubi che lo inseguivano come cagne. Era giusto mancato che sul giornale della sera s'imbattesse nella notizia di retate fatte dalla Polizia in alcuni ritrovi poco chiari!

In fondo fare quello che stava per fare gli spiaceva; ma non voleva né arrischiare il suo futuro, né perdere il vantaggio di quel suo presente. Ora mettendo in azione il ricatto che aveva prima progettato, poi via via perfezionato e covato, l'una cosa e l'altra gli sembravano assicurate.

Ricapitolando quei pensieri, mentre si scopriva pieno di tremori come se fosse ridiventato bambino, l'Ivo uscì dal portone, piegò a destra verso il bar nel quale sapeva che il telefono era ben chiuso dentro una cabina.

«Dicano quello che han voglia!» fece a se stesso, pur senza riuscire a convincersi. Figurarsi se lui era il tipo di lasciar perdere un'occasione così! Erano viziosi? Volevano divertirsi in quel modo, vedendo loro giovani fare tutto ciò cui li invitavano? E va be', lo facessero. Ma ogni tanto uno che gli metteva addosso un po' di paura non andava male! E lui era quello: l'angelo fustigatore, non della loro morale, bensì della loro borsa!

Entrò in fretta nel bar, in fretta andò alla cassa, chiese un gettone, dalla cassa passò in cabina, ripeté mnemonicamente due o tre volte il numero e quando ne fu ben convinto mise al suo posto il gettone, staccò la cornetta e cominciò a formarlo.

A rispondere venne il G. M.:

«Pronto, chi parla?»

«Sono l'Ivo.»

«Ah!» fece la voce dall'altra parte, «le ha trovate le chiavi?»

«Sì, le ho trovate», la voce dell'Ivo tremava spaurita e il cuore gli batteva con violenza come se stesse per commettere un assassinio. «Ma non è di questo che ho bisogno.»

«E di cosa?»

Un'esitazione corse allora fra i due apparecchi come se la palpitazione accelerata del cuore impedisse al Ballabio di parlare: chi l'assicurava infatti che il G. M. avrebbe preso sul serio l'intimidazione che stava per fargli?

«Allora, senta, se non vuole aver grane, venga giù subito in strada.»

«In strada? E perché?»

«Come perché?» rispose l'Ivo fatto sicuro dalla paura che aveva colto nella risposta del G. M. «Lo sa che se voglio posso mandar in galera lei e tutta la sua compagnia?»

«In galera? Ma che dice?»

«Dico che le conviene venir giù. Guardi: io son qui, fuori dal suo portone, pronto a mettermi d'accordo...»

«Ma si può sapere che vuole?»

«Voglio parlarle e subito. Non mi faccia gridare: sono in un bar. E lo dica pure anche alla mia padrona che se fa tanto di venirmi contro, al sicuro non potrà stare nemmeno lei!» era quasi spaurito lui di poter osar tanto.

«Va bene», fece allora la voce dall'altra parte. Poi esitò un momento.

Fu in quel momento che da oltre la cornetta il Ballabio giunse a sentire lontano, ma ugualmente vibrante, il ritmo del jazz: allora ebbe un istante di tristezza, quasi di nostalgia.

«Se proprio vuol parlarmi», riprese a dir la voce, «mi aspetti giù. Tra poco sarò lì.»

«Cerchi di non farmi il saltafosso, perché allora a farlo a lei ci penso io», disse il Ballabio fugando quegli inutili sentimenti. Poi col tono di chi ha diritto di concludere una conversazione aggiunse: «E cerchi di portare quello che mi avrebbe dato se fossi rimasto. Ha capito? Piuttosto più che meno».

Quindi attese che dall'altra parte gli arrivasse, come arrivò, un po' sfiatato, il «va bene» e riattaccò la cornetta. Senza guardar in faccia a nessuno, limitandosi a dar la buona sera, uscì dal bar nella strada.

L'attesa fu più breve di quanto lui stesso non avesse pensato. Infatti ben presto il G. M. apparve da oltre il portone; aveva il solito soprabito di cammello sulle spalle e muovendosi gettava intorno a sé un'ondata di profumo.

Come se già sapesse che il colloquio non poteva essere che segreto s'avvicinò al Ballabio che era rimasto appoggiato al palo del «divieto di sosta», le mani in tasca, ostinatamente immobile, quasi fosse lui a far il favore all'altro e non viceversa.

«Dunque?» fece il G. M. appena si fu avvicinato al Brianza.

La via, piccola e a cul di sacco, era completamente deserta al di fuori d'un cane che rasentando i muri la percorreva ora di qua, ora di là, annusando dappertutto come se fosse in cerca d'un tesoro; tuttavia il Ballabio volle convincersene un'altra volta; perciò staccandosi dal palo girò intorno due o tre occhiate indagatrici. Quindi con molta decisione si rivolse al G. M. e fece:

«La cosa è semplice. Io certe porcherie non ho più voglia di farle: mi fanno schifo. Ha capito? Inoltre non ho voglia di arrischiar la galera. Ha capito cos'ho detto? la galera.» E lo guardò a lungo come per una sfida.

L'uomo accolse con l'apparenza della tranquillità più assoluta le parole dell'Ivo: forse perché disponendosi a scendere le aveva previste quasi tutte. Del resto il tono della telefonata non gli aveva lasciato preveder altro che quanto adesso stava accadendo.

«Per quanto mi possa dispiacere, perché un ospite come», alla parola ospite, con la quale lo sconosciuto s'illuse d'evitare ogni riferimento ambiguo, il Ballabio sorrise ferocemente e subito altrettanto ferocemente riprese a fissar su lui il suo sguardo; «dico, per quanto mi possa dispiacere», ripeté il G. M. questa volta visibilmente contrariato, «non posso oppormi», e a sua volta prese a guardar con durezza il Ballabio. Poi quasi intendesse liquidar tutto in quel modo fece:

«Se ne vada, se ne vada pure.»

«Andarmene? E come?» ribatté all'istante il Brianza. «Comodo piantarmi qui così, dopo avermi fatto fare il servizio che gli ho fatto! Ma lei scherza!»

«Io?» avanzò l'altro. «E perché?»

«Crede forse sia un bambino da mettere e da levare come

si ha voglia?» L'Ivo esitò un momento in attesa che il G. M. afferrata la piega che intendeva dare alle sue parole avanzasse da sé la proposta. Ma come la proposta non venne continuò: «Vuol proprio che le dica che se mi salta faccio andare in galera lei e tutta la sua compagnia?».

«Quanto a questo...»

«Quanto a questo, cosa? Una telefonata, una telefonata e vi faccio prendere intanto che siete su a far le porcherie che fate, lei, le donne, la padrona, ha capito cosa sto dicendo? la padrona, i fotografi e quei bastardi che si prestano ai vostri giochi.»

«Ma se si è prestato anche lei!»

«Già, anch'io; anch'io; non dico di no. Ma perché avevo bisogno di questi. Perché a me le porcherie piace farle, anche di peggio, se vuol proprio saperlo, anche di peggio, ma farle e basta: e con il meno gente intorno possibile. Ha capito?»

Dopo quella sfuriata che prudentemente evitò di assumere nella voce qualunque forza, denunciando tuttavia nel suo faticoso trattenersi l'ira che la determinava, ci fu una pausa di silenzio; di quella pausa tanto l'uno che l'altro approfittarono per confermarsi un'altra volta la solitudine della strada.

Fu perciò mutuo accordo quello di finger un colloquio più che normale quando sulla destra tanto l'uno che l'altro videro sopraggiungere un uomo; il G. M. anzi si preoccupò di voltar la schiena in modo che non potesse essere visto e offrì all'Ivo e poi accese al ragazzo e a sé una sigaretta.

Quando però l'uomo fu entrato nel portone che era posto tre numeri dopo il suo, l'Ivo gettò a terra la sigaretta e la calpestò con rabbia. Allora il G. M. riprese a parlare: il lungo silenzio l'aveva convinto dell'inutilità di resistere e peggio di rifiutar la proposta non ancor enunciata ma ugualmente chiara del Ballabio. Così staccando la sigaretta dalle labbra disse:

«E allora, stando così le cose, che vuole?»

«Quello che mi avrebbe dato se fossi rimasto su.»

Lo sconosciuto esitò un momento, quanto bastò per esibire un po' di riluttanza, poi levò dai pantaloni il portafogli e dal portafogli alcuni biglietti da diecimila. Avrebbe voluto mostrare che ne disponeva solo di due, quanti cioè all'Ivo sarebbero toccati se avesse svolto anche quella sera la sua prestazione, ma inseriti uno nell'altro com'erano non gli riuscì di non far vedere al Brianza che eran sette e a non eccitare così l'avidità incrudelita dalle congiunture e dai rimorsi.

«Purché poi tutto sia finito», disse estraendo dagli altri due biglietti. «Capirà, tipi come lei è meglio perderli che trovarli...»

«Tutto?» disse il Ballabio nella cui mente alla vista dei biglietti il progetto aveva subito una rapida protrazione. «Vuole proprio che tutto sia finito? Che non mi salti più in testa per nessuna ragione di tornar a infastidirlo? E allora me ne dia il doppio.»

Lo sconosciuto ebbe un nuovo contraccolpo che lo rese d'improvviso pallido e lo fece poi diventar cadaverico. Esitò un momento, poi disse:

«Il doppio, cosa?»

«Quaranta. Il doppio di venti non è quaranta? E allora qui, qui quaranta.»

«Proprio stasera che non s'è neppur levata la cravatta?» fece il G. M. prendendo a guardar il ragazzo con disprezzo.

Ci fu una nuova pausa nella quale il Ballabio continuò a tener la mano aperta verso quella del G. M. che con una certa angoscia stringeva portafogli e biglietti. Ricapitolata velocemente la situazione il G. M. stava prendendo la decisione di cedere, quando il Brianza credette opportuno di ripeter la richiesta:

«Ho detto quaranta. Ha capito? Tanto a lei, ricco com'è, cosa vuole che importi?»

«E allora se li prenda!» fece il G. M. gettando a terra quattro biglietti. «Se li prenda! Lei è un volgare ricattatore, ecco cos'è. Ma non andrà a finir bene, stia tranquillo. Non andrà a finir bene...» concluse, voltandosi per rientrare.

Il Ballabio ebbe giusto il tempo di dire:

«Quanto a quello vedremo», e inchinarsi a raccattar da terra con la velocità d'un ladro le quarantamila lire, che già il G. M. aveva preso a girar dentro la serratura la piccola chiave col rumore d'un topo che rosicchi.

V

E di contorno ai loro soldi, ai loro sporchi commerci e ai loro vizi, la paura: la paura e basta. E allora che tremino!

Purché tutto sia finito, eh? Già, perché il resto, dopo l'impennata che aveva avuto, doveva proprio considerarlo perduto per sempre? Forse che il G. M. le fotografie non continuava a stamparle e con quelle non continuava a incassare? E allora fuori la grana. Che se poi la padrona avesse fatto tanto di fargli capire che agir così non andava, lui, «oh sì, cara signora mia, dato che la vita è una sola e occasioni così non ne capitano tutti i giorni, la vede questa bocca? Be' basta che io la apra...».

Questi eran stati i pensieri, questa la decisione cui era giunto la sera stessa del primo ricatto con la crudeltà di chi oltre ad approfittar della situazione prova un acre piacere a sbeffeggiare chi v'è coinvolto e dà così indegne prove d'omertà e di paura: pensieri e decisione che la mattina svegliandosi s'era confermato con una disamina più calma e tuttavia non meno crudele delle possibilità, anche se neppur allora era riuscito a levarsi di dosso quel senso di disagio che gli derivava dall'aumentata coscienza del ricatto cui aveva già dato inizio e che si prestava a continuare.

La sua normale sicurezza non gli era però venuta meno se non quando verso le undici, mentre già da un'ora si trovava dietro il banco, era apparsa dal retro la signora.

Come comportarsi? Che fare? Bastava fingere di niente se gli pareva certo che il G. M. dovesse averle confidato tutto?

«Starò a vedere», si disse. E così fece.

Con grande fatica per tutto quel giorno e per tutto il successivo anche la padrona riuscì a sostenere la sua difficile parte: e con tale risultato che il Brianza stesso, anche quando le pause del lavoro più facilmente lo riportarono al centro di quei pensieri, alcune volte sembrò dimenticarsi della situazione così pericolosa e difficile.

Allora l'Ivo pensò che come lui anche la signora avesse detto tra sé: «starò a vedere»: e non tanto il comportamento di lui lì, nel bar, quanto il comportamento di lui fuori, col G.

M. cioè e con tutti quelli che in un modo o in un altro eran legati all'oscura faccenda e all'oscuro mercato.

Ci fu solo un momento in cui quella reciproca finzione parve in pericolo. Questo accadde quando, verso la fine del servizio, in un momento di calma, improvvisamente il Brianza pensò di vedere di là dalla cassa la padrona, così com'era, e cioè rigidamente seduta nella sua bellezza un po' appassita, ma coperta anziché dall'abito che indossava, da una sola vestaglia che a un minimo cenno avrebbe potuto gettare per rivelarsi completamente nuda. L'espressione tra di stupore e di disappunto con cui il Ballabio seguì l'immagine si ruppe solo quando con un colpo di tosse la padrona, che aveva avvertito nello spiar di quegli occhi un'insinuazione, ruppe l'atmosfera. Allora una risata feroce corse sulla bocca del Ballabio e si diffuse per tutto il bar.

«Ma che fa? È diventato matto?» disse la padrona.

Gliel'avrebbe fatto vedere di lì a poco se era o non era diventato matto! Anche a lei, sì, anche a lei! Aspetta domani e vedrai il tuo bel cliente che visite avrà!

Architettato in ogni minimo particolare durante tutte le ore di lavoro del giorno seguente, con la capacità che aveva di far una cosa e pensar a un'altra, soprattutto se a spingerlo era il bisogno di vendicarsi, non sapeva neppur lui di cosa, ma certo d'una ingiustizia che si trascinava dietro assieme alla sua bellezza, al suo nome e al suo sangue, il piano fu disposto con la baldanza che il primo successo gli aveva dato. Ormai c'era: dall'obbiettivo di quei viziosi era uscito e tornarvi non si sentiva; lo schifo era più forte del disagio; la paura della galera più della vergogna del nuovo ricatto; una certa pulizia fisica poi l'aveva ancora; d'altronde non intendeva rinunciare al guadagno che continuando avrebbe avuto; ed era certo che un'occasione simile dove guadagni, vizi, rischi e galera si mescolavano in un intrigo che per continuare avrebbe dovuto vegetare nel segreto e nel buio come un sepolcro, non sarebbe più capitata, a meno di mettersi proprio su quella strada, cosa che lui non intendeva fare, tant'è vero che a quel punto si trovava proprio perché da quella strada aveva voluto uscire.

La nuova telefonata raggiunse il G. M. mentre stava prendendo il caffè. A rispondere questa volta non andò lui, bensì la cameriera la quale prima di dire se il padrone era o non era in casa preferì come sempre conferire con l'interessato: del resto qualcosa aveva intuito anche lei, in quanto anche lei era parte delle feste.

Al nome del Brianza il G. M. ebbe un sussulto; volendo tuttavia mascherarlo rispose come forse una più acuta disamina l'avrebbe sconsigliato di fare:

«Digli che non ci sono.»

«Il signore non è in casa», rispose allora la ragazza. E attaccò la cornetta proprio mentre dall'altra parte il Ballabio gridava: «Glielo farò vedere io se è o non è in casa».

Erano le nove: la sicurezza che i portoni eran aperti favorì il passaggio dal primo grado d'intimazione che era la telefonata, al secondo che era di recarsi dal G. M. di persona. E quando, dopo aver salito velocemente le scale, ad aprirgli venne la donna, l'Ivo la fissò con decisione e disse:

«Fammi passar di là.»

«Ma come si permette?» fece la ragazza approfittando di un'esitazione del Ballabio.

«Ti dico di farmi passar di là. Ho bisogno di parlare al G. M., va' a dirglielo. Io aspetto nel salotto», e senza attendere la risposta passò attraverso il pesante tendaggio dell'anticamera nel primo salotto.

Non dovette aspettar molto; di lì a pochi minuti infatti la ragazza s'affacciò sulla soglia e disse che il signore l'aspettava nello studio.

«Basta che non sia un trucco per farlo uscir di qua, intanto che io entro di là», disse. «Perché allora...»

Ma quei suoi dubbi erano infondati; passato nello studio che altro non era se non la camera dove durante le feste a turno andavano a svestirsi e a vestirsi, il Ballabio vide il G. M., seduto in poltrona, intento a leggere un settimanale. L'indifferenza e la calma che egli esibì lo irritarono e la sua irritazione aumentò ancora quando, accortosi della sua presenza, il G. M. voltò la testa verso l'ingresso e disse:

«Ancora qui? E che vuole? Non era finito tutto?»

Il Ballabio stava già per lasciarsi prendere dalla furia quando la sua natura l'aiutò a calmarsi.

«Non scherziamo, signorino mio...» fece entrando nella stanza e riacquistando di colpo tutta la sua impudente spavalderia.

«Dice a me?» fece l'altro che continuava a starsene seduto.

«A lei, sì. È forse sposato? E allora...» rispose il Ballabio andando così vicino al G. M. da impedirgli di continuare in qualunque modo la lettura.

La figura del ragazzo infatti, anche per l'odore di brillantina che emanava, era diventata così imminente all'uomo che egli ne ebbe paura.

«Ma insomma che vuole? È forse venuto a far la pace?»

«La pace, io? E che pace?»

«Dicevo così tanto per trovare una giustificazione a questa sua visita...»

Il Ballabio esitò un momento, poi fece:

«Guardi, cerchiamo di far in fretta. Poi me ne vado.»

«Non desidero altro.»

«Quanto a questo la corte è stato lei a farla a me e non io a lei.»

«Be', allora?» fece il G. M. visibilmente contrariato dalla battuta del Brianza.

«Ho bisogno di questi...» disse il Ballabio accompagnando le parole con un gesto chiaro e risoluto.

«E li chiede a me?» replicò l'altro.

«Già, perché a chi dovrei chiederli?»

«Ma io non ho nessun obbligo di mantenere i suoi vizi!»

«A parte che di vizi non tocca a lei parlare, l'obbligo lei ce l'ha e sa anche molto bene perché.»

«Si vede che non ho la sua memoria», fece il G. M. alzandosi dalla poltrona e andando verso il bar-trumeau. «Contratti con lei non mi pare d'averne fatti», aggiunse mentre apriva l'anta del mobile.

Uno sfolgorìo di riflessi si diffuse dai bicchieri, dalle bottiglie e dai cristalli di cui il bar era pieno.

«Lei con me ha fatto molto più d'un contratto.»

«E cosa, se è lecito?» chiese il G. M. voltando la testa verso il Ballabio e mostrandogliela nell'atto di sorridere.

«Andiamo, andiamo che è grande...»

«Un cognac?» fece il G. M. girandosi un'altra volta verso l'Ivo con lo stesso sorriso di prima.

«Se mai dopo, quando avremo regolato i conti.»

«Lei parla di conti, ma io non so che conti tra me e lei ci siano ancora in sospeso.»

«Ah, non lo sa? Vuol proprio che glielo dica un'altra volta?» e su quella nuova minaccia l'Ivo preferì arrestarsi in attesa che dall'altra parte gli venisse offerta qualche condizione.

Ma il G. M. rimase in silenzio; non più tuttavia del tempo necessario per prender dal bar due bicchieri listati d'oro, la bottiglia del cognac e mettere l'una e gli altri sul ripiano del trumeau.

«Ricatti?» fece senza perder il tono scherzoso di prima. «Ricatti ancora?»

«Ho detto che ho bisogno di soldi», replicò il Ballabio con una voce improvvisamente cupa.

«Ma se lei ha bisogno di soldi per prenderli deve farmi un ricatto perché io, sia ben chiaro, io», e il G. M. guardò il Ballabio con fermezza, «io soldi a te, basta. Hai capito, ragazzino mio? Basta.»

Il Ballabio esitò un istante, poi si fece sotto l'uomo e preso da un tremito di cui neppure lui riusciva a capire la ragione fece: «Ha detto basta? E allora lo ripeta. Avanti: lo ripeta!».

Nel replicare l'invito, senza accorgersi, l'Ivo si trovò con la mano stretta sul collo dell'uomo che al momento non parve reagire.

«Lo ripeta, se ha il coraggio. Lei mi ha sfruttato per i suoi vizi e i suoi affari e io dovrei aver rimorso di sfruttare lei per i miei vizi e i miei affari? Ma mi vede o non mi vede chi sono io? E non le fa schifo, vecchio com'è, interessarsi ancora di queste porcherie, lei che ha già un piede nella fossa?»

Aveva continuato a stringerlo al collo e tuttavia con una sorta di timore per l'inerzia con cui l'uomo accettava la sua violenza. Fu allora che nella testa del Brianza passò come un lampo un dubbio: «forse», si disse, «sadico com'è anche a strozzarlo gli faccio piacere».

Stava già per allentar la stretta, quando il G. M. voltandosi fece: «Mi lasci, se non vuole che chiami qualcuno».

«Lei non chiama nessuno perché sa troppo bene che queste cose è meglio che le risolviamo qua, io e lei, a quattr'occhi.»

«Ma cosa vuol risolvere?» ribatté allora l'uomo levandosi di colpo dalla stretta del Ballabio.

«Ho detto che ho bisogno di grana.»

«Se ha bisogno lavori, presti la sua opera; lei sa bene come deve fare. Non gliel'avevo già detto appena è entrato?»

«Lavorare qui? Far porcherie, trovar gente che mi guarda, mi spia, ride, mi prende, mi tocca senza neanche sapere chi sono e cosa vogliono? Ho detto di no: questa vita non è per me.»

«E allora?»

«Allora, un corno. A conoscere me lei ha sbagliato. E vuole che un'occasione così io non la sfrutti? Ma la sfrutto fino in fondo, fino a che ne avrò la nausea. Ha capito? Allora fuori, fuori, prima che mi giri la testa un'altra volta.»

«Ma fuori cosa? E perché?» quantunque si fosse reso conto che ormai cedere era inevitabile, il G. M. non volle lasciare al ragazzo l'impressione che avesse troppo paura e perciò alla domanda circa l'entità della pretesa ne aveva fatta seguir una circa le ragioni per cui faceva la richiesta.

«Cosa?» disse il Ballabio. «Devo cambiar la Lambretta con la Guzzi.»

«Appena?» fece commentando con un riso isterico il G. M.

«Appena, cosa? Lei ce l'ha l'Alfa? Magari oltre l'Alfa ne ha anche delle altre di macchine e io invece non dovrei aver nemmeno la Guzzi?»

«Se proprio vuole», disse l'uomo dopo una certa esitazione, «io le offro la possibilità di prendersela: torni, torni come faceva le sere scorse. Sono disposto a riprenderla, malgrado non offra nessuna garanzia: vuol dire che aumenterò di qualcosa la paga.»

«Che paga!» replicò il Ballabio. «Io qui, da lei, per le sue orgie non metto più piede. Ha capito?»

«E dunque?» fece l'altro prima allargando le mani, poi riavvicinandosi al bar per servirsi il cognac.

L'Ivo aspettò qualche secondo, poi d'improvviso piombò con un colpo sul collo del G. M., lo afferrò per la giacca da camera e la camicia; sentì la seta piegarsi e stridere nella morsa della mano.

«Fuori la grana! Ha capito? Fuori la grana! O vuole che lo riduca come uno straccio?»

Il G. M., malgrado la mole abbastanza corposa, sembrò in balìa della furia del Ballabio come se il ragazzo gli tenesse puntata contro una pistola. Sempre stringendolo per la giacca e la camicia e minacciandolo il Brianza trascinò così l'uomo verso il comodino; aprì con la mano libera il cassetto; rovistò in fretta e furia; sollevò e lasciò poi cader a terra carte, lettere e alcuni gruppi di fotografie che si sparpagliarono sullo scendiletto.

«Guarda qui, porcone, guarda cosa sei capace di fare...»

Poi, mentre per il cedere progressivo della resistenza della vittima cominciava a sentir qualche timore, si trascinò con l'uomo vicino alla giacca che aveva scorto appesa all'apposito cavalletto.

Benché lavorare con la sola destra rendesse ancor più difficile quella specie di perquisizione, al punto in cui era preferì tener legato l'uomo alla morsa della sinistra.

«Sono qui?» chiese. «Parla. Ormai ti conviene dir tutto.»

Il G. M. non fece nessun segno; anzi il suo corpo sembrò afflosciarsi ancor più su di sé. Allora il Brianza, dopo alcuni tentativi, decise di levar la giacca dal cavalletto; quindi prendendola per la bocca cominciò a frugar dentro le tasche.

Appena la mano s'appoggiò furiosa sulla fodera della tasca interna capì che aveva toccato giusto: il gonfiore, tanto opimo da suscitargli una specie di stupore, gli fece precipitar la mossa. Quello che compiuto il gesto gli restò tra mano, era un pacchetto di venti biglietti da diecimila.

«Hai visto?» fece. «Hai visto come si fa coi vigliacchi?» ripeté cercando di spostarsi di lato alla sua vittima e di sventagliargli davanti il pacchetto.

Ma neppure allora l'uomo sembrò dar segni di rivolta. Fu in quel momento che l'Ivo cominciò ad aver paura. Prima rimase immobile come per sentir meglio il respiro del G. M., poi scuotendolo di qua e di là disse:

«Hai visto? Sto parlando con te, porcone! Hai visto?»

Ma poiché neppure questa volta il G. M. né rispose né diede segni di sorta, l'Ivo lo trascinò vicino al letto e ve lo lasciò cadere. Allora il corpo dell'uomo s'abbandonò pesantemente sulle coperte come se fosse morto.

Con una sorta di paura eccitata, il Brianza raccolse da terra quello che poco prima aveva levato dal cassetto e in fretta e furia lo rimise dentro; poi s'alzò, s'avvicinò al G. M., lo guardò dall'alto; vide che respirava e che anzi accennava a far qualche movimento.

«Meno male», pensò. «Era tutta scena. Forse anzi gli piaceva che lo maltrattassi così.»

E con quei pensieri, uscito dalla stanza, percorse in fretta il corridoio. Stava già chiedendosi come avrebbe potuto aprir la porta senza farsi accorger dalla donna, quando nel fondo del corridoio, dietro la tenda, scorse gli occhi della ragazza che lo fissavano spauriti.

«Tutto sistemato. Apri», le disse come per difendersi da lei che s'era ravvolta tutta nel tendaggio. «Cos'hai? Paura? Lo sai bene anche tu che il tuo padrone si diverte a farsi maltrattare...»

Ma come vide che la ragazza non accennava a muoversi disse:

«Be', ad aprire ci penso io. Tu chiudi.»

E confermandosi con due o tre riprove d'aver ben sistemato il pacchetto dei biglietti nella tasca interna della giacca, fece scattar la serratura, aprì la porta ed uscì.

Ma sì, anche lei...

I

La paura che non tutto fosse andato come aveva supposto prese il Ballabio quando, giunto al garage (nient'altro che un capannone malconcio) sistemò la Lambretta nello spazio che gli era riservato.

La prima domanda che si pose fu: «E se non è un sadico e gli è venuto male davvero?».

Nella luce sinistra che inondava l'interno del capannone tentò allora di sorridere. Ma l'odore d'olio e benzina che si diffondeva dalle poche macchine e dai molti motori accatastati uno sull'altro come per la svendita d'un fallimento, oltre che dai bidoni aperti e dai due banchi ricolmi d'attrezzi, odore reso ancor più snervante dall'umidità della sera, tramutò quel sorriso in amarezza.

«E se non è un sadico...» si ripeté. Poi, voltandosi verso il custode, disse: «Buona sera», e si allontanò.

Come al solito era diretto al caffè e quando ricominciò a camminare non poté supporre che di lì a poco quella sera avrebbe dovuto cambiar programma: gli sembrò anzi che la compagnia degli amici sarebbe riuscita a stornargli dalla mente quei pensieri e quella paura.

Del resto, che cosa aveva fatto? Stretto non l'aveva che quel tanto necessario a costringerlo a seguirlo. E che sadico fosse lo ricordava bene da quant'era successo le poche volte in cui era andato alle sue feste e aveva posato per le fotografie: nel colmo dell'orgia, quello che lui aveva richiesto era che lo pestassero. Figurarsi!

Su quell'espressione che avrebbe dovuto essere d'indifferenza un'ombra d'orrore calò come l'ala d'un mostro: allora gli apparve la figura del G. M. fasciata dalla giacca di seta mentre crollava, svuotata d'ogni energia, nel gran letto vuoto. L'aveva forse stretto con troppa forza? Gli aveva forse impedito il respiro?

Come per assicurarsi del limite di quanto aveva fatto affrettò il passo e si portò al centro della luce che il lampione gettava sulla strada. Allora estrasse il pacchetto dal taschino interno e cominciò a contare: i biglietti erano venti; aggiunti a quelli che aveva messo da parte bastavano per il cambio: cresceva anzi qualcosa e da quel qualcosa avrebbe cavato una giacca.

Stava rimettendo il pacchetto nel taschino, quando un richiamo scoccò sottile come il passo d'un gatto dal lato opposto della strada. Sollevò gli occhi e nel buio vide ferma sul marciapiede, nell'atto di sorridergli e invitarlo, una donna.

In fretta finì di chiuder il bottone del taschino, levò la mano e si indicò come per dire alla donna se era lui che aveva chiamato. La donna fece giusto in tempo ad acconsentire che un tram passò sferragliando tra loro.

«Li ha visti», si disse il Brianza, «e vuol farmi fesso. Poverina, non sa con chi ha a che fare!»

E come se la nuova avventura, che gli si prospettò subito festosa, avesse avuto il potere di distoglierlo dai pensieri e dalle paure, appena il tram se ne fu andato, scese dal marciapiede e si diresse verso la donna.

«Cosa fai in giro a quest'ora, bello come sei e solo?» fece la donna accogliendolo con un sorriso che si sforzava d'essere smagliante ma che sotto il trucco e i profumi rivelava il peso, la tristezza e l'avvilimento d'una vita senza più molte speranze.

Solo quando il Ballabio le fu davanti e poté così guardarlo la donna s'accorse che il complimento, come spesso le capitava, non era stato una menzogna ma rispecchiava e per di più avaramente la realtà.

«Cosa fai? Studi?» replicò la donna.

«Studiare, io? E perché?» ribatté l'Ivo.

«Credevo che fossi uscito dalle serali e tornassi a casa...» replicò la donna.

«Che serali! Ho portato la Lambretta in garage. Faccio il barista, altro che lo studente.»

«Ostia!» commentò a mezza voce la donna.

«Come?» chiese il Ballabio.

Colta in contropiede da quell'esclamazione la donna cercò di riguadagnar terreno; allora delicatamente portò la mano sinistra sul braccio destro del Ballabio.

«Scusami», disse sospirando.

«Si figuri, per me...» fece il Brianza e con curiosità golosa cominciò a spiare sotto la lana nera del tailleur che la donna indossava l'agitarsi del corpo che il respiro, diventato improvvisamente affannoso, rendeva tremante.

Chiari, ostentati fino ad eccitarlo nello stesso tempo che a infastidirlo, apparvero allora nel viso e in tutta la persona della donna, che doveva arrivar sì e no alla trentina, i segni della sua lunga carriera. Come sempre di fronte alle donne d'una certa età l'Ivo fu preso da una doppia reazione: quella che lo spingeva ad avvicinarsi per averle e quella che invece lo tratteneva in una specie di stupore, quasi inconsciamente riconoscesse in ognuna di loro qualcosa di materno. Tuttavia quella sera, davanti a quella donna di cui non conosceva niente, le due reazioni furon come raggelate dalla sicurezza che lei l'aveva chiamato lì ingolosita dal denaro che poco prima non poteva non avergli visto contare.

«E allora che si fa?» fece la donna quando capì, almeno nel modo in cui le fu possibile, ciò che passava nell'animo del Ballabio.

«Be', se proprio vuole...» fece l'Ivo.

«Io? Devi essere tu», ribatté la donna.

«Per me ci sto sempre.»

Raccolta quella mezza proposta e rivelandosi pratica dei posti la donna si guardò intorno, poi disse:

«Andiamo al ponte, allora?»

«Pratica, eh?» fece il Ballabio ridendo.

«Già, se non lo fossi che donna sarei...» e nel dir così si

voltò per riprendere a camminare nel senso opposto, per salire cioè il cavalcavia e da lì poi passando oltre il dazio perdersi nei campi.

Un'ondata di profumo avvolse allora il Ballabio; poiché ai profumi era particolarmente sensibile si stupì annusandolo di tanta finezza e disse:

«Cos'è? Gelsomino?»

La donna sorrise: poi con una mossa garbata, quasi accadesse per caso, fece scivolar la mano sui calzoni dell'Ivo.

«Che fretta!» disse il Ballabio.

«Non è meglio?» fece lei. E nel rispondere così voltò un'altra volta la faccia verso di lui: poiché in quel punto la luce del lampione giungeva con più forza fu allora che l'Ivo poté vederla e bene per la prima volta.

Sembrava un po' stanca ma era ancor bella. Allora per distogliersi da un'attrazione che sentiva eccessiva, l'Ivo cercò di scherzare:

«Abbiamo lavorato stasera o tira aria grama anche dai miei paraggi?» chiese; nello stesso tempo una mano andò ad appoggiarsi sulla spalla della donna e penzolandovi giunse a toccarne il seno.

«Villano!» disse la donna. «Anche tu come gli altri?» Poi, dopo una pausa: «E sì che m'eri sembrato diverso...».

«Diverso? E perché?»

«Non so. Hai dei modi da signore...» fece la donna. «Non si fidi dei miei modi...» replicò malauguratamente il Ballabio, malauguratamente perché quella confessione gli rimise davanti e con la crudezza di poco prima il sospetto e la paura su ciò che aveva fatto.

«E se l'ho rovinato?» fece allora a se stesso.

Il primo, immediato effetto del ripresentarsi di quei pensieri fu che la mano che aveva preso a scherzare tra stoffa e carne sul petto della donna si fermò come se si fosse appesantita, per ritirarsi poi subito come se quello che aveva iniziato a fare non l'interessasse più.

Benché si fosse accorta di quell'improvviso gelo, la donna che era presa anche lei dai suoi pensieri continuò a camminare. Lo scendere della strada favorì la reciproca inerzia.

Ma nella mente dell'Ivo il sospetto e la paura cavalcavano come bestie minacciose; no, non poteva starsene lì, così; figurarsi andar al ponte, con quell'incubo in corpo; che divertimento sarebbe stato? E tuttavia a quell'ora e lì, dov'era, che fare per levarsi di dosso quelle ombre?

L'idea gli venne d'improvviso, proprio mentre sollevando la testa che aveva tenuto rivolta a terra vide oltre il dazio le luci del bar: il «telefono», si disse, «il telefono», si ripeté.

«Che succede?» fece dal suo fianco nello stesso momento la donna.

«Mi son ricordato che avevo un appuntamento...»

«E con chi?»

«Cosa interessa a te saper con chi? Aspettami. Lo vedi il bar? Io corro là a telefonare; tu continua a camminare. Appena finito ti raggiungo.»

«Davvero?» fece la donna.

«Cosa credi? Ho voglia anch'io», rispose il Brianza voltandosi verso lei, poiché aveva già preso a correre tant'era il bisogno e la fretta di liberarsi da quelle paure e da quegli incubi.

Al bar arrivò trafelato; chiese subito un gettone; constatò con improvvisa desolazione che non c'era cabina; ma ormai conveniva tentare anche così; del resto nel locale non aveva visto nessuno che lo conoscesse; e poi cosa avrebbero potuto capire? Due parole; due parole e tutto era sistemato.

Introdusse il gettone, staccò la cornetta, fece il numero: la linea era libera. Col fiato sospeso attese che dall'altra parte la cornetta si staccasse e quando sentì il trillo arrestarsi a metà sembrò sul punto di cadere: «e se non viene lui?» si disse.

A rispondere venne invece il G. M. in persona.

«Pronto?» fece una voce che all'Ivo non era mai sembrata tanto ferma e pastosa.

«E lei il signor G. M.?»

«Sì, sono io.»

«Non è successo niente?»

«Ma chi parla?» fece la voce dall'altra parte.

«Non importa, non importa. Basta così», disse velocemente il Ballabio. Poi mentre una fiammata di calore gli saliva per tutto il corpo, nel riappender la cornetta aggiunse:

«Buona sera.»

Quando uscì si voltò verso i prati e vide che poco più avanti la donna l'aspettava ferma, nel buio. Subito credette di capire che non era lì con la solita noia delle donne che battono per mestiere, ma con una specie di trepidazione. O era forse il senso di sicurezza e di libertà che la telefonata gli aveva dato a fargliela parer tale? E se pur era così, che importava?

La nuova decisione passò nella mente dell'Ivo come una luce che d'improvviso avesse la forza di levarlo dal profondo delle paure e degli incubi; si voltò un'altra volta; estrasse dalla tasca il pacchetto, ne levò un biglietto; rimise a posto gli altri; rientrò nel bar; chiese se per favore avevano da cambiarlo con uno da cinque e cinque da mille; gli servissero un Cordial (come scusa). Con due colpi scolò il bicchiere; prese il cambio; si disse: «Se proprio mi fa divertire, le dò questo», era il pezzo da cinquemila. «Tanto a me cosa costa?»

II

«Hai la bocca che sa di liquore...» questa era stata la cosa che gli aveva detto appena stringendolesi intorno l'aveva baciata.

Quante volte gli amici gli avevan raccomandato: «se vai con le cose, non baciarle, scemo»; ma lui, no; figurarsi, se ci riusciva. Sulle prime tentava di resistere, ma la sperdutezza in cui ogni corpo appena toccato lo faceva cadere e il bisogno di stringerlo più che poteva, quasi per unirsi con chi abbracciava, gli allentava poi ogni freno. Così era successo anche quella sera; anzi allora il di più di felicità che gli era derivato dalla fine della paura, oltre che dalla sicurezza della Guzzi, fattasi ormai da speranza oggetto reale, e la vanità di poter disporre di quanto bastava per essere generoso, generoso anche con una che batte, l'avevan ridotto ancor più velocemente a completar l'abbraccio con un bacio. La donna poi che nello svolger la sua professione era solita tenersi allo stretto necessario, quando aveva sentito le labbra dell'Ivo cadere sulle sue aveva provato un senso di gioia e di sicurezza come se quel bacio avesse avuto la forza di provarle che non era un essere abbietto del tutto e che qualcuno, qualcuno come lui...

Lui, sì, il Bruno. Perché era quello il nome che l'Ivo s'imprestava in quei frangenti, quello che avrebbe usato anche col G. M. solo che non ci fosse stata la possibilità di verificarlo con troppa esattezza al bar.

«Come ti chiami?»

«Bruno.»

«Bruno e basta?»

«Accontentati di quello», ed era stato così poco galante da non restituir la richiesta del nome, tant'era sicuro che dopo quella volta non l'avrebbe mai più vista o che se vista l'avesse sarebbe stato per caso.

Ma a parte che le cinquemila lire se le era meritate, cos'era successo che, quando normalmente, stanchi e un po' storditi, ci si stacca uno dall'altra, la donna aveva avuto qualche esitazione e che, quando ormai l'aveva lasciata, d'improvviso gli era tornata addosso stringendolo come per un'implorazione?

Quel dubbio, rimasto come un'ombra imprecisa sulla calma che dopo l'agitazione, gli incubi e la paura gli era tornata in corpo, ebbe una prima risposta due sere dopo, allorché entrato come al solito al caffè il Luciano gli si fece incontro, lo tirò da parte e gli disse:

«C'è una che ti cerca.»

Alzando le spalle in un atteggiamento più di sicurezza che d'indifferenza, il Brianza fece:

«Se dovessi dar retta a tutte quelle che mi cercano...» poi avvertita la possibilità d'una relazione con quanto era accaduto due sere prima, aggiunse: «E chi è?».

«Una che batte qui da sette, otto giorni.»

«Ma quand'è che m'ha cercato?»

«Ieri sera.»

«E in che modo?»

«Stavamo uscendo in tre o quattro dal bar e lei da ferma com'era s'è fatta avanti e ci ha detto: "Conoscete un certo Bruno? Deve abitare da queste parti...".»

A quel punto il Luciano si fermò, sorpreso dall'emozione che la notizia aveva palesemente suscitato nel Brianza, poi riprendendo a parlare, mentre una risata scoccava dal bigliardo diffondendosi per tutta la sala:

«Cambia nome un'altra volta, dai retta a me! Cambia nome», fece. Quindi: «Se di qui a un momento vai fuori, la troverai là che t'aspetta. A meno che non abbia incontrato qualche scemo disposto a sborsare per andarci insieme».

Neppure di fronte a queste nuove e più esplicite parole, parole che tra l'altro inconsapevolmente beffeggiavano la sua generosità di due sere prima, l'Ivo sembrò in grado di rispondere. Rimase lì perplesso, incapace di trovar altra ragione se non quella che aveva cominciato a muoverglisi nella testa.

«Cosa?» pensò allora tra sé. «Innamorata? Innamorata anche lei?»

«Di' la verità», fece allora il Luciano. «Ci sei andato insieme e poi al momento di saldare l'hai piantata. È così?»

«Che piantata!» fece il Brianza.

«E allora?»

«Allora...» pensò e disse l'Ivo. Un velo di tristezza cominciò a scendere sull'euforia che quel nuovo fatto gli aveva creato: la coscienza della sua bellezza e del fascino che ne emanava, per cui anche la padrona, quel pomeriggio, quando l'aveva fatto chiamare in casa, e lui aveva subito pensato che era per rinfacciargli la vigliaccheria e la disonestà dei suoi ricatti...

«Andiamo a veder la partita», disse come risvegliandosi da qualche profondo pensiero. «Andiamo», ripeté, mettendo una mano sulla spalla del Luciano e avvicinandosi con lui al bigliardo.

III

Mandato dall'Ivo per ispezionare, al Luciano, di lì a poco, bastò metter fuori la testa dal bar per vedere ferma sul lato opposto del marciapiede la donna. Allora rientrò subito e avvicinatosi all'Ivo che stava strofinando il gesso sulla punta della stecca sussurrò:

«È là che t'aspetta.»

«Chi l'aspetta?» incalzò uno dei quattro giocatori.

«Affari nostri», ribatté il Luciano.

Il Brianza finì di strofinare il gesso, passò due o tre volte il palmo della mano sulla punta e come se l'accarezzasse sembrò sorridere; poi tirando un sospiro si mise in una posizione strana ma che tuttavia era necessaria per mandar a segno il colpo.

Avesse o non avesse riconosciuto in chi poco prima s'era sporto in fuori uno di quelli cui la sera precedente aveva chiesto notizie del Bruno e qualunque fosse il significato che aveva dato a quel gesto di palese ispezione, la realtà fu che di lì a qualche minuto, il Luciano prima e l'Ivo poi, videro una testa di donna passare e ripassare da oltre la vetrina e due occhi penetrare negli spiragli che le strisce opache dei cristalli e gli articoli esposti lasciavan liberi, per vedere, colpire e cogliere qualcuno o qualcosa. Quello che i due occhi, come affamati, volevano cogliere era lui: lui quello che volevan colpire e costringere a venir fuori.

Quel muto colloquio tra lei che era in strada e lui che era nel bar si protrasse a tal punto che anche gli altri cominciarono ad avvertir qualcosa di strano. Allora, approfittando del turno di gioco che per un momento lo lasciava fuori, il Luciano tirò per una manica l'Ivo e gli disse:

«Dai retta a me. Se non vuoi aver rogne, va' fuori e salda il conto.»

«Che conto?» fece l'Ivo. «Se l'ho pagata anche troppo!»

«E allora?»

La risposta non venne; né sarebbe stata necessaria. In quel momento, infatti, la porta del bar s'aprì di scatto e subito, quasi furtivamente, l'oggetto della domanda entrò nell'interno. L'ingresso della donna che alla luce splendente rivelò, sia pur agitata, la sua invitante bellezza, fu seguito da un coro di sospiri. Ma come se essi quella sera non la riguardassero, andò subito alla cassa e chiese un gettone.

Fu voltandosi verso l'angolo dov'era l'apparecchio che i suoi occhi caddero, dolci e tremendi, sul Ballabio.

L'Ivo fece appena in tempo a ricevere quell'occhiata che

pareva richiamarlo a una parola data e non mantenuta, che il turno di gioco lo rimise sul tavolo.

«È una finta», pensò distendendosi sul piano verde per tirare, «una finta», si ripeté.

Infatti malgrado ripetesse e con agitazione due, tre, quattro, cinque volte il numero, dall'angolo del telefono non venne a lui nessuno squillo.

«Continua a far numeri falsi e così fa parer che sia occupato. Son pratico anch'io di 'sti trucchi...» si disse rialzandosi dal tappeto.

E solo la rabbia con cui dopo qualche nuovo tentativo la Wanda riagganciò la cornetta, provocando così lo scuotersi di tutto l'apparecchio, costrinse l'Ivo a voltarsi, come fecero del resto molti di quelli che eran nel bar.

Precisa, indifferente a ogni congettura che i numerosi clienti avrebbero anche potuto fare, l'occhiata della donna tornò allora a colpire il Ballabio come per dirgli: «Vieni fuori. L'impegno l'hai preso e tirarti indietro non è più possibile. Avanti. Vieni fuori».

IV

Sì, era un numero falso. Ma cosa poteva fare di diverso se il suo scopo era di farsi vedere da lui e di fargli capire che era tornata lì solo per vederlo, parlargli e stargli insieme? Perché se fosse stato per il suo lavoro, doveva ben sapere anche lui che il giro era meglio cambiarlo ogni settimana...

Falso il numero, falsa la necessità di telefonare, ma vero il bisogno di vederlo, vero l'amore. L'amore?

Al pronunciare quella parola la Wanda tremò come avesse avuto paura di scoprire nell'incallita abitudine di darsi ora a questo ora a quello, un sentimento ancor vergine, quasi da bambina. Amore per uno come il Bruno? Amore sì. E non si sarebbe mossa da lì finché lui non fosse uscito. Ormai vista l'aveva vista ed evitarla non gli era possibile. L'aria del vigliacco pareva non l'avesse; per quanto gli uomini...

Amore? Ma di che amore si trattava? Di quello che interessava a lei: e cioè che la sua faccia, le sue mani, i suoi occhi, tutto insomma il suo Bruno non era riuscita a dimenticarselo. Nemmeno mezz'ora dopo che s'eran lasciati sarebbe ridiscesa dal tram e di corsa sarebbe tornata a rivederlo, riabbracciarlo, ribaciarlo, riamarlo... Fino a quando? Fino a morirne, ecco: fino a morirne.

L'ultima cosa cui pensava era ciò che i compagni del Bruno, forse gli stessi ai quali la sera precedente aveva chiesto informazioni, avrebbero potuto dire; la prima, la sola, era invece come lui avrebbe preso le sue parole e la risposta che le avrebbe dato. Era su questo che il suo cuore e il suo pensiero si tormentavano: non vorrà saperne; o se vorrà saperne lo farà solo perché gli faccio pietà; o se non per pietà perché lo diverto; ma disposto a cambiare non appena crederà che valga la pena... Perché lei era così innamorata da accarezzar l'illusione che lui potesse contraccambiar il suo sentimento. E sì che gente ne aveva conosciuta! E sì che gli uomini sapeva bene che razza di egoisti erano! Tuttavia...

L'attesa fu più lunga di quanto non avesse pensato: e quando uno dopo l'altro vide uscire un folto gruppo di ragazzi, di giovani e giovanotti, tra i quali lui non c'era, si scansò sprofondando ancor più nell'ombra; un vuoto di dolore le si aprì allora nel cuore.

Forse se n'era andato per un'altra porta; forse in quel modo aveva voluto esprimerle il suo rifiuto, farle intendere cioè che era inutile perder tempo con lui, perché lui delle donne che battono...

Nel formular quei pensieri la Wanda sembrò riguadagnare di fronte a se stessa la coscienza di chi veramente era: una coscienza che andava dalla sicurezza della propria bellezza alla convinzione del proprio degradamento: «perché puttana sono e puttana resto», si disse mentre un nodo di disperazione le saliva in gola.

Le voci ora allegre, ora violente, sempre indiscrete, del gruppo che allontanandosi verso la piazzetta aveva cominciato a dividersi, le diedero un senso ancor più doloroso della sua follia. Ma il filo di speranza cui sempre, anche nei momenti più cupi, aveva appeso la sua esistenza la convinse a fermarsi e ad aspettare. «Aspetta, aspetta ancora», si disse, «forse non tutti son usciti, forse il Bruno è rimasto dentro per continuar la partita; forse non vuole che gli altri lo vedano mentre si ferma per incontrarsi con me, forse...»

Una puntata verso la vetrina sarebbe bastata a calmarla. Allora con l'aria indifferente d'una per la quale star lì o star là fa lo stesso, si mosse, s'avvicinò al bar e fingendo un improvviso interesse per quanto stava esposto nella vetrina s'inchinò per spiar nell'interno.

Un tuffo al cuore, un mancar del respiro: non c'era, no: non c'era...

Si portò sulla destra, guardò intorno per convincersi che nessuno la vedeva, ritornò al centro, s'inchinò nuovamente sulla vetrina, gli occhi fissi oltre le strisce che la decorazione a smeriglio lasciava libere nella gran lastra di cristallo: facce, mani, stecche di bigliardo, pezzi di tappeto verde, sigarette, fili di fumo, bicchieri, ma lui, ma il suo Bruno?

Fu con lo smarrimento improvviso d'una che si senta scoperta nell'atto di rubare, che il cigolio della porta la costrinse a staccarsi dalla vetrina e a tornar dritta. Ebbe sì e no il tempo necessario a guardar di traverso chi usciva; l'occhiata bastò tuttavia per farla certa che si trattava di lui. Allora fece due passi verso il marciapiede, poi, mentre il Brianza con un movimento cadenzato finiva di tirarsi dietro la porta, si voltò e con un'occhiata dura e struggente lo costrinse a prender atto di sé.

V

«E va bene, se proprio vuole...» ammise alla fine il Ballabio che insisteva a darle del lei.

«Ma parlarmi di cosa?» aggiunse.

«Più avanti. Quando non c'è più pericolo che qualcuno senta.»

«Be', ma dico, non saran cose da galera...» disse il Ballabio cui tra G. M., foto, feste e padrona la vita stava prendendo l'immagine d'un assalto senza pace alla sua bellezza.

«No, no: è una cosa che riguarda noi, noi solamente.»

«Noi?» pensò il Ballabio, mentre col suo passo affrettava quello della donna. «Noi solamente? Ecco: innamorata», continuò. Non aveva ancor finito di ripetersi mentalmente la parola che sentì la mano della donna strisciar sui calzoni, lieve come la prima sera.

«Ma lei è così tutte le sere?» chiese l'Ivo sorridendo. «No», sussurrò la donna. «È perché ti voglio bene...»

«Ci siamo!» commentò l'Ivo.

Certo non aveva pensato che quella sua casuale esclamazione potesse suscitar nella donna una così immediata risposta: «Ci siamo, come?».

«Ho detto ci siamo, per dire che anche lei... Insomma che anche lei come tutte...» nel replicare l'Ivo s'era fermato e adesso guardava dalla sua lieve superiorità d'altezza la palese agitazione della donna.

Infatti malgrado fosse abituata a risolver tutto in fretta, quella volta la Wanda sembrava incapace di sostener la baldanza del ragazzo: tanto più che essa si mostrava in accordo sempre più stretto con quanto di lui aveva pensato.

Ormai erano arrivati in un punto abbastanza isolato: infatti, appena voltato l'angolo di sinistra, sarebbero cominciati i prati e i coltivi. Presa quella direzione, l'Ivo che si sentiva ormai sicuro di quanto avrebbe dovuto ascoltare e che era disposto a scherzare più di quanto non lo fosse a prender sul serio la dichiarazione d'amore che la donna certamente gli avrebbe fatto, si fermò e prendendola per le braccia ma tenendosi poi a una certa distanza disse: «Va bene, qui? Più soli di così! Sentiamo allora cosa mi deve dire».

Appena le mani dell'Ivo si strinsero sulle sue braccia, la Wanda si sentì mancare; avrebbe voluto che subito tutto il corpo del ragazzo si allacciasse al suo e che subito e con la stessa beata fiducia di due sere prima la bocca dell'Ivo prendesse a baciarla. Esitò un momento, smarrita, come se il nuovo contatto col suo amore avesse il potere di sollevarla fino in cielo.

«Bruno...» disse, chiudendo gli occhi. «Bruno.»

L'Ivo che nel rilasciarsi del corpo dentro le sue mani era riuscito ad afferrar qualcosa di quanto passava nell'animo della donna, a quel nome falso eppur pronunciato con tanta passione fu incerto se sorridere o cominciar invece a baciarla.

«Ma che fa?» disse per difendersi da quella sua incertezza. «Non l'ho ancora baciata ed è già così...» aggiunse.

La donna riaprì gli occhi e fissandolo disse:

«È che...» esitò un momento. «Ma che stupida!» fece per correggersi.

«Che stupida?» incalzò l'Ivo. «E perché?»

«Mi sono innamorata.»

«Innamorata?»

«Innamorata, sì. E di te, Bruno. Bruno, Bruno mio! Dall'altra sera non faccio che pensare a te, intanto che sono in casa, intanto che sono a letto, intanto che sono in strada...»

«Intanto che vai in cerca...» fece il Ballabio con lo stesso tono di voce della Wanda.

«No!» disse la donna abbassando la faccia per timore che le venisse da piangere.

«Oh dico, non sarà un'offesa prenderti per quello che sei», fece l'Ivo tentando di riparare l'involontaria ferita di prima.

«Ma dall'altra sera io non sono andata con nessuno. Te lo giuro, Bruno, con nessuno...»

E poiché l'Ivo non s'accingeva, né ad accettar la sua confessione, né a respingerla:

«Non mi credi? Di' la verità: ti sembra impossibile? E invece io...» procedendo di parola in parola la donna ora guardava il Ballabio, ora presa dalla vergogna riabbassava gli occhi su se stessa, «io, anzi tu, in una volta sola tu hai fatto quello che nessuno è riuscito a fare in mesi, in anni. Io non riesco a dimenticarti, Bruno. Perdonami, ma è così; non riesco; te lo giuro; non riesco...»

Lentamente, non sapeva neppure lei se per troppa gioia o per paura di vedersi rifiutata e schernita, la Wanda aveva cominciato a piangere. L'Ivo che fin lì era rimasto interdetto, alla vista delle lagrime che cominciavano a scivolar giù dagli occhi della donna, fu preso da un'improvvisa tenerezza. Ebbe appena il tempo di chiedersi: «ma è possibile?» poi adagio riprese a stringer le braccia della donna, le si avvicinò e dalle braccia portò poi la stretta su tutto il corpo.

«Su, non pianga adesso, non pianga se vuole che ci divertiamo...» mormorò mentre cercava col mento di sollevar la testa della donna.

«Non dirmi non pianga, dimmi non piangere. Se mi dai del tu mi pare che tu mi voglia un po' di bene...»

«Sì, te ne voglio, te ne voglio, come a tutte...»

«Ma a me devi volerne di più, Bruno.»

«Dio mio, Wanda...» il nome ricordato così, quando meno se l'aspettava, fu per il Brianza come un miracolo. Ma non meno lo fu per la donna che da quel momento cominciò a lasciarsi trascinare di qua e di là.

«Andiamo al ponte...» mormorò tra un gesto e l'altro che l'Ivo faceva sul suo corpo, «dove siamo stati l'altra sera... Là non viene mai nessuno, là è più bello...»

«Sì, ma guarda che stasera di biglietti non ne ho...» fece l'Ivo cui di tanto in tanto improvvise riprese di coscienza cercavano di dar la misura di quanto stava facendo.

«Non importa. Non è quello che voglio...» rispose la Wanda. «Anzi, ti ho riportato quello che mi hai dato l'altra sera. Per te dev'essere troppo. Non vorrei...»

«Cosa non vorresti?»

«Non vorrei che per colpa mia avessi rinunciato a qualcosa...»

Era il colmo! A questa dichiarazione tra dolce e penosa l'Ivo assistette un po' credendo e poi subito non credendo.

«Basta che tu mi voglia bene... Bruno, Bruno mio! Ho sempre sognato di star insieme a uno come te. Mi fai perder la testa, Bruno! Oh che mani che hai, che mani, che bocca...»

Fu solo quando per procedere più spediti verso il ponte si staccarono lievemente uno dall'altra e la donna approfittando di quella pausa levò dalla borsetta il biglietto da cinque, lo stesso della prima sera che lei nella sua follia aveva conservato per questo, e l'introdusse nella tasca dove poi tenne, giocherellando tra un sospiro e l'altro, la mano, fu allora che il Ballabio cercò di prender coscienza di quanto faceva: «e se non s'accontenta neppure di stasera? Se mi vien dietro? Se mi pedina?». Con le storie in sospeso che aveva già, con la cassiera della Rosellina, il G. M., la padrona...

Quei pensieri provocarono nel Brianza un'esitazione di cui la Wanda parve accorgersi subito, tanto che lo guardò a lungo e per riguadagnare l'abbraccio le si avvicinò di nuovo.

«Con una che batte?» fece l'Ivo continuando i suoi pensieri. «Be'», fece rivinto dalla passione e dalla sapienza, calde, disperate e materne, della donna che aveva ripreso a baciarlo tra le orecchie, il collo e i capelli. «Ma sì», concluse, «dopotutto anche lei...»

E un nuovo abbraccio li strinse con tanta forza che né l'uno né l'altra, per il momento, si ricordarono del ponte: dove arrivaron lentamente e trascinandosi come amanti sul punto di lasciarsi per sempre, ma assai più tardi.

Impara l'arte

I

«Ancora», mormorò la donna stringendoglisi intorno al collo.

«Sì, ma poi quand'è che mangiamo, Wanda?»

«È tutto pronto, basta vestirsi...»

L'Ivo ebbe un'esitazione e disse:

«Alle tre mi comincia il servizio...»

«Alle tre?» fece la donna. «Da qui alle tre se ne fanno di cose...»

Allora senza dar più ascolto né ai pensieri, né alla fame, rimandandoli anzi come per una soddisfazione più grande l'Ivo accettò il nuovo invito della donna. Lentamente nel sopore grigio della stanza gli occhi gli si chiusero; ebbe appena il tempo di sentire, presagio insieme che preludio, il profumo e il gusto di quanto doveva esser pronto nella piccola cucina, la «colazione a sorpresa» che la Wanda aveva detto d'avergli preparato, ed eccolo ricadere nella gioia e nella sperdutezza di prima.

Mezze parole, mormorii, nomi, giuramenti d'affetto, testimonianze d'una felicità che mai era stata raggiunta; poi alla fine più nulla, se non i sospiri sfiniti e beati. Allora rimasero tutti e due lì, inerti, ancora per un momento, come per il bisogno d'un po' di riposo. Poi l'Ivo levandosi per primo disse:

«E adesso su, su se no non arrivo in tempo.»

Toltosi dal letto in quel modo, il Ballabio poté veder il corpo della donna rannicchiarsi solo, dentro l'ombra; a quella vista il ragazzo provò un senso di tenerezza e di dolore. Ma si riebbe subito poiché subito, dicendo a se stessa che già molto, troppo, era la gioia di quell'incontro e di quell'amore, anche la donna accennò ad alzarsi.

Mossa che si fu, la Wanda mandò attraverso il letto un bacio volante al suo amore; poi scomparve dietro il separé e mentre si metteva in ordine e si vestiva prese a cantare.

II

Arrivò al bar che il sopore derivatogli dalla colazione l'avvolgeva tutto come se da sotto i piedi salissero intorno a lui per fasciarlo fumi e fantasie; era vittima d'uno stordimento ebbro che gli impediva d'avvertir la stanchezza di quel lungo incontro d'amore, replicato tante volte come raramente fin lì gli era accaduto.

Fece tutto con prontezza meccanica, senza quasi accorgersi di ciò che levava e di ciò che per prepararsi al servizio metteva; levandosi tuttavia e mettendosi tutto in regola e stile perfetti.

Una volta poi che fu pronto, con un lieve anticipo sull'orario passò dal retro nel bar. La prima cosa che fece spuntando dalla porta di servizio fu di guardare chi era seduto alla cassa: se la padrona o la cugina con cui la padrona si dava il turno. La cassa era vuota. Allora girò gli occhi sulla sinistra e poté veder subito, nell'atto di sistemare la tovaglietta d'uno dei tavoli, la giovane parente.

«Buon giorno, signorina Lucia», disse.

Voltandosi appena la signorina Lucia rispose: «Buon giorno, Ivo».

A calargli di dosso quei fumi e quei veli cominciaron dopo un'ora: prima lentamente come se la sua mente faticasse a prender quel contatto obiettivo cui era abituata con la realtà; quindi, dopo i primi sforzi, con velocità e morbidezza. Senonché, a misura che avvertiva di ridiventar libero, il peso d'una stanchezza del tutto fisica ma ugualmente mortale pareva trascinarlo verso l'incapacità ad ogni lavoro. Reagire gli costò molto; ma lo fece con tanta più convinzione quanto più comprese come, prima che agli altri, la dimostrazione di sapersi dominare anche in quei frangenti dovesse darla a se stesso. L'amore alla mattina, lui che fin lì l'aveva fatto solo alla sera! E con una che batte! Innamorato anche lui ora che lei gli aveva dato tante prove di calore, di passione e d'affetto?

Cos'era stata la colazione di poche ore prima! La finestra aperta sui tetti del Poslaghetto, da cui entrava il riverbero del sole; poi ad un certo punto il miagolio d'un gatto che li aveva attraversati come se di passo in passo avesse voluto allungarsi.

«Sembra una fisarmonica.»

«È in amore...» aveva detto la Wanda che alzatasi dal tavolo s'era avvicinata al fornello per tirar giù il lesso.

«In amore, adesso? Ma non siamo in primavera...»

Il lesso con la mostarda: e cioè, per lui, una delle attrazioni più invincibili: e quando gli capitava di mangiarlo non avrebbe smesso mai: forse perché c'era il dolce e l'amaro insieme! E non esistevano dubbi che lei gliel'aveva preparato proprio per dargli un'altra prova di quel suo amore che, come gli aveva detto, se anche in tutta la vita avesse avuto solo quello, solo quello e basta, sarebbe valsa la pena di viverla lo stesso la vita, «anche tutti i sacrifici, le amarezze, le umiliazioni che per tirar avanti m'è toccato e mi tocca di fare e di sopportare, perché è inutile che te lo nasconda...»

E doveva forse nasconderselo lui che in pochi giorni s'era lasciato andare a diventar l'amico d'una che batteva?

«L'amico?» si disse, «lui che ormai s'era messo sulla strada della vergogna e del ricatto?»

Serviva velocemente, richiamandosi sempre al bisogno che aveva di dimostrar a se stesso che ci voleva ben altro per stancarlo; sempre con quella grazia inappuntabile che solo dio poteva avergliela data in dono, per cui la signora, appena fosse entrata e l'avesse visto di là del banco sorridere a ogni cliente e in un modo che sembrava sempre naturale e sempre diverso, non avrebbe potuto non dirsi che «un ragazzo così, ecco, dà un tono a tutto un ambiente, anche se poi finisce col farti sfigurar gli altri...».

L'amico, sì: «e se tu mi tradisci o non vieni più da me lo vedi questo?» gli aveva detto la Wanda prima di lasciarlo andare, «lo vedi?», era un coltello che appoggiato alla tovaglia faticava a luccicare per via di alcune briciole di panettone che gli eran rimaste attaccate, «lo vedi? Ecco: te lo infilo nel cuore».

«Era stato uno scherzo, va bene, e tuttavia...» si disse e si ripeté il Ballabio al ripresentarsi di quell'immagine, «uno scherzo; con quelle uvette che portava infilate sulla costa; e tuttavia...»

Tuttavia il congedo era stato questo: che col bacio, la Wanda gli aveva lasciato scivolar in mano un biglietto da cinque.

«Per i tuoi vizi», gli aveva detto. «Basta che sian vizi onesti.»

«Chissà come se l'era guadagnato!» si disse allora il Ballabio. Perché piacere gli piaceva. «Ma e poi?» aggiunse. «E poi?» si ripeté.

Il tempo per accogliere in tutto il suo vero significato quel dubbio non l'ebbe, perché dovette sorridere a due clienti che s'avvicinavano al banco. Li riconobbe e subito fece:

«Buon giorno, avvocato. Buon giorno, dottore... Desidera, prego?» aggiunse. E, dopo un'esitazione, mentre l'ordinazione usciva dalle loro labbra, guardò con un'occhiata immodesta il brillante che luccicava al dito dell'avvocato: anche il suo viso allora sembrò illuminarsi come se il sole cambiando all'improvviso di giro fosse entrato dalla finestra e l'avesse colpito negli occhi.

III

Quando la padrona entrò per dare il cambio alla cugina eran quasi le cinque. A quell'ora, salvo la stanchezza, tutto nel Ballabio era ridiventato normale. Così i pensieri circa quello che stava per diventar la sua relazione con la Wanda avevan preso un corso più logico; nemmeno in quel modo tuttavia eran riusciti a preoccuparlo a fondo. Soprattutto se paragonati a quelli che riguardavano il modo con cui avrebbe dovuto agire col G. M. e lo strano comportamento che in proposito aveva tenuto la padrona.

Non mancava dunque che la signora entrasse trascinandosi dietro un'aria d'opulenza festosa perché questi soppiantassero quelli; del resto era inutile che negasse proprio a se stesso come sistemare una relazione con una o uno che è in miseria fosse assai più semplice che non con uno o una che è in carne. E il G. M. e la padrona...

La signora Wally, una volta entrata, depose sul banco lucente come un pannetto di ghiaccio il mazzo di fiori che aveva con sé, fiori che avrebbero sostituiti quelli che dentro i vasi a collo di cigno che eran sui tavoli stavano sul punto d'appassire: rossi, azzurri e bianchi sembravan portar con sé la festa della primavera.

Il saluto ai due baristi che eran dietro il banco fu cordiale, fin espansivo; né lo fu meno quello con cui poco dopo si rivolse al cameriere che in quel turno attendeva ai tavoli.

L'enigma da risolvere per il Ballabio, un enigma ombroso e pieno di tentazioni, tornò dunque ad esser quello relativo al colloquio che la padrona qualche giorno prima gli aveva richiesto. Da quando v'era salito per presentarsi ed essere o no accettato, quella era stata la prima volta che metteva piede nell'appartamento della signora e se allora lei l'aveva fermato nell'anticamera quella volta lo volle ricever nel salotto. L'enigma del perché la signora non gli avesse fatto neppure un cenno di quanto lui aveva combinato al G. M. ma anzi, gli avesse dato quella busta e gli avesse parlato delle camicie. I casi gli eran parsi due e tali continuavano a parergli adesso che tra un servizio e l'altro seguiva la signora sistemar i fiori dentro i vasi. Primo, che in quel modo essa volesse fargli intendere chiaramente che lei col G. M. non aveva nessuna relazione se non quella d'esser il G. M. un suo cliente e che quindi ritener d'averla vista là non era stato altro che un miraggio; secondo, che passando così visibilmente sopra ai suoi ricatti volesse invitarlo perfino con la dolcezza a tornar sui suoi passi, a riprender la sua attività, a ritornare alle loro feste e dentro il fuoco del loro obiettivo. Il colloquio infatti s'era ridotto a una semplice, anche se tremante richiesta d'informazioni: come si trovava; se andava o non andava d'accordo coi compagni; di che guardaroba disponesse oltre quello che lei stessa, assumendolo gli aveva dato, perché: «presto cambieremo le giacchette: con l'autunno, si sa, la temperatura...». Ma del G. M., degli incontri, dei ricatti, delle minacce, delle quaranta prima e delle duecentomila poi, delle vigliaccherie e dei maltrattamenti, niente: neppure un accenno, neppure una parola. Tuttavia lui non aveva potuto togliersi dalla testa che nell'eccesso di gentilezza con cui l'aveva trattato, nell'eccesso di profondità con cui l'aveva guardato e riguardato, ci fosse stato un continuo, sotterraneo riferimento. Ma per fargli intender cosa?

I pensieri del Ballabio convergevano lì ormai da giorni; fatto il cambio della Lambretta con la Guzzi, le riserve erano infatti sul punto d'esaurirsi; avrebbe dunque dovuto tornar alla violenza? Ora che aveva imparato l'arte cupa e sinistra d'approfittar delle debolezze e dei vizi altrui, l'arte, per essere chiari, del ricatto e del furto, doveva continuare a metterla in pratica o invece, come diceva il proverbio, metterla da parte? Perché poi, facendo così, la galera, quello cioè di cui soprattutto aveva orrore, non gli sarebbe tornata davanti come la più naturale delle possibilità e come la più naturale delle sue fini?

L'invito a risponder secondo il proverbio gli sarebbe venuto di lì a qualche ora, quando, dopo aver lasciato il servizio e dopo averlo ripreso verso le nove, il bar era ormai sul punto di chiudere; quando a servire ormai era rimasto lui solo e pensava che per quella giornata niente più sarebbe intervenuto a sovvertir la sua esistenza, tanto che i suoi pensieri avevan ripreso a scivolar lenti, torpidi e pieni di desideri verso la sua amica del Poslaghetto e verso quello che era stato il lungo incontro d'amore della mattina.

Il colpo che ricevette fu tanto più forte, quanto più nel modo come s'introdusse dentro il bar il G. M. esibì non casualità, ma aperta intenzione.

Al vederlo, elegante e sicuro come sempre, il Brianza si sentì tremare e certo per salvarsi da quella che sarebbe stata la sua occhiata si sarebbe deciso a spostarsi dietro la macchina dell'espresso e anche a fuggire, se l'uomo non l'avesse liberato da sé. Egli infatti si portò subito verso la cassa e, sollevandola appena, s'abbassò a baciar la mano della padrona. Poi si fermò a parlar sottovoce con lei.

Dubbi, pensieri e ombre che parevan subito sicuri ma che altrettanto subito venivan contraddetti dall'apparire di altri, si accavallarono allora nella mente dell'Ivo mentre il suo cuore aveva preso a battere come se pulsasse nel vuoto.

«Cosa vogliono farmi, tutt'e due, lì? Riportarmi nella loro gabbia di rischi, di vizi e di oro? Rinfacciarmi la viltà dei miei ricatti? Mettermi a giudizio? Minacciarmi? E con cosa, poi? Non conveniva anche a loro il silenzio?»

Certo tutto si sarebbe aspettato tranne che, ad un certo punto, stando sempre appoggiato alla cassa ma voltandosi verso di lui con occhi più stanchi e torbidi che allusivi, il G. M. dicesse:

«E il nostro Apollo? Come sta, il nostro Apollo?»

«È lì», disse la signora indicandolo.

Fu sua fortuna e prova inoltre del punto d'incoscienza cui era sceso aver la prontezza insieme che l'impudenza di rispondere con un sorriso; l'immediatezza e la forza ne furon tali che esso ottenne un effetto che certo lui non avrebbe osato supporre.

Spostandosi dalla cassa e venendo verso lui il G. M. disse infatti:

«Sapesse come sentiamo la sua mancanza! Soprattutto le ragazze. Continuano a dire che nessuno era bello e ballava bene come lei... I fotografi poi!»

Sorrideva sempre più tenero e compiaciuto:

«Cosa volete, ho detto e risposto io, gli Apolli sono ricercati. Andate alla "Rosellina" se volete vederlo. Mi pare che il suo regno sia là. O alla Vialba...»

Il Brianza seguì la grossa figura del G. M. avvicinarsi e venirgli davanti. A un certo punto pensò: «adesso, quand'è a tiro, mi vien addosso con le mani e mi strozza». Allora si scansò come se avesse qualcosa da sistemare sul banco.

Ma non accadde nulla. Anzi giunto che fu ad appoggiarsi sulla lastra d'acciaio, il G. M. piegò verso lui la mano e dopo essersi guardato alle spalle gli sussurrò:

«La facciamo la pace?»

Istintivamente il Brianza alzò la sua destra, gliela porse e se la lasciò stringere da quella del G. M.

Allora dalla cassa, veloce e sinuosa, la padrona fece scoccar la sua voce:

«Ah!» disse spegnendo subito l'esclamazione in un sorriso.

«E adesso mi dia un punch», fece il G. M., staccandosi appena. «Come quello della prima sera. Si ricorda?»

«Al rhum», fece il Brianza cui per un attimo tutto intorno sembrò sfasciarsi e marcire, «e non troppo caldo...»

«Ha imparato la lezione a memoria il suo Ivo, eh?» disse il G. M. tornando a rivolgersi alla padrona.

Possibile? Così pieni di paura? Così vigliacchi? O invece soltanto così vermi e così viziosi?

La mente dell'Ivo girò per un attimo su quelle domande senza decidersi per nessuna: «e se invece temendo che lui ripetesse i suoi ricatti stavan preparandogli un trucco, un ignobile trucco per farlo ricadere nella loro rete?» pensò ad un certo punto.

Ma che non era un trucco e che anzi le sue supposizioni, anche le più degradanti, eran giuste glielo riprovò di lì a poco la padrona. Infatti quando il G. M. dopo aver ripetuto: «allora la pace è fatta», se ne fu andato e loro due furon restati soli, la signora che dalla cassa non aveva smesso di guardarlo un momento gli chiese:

«Contento?»

Colpito dalla dolcezza di quello sguardo che pur aveva visto tutto e quindi tutto sapeva, il Ballabio rispose annuendo col capo.

«Sono stata io...» aggiunse la padrona senza mai togliergli lo sguardo di dosso.

Il Ballabio esitò un momento, poi disse:

«Grazie.»

«Si figuri», fece la padrona, «quando si vuol bene...» e quelle parole, coraggiose nello stesso tempo che timide e dolenti, morirono nel silenzio in cui tanto l'una quanto l'altro si guardaron per un momento.

«Che c'era d'altro?» si disse il Brianza abbassando gli occhi. «Neppure in quel modo il fondo era toccato?»

Bastò che li rialzasse e, come fece, tornasse a guardar quelli della padrona perché tutto gli tremasse davanti e sentisse tutta la forza dell'assedio con cui la vita gli si stringeva attorno un'altra volta e un'altra volta lo prendeva per condurlo chissà dove. La domanda che allora si pose fu se, al punto in cui era e fatto com'era fatto, sarebbe mai riuscito a rifiutare e a resistere a quella dolce e tremenda sirena che per lui la vita stava diventando.

Il ras

(parte prima)

I

«Schiava sei nata e schiava finirai. Speranze? Tutte fandonie, illusioni che ti sei messa in testa da quella scema che sei. E adesso eccoti al rendiconto.»

Seduta al tavolo, vicino alla madre che stava cambiando il colletto a una camicia del Cornelio, l'Angelica si sforzava di calmar l'agitazione tentando di legger sul «Bolero film» l'ultima puntata d'un romanzo; ma le parole non riuscivano a prender senso; di là da esse continuava a venirle davanti e con chiarezza sempre più forte il disastro verso cui stava andando.

Perché se il Duilio aveva rifiutato le sue suppliche e le sue minacce in che modo poteva accettar le suppliche e le minacce del fratello? Indifferente com'era restato davanti al fatto in sé, perché doveva cedere alle proteste di chi tra l'altro l'aveva tolto dal piedestallo di campione su cui con più ira e più superbia s'era piantato?

Del resto la logica del suo ex spasimante era ineccepibile: «l'avessi voluto io. Ma tu sai come sono andate le cose. E dunque? Quando ti ho conosciuta io, bambina non eri più. E chi mi dice che intanto che venivi con me non andavi con degli altri? Come l'ho fatto io, puoi averlo fatto anche tu. Anzi... E poi se ne avessi bisogno, chi riuscirebbe a provare che la responsabilità è mia?».

159

In quel momento avrebbe voluto aver in mano una rivoltella: avrebbe risolto la faccenda così. «Sempre», si disse alzando un momento gli occhi dal settimanale per guardar la madre, «sempre che ne avesse avuto il coraggio», perché dannata com'era lei e com'eran tutti loro a esser servi, le sarebbe mancata anche la forza necessaria a premere un grilletto. Perché poi facendo così cos'avrebbe risolto? Niente: la galera. E allora meglio così; dato che di positivo nella vita non c'è che la vita e basta.

La scema era stata lei a credere che uno dell'altra sponda, un signore insomma, anche se venuto su dal niente, né più né meno di loro, anche se loro nel niente avevan poi continuato a restare, potesse decidersi a sposare una come lei, Binda Angelica, di professione operaia; scema a illudersi che il destino per lei potesse esser meno duro di quello che era per tutti gli altri e le altre che vivevano nella sua casa o in una delle tante uguali alla sua. E scema la sua vecchia, quella che adesso faceva passar l'ago da una parte della tela per riprenderlo dall'altra, gli occhi fissi oltre le lenti su quello che aveva in mano; scema che l'aveva spinta e caldeggiata in quella sua illusione; mentre, se non altro per il dipiù d'esperienza, avrebbe dovuto sapere che levarsi quel giogo dalle spalle per loro ormai era impossibile. Ad aver ragione era stato quindi solo il Cornelio, «non doveva ammetterlo arrivata dov'era?» quel demonio muto, capace d'aprir bocca solo per cantare, mangiare, dire: «stasera sono in palestra» o che se aveva parlato era stato per convincerla a non credere a niente prima, quindi, una volta che lei s'era lasciata andare a quell'illusione, per spingerla a guardar le cose com'erano, nella loro chiarezza crudele: «cosa vuoi indorare? Guardati intorno e impara».

In quel momento mentre gli occhi continuavano a star fissi sulle pagine un po' sgualcite del settimanale quasi per provar la sua stupida credulità e per contro la ferma obiettività del fratello, nella mente dell'Angelica tornò la scena di cinque mesi prima quando per la prima volta s'era manifestato l'odio che lei aveva sì pensato covasse tra i due, ma non con quella forza.

Quella sera, la rivide come se fosse accaduto poche ore prima, se ne stavano tutti e tre intorno al tavolo e subito nella schermaglia degli sguardi, nei rumori accennati e subito spenti, nei respiri e nei colpi di tosse trattenuti, aveva avuto il presentimento che qualcosa stava tramandosi contro la sua felicità. A un certo punto infatti il Cornelio, appoggiati forchetta e coltello sull'orlo del piatto, aveva alzato gli occhi su lei e aveva detto: «Ho sentito che fai l'amore col Duilio».

La risposta che lei gli aveva dato era stata però tale da spegnere, almeno per quel momento, ogni possibilità di continuar il discorso. Non gli aveva lasciato respiro; infatti restituendo la sfida dello sguardo gli aveva detto:

«Perché, ti dispiace?»

Era seguita un'esitazione, nella quale era sembrato che anche i respiri si fossero fermati. Poi le forchette e i coltelli avevan ripreso a battere sui piatti e ognuno chiuso nella sua rabbia e nei suoi pensieri aveva finito di mangiare.

«Ma se sapeva qualcosa», fece quando quell'episodio parve esserle uscito di mente. «Qualcosa oltre la cicatrice, che aveva vista anche lei così come l'avevan vista tutti, perché non s'era deciso a parlare? Perché se n'era sempre stato chiuso in quel suo disprezzo senza parole, in quel suo odio senza spiegazioni?»

Seduta di fianco a lei anche la madre dell'Angelica in quello stesso momento malediva in silenzio le speranze cui s'era lasciata andare, proprio come se la vita non le avesse insegnato che le illusioni non han nessun senso e si poneva domande simili a quelle, ma con maggior ragione, della figlia, poiché da quella sera di far parlare il Cornelio lei aveva tentato ben due volte.

Ma che risultato aveva ottenuto? Nient'altro che il ripetersi del rifiuto e degli insulti.

«Un vigliacco; ecco cos'è il Morini. Un vigliacco.»

E allora lei con la segreta speranza di riuscir a sgelare il Cornelio:

«Non capisco, non capisco. Adesso che per noi c'è modo di sistemarci... Perché può darsi che se l'Angelica finisce col sposarlo anche per te...»

«Per me, cosa?»

«Le combinazioni sono tante. Può trovarti un lavoro nella sua fabbrica, un lavoro meno gramo dell'officina...»

«Lavorare sotto lui? Piuttosto la fame.»

Poi di lì a qualche giorno la seconda volta e anche la seconda, allorché spinta dalla stessa speranza gli aveva intimato di parlare:

«Parlar di cosa?» aveva risposto lui. «La vedi questa?» aveva aggiunto portando la mano sulla cicatrice che gli usciva dal folto del sopracciglio. «La vedi?»

«Ma l'amore non è una partita di box...»

«Può darsi. Ma i vigliacchi restan sempre vigliacchi. È venuto su dal niente e sa troppo bene che razza di pecore sono quelli che vivono nel niente per non approfittarne. E tu e l'Angelica state dandogli un'altra volta ragione. Mi fate schifo...»

E adesso? Negar forse che ad aver ragione era stato lui? E che il suo dovere sarebbe stato di fermarsi a quell'odio e a quegli avvertimenti, perché quelli e non le pazze illusioni di lei e di sua figlia si sarebbero realizzati? A che serviva negarlo se anche lei come la figlia era lì, appesa alla sola speranza che ancora restava e cioè che lui, proprio lui, il Cornelio andando com'era andato a trattar col Morini potesse tornare con una conclusione meno vergognosa e crudele?

«Basta che non gli salti la furia», si disse, «perché se gli salta a quel demonio là...» Allora la vecchia lasciò cader l'ago sulla camicia e si portò la mano sulla testa quasi volesse fermar da lontano quella del figlio.

II

L'amore? Con nessuno, ma meno che meno con uno come il Duilio. Il ras: e se l'avevano chiamato così avevano le loro ragioni. Ras non solo dei ring, ma anche dei dancing e delle sale da ballo. E lei negli uni e nelle altre s'era lasciata vincere dalle sue lusinghe. Che se è una condanna nascer miseri, condanna più grande è nascer donna. Tanto per non restar indietro, il destino l'aveva favorita dell'una e dell'altra. Grazie! Ma grazie doveva dirlo a sua madre che l'aveva messa al mondo; per un momento di pazzia, per non restar sola domani quando fosse diventata vecchia, per paura dei preti o per non saper come si faceva. Mentre lei, che come si faceva lo sapeva benissimo, lei era rimasta incinta senza nemmeno aver un marito. E tuttavia lei poteva almeno sostenere che al rischio di ridursi così era andata incontro non per ingenuità o per paura, ma per una convinzione e per un disegno precisi.

Quando s'era convinta che sull'euforia dei primi mesi, sui regali, sull'anello, sulla spilla (quella che il Cornelio aveva chiamato «la patacca d'oro»: «vi vendete per una patacca d'oro! Bella roba! Coi gusti che corrono potrei arrivarci anch'io»), aveva cominciato a subentrar la noia, il freddo e la stanchezza, perché quelli come lui si stancano di tutte e di tutto e quando son stanchi han poi la possibilità di liquidare e risolvere anche le situazioni più difficili, allora quando senza farle neppur un accenno, «perché hanno un modo di fare per cui ti riducono a capir tutto senza che t'abbiano mai confessato niente» s'era accorta che i suoi sogni stavan per andar a pezzi, non solo quelli d'uscir dalla vita misera e dannata, casa e lavoro, lavoro e casa, in cui sua madre l'aveva messa e in cui suo padre andando a morire in un'officina l'aveva lasciata, non solo quelli di diventar in qualche modo una signora anche lei, con una serva per sé, invece che essere lei a far sempre la serva agli altri, ma anche i sogni dell'amore, sì, perché all'amore lei da quella scema che era aveva creduto, creduto fino in fondo e proprio quando e con chi meno avrebbe dovuto! Che fare? Come reagire a quella noia, a quel freddo, a quei timori? Come convincer il Duilio a rimeditare sulle promesse che le aveva fatto e sugli impegni che aveva preso? Perché fin quando di stare con lei gli era piaciuto le aveva pur promesso di sposarla e non così, tanto per parlare, ma col desiderio e la decisione d'uno che veramente vuol farlo; perché fin quando c'era stato bisogno di convincerla a cedere, a cedere in tutto, le aveva pur confessato che era proprio una ragazza come lei quella che ci voleva per sistemar la sua vita scombinata dai troppi soldi e dalle troppe occasioni.

Vita di chi? Di figlio di gente che s'era arricchita sul sangue degli altri. «La guerra; la fortuna dei Morini è stata la guerra, nient'altro che la guerra. E il pelo sullo stomaco che hanno», queste le voci che correvan sul conto della loro ricchezza. «Quello che per gli altri ha significato fame, miseria e dolore, per loro ha significato fortuna, benessere e oro. Prima coi tedeschi e coi fascisti, poi con uno di quei colpi che solo i soldi consentono di fare senza cader in qualche tranello, coi partigiani e coi comunisti; e finalmente con più nessuno o con questo o con quello, ma così, dall'alto, come se sapessero che ormai al punto in cui erano nessuno poteva far più niente, nemmeno scalfirli.»

«E tu lascia che parlino e dicano», le aveva consigliato il Duilio il giorno in cui lei s'era decisa a riferirgli quelle voci.

«È tutta invidia. Vorrei vedere se al tuo posto ci fosse una di loro o una delle loro figlie. Del resto a noi cosa importa? Le parole vanno e i soldi restano. E poi», aveva aggiunto, «dovrebbero ricordarsi bene anche loro il bugigattolo da ciclista da cui mio padre è partito. E se adesso al suo posto ha messo su una fabbrica è un merito o una colpa? Per quanto fossi bambino l'ho in testa ancora mio padre quando, piegato sui secchi d'acqua, provava pezzo per pezzo le camere d'aria per trovar il punto in cui perdevano o quando sudando per il caldo, le mani e la faccia impiastrate d'olio e grassi, smontava carter e telai. Dicano quello che han voglia. Ma cosa son stati i primi passi della salita che ci ha condotto fin qui? E forse che adesso riposiamo sugli allori? Tu non puoi capire e nemmeno loro i sudori e i pensieri per tener in piedi una baracca così! I soldi per la paga il sabato dobbiamo trovarli noi, con queste mani qui, hai capito? E non quando si ha voglia, ma sempre, e sempre a quella data ora. E mancare non è possibile. Vorrei vederli quelli che han da dir di tutto, quelli che vedono intrighi e cricche dappertutto, vorrei vederli il sabato! Parlano così perché non hanno avuto né il coraggio, né la testa, né la voglia di far la fatica che ha fatto mio padre. E del resto se un giorno o l'altro entrerai nella nostra casa, potrai vedere di persona se la fortuna l'abbiamo o non l'abbiamo meritata e se costa o non costa, con l'aria che tira, tener in piedi quel po' po' di roba...»

Tranne che lei, come fin lì, così da lì in avanti il piede in casa sua non l'avrebbe messo mai.

Pensando e ripensando, più che altro per allontanar la mente dalle domande più gravi su come uscir dalla situazione in cui si trovava, non poté negare che una parte preponderante in quel rifiuto doveva averla avuta la madre: quella che dall'ascesa di cui era stata protagonista immeritata aveva tratto più superbia, perché per il Duilio, dato che adesso era padrone, chissà cosa s'era messa in testa, lei! Una principessa! E l'avrà, l'avrà! Quando la vita comincia bene continua bene fino in fondo. Poteva forse dire che aveva torto a desiderar che suo figlio si mettesse insieme a una di grado almeno pari al loro? Torto l'aveva avuto lei; anche se poi dalla sua parte aveva le ragioni vere. Ma eran ragioni quelle del bisogno, della miseria e della fedeltà, che il mondo così com'è non permette nemmeno di metter in mostra.

L'amore su un letto largo, comodo e pieno di profumi e non sull'erba, con la coperta sotto, quando andava bene o i golf e i giornali, com'era sempre stato coi suoi cavalieri di prima, quelli che tiravan il carro come lo tirava lei; e per arrivarci non il didietro d'una moto, ma il sedile di pelle rossa dell'Alfa dove si poteva cominciare a star vicini e a baciarsi. E i cinema, non quelli di qua dalla circonvallazione, ma quelli da seicento in su; e i bar, non il Motta, le tabaccherie e i mezzi-mezzi, ma il «Grilly», il «Sans souci» e il «Re di Picche»; e qualche volta, prima e dopo, la cena; e alla domenica, fuori, dalla mattina alla sera, insieme a lui, una volta a Moltrasio, una volta a Stresa, una volta a Gavirate, mentre a casa il fratello mangiava odio e veleno e la madre come una scema sognava, sognava forse anche più di lei, tanto che non s'era neppur preoccupata di consigliarla a difendere quel minimo indispensabile per non trovarsi poi dove adesso si trovava. Come se avesse voluto dirle: «dagli, dagli tutto. Prenderai tutto». E lei s'era lasciata vincere da quei sogni; e adesso, oltre ad esserle caduti davanti quei sogni in mille pezzi, l'intoppo della maternità: una maternità che non aveva voluto se non per cercar di costringere il Duilio con la forza di un impegno grave come quello a tornar sulle sue decisioni e sul suo rifiuto: a sposarla, ecco; anche se l'amore era veramente finito, come lui dopo i primi tentennamenti era arrivato a dirle con chiarezza e indifferenza spietate: «e ricordati che quando una relazione così finisce, la colpa non è di uno soltanto...».

«Ma io che colpa ho, se non quella d'averti voluto bene, d'aver fatto tutto quello che volevi proprio come se fossi la tua serva?»

«Forse per quello...» aveva commentato il Morini.

«Già, perché una che non ha quello che hai tu, quello che tu sei abituato ad aver da sempre, può mettersi sul tuo stesso piano, trattarti da pari a pari! Perché quando un'operaia come me piena di fiducia nella sua bellezza crede che quella possa bastare a far la contropartita della tua posizione e del tuo benessere ai quali tenta d'arrivare come alla ragione della sua vita, può non inginocchiarsi ai piedi di chi dispone di quel benessere, può amarlo senza strisciargli addosso per tentar di legarlo con le sue degnazioni, le sue meschinità, con le sue porcherie da amante che mi hai ridotta a fare, ecco, sì, da amante, da amante e basta, e scema io a non averlo capito prima, perché una che si ha in testa di sposare non la si costringe a fare quello che tu mi hai costretto, volta per volta, sera per sera, anche se poi la stupidaggine più grande, quella che, se almeno certe cose sono vere, rende sacro l'amore, a volerla sono stata io...»

Ma a chi parlava? La sua ribellione le batteva e ribatteva nella testa, vi accavallava parole su parole e tornava poi inerte ai suoi piedi.

No. Non si smuoverà. Sperar per cosa? Una rissa non poteva decidere d'un matrimonio o meno, d'una maternità o meno. E se non con la minaccia della forza, con cosa il Cornelio poteva costringerlo ad accettare?

«Aspetta», si disse l'Angelica a questo punto mentre voltava le pagine del «Bolero» come se realmente le avesse lette, «aspetta.»

Intanto al suo fianco la madre che aveva finito d'attaccar

il colletto provava e riprovava con alcuni colpi la consistenza del suo lavoro. Quando ne fu convinta mise da una parte la camicia e prese a tirar fuori da un cestino alcune calze.

«Speriamo», si disse. Ma poi subito correggendosi:

«Sperare in che, o scema?»

III

Dalla sera molto lontana del combattimento s'eran sì incontrati, ma per caso; e sempre tanto l'uno quanto l'altro avevan scantonato. Questa era dunque la prima volta che da allora potevano star di fronte e parlarsi.

Uscito presto di casa, il Cornelio aveva deciso d'arrivar col sei fino a Piazzale Firenze e da lì continuar a piedi. Adesso ormai era giunto nelle vicinanze della Mac Mahon in fondo alla quale, poco oltre il capolinea, di là dalle cime dei pini, avrebbe visto spuntare illuminata da alcuni lampioni la villetta che i Morini s'erano costruita di fianco alla fabbrica.

Avanzava agitato anche se deciso a difender la sorella tanto per il suo avvenire, quanto perché era certo che con quel gesto il suo ex protettore aveva inteso realizzar la minaccia con cui s'era congedato da lui e dal ring.

«Il beniamino del ras»; accennando all'appellativo di cui i compagni della «Box e Atletica Aurora» l'avevan subito gratificato, il Cornelio abbozzò un mezzo sorriso. «Il beniamino che però era riuscito a far saltare il ras dal trono», aggiunse.

In quel momento nel confuso sovrapporsi di minacce, imprecazioni e pensieri, il ragazzo riandò con la mente alla sera in cui per la prima volta aveva messo piede nella palestra, nelle vicinanze della quale adesso stava transitando: la sera cioè in cui per la prima volta aveva visto il Morini da faccia a faccia e non, come sempre fin là, dalle sedie dei ring.

Che oltre il campione rionale dei leggeri il Duilio fosse il finanziatore dell'«Aurora» e che perciò ne disponesse in modo che tutto tornasse a suo comodo e gloria, il Binda l'aveva saputo dalla sordida e impotente invidia degli altri soci; ma che il suo imperio fosse come dicevano così forte da gravar come un'ombra su tutto ciò che gli altri in palestra e fuori tentavan di fare, non l'aveva creduto salvo poterne aver lui stesso una prova. Il che appunto quella sera stava per accadere.

Di quanti infatti, allorché era entrato, non stavan allenandosi l'unico a non farglisi incontro era stato proprio lui, il Morini; e quando il Cazzaniga alzandogli il braccio come per la fine d'un combattimento vittorioso aveva gridato: «Ecco il nuovo socio: Binda Cornelio, della Vialba», il ras dal suo angolo aveva stretto il mozzicone di sigaretta fra le dita e l'aveva lanciato verso il punto in cui stava avvenendo quella strana presentazione. Scorto il mozzicone cadergli poco più in là dei piedi lui aveva cercato di veder in faccia chi l'aveva accolto in quel modo, anche se non gli era stato difficile immaginare che si trattasse di quello chiamato e conosciuto da tutti come il «ras dell'Aurora». Infatti non s'era sbagliato.

Per tutta quella sera la sola attenzione che il Morini s'era degnato di rivolgergli era stata d'andargli vicino, guardarlo e dirgli: «Su, spogliati. Spogliati, che vediamo come sei fatto».

A quell'invito frettoloso e dispotico lui era rimasto esitante e certo da sé non avrebbe fatto niente se l'altro, restando immobile, le mani affondate nelle tasche, non avesse incalzato:

«Cosa aspetti? Siamo tutti uomini qui. Spogliati.»

«Proprio qui?» aveva avanzato lui con una certa timidezza.

«Cosa vuoi, che ti facciamo un camerino apposta?»

Allora, prima lentamente, poi con vergognosa impazienza s'era tolto di dosso la camicia, le scarpe, la canottiera, i calzoni ed era restato lì quasi nudo con gli occhi di tutti che lo sguardavano e quelli del Morini che addirittura lo spiavano.

«Vieni qui, Rosario», aveva fatto il ras rivolgendosi all'allenatore dopo averlo fissato a lungo da tutte le parti. «Guarda che roba!»

Un silenzio pesante era caduto allora nella palestra, se lo ricordò benissimo mentre sul lato opposto della strada una macchina frenando con rabbia lo costringeva a voltarsi, un silenzio nel quale l'ammirazione s'era confusa con l'odio. Poi l'allenatore gli si era avvicinato e gli aveva detto di girar su se stesso. Quindi gli aveva alzato le braccia, gli aveva toccato i muscoli, gli aveva rovesciato le labbra e gli aveva detto:

«I denti son da lupo, ma c'è troppa nicotina. Se vuoi fare la box, bambino mio, sigarette niente.»

Poi l'aveva fermato sul davanti, l'aveva guard?'? un'altra volta e alla fine l'aveva colpito al ventre, proprio dove le mutandine arricciandosi gli si stringevano alla vita, con una ditata. A quel primo colpo lui aveva saputo resistere in piedi senza scomporsi.

«La carne c'è. Adesso bisogna farla cuocere...» aveva aggiunto l'allenatore dandogli un'altra ditata nel ventre. Quel nuovo colpo l'aveva costretto a piegarsi.

Una sghignazzata lugubre e violenta era corsa allora per tutta la palestra. Poi quello che stava allenandosi al sacco aveva fatto:

«Lo dia a me, che a cuocerlo ci penso io.»

Il nuovo insulto l'aveva scosso; s'era girato di scatto per veder in faccia chi aveva tentato d'offenderlo un'altra volta. Ma il Morini non gli aveva neppure lasciato il tempo di ribattere: infatti s'era subito avvicinato allo sfottitore, l'aveva toccato alle spalle e gli aveva detto:

«Pensa ai fatti tuoi, fighetta!»

Poi aveva girato gli occhi con calma su tutta la sala, gli era tornato vicino e raccattando da terra la maglietta e la camicia gli aveva detto: «Su, si rivesta. Si rivesta».

Ma perché proprio adesso che andava da lui per regolar i conti della vendetta che aveva voluto prendersi gli tornavano in mente quei particolari? Forse perché proprio in conseguenza di quel gesto di simpatia alcuni dei soci avevan mormorato tra sé che il ras aveva trovato il nuovo beniamino? O perché, dopo quella sera, appena il Morini preso posto con rallentatore sulla macchina era scomparso nel buio della notte, il Cazzaniga gli era venuto vicino e gli aveva detto: «Stai attento, perché quello lì se ti dà dieci vuol poi trenta. Ne so qualcosa io!». E che importava tutto quello con ciò che andava a discutere e a chiedere?

Non aveva finito di porsi quelle domande che da quei ricordi si levò quello del combattimento e con tale forza da fargli credere d'aver lì davanti, a pochi centimetri, quasi addosso, la faccia del Morini proprio come la sera decisiva e nello stesso aspetto in cui aveva cominciato a vederlo sulla fine della quinta ripresa, allorché la testata micidiale gli aveva spaccato il sopracciglio.

Un dolore cupo, se lo ricordò quasi stesse riprovandolo, un urlo trattenuto nei denti e dopo, neppur il tempo di prender coscienza di quant'era accaduto, un calore di fuoco intorno al taglio, come se la carne gli bruciasse per arrotolarsi su di sé slabbrandosi. Allora aveva sentito il sangue uscir dalla ferita e scendergli dal sopracciglio, lento e grumoso, quasi avesse lo stesso peso della carne.

«Hai capito adesso come si fa a sistemar i vigliacchi? Hai capito?» aveva bestemmiato tra i denti il Morini.

Ma lui stentava già a vederlo. Approfittando di quel suo smarrimento e degli urli della folla che lo incitava:

«A terra! Mettilo a terra! A terra! Giù, giù! Giù che va a terra! A terra!» il ras aveva insistito nel martellargli la testa proprio nel punto della ferita rendendogli quasi impossibile resistere.

Quel colpo accolto dall'arbitro con la più assoluta indifferenza era stata la prima risposta al rifiuto con cui aveva mandato all'aria le macchinazioni del Morini, quelle che gli aveva esposto poco prima negli spogliatoi.

Se ne stavan lì tutti e due in un'attesa silenziosa ma drammatica: sul ring il penultimo combattimento della riunione, preludio a quello tanto più atteso che li avrebbe visti di fronte, stava per finire; le vestaglie di seta viola a risvolti d'argento frusciavano come se anziché due uomini contenessero due puledri nell'ansia della partenza. In quella situazione a voltarsi per primo era stato il Morini e proprio mentre lui se ne stava inchinato sullo sgabello ad assicurarsi l'allacciatura delle scarpe:

«Parliamoci chiaro», aveva detto senza preoccuparsi di nasconder l'agitazione circa la gravità di quanto stava per dire. «Del resto è inutile. Si vede talmente chiaro...» e s'era fermato.

«Cos'è che si vede chiaro?» aveva ribattuto lui voltando la testa ma continuando a tener la gamba sullo sgabello e a provar con le dita la comodità o meno dell'allacciatura.

«Dico», aveva fatto il ras avvicinandoglisi. «Non vorrai scherzare...» e appoggiandogli gli occhi freddi, quasi di vetro, sul corpo l'aveva fissato senza pietà.

«Scherzare? E perché?» aveva risposto, ma nello stesso tempo un presentimento doloroso aveva cominciato a scendergli nel cuore.

«Sì, ecco, l'incontro... Ragazzino, fin qui le vittorie son stato io a procurarle a te...»

«Non era possibile», aveva pensato. «Scherzava; lui il campione, il protettore, quello per cui sarebbe stato disposto a qualunque cosa, anche a passar sopra a sua madre, quello che lo veniva a trovare di tanto in tanto anche nei sogni... Non era possibile; era solo uno scherzo, uno scherzo fatto per intimorirlo e poi riderci sopra.»

Invece di là da quei pensieri le parole avevan continuato ad uscir chiare e precise, e tanto più calme quanto più il loro significato si faceva compromettente:

«Il Galimberti, per esempio (era il pugile con cui aveva combattuto l'ultimo incontro), cosa credi che sia andato in terra per far un piacere a te, piccolo mio?»

Erano menzogne, menzogne orrende che tentavano di falsar la coscienza della propria forza che di mese in mese, d'incontro in incontro, s'era costruito fino a portarlo a quell'ultimo combattimento, di cui era certo lui il primo a riconoscere la difficoltà ma che credeva si sarebbe risolto soltanto sul quadrato del ring. A quelle difficoltà aveva pensato per tutto l'ultimo mese; e a parte le attenzioni del protettore che in fondo avrebbe anche potuto superare, c'era il sentimento che lo legava a lui, non mai ben spiegato, ma che pareva assai più d'un affetto cameratesco, una specie di venerazione, una specie d'amore. «Eppure», aveva pensato durante il tempo che aveva diviso l'ultima vittoria dal combattimento che proprio allora stava per cominciare, eppure avrebbe dovuto far con lui come con gli altri, anzi difendersi con più accortezza, uscir con più furia da quei martellamenti, con quei forcing folli che ormai erano diventati la sua specialità. E invece lì, sul punto di dirgli quello che aveva in animo: «Andrà come andrà, Duilio, ma quello che c'è tra noi nessuno lo toglierà più», ecco le parole fredde, le intimidazioni oscene, le minacce e i ricatti vili uscir dalle labbra del suo idolo, che lui aveva preso a guardar esterrefatto quasi non credendo a se stesso o credendovi ma allora con un impeto di dolore più che di rabbia, allorché facendoglisi vicino e guardandolo negli occhi e nel ventre, come se cercasse lì il punto in cui colpirlo, prima con lo sguardo, poi se fosse stato il caso coi pugni, gli aveva detto:

«Allora, siamo intesi. Questa volta l'incontro è mio. Hai capito? Mio. Cosa credi che t'abbia creato il piedestallo per fare? Per collocar più in alto la mia gloria: è così naturale... E per ogni evenienza ricordati che il coltello per il manico ce l'ho io. Come ho convinto la giuria perché fin qui favorisse te, così oggi posso averla convinta a favorir me. Non perderai molto del tuo onore, perché non è che io voglia stravincere...» L'aveva guardato con intensità tra delicata e feroce; poi, dopo aver scorso con gli occhi tutti gli spogliatoi, «intanto che non c'è nessuno, questa», e aveva alzato il braccio verso la sua testa, «non ho voglia di spaccartela... Hai capito? Perché dopo tutto mi piaci...» e gli s'era avvicinato fissandolo come se volesse baciarlo. Ma giunto vicino s'era fermato:

«Intesi?» aveva fatto.

Era stato un momento in silenzio soggiogato dall'infamia di quello che stava per avvenire: il bisogno di supremazia, l'istinto di vittoria avevano ricevuto il colpo decisivo perché di lì a qualche minuto sul ring potesse superare lo sconforto e la paura.

Era vero: aveva fatto tutto quello che aveva detto e anche dell'altro; l'ostilità gli s'era dimostrata appena eran stati sul quadrato, anche se in un primo tempo aveva preso i toni dell'affettuoso compatimento. Ma cosa sapeva lui, il ras, che al ring era venuto su un'Alfa-Sport facendosi seguire da un codazzo rombante d'ammiratori, di quello che correva nel sangue d'un operaio, d'un misero preso dal sogno e dal bisogno di vincere? Cosa poteva calcolare delle reazioni che avrebbero suscitato in lui gli intrighi preparati nel buio dei consigli di società, a quattr'occhi con quelli della giuria e perfin coi secondi?

Aveva corrotto anche quelli. A un certo punto dell'incontro aveva pensato che fosse riuscito a comperarsi anche quella parte di pubblico che solitamente gli era ostile: tutti eran lì, prostrati ai piedi della statua vacillante, pronti a scattar inneggiando per ogni suo colpo riuscito e a finger di niente davanti ai colpi proibiti che andavano infittendosi di azione in azione. Anche i compagni dell'«Aurora», quelli che avevan sempre sopportato con sdegno l'imperio atletico e morale del Morini, quella sera parevan vinti da un meccanismo d'invidia superiore a ogni sdegno. E quando sulla fine della terza ripresa, nella voce che alzandosi su tutte aveva gridato:

«Ecco lì il beniamino che sta andando in merda», aveva riconosciuto quella del Cazzaniga, ogni illusione di ricevere un minimo d'aiuto, d'aver in sala qualcuno che lo sorreggesse, sia pur in silenzio, era crollata.

Allora per un momento la solitudine l'aveva stretto alla gola come se volesse strozzarlo. Ma da quella prostrazione mentre il secondo massaggiandolo e asciugandogli il sudore fingeva di fargli coraggio era uscito d'un balzo. Allo scoccar del gong che dava inizio alla quarta ripresa s'era sentito come una belva: l'amore o qualunque fosse il sentimento che aveva provato e provava per il ras, per l'aiuto e la tenerezza con cui l'aveva circondato e portato avanti, aveva cominciato a capovolgersi in un odio e in un'ira che sarebbero poi diventati sconvolgenti e implacabili.

Ciondolando sugli ultimi metri del marciapiede il Binda riandò con la mente a quei fatti, alla morsa di angoscia e di solitudine provata nel quinto intervallo del combattimento: un ricordo che da quella sera gli si riaffacciava ogni giorno, quasi in esso potesse temprar meglio la sua volontà; allora avvertì un senso di vuoto e di paura; quella sera infatti proprio durante quella pausa aveva pensato che la sola persona a sorreggerlo ancora sarebbe stata la sorella: essa infatti era lì, presente per la prima volta e neppure con molta voglia a una riunione.

Scendendo dal marciapiede ebbe così la forza di sorrider amaramente a se stesso: «Mia sorella», si disse, «lei che magari proprio in quel momento cominciava a innamorarsi di lui...».

Benché fosse stato in quell'intervallo che di là dall'ostilità di tutto e di tutti il viso dell'Angelica gli era venuto davanti come la sola presenza capace di consolarlo e proteggerlo, non era stato allora che lui l'aveva guardata; ma solo due riprese dopo, allorché il medico tentava di tamponargli la ferita e il secondo lo consigliava a ritirarsi:

«Continuare così è una pazzia. Ti rovinerai per sempre. Abbandona. Ascoltami, abbandona.»

Aveva girato il viso incrostato di sangue e bagnato di sudore per veder un'altra volta di là dai corpi massicci di quanti gli stavan intorno il viso dell'amico diventato improvvisamente nemico; allora, proprio dietro di lui, quasi all'altezza delle sue spalle, lungo la terza fila, nel posto cioè che lui stesso s'era fatto riservare, aveva visto l'Angelica, quella che adesso quel vigliacco gli aveva messo incinta. L'aveva guardata per un momento e ne aveva avuto una sorta d'incitamento: qualcuno dei suoi era lì, vedeva e finalmente capiva perché tanta passione, perché tanti sacrifici, perché tanto amore. «E tu sorella», aveva pensato press'a poco questo mentre il secondo con una mano gli teneva alzato l'elastico delle mutandine e con l'altra gli massaggiava lo stomaco, «capirai perché ti faccio confezionare e lavare più vestaglie, mutandine e maglie, che camicie e calzoni.»

Erano stati i soli pensieri di calma e d'affetto nella delusione e nell'odio che lo tormentavano e che avrebbero potuto farlo scattar d'un balzo ancor prima del gong e gettarlo contro il suo ex protettore. Per questo subito dopo mentre il medico finiva di tamponargli la ferita, aveva girato un'altra volta gli occhi verso il Morini e l'aveva guardato con l'intensità d'un animale.

L'aveva tradito. Se l'era tirato così vicino, conquistandoselo di favore in favore, da poter quasi dire che se n'era innamorato. I sogni d'una gloria comune! Pazzie, ultimi, delicati fantasmi della sua giovinezza. Sputare su quelle follie: ecco quello che doveva fare. Non lasciarsi prendere nel tranello di quei ricatti ridicoli ed infami. Che cosa avrebbe potuto dire? Che gli altri incontri glieli aveva comperati lui? Anche l'ultimo, che era stato combattuto come una lotta fra due iene?

Prima dell'incontro, negli spogliatoi, quando s'era svolto il colloquio decisivo, il Morini gli aveva fin detto:

«Il mio peso sale: l'anno venturo cambio categoria. Così non ti darò più fastidio. Anzi continuerò a proteggerti. Ma stasera no, stasera devi perdere. Hai capito? Perdere. E se proprio vuoi ci sarà anche del denaro...» era rimasto un momento in silenzio guardandolo di striscio, non con la solita, inalterabile freddezza, ma con una sorta di commozione inesprimibile. Poi aveva aggiunto:

«O vuoi che dica intorno proprio tutto? Per esempio che ti sei attaccato a me in una maniera oltre il normale?»

Pensieri che avevan girato nella sua testa, frammenti, parole, insulti, minacce, mentre i secondi avevan continuato ad asciugargli schiena e collo e a mormorargli:

«Se vedi che non ce la fai, facci un segno: getteremo la spugna. Stai attento. Stasera il ras vuol rovinarti, vuol distruggere le voci che eran corse sul conto dei vostri rapporti.»

Allusioni, riferimenti che s'agganciavan l'uno all'altro come per un gioco prestabilito. Aveva contro tutti. La consultazione che stava avvenendo fra la giuria e il medico gli pareva il segno decisivo di quel turpe accordo.

«No. Interrompere il combattimento non possono», s'era detto. «Non possono. Altrimenti avrebbero dovuto squalificare lui per il colpo che mi ha dato. Perché lui vuol buttarmi giù. Con quel che ha fatto e ha detto non può accontentarsi di vincere in altro modo.»

Era stata un'attesa febbrile, pochi istanti in cui anche il respiro del pubblico era parso sospendersi sulla decisione. Finché la voce del megafono l'aveva liberato da quell'estrema ed ingiusta umiliazione.

«Fuori i secondi», aveva esclamato la voce. Quindi, dopo una pausa, il suono del gong, come un grido che salisse dal fondo della terra e contemporaneamente il megafono:

«Ha inizio la sesta ripresa.»

Non s'era sbagliato: la viltà del Duilio procedeva nel suo piano delittuoso. L'accanimento con cui cercava di scoprir la sua guardia e di colpirlo alla testa, sempre nel punto della ferita, non lasciava dubbi. E quando alla fine, dopo una serie di tentativi andati a vuoto, c'era riuscito lacerandogliela di nuovo gli aveva fatto:

«Hai visto come si fa? Hai visto? E adesso molla. Molla.»

Non aveva ceduto nemmeno al crescere del dolore e delle difficoltà. Dopo un secondo d'esitazione, di cui il Morini aveva approfittato per metterlo alle corde, s'era ripreso e accecato dal dolore del corpo e dell'anima com'era accecato dai fiotti del sangue, l'aveva assalito con un forcing esatto ed inesorabile: una tempesta di pugni nella quale la forza del pugile pareva comandata dallo sdegno del sangue. Su quel forcing in cui il Morini aveva cominciato a vacillare il pubblico, cambiando senza nessuna esitazione di parte, s'era scatenato in un urlo orrendo e gioioso:

«Dài! Giù! Giù, che il ras comincia a tremare! Giù che il signorino morde la terra! Giù!»

Da quel momento non gli aveva lasciato respiro. E quando alla fine la giuria era stata costretta per evitar il peggio a emettere un giudizio di parità e perciò a dichiarare il match nullo, un sibilo di fischi s'era scatenato nella sala, così violento che gli applausi per quanto forti ne eran rimasti sommersi.

«Aveva resistito», s'era detto mentre gli mettevan addosso la vestaglia e sul ring tra giudici, presidenti e secondi, l'atmosfera tentava di farsi, da ostile e rabbiosa, falsamente ammirata. «Questo era quello che importava. E aver resistito in quelle condizioni contava più d'una vittoria. Il resto l'avrebbe fatto vedere alla ripetizione dell'incontro.»

Ma l'incontro non era stato ripetuto. Piuttosto che dare a lui la soddisfazione d'una vittoria quel vigliacco, preso dalla paura, aveva abbandonato la gloria e il ring. Prima però l'aveva colpito con una minaccia, quella di cui adesso andava a chiedergli ragione; perché mentre, finito il combattimento, lui stava sdraiato sul tavolo degli spogliatoi approfittando del fatto che il medico s'era allontanato verso l'armadio dei medicinali, il Duilio già vestito e pronto per uscire gli s'era avvicinato, gli s'era piegato addosso come se volesse veder meglio la ferita e gli aveva mormorato:

«Me la pagherai, troia.»

La paga era stata la seduzione e il disonore della sorella: non era più possibile aver dubbi. «Ma se lui ha tentato di comprarmi il titolo coi soldi», si disse, «adesso coi soldi si pagherà la sicurezza e la pace. Perché di figli che hanno il sangue di noi due al mondo non ne verranno mai.»

Si guardò intorno come se temesse che qualcuno avesse potuto leggere nei suoi occhi il piano assassino che s'era proposto: la piazza del capolinea era silenziosa; le luci eran rade; un tram se ne stava mezzo-vuoto in attesa di partire. Meccanicamente levò la mano di tasca, la portò sulla cicatrice e ve la fece passare alcune volte come se volesse convincersi di qualcosa. Poi riprendendo a camminare voltò a destra: allora sul fondo della piazzetta di Villapizzone, contro il cielo, cominciò a veder nereggiare i pini e le piante del giardino.

IV

Cosa c'era stato tra loro? Perché tanto l'uno, quanto l'altro avevan sempre rifiutato di parlare? Tutto poteva ridursi davvero a quel che era successo la sera dell'incontro?

Era stata quella la prima volta che assisteva ad una riunione e sarebbe stata anche l'ultima; l'impressione l'aveva sconvolta al punto che se non si fosse trattato del fratello approfittando di qualche intervallo se ne sarebbe uscita. Non che non avesse avvertito e in un certo senso ammirato la passione che di volta in volta aveva spinto i contendenti; ma le eran sembrati spettacoli inadatti per una donna soprattutto se, come quello, continuavan per ore e ore.

Ma quando sul ring era apparso il Cornelio l'impressione s'era trasformata in emozione e l'attesa in paura. Così mentre negli incontri precedenti s'era sviata facendo qualche commento sulla prestanza e la bellezza degli atleti con le amiche che l'avevan accompagnata, da quel momento era stata incapace di pronunciar parola se non uno «speriamo che gli vada bene, speriamo», sul quale era tornata a sedersi e avrebbe anzi voluto chiuder la testa nelle mani e non veder niente, lasciando che gli urli, gli incitamenti e le invettive facessero da interpreti fra quanto avveniva sul ring e lei.

Per fortuna poco prima che il combattimento iniziasse, quando cioè nell'ombra brulicante e fumosa in cui la sala era caduta, il cono di luce che le lampade gettavano sul ring era diventato spettrale, aveva sentito che cose e persone s'allontanavano da lei come se quella luce, isolando il luogo in cui il fratello avrebbe combattuto, la potesse difendere dal partecipar fino in fondo alle difficoltà e ai drammi della lotta. O non era forse che in lei era già accaduto qualcosa? Il Morini? E che ne sapeva allora se non che era il campione della categoria, il ras della società e delle sale da ballo?

Certo l'animazione, allorché preceduto e seguito da una coda di ammiratori il Duilio era spuntato tra la folla, poi lo scroscio d'applausi, gli urli, il nome gridato da un estremo all'altro della sala quando saltando d'un balzo le corde era giunto nel mezzo del ring, avevano umiliato la sua apprensione e la sua paura. Ma queste eran reazioni e sentimenti che ancora non aveva potuto riconoscere; li poteva riconoscere e misurare adesso mentre continuava ad aspettare, appesa come la madre all'assurda speranza d'una soluzione che potesse restituirle se non i sogni, almeno la dignità.

La fragilità del suo cuore e della sua carne le si dimostrarono a quei pensieri come una condanna. Sì; era scritto; scritto che dovesse esser presente quella sera; scritto che dovesse vederlo; scritto che se ne dovesse subito innamorare. Doveva maledir il fratello che l'aveva spinta ad andarvi, maledir la madre che ve l'aveva quasi costretta e maledir ancor più lei che s'era lasciata tentare! Per quanto del retroscena dell'incontro non avesse saputo niente e niente tuttora sapesse. Ma se anche i sospetti causati dal contegno del Cornelio e da quello del Duilio non fossero stati carichi di allusioni a fatti precedenti quel combattimento, era pur stata quella l'occasione in cui aveva ammirato per la prima volta chi poi l'avrebbe presa, persa e dannata, riducendola alla vergogna; e ammirato proprio nell'atto d'accanirsi contro il fratello, di ferirlo, d'imbrattarsi del suo sangue con una ferocia pari a quella con cui avrebbe poi agito con lei. Ma pur riconoscendo tutto quanto in quell'incontro poteva esser accaduto, come dar tanto peso a una battaglia del resto neppur persa ma soltanto annullata, da serbarne un rancore e un odio così tremendi?

L'unica cosa precisa che aveva saputo era stata che, di-

chiarato nullo quel primo combattimento, alla sua ripetizione che avrebbe dovuto avvenire una ventina di giorni dopo e
alla quale lei non avrebbe comunque assistito, il Duilio non
s'era presentato e che così il fratello era risultato vincitore
per ritiro della Coppa e nuovo detentore del titolo della categoria. Che cosa poteva volere di più quel demonio? E se fosse riandato anche lui, come lei molte volte era riandata, ai
commenti del pubblico, allorché lentamente e con l'amarezza che causano sempre gli incontri senza né vincitori né vinti sfollava dalla sala, non avrebbe dovuto essere anche lui orgoglioso? «Ha trovato l'osso duro, il cane che morde. Se il
Binda continua così diventerà un campione. La grinta, quella soprattutto... Giovane com'è! È uno che non molla e che
non mollerà mai: è una tigre.» E allora che altro voleva? Che
altro c'era stato? Perché mai le informazioni che aveva preso
in segretezza dopo che il Cornelio s'era espresso così violen-
temente nei confronti del Duilio eran state concordi nell'affermare che il Cornelio del Duilio, fin quando il Duilio aveva
frequentato la palestra, era stato il pupillo? Forse perché non
gli aveva permesso di vincere? Ma quale dei due avrebbe voluto e dovuto vincere e quindi per l'insuccesso avrebbe potuto cambiar in odio l'affetto? Che cosa poteva capire o supporre lei, donna, davanti alla ferocia di due uomini che si
abbattevano uno sull'altro come se non trovassero pace altro
che nel rovinarsi vicendevole e nel vicendevole distruggersi?

A un certo punto, quando la testata del Duilio aveva spaccato il sopracciglio del fratello e il pubblico calmatosi d'improvviso aveva trattenuto il respiro in attesa di veder la fronte
del ragazzo arrossarsi e lui stesso vacillare, prima che esaurita quella pausa di silenzio in cui la sala era parsa sprofondare
la folla si scatenasse nuovamente fra insulti e invettive, le une
opposte alle altre, s'era alzata e aveva detto alle amiche:

«Esco. Non ce la faccio più.»

Era diventata pallida e certo sarebbe uscita se una di esse
non l'avesse quasi costretta a restare, dicendo:

«Se il Cornelio guarda qui e vede che non ci sei s'impres-
sionerà ancor di più. Resta, su. Resta.»

Era restata: anche per il Duilio, sì, anche per lui. Negarlo adesso che quella sera era restata anche per vedere più a lungo, per ammirare più a lungo come una stupida le prodezze dell'altro, adesso che aveva la possibilità di misurare atto per atto, gesto per gesto, momento per momento, la sua avventura inebriante e felice, ma che alla resa dei conti s'era rivelata soltanto una truffa vergognosa e crudele?

Era stato anche per lui, sì anche per il Duilio, per il ras, per il ras della sua anima e del suo corpo. Malgrado la folla cambiando improvvisamente di parte avesse preso a gridare:

«Arbitro, apri gli occhi! Mandalo fuori! È un assassino! Fuori!» non aveva capito a chi di preciso quegli insulti s'eran rivolti, se al fratello contro cui la più parte del pubblico fin a lì aveva gridato o al Morini, tanto più che subito dietro quelli avevan incalzato gli altri chiedendo che il combattimento venisse sospeso e il ferito inviato negli spogliatoi:

«Se è un lattante è inutile che venga sul ring. Gli si spacca la carne come a un coniglio...»

Avrebbe dovuto ritirarsi, ecco cosa avrebbe dovuto fare. Abbandonare subito il ring: tutto sarebbe finito lì e lei non avrebbe più avuto occasione di starsene ferma e quasi costretta a vedere, a osservare, anche non volendo, le prodezze dei due, fratello e...

«E cosa?» con quell'interrogazione amara interruppe il tumulto dei pensieri proprio nel momento in cui nella sua mente ripassava la ripresa durante la quale la situazione, oltre che per quanto dicevano, per quanto lei stessa aveva potuto capire, stava cambiando.

Doveva ritirarsi. Se tutto fosse finito lì, l'ammirazione per l'altro sarebbe stata contrappesata dal rancore per avergli conciato il fratello e forse tutto sarebbe caduto col cader dell'eccitazione e della paura. Ma lui no, non aveva voluto: s'era opposto a tutto e a tutti: «è fatto di ferro. Se non ha mollato fin qui, non mollerà più. È una tigre».

Risentì i commenti, le parole, gli urli, le invettive di cui tutta la sala aveva preso a risuonare, mescolati adesso alle visioni di felicità, alle promesse di benessere, agli inebrianti incontri d'amore col suo cavaliere, col suo Duilio, col suo ras. Rivide il viso del fratello nell'attimo in cui, di là dalla schiena del Duilio che appoggiato alle corde ansimava, di là dagli uomini che lo asciugavano e massaggiavano, di là dalle gambe e dalle schiene dei secondi, la guardava: imbrattato di sangue, i capelli fradici che calavano come brandelli di carne sulla fronte, le era sembrato che chiedesse a lei un'approvazione per continuare. Colpita da quello sguardo disperato e dolorante l'aveva fissato con un tremito pieno di presagi.

Aveva sbagliato. Avrebbe dovuto alzarsi, vincere ogni pudore, mettersi a gridare:

«Fermatelo! È mio fratello. Così non può andare avanti. Fermatelo! Il ras lo ucciderà. Fermatelo!»

Ma non s'era alzata, non aveva gridato. Perché se il Cornelio era maschio e la sua vita voleva giocarla sul ring, lei era donna e la sua vita voleva giocarla con un uomo, con uno cioè che potesse farla ricca oltre che felice, che potesse farla uscire dalla povertà grigia e senza senso della sua vita oltre che farla sposa, perché quello che era lì sul ring e lo tempestava di pugni col desiderio feroce di sopprimerlo, le era sembrato fin da allora il tipo adatto.

V

Lo sentì arrivare fin dai primi passi che fece sul ballatoio con la cadenza molle che aveva quando non era in palestra; subito dal «Bolero» che aveva continuato a finger di leggere alzò gli occhi verso l'esterno.

La vecchia invece non s'accorse se non quando con un cigolio la porta cominciò ad aprirsi; allora voltò anche lei gli occhi verso quel punto.

Spinta che ebbe la porta il Cornelio si fermò a fregar le scarpe contro lo zerbino, quindi finì d'entrare: in apparenza mostrava la faccia calma di sempre, ma nel profondo degli occhi passavano i lampi e le ombre d'uno che mentre avverte una disgrazia scendergli addosso sente d'aver in mano anche il mezzo per stornarla.

«Allora?» fece la madre dopo un lungo silenzio.

«Allora cosa?» rispose il Cornelio.

Come se quella risposta le fosse bastata a comprender tutto l'Angelica ripiegò la testa su di sé.

«Voi fate i disastri e io dovrei sistemarli così, in quattro e quattr'otto...»

«Ma cosa t'ha detto?» fece la vecchia.

«Quello che ha detto a lei: né più, né meno.»

A quelle parole un'ombra di gelo scese nella stanza che fin lì era stata scaldata dalle speranze segrete, drammatiche e tuttavia reali delle due donne. La madre non osò nemmeno voltarsi; riuscì solo a stupirsi del fatto che il Cornelio, dopo aver pronunciato per la sorella la condanna che aveva pronunciato, potesse con la tranquillità di sempre andar al lavandino, prender il mestolo, aprir il rubinetto e bere alcuni lunghi sorsi d'acqua. Quel gesto le diede tuttavia la possibilità di riprender il discorso:

«Sembra che l'avvenire di tua sorella ti preoccupi meno di quello d'un cane», disse.

«Se avete i nervi, cercate di calmarvi», ribatté il Cornelio con decisione. «Se no non si combinerà niente.»

«Ma a questo punto cos'è, cos'è che si può combinare?» chiese affranta la madre.

«Dipende da lei», rispose il Cornelio e con un movimento della testa accennò chiaramente all'Angelica.

L'Angelica che da quando la madre e il fratello avevan ripreso a parlare pur tenendo nascosto il viso seguiva le loro parole si levò di scatto:

«Da me? Da me, cosa?» fece.

«Da te, sì, da te. Dal momento che il disastro a farlo sei stata tu.»

«E in che modo?» chiese la madre interponendosi con forza tra i due figli.

Anziché rispondere il Cornelio rimase fermo, le spalle rabbiosamente voltate.

«Parla. In che modo?» supplicò allora la madre.

Anche l'Angelica aveva ripreso a fissare il fratello quasi non credendo che potesse aver in mano la possibilità di salvarla. Le due donne seguirono il Cornelio prima andar alla finestra, poi voltar loro un'altra volta la schiena.

«Siccome», fece dopo una lunga pausa, ma si fermò subito. «Siccome?» riprese trepida la madre.

«Siccome di sposarti non vuol saperne e nemmeno di prendersi la responsabilità del coso, lì...» si fermò un'altra volta come se avesse paura e quasi orrore a pronunciar la parola. Allora irritato verso se stesso per quella improvvisa debolezza si voltò verso la sorella e cominciò a gridare:

«Siccome tu sei stata una scema, una scema che ha voluto fare quello che io t'avevo proibito, perché io quel porco lo conoscevo anche troppo bene, hai capito? anche troppo...»

«Cornelio!» ingiunse la vecchia andandogli vicino e prendendolo per un braccio. «Cornelio!» ripeté con lo stesso tono imperativo.

«Lasciami! Tanto prima o poi queste cose devo dirgliele e allora è meglio dirgliele subito, perché così imparerà ad ascoltare quello che gli devo dir dopo. Quanto a quello che mi hai detto», aggiunse dopo una breve pausa, rivolto alla madre, «l'avvenire di mia sorella...» esitò un momento tenendo le mani nelle tasche e muovendole nervosamente come alla ricerca di qualcosa che lo aiutasse a trattenersi; «... se veramente m'interessasse meno di quello d'un cane, io da quello là non sarei mai andato, mai! Perché se voi avete le vostre ragioni io ho le mie: e non sono né meglio, né peggio.»

La voce che dopo quell'esitazione era andata accendendosi si troncò proprio nel momento in cui, colpito dagli sguardi della sorella e della madre dove dal folto del sopracciglio si staccava la cicatrice, accennò ad abbassar la testa.

A quella sfuriata seguì un'altra, più lunga pausa di silenzio in cui la vecchia e l'Angelica sembraron offrire al Cornelio la comprensione per i motivi di quel suo sordo rancore; anche se i motivi reali esse non li avevan compresi che debolmente. Allora, quasi ciò l'avesse infastidito, il Cornelio cominciò a parlare:

«Insomma», fece alla sorella accentuando il tono di sicurezza, «l'hai capito che qui sei andata a finire perché hai voluto far di testa tua? Il damerino, il bello, il miliardario, il Gregory Peck, leggi, leggi queste fesserie qui che diventerai più scema ancora!» e così dicendo si avvicinò all'Angelica, le strappò di mano il «Bolero» e prima che la madre potesse intervenire, lo fece a pezzi.

«Se aiutarmi ti dà il diritto di insultare, lascia stare. Ci penso io!» gridò l'Angelica. «Io!»

S'era alzata con tutta la persona e su quelle ultime parole s'era interrotta come se le si fosse parata davanti l'inevitabilità del disastro verso cui doveva andare.

«Tanto ormai», fece riprendendo a parlare, «lo so anch'io che non c'è più niente da fare: o tenermi la mia vergogna per sempre o gettarmi sotto un treno.»

Arrivata a quel punto l'Angelica non lasciò né alla madre né al fratello il tempo di guardarsi negli occhi, come avrebbero voluto fare per richiamarsi a una stessa immagine di sangue e di terrore; col tono violento di prima prese infatti a gridare:

«Perché se tu non avessi avuto con lui quello che hai avuto, anche se non sono mai riuscita a capire cosa sia stato, perché di certo non è solo quel segno lì, dato che per uno che tira pugni una ferita come quella...»

«Angelica!» fece la vecchia rivolgendosi alla figlia con la stessa tensione con cui prima s'era rivolta al figlio: «Angelica!».

«Sì, una ferita come quella può capitare in qualunque momento, e poi non sei uno del cinema che possa lamentarsi perché un taglio così gli ferma la carriera, se fra te e lui non ci fosse stato quello che c'è stato, lui, mettitelo ben in testa, avrebbe finito col sposarmi. Ma così, senza poterlo portare a casa, perché di vederlo non hai mai voluto saperne, senza poter nemmeno parlare dell'uno con l'altro... Ma cos'è, cos'è che t'ha fatto per odiarlo tanto? Cos'è, se prima sembrava che fosse per te come un'innamorata?»

Il Cornelio che fin lì aveva resistito con calma alle invettive della sorella accolse quell'ultima domanda con una occhiata feroce e nella sua fermezza quasi allucinata.

Per un momento l'Angelica sembrò restituirgliela, ma poi d'improvviso, come se si trovasse sull'orlo di un abisso, si gettò sul tavolo e scoppiò a piangere.

«Siete tutti così!» cominciò a gridare tra i singhiozzi, «bisognerebbe nascere uomini per poter lottar con voi, bisognerebbe aver la vostra forza e la vostra indifferenza...»

La madre che s'era subito avvicinata alla figlia prese allora ad accarezzarne le spalle senza riuscir però a dir niente.

«Lasciami. Ormai è fatta. Pensano solo al loro onore, al loro interesse e al loro divertimento, quei porci! Siete peggio delle bestie», gridò alzandosi dal tavolo e riprendendo a fissare il fratello: «E tu più degli altri!».

Il Cornelio restò immobile come se quelle parole non avessero su lui nessuna presa. Solo quando, di lì a un momento, capì che la sorella ributtandosi sul tavolo non aveva più niente da dire, fece:

«Allora, dato che il resto son solo parole e qui invece bisogna rimediare alla fesseria che hai fatto e nello stesso tempo fare il meno figure possibile con quel porco, soprattutto di servi, hai capito? di servi», si fermò un momento e per un momento seguì la madre che s'era abbassata a raccattar i pezzi del «Bolero». «Perché il coltello per il manico adesso come adesso l'ha in mano lui. Hai capito? Lui», fece riprendendo a parlare. «Questo anche per il fatto che tu sei stata così scema non solo d'andargli insieme, ma di lasciargli capire che nelle condizioni di farti mettere come sei hai voluto andarci tu e di proposito.»

«Cornelio...» fece la madre.

«È così o non è così? Avanti. Parla. Perché se non è così, se anche su questo quel porco mi ha raccontato delle storie, allora torno indietro e lo strozzo... È così? Parla.»

«Sì. È così», gridò l'Angelica sollevandosi atterrita e minacciosa contro il fratello. «E l'ho fatto e glielo ho detto proprio perché gli volevo bene, perché credevo che con lui questa vita di miseria sarebbe finita e non solo per me, ma anche per te, per lei, per tutti... Non ho vergogna di dirlo perché è la verità, nient'altro che la verità!»

Mentre quelle parole si spegnevano, nella cucina si creò un'altra lunga pausa di silenzio in cui il Cornelio ebbe tempo di capire che ormai era indispensabile arrivar alla proposta. Fu così che raccolse l'invito della madre la quale ad un certo punto, rivolgendosi a lui, gli occhi disfatti dal terrore, fece:

«E allora, Cornelio? Allora?»

«Allora...» disse il Cornelio e tornò a fermarsi. «Non son

cose che si possono dire così...» fece con una certa esitazione. «Dovreste capirle da voi...»

Quasi avesse pronunciato quelle parole per guadagnar altro tempo il ragazzo s'era portato di nuovo verso la finestra e di nuovo aveva voltato loro le spalle.

«La soluzione ci sarebbe», fece restando voltato mentre la sorella scossa dai singhiozzi accennava a levarsi dal tavolo. Ormai sentiva che stava avvicinandosi al momento decisivo, ma sentiva altresì che arrivarci era indispensabile affinché la sua rivincita sul tradimento del ras fosse totale, «e a lui ne ho già parlato...» continuò. Quindi dopo una breve pausa: «Ma dipende da lei» fece indicando un'altra volta con un movimento della testa l'Angelica. «Non vorrei che all'improvviso, dopo non averne avuti con lui, te li facessi venire per te, gli scrupoli... Siccome», fece e questa volta con uno sforzo profondo, come se avvertisse che stava facendosi scendere addosso l'ombra d'un assassinio, «siccome quel porco t'ha sfruttata fin che ha voluto, tu non solo non devi dargli indietro quello che t'ha regalato, anelli, spille, eccetera...» si fermò un'altra volta contraddetto d'improvviso dal suo stesso timore.

Allora la vecchia cercò di raccoglier le sue ultime parole e disse: «Che dovrebbe fare? In nome di dio, parla!».

Il Cornelio guardò per un momento la madre come per dirle che non era possibile che almeno lei non avesse capito ciò che intendeva proporre, poi quando gli sembrò d'averne ottenuto un consenso si rivolse alla sorella e fece:

«Guardami in faccia», quindi siccome la sorella non accennava a muoversi: «T'ho detto di guardarmi in faccia».

L'Angelica finì di sollevarsi dal tavolo e voltò verso il fratello la faccia distrutta dalle lacrime e dalla paura.

«Ecco», disse il Cornelio quasi avesse capito che ormai la sorella era lì, nuovamente vittima, pronta a soggiacere al suo piano. «E allora ascolta», fece: «O tu ti tieni il figlio e resti rovinata per sempre o tu il figlio lo mandi all'aria e allora la tua vita può valer ancora qualcosa».

La madre che nel segreto dei pensieri a quella tremenda proposta s'era già avvicinata, abbassò la testa; l'Angelica invece restò ferma, gli occhi fissi sul fratello come per incitarlo a continuare, a proporgli cioè quell'assassinio con più esattezza quale unica soluzione umanamente possibile e nello stesso tempo per maledirlo.

«E siccome», continuò il Cornelio ormai fatto sicuro dal gelo di morte che era sceso nella stanza, «per quanto dica che non c'entri e che non ci son prove a suo carico, d'una denuncia e d'uno scandalo, quel vigliacco, ha paura, e siccome di quella denuncia e di quello scandalo io l'ho già minacciato, io, sì, io», ripeté fissando con ferocia la sorella, «se tu accetti di non lasciar nessun segno e di tener chiusa la bocca per sempre, lui è disposto a sborsare. Capito? Sborsare. Non solo quello che hai bisogno adesso, ma anche quello che può servirti a sistemar la tua vita.»

Arrivato a quel punto il Cornelio si fermò. Poi quando s'accorse che l'Angelica chiusa nel suo silenzio spettrale aveva preso a tremar tutta pur appoggiata al tavolo come aveva continuato a restare, fece:

«Io quello che dovevo fare l'ho fatto; adesso tocca a te. Ma mi pare che da scegliere non ci sia molto.»

Allora l'Angelica senza smuoversi di dosso quel gelo di pazzia accennò a voltarsi, attraversò la cucina, quindi entrò nella stanza.

Poco dopo, mentre si guardavano negli occhi per comunicarsi in silenzio le reciproche convinzioni, la vecchia e il Cornelio udirono il tonfo del suo corpo che cadeva nel letto e i suoi singhiozzi disperati: primo accenno di quello che sarebbe stato il suo acconsentimento di poi.

Vieni qui, sposa

«Ma cos'hanno da scombattere, i Binda?» fece la donna.

«Quelli lì non parlano mai, ma quando parlano, gridano», commentò il marito che s'era già infilato nel letto.

Con la cautela d'ogni sera la donna prese a svestirsi: gli indumenti caddero uno dietro l'altro sulla spalliera della sedia nel sopore della mezzaluce che l'usura cui la lampada era sottoposta aveva ovattato.

L'uomo, la testa sul cuscino, guardava qua e là il corpo ormai conosciuto della sua donna; e tuttavia mai in misura tale d'aver finito d'ammirarlo. Del resto le volte in cui l'aveva tralasciato per quello di un'altra cos'aveva provato? Sfoghi e gioie d'un momento; ma quella calma, quella sicurezza e poi, una volta che stanchi si dicevano: «adesso basta, Enrica, dormiamo», quella coscienza d'aver fatto una cosa giusta, tanto che poteva allungar la mano, toccar di nuovo e come complimento lasciarle andar un pizzicotto:

«No, che mi resta il morello...» Tutto questo con le altre l'aveva provato? Adesso poi gli anni cominciavano a pesare (cinquantasette lui e la sua Enrica dodici di meno) e di batter la cavallina non era proprio più il caso...

Una golosità un po' lenta ad accendersi serpeggiava negli occhi dell'uomo. Dall'altra parte del letto la donna che aveva capito d'esser seguita dal marito diversamente dalle altre sere e cioè come accadeva quando poi si abbracciavano e stavan insieme, felici e contenti, come se non dovessero staccarsi mai, sembrava dare alla lentezza dei suoi movimenti un tono di domestica civetteria.

«Vieni qui, sposa», disse alla fine l'uomo quando infilata la grande camicia da notte, un po' intristita dall'uso, la donna s'appoggiò al letto per levarsi le calze.

La mano del marito l'aveva presa alla vita e da lì era risalita a stringerle il seno ormai un po' avvizzito.

«Aspetta, aspetta che mi levo le calze...» disse la donna.

Subito dopo la donna tornò in piedi, s'infilò in qualche modo le ciabatte e muovendosi verso l'altra stanza:

«Vado a vedere se dormono», disse.

L'uomo si voltò; vide la sagoma della moglie sulla soglia che dava nella stanza dove dormivan i quattro figli e pensò: «Va tutto bene: uno alle elementari, uno all'avviamento; e i due maggiori, maschio e femmina, al lavoro». «Va tutto bene», si ripeté mentre la donna senza far rumore si richiudeva la porta alle spalle. «Stavo pensando che possiamo proprio esser contenti...»

«Già. Era ora che cominciasse anche per noi un po' di calma...» fece la donna. Quando poi fu vicina al letto ne tirò indietro le coperte, si portò verso il comodino, prese in mano le due fotografie dei suoi vecchi, quella d'una sorella morta che era ancora ragazza, un'immagine della Madonna e una dopo l'altra le baciò tutte e quattro. Quindi s'appoggiò col ginocchio sulla sponda e facendo leva su quella si abbandonò nel letto.

«Che freddo....» fece tirando in su le coperte.

«Vieni qui, vieni qui, che il mio posto è già caldo», disse l'uomo. E tirandosela vicino con le braccia e le gambe ebbe appena il tempo di veder gli occhi stanchi ma ugualmente dolci e pieni di desiderio della moglie, poiché seguendo una sua abitudine la donna aveva già alzato la mano sulla peretta e aveva fatto cader la stanza nel buio. La peretta batté due o tre volte contro la sponda poi, prima che lentamente tutto il letto prendesse a cigolare, la donna disse: «Hai ragione: possiamo essere contenti davvero...» ma non aveva finito di parlare che il marito aveva già preso a baciarla, come più gli piaceva, sulla bocca.

Il ras

(parte seconda)

Tutte le angosce, le disperazioni e i pensieri suicidi dei giorni e delle notti scorse? «Passati; passati anche quelli», si disse; «perché nella vita non dura niente.» E come strascico, ecco qui, la sensazione d'inutilità che provava, per cui invece di far una cosa poteva farne un'altra e tutto sarebbe stato uguale.

Le promesse erano state mantenute: come se la sola paura che potesse subire fosse quella che in un modo per lei ancora ignoto gli aveva suscitato il Cornelio, il ras aveva accettato e puntualmente aveva dato al fratello la cifra pattuita.

Non sarebbe mai riuscita a dimenticar lo sguardo glorioso nello stesso tempo che avvilito con cui il Cornelio le aveva passato, tal quale l'aveva avuto, l'assegno; bastava andar in banca, ma poiché il conto l'aveva solo lui:

«Va' tu», gli aveva detto; né solo per quello ma per liberarsi d'un pezzo di carta che al momento nelle sue mani le era sembrato insostenibile. Poi, in quello stesso pomeriggio, la «faccenda»: come avevan finito per chiamarla tanto lui quanto la madre; l'attesa fuor dalla porta; lo sguardo della vecchia; la verifica della carta d'identità; il salottino vecchio e ammuffito; la stanza, il letto...: «è una cosa da niente...» e infatti...: «con un tipo forte come lei non c'è nessun pericolo, neppure quello dell'emorragia. Basta che per un po' di giorni se ne stia riguardata»; ma lei l'indomani doveva riprendere il lavoro; operaia era nata e operaia doveva finire. I sogni del bel cavaliere, del principe ricco, elegante e signore erano finiti in un assegno circolare e in un aborto: tutto lì e da lì in avanti continuar la sua parte di serva, ma adesso di serva assassina.

Meglio o non meglio, cosa sarebbe successo se avesse dato ascolto alle voci per cui la prima notte s'era girata e rigirata nel letto fino ad alzarsi, quando l'esempio di quella donna che, qualche numero di là dal suo, gettandosi sotto il treno l'aveva preceduta nel liberarsi dalla vita e da tutto aveva cominciato ad attirarla come una sirena contro cui poco sembrava contasse il desiderio di vivere che pur sentiva? Ma anche in quel momento chi aveva trovato lì, pronto a fermarla?

Il muto, silenzioso, terribile Apollo dei ring: il fratello l'aveva raggiunta subito coperto dei soli slip con cui aveva finito d'entrar nel letto; poi stringendola l'aveva costretta a tornare nella stanza:

«Stupida, cosa vuoi fare? Non ti basta d'esser arrivata fin qui con la tua cretineria?»

Neppure adesso che lo ripensava poté evitar di provare il senso di paura e quasi d'orrore che aveva avvertito a contatto con la carne del fratello:

«Vuoi proprio farla morire quella povera vecchia?» aveva aggiunto il Cornelio.

Ma più che le parole a farle sembrar ridicolo il tentativo che forse da sé avrebbe finito col metter in pratica, era stato l'esser stata scoperta anche in quello:

«Torna a letto, scema. E fa' quello che dico io. A sbattersi sotto il treno s'è sempre in tempo.»

S'era sentita disarmata e ormai pronta a incamminarsi sulla via che di lì a due giorni l'avrebbe condotta dalla vecchia, una, per quello che le aveva detto la madre, specializzata in quel genere di pratiche: e fidata: fidatissima: «ma da parte tua, silenzio, eh, silenzio…».

E il silenzio ormai doveva coprire come il coperchio d'una bara il loro assassinio: «perché assassina non sono io sola, anche loro lo sono, loro che mi hanno consigliata, indotta, costretta», gridò a se stessa a quel punto.

Poi impaurita girò intorno lo sguardo: i muri della cucina

nella loro ordinata modestia sembraron invitarla a lasciarsi andare, a cedere...

Ma che altri cedimenti esistevano oltre quelli che aveva già accettato?

«Eppure la vita», sembravano dirle i muri, le sedie, i pochi mobili, il tavolo, «la vita...» La vita, cosa? Maschi bisognerebbe nascere, maschi per poter far tutto e non subir mai niente: ecco quello che bisognerebbe nascere. E quella povera vecchia scema che «finalmente sicura e in pace», come le aveva detto lei stessa, s'era ritirata nella stanza e aveva cominciato a dormire nel letto mezzo vuoto, cosa credeva d'aver fatto in tutta la sua vita se non la serva e la schiava?

Anche esser bella se non t'aiuta la fortuna, che serve? Se non hai il resto o il caso non te lo fa trovare, che vale?

Tutte fantasie, fantasie fatte per illudere la povera gente come lei, quelle di cui era pieno il giornale che stava lì aperto sul tavolo davanti a lei; perché poi in quelle pagine non si raccontava mai come vanno veramente a finire le storie. Potessero fermarsi sempre e solo al letto, ai sogni e ai baci! «Ma è che poi, quando più lo si crede giusto e sacrosanto, ci si mette di mezzo il ventre e allora per noi», si disse, «per noi», ripeté, «per noi è finita: o ti tieni il figlio o diventi assassina.»

Lo sguardo dell'Angelica parve smarrirsi per un momento quasi alla ricerca d'una sensazione, quella d'esser madre, cui non aveva neppur lasciato il tempo necessario perché adesso potesse ricordarla.

Ricominciare ancora e tutto da capo come gli aveva detto la madre? Da capo, sì, ma nella noia e nel grigiore della sua vita di serva e con in più ora l'impossibilità di credere che gira e gira la ruota della fortuna una volta o l'altra avrebbe finito col fermarsi anche alla sua porta.

Sapeva bene che insistendo a starsene lì, prima o poi si sarebbe incontrata col fratello, il quale di lì a poco doveva rientrar dalla palestra. Ma il buio del letto le sembrava ancor più crudele di quell'incontro, proprio perché l'avrebbe ricacciata in una solitudine molto più pesante di quella dove già si trovava, una solitudine nella quale non le sarebbe stato possibile meditar sull'appellativo che di fronte alla sua coscienza e a quella della sua dannata famiglia s'era guadagnato: perché ormai di positivo e di certo non c'era che quello.

Malgrado dunque prevedesse le difficoltà dell'incontro, neppure quando prima il passo, poi il girar della chiave dentro la serratura la fece certa che il Cornelio stava per entrare, l'Angelica si mosse; anzi continuando a restare nella sua fissità un po' folle rifiutò d'assumere quel tanto di contegno che la finzione di leggere avrebbe potuto darle.

Cercò di comportarsi come se non fosse entrato nessuno e rigida, la faccia rivolta altrove, accolse nel più assoluto silenzio il saluto del fratello.

Il Cornelio ripeté il saluto una seconda volta, quindi lasciò scivolar sul tavolo un pacchetto, lo scartò e allora alla luce della lampada apparvero fruscianti e luminose come pietre false le mutandine:

«Bisognerebbe stringermi l'elastico», disse. «S'è allargato.»

Ma neppure a quelle parole l'Angelica si mosse. Il Cornelio esitò un altro momento, poi andò al lavandino e come al solito prese il mestolo, aprì il rubinetto e bevve qualche sorso d'acqua.

Nel tornar che fece verso il tavolo all'Angelica fu impossibile evitare d'incontrarne lo sguardo:

«Be'?» disse il ragazzo. «Cosa aspetti a calmarti?»

L'Angelica non rispose: per rispondere avrebbe dovuto alzarsi, coprirlo di bestemmie e d'insulti. Preferì restar immobile e trattener il suo odio contro lui e contro il mondo nell'agitazione che la prese alle mani.

«Se non vuoi rovinarti del tutto, ascolta me: sistema meglio che puoi quello che t'è rimasto in mano e cerca di cambiar pensieri», disse il Cornelio. Quindi, terminando d'avvicinarsi al tavolo e guardando come si guarda l'oggetto del proprio amore il luccichio immodesto delle mutandine: «È l'elastico che va stretto, ricordati», aggiunse per scomparire poi oltre la porta nella sua stanza.

La padrona

I

E se sperando di cambiar soggetto si metteva a pensare alla sua vita e ai suoi trascorsi, un brivido di tristezza e di paura le mordeva il cuore.

La liquidazione, per esempio: la liquidazione era finita che a lei era restato il bar, l'appartamento, un libretto e un pacchetto d'azioni in banca. Non era poco; ma neppure gli otto anni di convivenza in cui l'aveva amato e seguito come se la loro relazione non dovesse più finire, eran stati poco. Del resto l'aveva voluto lui; e proprio per quello lei aveva potuto alzar la voce e tirar fuori le unghie. Anche se le era dispiaciuto. Ma si era trovata nella necessità di difender la sua vita avvenire.

Lei come lei aveva capito e s'era convinta che spentasi la fiamma dei primi anni, finita la giovinezza, di pari passo del resto con l'avvicinarsi del Riccardo ai cinquanta, la loro relazione per continuare si sarebbe dovuta metter su un piano di convivenza più quieta e più normale, sul piano cioè in cui lei vedeva e la vita insegnava si mettono più o meno tutti quelli che, marito e moglie o no che siano, per essersi voluti un giorno bene, continuano a star insieme non più per i desideri della passione ma per le necessità non meno concrete della vita e per il conforto, la sera, finito il lavoro, di trovare, malgrado tutto, una persona con cui parlare e al fianco della quale distender i nervi e riposare.

Ma in questo suo più che legittimo progetto lei era stata frustrata: le corna. Oh dio, sarebbe stata disposta a capire e a passar sopra; proprio in rapporto a quella sua convinzione per la quale arrivati dov'erano, sfogati come si erano, va bene, quello che importava ormai non era più la fedeltà al letto ma l'affetto: un genere di rapporti insomma più calmo e dopo tutto più umano. Invocato prima nel silenzio, poi apertamente nei colloqui, quel sentimento che in lei era diventato normale evolversi della passione, in lui malgrado i cinquant'anni tardava ad apparire. E finché erano scappate, amen! Gli occhi da chiudere, aveva pensato, son due e chiudendone uno con l'altro qualcosa si riesce a vedere. Tanto più che lei capiva come la sua posizione in gran parte la dovesse a lui. Non che non le fosse costata. Ma il gesto di forza che aveva compiuto allora, al momento di compierlo, le era sembrato meno grave e crudele di quanto, sette o otto anni dopo, le era apparso e le appariva tuttora.

Aveva lasciato la famiglia poiché i suoi vecchi di vederla diventar l'amante d'uno che, ricco, maturo e distinto fin che voleva, era poi già sposato, gliel'avevano impedito con tutto il loro paesano rigore. E lei, no: l'amore: un amore vero, profondo. Del resto fosse stato per un capriccio, per quanto allora fosse più giovane, i ventisette anni che aveva e le esperienze accadute nel frattempo sarebbero bastate a farle capire che non valeva la pena.

Così aveva lasciato il paese da cui per anni era discesa ogni mattina per risalire ogni sera, abbonata fedele alle linee della Nord, malgrado i rischi dei bombardamenti e i massacranti ritardi, disperata, con un nodo di dolore che l'aveva resa muta e tuttavia sicura di sé e fondamentalmente del suo diritto e della sua onestà.

Come ricordava quella sera di dicembre! L'imminenza delle feste, il primo natale di pace dopo tante oscure fatiche, come se fosse uscita da una schiavitù di costrizioni e di paure, il pane per sé e per i vecchi e quel minimo di dignità impiegatizia alla quale fin d'allora teneva come alla sua stessa vita: ecco. E d'improvviso l'apparire di lui che le propone il cambio del posto, come il messaggero d'un mondo ricco e felice che in quel riprendersi di tranquillità, se non proprio di felicità, sembrava più allettante, più fidato e sicuro di quanto in realtà non fosse.

Oh dio, sicura lei era stata: prima cassiera, per tre mesi, al bar che allora il Riccardo gestiva a metà di Monforte, poi via via più su, sempre più su; l'abbonamento alla Nord dalla terza era passato a esser di prima; talvolta veniva addirittura sostituito dalla macchina che la portava fino all'ingresso del paese; poi i vestiti, i cappelli, il braccialetto, il pendente, gli orecchini; finché in coincidenza con quell'addio al paese, alla vita dell'infanzia e della giovinezza, la signora.

Come ricordava il freddo di quel dieci di dicembre! Una data fissa nella sua memoria come quella della sua nascita, prima che a rovesciar un'altra volta tutto arrivasse lui, lo zerbinotto, l'Apollo, o come chiamarlo? il barista di Vialba, ecco.

Nel lasciarli i vecchi l'avevan malamente salutata ma la madre, contro l'inclemenza del padre, non aveva saputo resistere dal seguirla anche dopo che era uscita di casa; salita al piano di sopra aveva scostato dalla finestra la tendina. Erano le cinque e contro i tetti, contro le case, tetti e case che conosceva a memoria, contro i rami magri e senza foglie il cielo andava a finir in un rosa tanto più triste quanto più la stagione lo faceva sembrar impossibile.

Aveva appoggiato a terra le valige. S'era alzato il bavero del paltò. Aveva guardato oltre la finestra e intravisto, dietro, la faccia avvizzita della madre. Poi, avanti, verso la stazione.

Sì, la signora. E in lungo e in largo: con un appartamento in via Cerva.

Quella stessa sera, per sollevarla di morale, il Riccardo l'aveva portata a vedere la più gran rivista dell'anno, «con l'Osiris», le aveva detto, «in gran forma...», perché sfoggiasse la pelliccia che appena scesa dalla Lancia con cui era andato a prenderla in Piazzale Cadorna, appena messo piede in casa l'aveva accolta stesa sul letto come il rifugio di tutte le lacrime trattenute e di tutta la silenziosa disperazione che era rotolata dentro lei al ritmo con cui il treno era rotolato sui binari. Aveva chiamato la vecchia piangendo, la testa dentro il pelo del visone, intanto che il Riccardo cercava anche lui di consolarla.

Otto anni! Ma forse di vero amore qualcuno in meno. No, non poteva ammettere. E del resto anche se non l'avesse sollecitato lei con le sue scenate, dopo aver tentato di recuperarlo con ogni sorta di dolcezza, gliel'avrebbe fatto capire lui. Non era il tipo di fermarsi, il Riccardo. Né poi, una volta presa la decisione di separarsi, era servito a qualcosa supplicarlo: «più per lui», gli aveva detto, «per la sua salute avvenire, che per lei»:

«Con una che non sai nemmeno chi è...» aveva aggiunto.

«Lo so benissimo» aveva risposto il Riccardo.

«Ammettiamo, ammettiamo, ma io che per tutto questo tempo, per tutti questi anni...»

«Non m'importa. L'hai voluto tu? Tientelo.»

«Io?»

In quella risposta s'era d'improvviso scatenata. «Io?» aveva capito lei stessa d'aver gridato troppo mentre aveva pronunciato quell'io. Ma l'offesa d'una simile affermazione non era troppo anche quella? Aver il coraggio di rinfacciarle che a far arrivar le cose a quel punto era stata lei! Una vergogna; anzi, uno schifo.

Era questa la prima volta che riusciva a pensare a quei fatti con tanta chiarezza per cui volle ripetersi la sua convinzione. «Uno schifo. Una donna come lei di trentacinque anni sentirsi lasciata così, in quel modo, dopo tutti quegli anni di vita comune...» Non che in quegli anni non fosse stata felice! Anzi lo era stata al punto da credere che quella felicità non sarebbe mai più cambiata. E invece in quella sua sicurezza d'improvviso s'era introdotta l'altra, la bionda: una pescata, per quello che era riuscita a sapere, dal balletto d'una rivista. Guarda, guarda dov'era andato a finire! Sì, perché piuttosto che una francesa, se poi era veramente francesa, meglio Lomazzo! Oh se era meglio!

L'angoscia del tradimento che tanti anni prima aveva teso al paese le era così tornata addosso e allora il rimorso aveva preso la strada lunga e silenziosa del cimitero dove, uno dopo l'altra, aveva dovuto accompagnar tutti e due i suoi vecchi.

Ma come pentirsi? E era davvero pentimento o invece soltanto il debito che doveva pagare alla vita in cambio della felicità che le aveva dato e della sicurezza che in quella felicità le aveva permesso di costruirsi? Come avrebbe voluto nei giorni in cui, avvenuta la separazione, aveva cominciato a girar sola per la casa non esser mai partita, non aver mai rotto la modestia e la calma della sua vita di paese! E invece... Il freddo di quel dieci di dicembre le era tornato addosso come se avesse voluto distruggere tutti gli anni che eran caduti nel mezzo e intirizzirla. Ma ormai il meglio che le restava da fare era quello: difender con tutti i mezzi, anche coi denti, la sicurezza che si era conquistata a un prezzo così rischioso. La voleva lasciare per mettersi insieme alla francesa?

E va bene. Ma allora giù le carte: che si vedesse bene e si decidesse meglio.

Voleva starsene tranquillo e esser sicuro che lei non gli si sarebbe più messa tra i piedi?

E va bene. Ma intanto cominciasse a sapere che le faceva schifo: «tu, sì, sì, tu. Non un uomo ma un montone».

La parola le era venuta in mente insieme all'immagine dell'animale e l'aveva pronunciata con un disprezzo in cui le lacrime s'eran trasformate in odio.

«Un montone senza né legge, né fede, senza nemmeno il rispetto che han le bestie. Giusto perché hai questi. Ma allora se è per questi, ascolta.» L'amico aveva ascoltato e dopo qualche rifiuto in apparenza molto deciso più o meno aveva anche accettato. Tant'era la fretta d'andarsene con la francesa. Che ci andasse, santo dio, che ci andasse!

Una violenza che le era rispuntata in quel colloquio decisivo non sapeva nemmeno lei da che profonda e dimenticata linfa paesana, aveva impedito al Riccardo di patteggiar oltre. Del resto un minimo di comprensione era rimasto anche a lui e poi capiva benissimo, «purché tutto sia finito, eh?».

Tutto. Figurarsi se lei era il tipo di tornar indietro, di supplicare, di chiedere la carità d'un affetto a un traditore, a un animale com'era il suo vecchio damerino, vecchio e anche stagionato, come adesso le pareva di poter capir meglio.

Tra la servitù del «Re di Picche» il passaggio era stato appena avvertito e neppur subito, poiché lei appena aveva capito che le cose potevan mettersi sulla rottura aveva cominciato a presenziare al bar con molta più frequenza di quanto non avesse fatto prima e con il preciso scopo di mostrarsi padrona di tutto.

La vita ormai le aveva insegnato che i sentimenti, «sì, va bene, non dico che non ci vogliano, ma quando gli altri ti sputano addosso in quel modo, allora bisogna adoperar insieme alle unghie il cervello e far dei piani nei quali la rabbia, anziché sfogo e basta, trovi la sicurezza di qualcosa di solido cui aggrapparsi e nel caso sedersi e riposare». Perché, con tutto quello che poteva ancora essere, con tutto quello che poteva ancora apparire, di trovare e magari mettersi intorno a cercar un'altra volta... No. Un senso di schifo per tutti gli uomini, una nausea invincibile, profonda. Era certa, poteva giurar su se stessa e sulla tomba dei suoi vecchi: quanto all'amore, basta. Ormai non doveva pensare che a proteggere il suo avvenire. Quantunque fosse stanca, tutto sommato la vita valeva la pena. Sia pur sola come era restata. Sola: se l'era ripetuto e se lo ripeteva ogni giorno e ogni ora.

E anche adesso le accadde di ripeterselo. Ma ripetendolo cominciò a sentire che forse sola stava già per non esserlo più un'altra volta. Dio, che scema! Nient'altro che un ragazzo!

Il senso d'una fragilità completa, contro cui niente aveva e avrebbe mai potuto, tornò ad assalirla. Allora pensò che la donna non è che una povera cosa indifesa, senza forza e senza ripari. Il destino la colpisce senza riguardi come i fulmini e il vento colpiscono una pianta appena nata.

Ma non era giusto, non era umano pretendere un po' di pace per lei, povera cassiera, diventata prima amante, poi signora, poi... Poi, cosa? Coi suoi morti comunque ai quali portar ogni mese un mazzo di fiori. L'antico Lomazzo, il paese della sua giovinezza, il paese dove anche lei avrebbe voluto riposare! E lei, no. L'amore! Un'altra volta lui, il dio con l'arco, la freccia e la faretra. E non più nell'aspetto della maturità, della ricchezza e dell'esperienza, come era stato col Riccardo, ma in quello della giovinezza, dell'inesperienza e come se non bastasse della miseria. Così che il suo istinto materno, non calmato da alcuna maternità, aveva potuto illuderla... Oh dio, infatti poteva quasi esser suo figlio!

Un colpo di testa. Anzi l'atroce emicrania di quella mattina. Che se l'avesse visto in altre condizioni, supponiamo al bar, sì e no sarebbe successo quel che poi invece era successo.

Era cominciato giusto verso mezzanotte quel mal di testa e non aveva più voluto andar via, così che la mattina contrariamente alle sue abitudini non aveva potuto scendere al bar. E come pensare che facendo salire in casa per vederlo e esaminarlo quello che avrebbe dovuto assumere il posto del Gino, andatosene per miglior lavoro, si sarebbe trovato davanti lui?

Ma capiva, la parola giusta era questa, capiva cosa stava facendo?

L'antico Lomazzo buttato là sulla linea della Nord tra nebbia e sole, verde a primavera, freddo e grigio d'inverno, un po' prima di Como, del cui lago non arrivavan tuttavia né l'aria, né il beneficio, forse stava prendendo su di lei la rivincita meditata da quel lontano dieci dicembre. Per un sogno che sfavillava di passione, feste, agiatezze, brillanti, ori, visoni, rose sui capelli, vacanze al ferragosto e qualche volta tra sabato e lunedì, ecco, per tutto questo lei quel paese l'aveva tradito. Il Riccardo! Adesso lo sapeva cos'era il Riccardo: un montone.

A quella parola, fasciata com'era nella vestaglia dalla quale spuntava un po' di seno, inorridì.

S'alzò dal divano. In quello stesso momento da fuori la chiave s'introdusse nella serratura. Portò gli occhi sul trumeau e sopra il trumeau sulla sveglia impero di marmo: era l'una.

Fedele alla consegna e del resto felice di quella libertà l'Angela finì d'entrare, richiuse la porta e senza far rumore scomparve nella sua stanza.

Il silenzio tornò così nel salotto, spezzato solo dal colpo di qualche clacson giù nella strada e dal rombo di qualche motore che s'avviava: sempre più radi tuttavia gli uni e gli altri.

Quando fu certa che la ragazza s'era chiusa nella stanza, la padrona si staccò dal tavolino sulla cui lastra di cristallo a fondo nero poco prima s'era involontariamente specchiata (su quel nero il fiotto del seno le era sembrato fin troppo bianco e tremante come una bambina in mezzo a un gruppo d'adulti). Poi andò alla porta, allungò la mano, schiacciò il pulsante e prima di spegner anche il lampadario accese l'abat-jour.

Un polverio di luce scese dalla trina del paralume sul bracciolo del divano e scivolò sul tappeto che copriva la maggior parte del parquet.

Rovinata un'altra volta dunque? Di lei la vita non aveva proprio nessuna pietà? Ma doveva poi maledirlo quell'incontro o invece benedirlo? Non era sempre felicità in fondo quella che da allora l'agitava?

Imprudenza, altro che felicità! Ecco cos'era: imprudenza. Ma riusciva, riusciva a prender coscienza di quanto stava facendo? Possibile che un'altra volta la sua natura pur così forte, da quel lato si mostrasse incapace di resistere? Questa volta poi scuse non ce n'erano: il miraggio non si vestiva né di ricchezza, né di distinzione, né d'eleganza, né d'esistenza tranquilla. Anzi bisognava perdere, dare; con in più la violenza di cui lo aveva visto capace.

Non giocava alle volte in tutto ciò che le stava accadendo l'ombra di quel doloroso fallimento che era stata la sua esperienza col Riccardo? Quel sogno non tentava di ridiventar nuovamente speranza? Perché altrimenti cosa sarebbe stata tutta la lunga fila d'anni che ancora l'aspettava?

All'imprudenza della prima volta, in cui pochi giorni dopo averlo assunto l'aveva fatto chiamar in casa, era riuscita a rimediare, lì, sui due piedi: dicendogli cioè che l'aveva fatto venire perché lei di lui poteva dire d'esser contenta e ci teneva che lui questo lo sapesse; inoltre voleva che si facesse qualche camicia in modo da poter essere sempre in ordine; allo scopo, poiché secondo quanto lui presentandosi le aveva detto la sua famiglia non poteva, «ecco, prenda questo» e gli aveva dato una busta con diecimila lire.

Quella prima volta dunque era stata proprio sul punto di riparare e completamente all'imprudenza; ma verso la fine, quando ormai stava congedandolo, cosa le era saltato in testa? «Ah, senta, la vorrei pregare di non dire niente agli altri. Sa», aveva aggiunto, «potrebbero aversene a male...» Ecco, per finger meglio, aveva cominciato a tradirsi. E difatti lui l'aveva guardata con occhi fondi e umidi come mai fin lì glieli aveva visti.

Ma la seconda volta? E la terza, il giorno dopo cioè che l'aveva rappacificato col G. M.? La terza volta era stato lui a romper la finzione. Visto appunto che lei continuava a tergiversare d'improvviso le aveva detto:

«Signora, forse lei mi ha fatto venir qui per un'altra ragione.»

«Ma cosa sta dicendo, Ivo? Che ragione potrei avere?»

«Di star insieme.»

«Cosa?» e poi subito: «Lei è un impudente. Io la licenzio, ecco; la licenzio!»

Miserevole grido, finito in una ancor più miserevole scusa. Ormai il velo era rotto: il Ballabio aveva capito. Del resto non le aveva poi detto che s'era accorto di tutto già da molto prima? Anzi dal primo giorno, quando lei aveva avuto quella terribile emicrania. Vero che questa poteva essere una menzogna inventata per incantarla ancor meglio... e lei, scema! Una ragazzina avrebbe tentato più di quanto non aveva tentato lei, d'opporre al desiderio la volontà, alla passione la coscienza, al dramma il ridicolo della cosa...

Ma, dio mio, quale coscienza? Per quello che c'era d'altro nella vita che valesse l'amore! E dopo che per provocare un incontro s'era fin ridotta a partecipare a una di quelle orribili feste!

Aveva un bel ripetersi adesso che era una povera, ridicola cosa, adesso che se lo sentiva ancor addosso, come se le mani dell'Ivo le avessero lasciato segni dappertutto e così le gambe, le labbra, i capelli! Quell'odore forte e villano dell'Harar e tuttavia così potente da provocarle una specie di nausea. Se ne sentiva unta ma d'altronde così in vita!

Sdraiata nel divano un po' capiva e un po' non capiva. Cercava d'assopirsi, ma nella penombra la finzione del mazzo di rose che aveva davanti tornava ad eccitarla: perché di rose vere dentro quel vaso, dopo che il Riccardo non gliene aveva più regalate, non aveva voluto metterne, quasi per vendetta.

Guardando quei fiori di stoffa le tornò in testa la francesa: bella roba! E poi l'altro, quello che non avrebbe mai più voluto nominare, il Riccardo, sì, il Riccardo: «È sposato sì o no? E allora fuori dai piedi lui o fuori dai piedi tu!»: la voce del padre nei colloqui decisivi aveva battuto su quel tasto e cioè che il Riccardo non poteva esser altro che un avventuriero, uno che cercava di carpir la buonafede della figlia promettendole chissà cosa, per piantarla prima o poi sul lastrico e sola. Oh dio, lastrico proprio no. Il padre stesso assieme alla madre aveva avuto modo di vedere. Una certa pace infatti era riuscita via via a ricomporre tra sé e i genitori. Negli ultimi tempi i vecchi, abbandonata con l'avvicinarsi della morte la loro caparbia morale, proprio come se la morte gliel'andasse dimostrando inutile oltre che impietosa, si erano lasciati convincere fino a entrar nella sua casa. Soprattutto il padre quando, rimasto solo, non aveva saputo trovar altra ragione alla sua vita se non quella di veder ogni tanto la figlia. Ma il lastrico, no. E se il destino avesse loro permesso di vedere avrebbero avuto di che vantarsi della tenacia e della forza con cui, nel frangente della separazione, la loro figlia aveva difeso la sua casa e la sua vita. In questo la sua natura paesana non l'aveva certo abbandonata: l'appartamento suo, suo il «Picche» e suo anche ben altro. Fine e distinta era diventata; per forza con tutta la gente che aveva dovuto frequentare; c'era forse qualche motivo per nasconderlo? Ma nello stesso tempo pratica e concreta: terra terra, insomma. Tranne in un punto.

Nel riconoscere questo si sentì salir in gola un nodo di disperazione. Ma non doveva ammetterlo proprio lei che quel punto continuava a esistere, lei nella situazione in cui di nuovo s'era messa? Ma se anche quel punto, quell'ultimo, non fosse esistito sarebbe stata ancora una donna o non invece una generala?

Quasi per nascondersi e calmarsi aveva cominciato col prospettare a se stessa quell'attaccamento, natole così tra lo scherzoso e il tragico, come un diffondersi dell'istinto protettivo e materno di lei che madre non era stata, perché lui, il Riccardo, da quel desiderio l'aveva sempre stornata (e adesso ne capiva molto bene le ragioni) fino a convincerla che in fondo i figli eran un impiccio e che in ogni caso per metterli al mondo ci sarebbe stato tempo dopo. Sì, dopo! Dopo, un corno!

Dentro la penombra del divano il suo corpo tremò un'altra volta.

Da dove risorgeva in lei quell'istinto della parola forte e plebea? Non era dunque bastata la lunga e paziente opera d'educazione galante che s'era costruita in tutti quegli anni a sradicare il gusto o addirittura, dato che riappariva così, il bisogno della chiarezza violenta, il bisogno insomma di dire pane al pane?

Pane al pane e vino al vino l'aveva sempre detto; ma come velando la cruda verità delle cose con un po' di distacco.

Anche in quel mese... Era un mese infatti o poco più che il Ballabio, mandato dall'Arardo per prender il posto del Gino, era entrato a prestar servizio nel suo bar. Sì, anche in quel mese, la realtà delle cose che invece era quella che era, forse che dopo aver fatto insieme quello che aveva fatto (un nuovo, più lungo tremito scosse la Wally nel divano, allora si portò le mani sugli avambracci e ve le passò due o tre volte come per scaldarsi), forse che dopo che aveva cominciato a perdergli dietro anima e corpo, doveva dorare la realtà di qualche inutile pretesto, la realtà che vissuta in sé e per sé era magari stupida, magari ridicola, ma appunto per questo vera, sua, sua e quella, cioè che s'era fatto un'altra volta l'amico; l'amante, sì, l'amante; questa volta anzi il mantenuto. Uno con una differenza d'anni quasi uguale a quella che era corsa tra lei e il Riccardo, ma rovesciata. Il colpo di cuore, quando, il lunedì successivo, mentre lui cominciava il servizio, s'era fatta dare i documenti per trascriverli! Li aveva portati in casa: Ballabio Ivo, di e di, nato a Giussano il, abitante in Milano, via Zoagli 32...

Sì, in quel mese o perlomeno in alcuni giorni di quel mese, aveva tentato di cambiar aspetto al suo sentimento: e nemmeno con troppa fantasia. In un primo tempo infatti le era venuto naturale accoglier l'ipotesi che ad attirarla verso il nuovo barista fosse quella necessità a mezzo tra la signora e la madre mancata che l'aveva spinta a circondarsi nel bar di giovani, solo giovani e basta. Questo a parte il fatto che la sua clientela era tutta di lusso e che dunque anche in quello doveva differenziar il suo locale da ogni altro. Certamente il nuovo barista aveva bisogno d'aiuto. Su questo era sicura: e a parte la via, a parte la casa, una di quelle grandi caserme della periferia, lei che in fondo, prescindendo da via Cerva, anche bambina una casetta di paese l'aveva sempre avuta, con l'orto sul fianco, i fiori che arrampicavano e quell'aria intorno per cui le stagioni entravano e uscivano dalla finestra... Una pena, una sorta di dolore sapendo che lui invece doveva viver là, dove si trovava di tutto, gente come si deve e foffa, ladri, baresi, ruffiani, abruzzesi, napoli e veneziani. Aiutarlo in fondo sarebbe stato facile e giusto; dargli un mestiere più nobile, più sicuro... Aveva pensato fin questo. Ma lui invece aveva altro per la testa: la Guzzi, le sale da ballo, il Dapporto, la Masiero... Tanto che alle offerte del G. M. aveva abboccato subito e senza tanti scrupoli.

E stasera, stasera che le aveva detto che la Guzzi lui l'aveva presa facendo quello che aveva fatto, mentre se avesse avuto la fortuna di saper che lei...

Fu mentre ragionando cercava di convincersi d'una cosa sulla quale era già pienamente convinta, mentre cioè la sua memoria riandava ai lunghi abbracci di poco prima, fu allora che un'ombra salì piano piano a turbarla con la spinta leggera ma dolorosa d'un sospetto.

Sul momento non capì. Riuscì solo ad avvertir un senso di disagio che le fece interrompere i pensieri nei quali s'era abbandonata. Tuttavia non le sembrò una sensazione come quella che aveva avvertito poco prima, quando cioè s'era accorta di pronunciar con la testa parole delle quali ormai non si riteneva più capace; era un'ombra, una specie di timore, quasi di paura.

Da quell'ombra la memoria vicinissima dell'incontro di poco prima salì piano piano a invaderle la coscienza.

Cominciò col portarle alla mente la gioia pericolosa e snervante e di quella gioia fin le parole: «stella, stella mia», «Ivo» (pensa, lei che diceva così!), «Wally, Wally mia», e lei: «barista dei miei sogni» (anche questo, sì, anche questo). Ma perché non rideva? In fondo non era ridicolo che l'avesse chiamato e che lo chiamasse in quel modo?

Oh dio, cosa si può decidere in quei momenti? Cosa si può

opporre al cuore? Forse la voce della volontà? Forse quella della coscienza?

No. Non poteva aver capito; era certa. Ma sentito forse sì. Infatti qualcosa d'estraneo adesso s'infilava nella catena di quelle parole, di quei baci, di quei nomi che andava ripetendo. Era stato dunque un nome? E quale, poi?

Trattenne il respiro quasi per lasciar che la parola intorno a cui s'allargava il senso di disagio e di pena prendesse evidenza, sempre poi che l'Ivo l'avesse veramente pronunciata...

«Cosa?» fece a se stessa scuotendosi. «Il nome d'una donna? E quando? Mentre mi baciava qui, sotto le orecchie?»

Si portò la mano dall'avambraccio alla bocca, poi più su fino a toccar l'orecchio. Tremò.

Ma l'aveva veramente pronunciato quel nome? «Wa... Wa...»

Non cominciava così anche il suo?

Sì, così. Ma la continuazione in cui il nome s'era poi arrotondato sulla bocca del Ballabio...?

No, si sbagliava. Era uno scherzo, uno scherzo della sua memoria. Forse un tranello della sua coscienza per farle capire il ridicolo in cui si trovava. Doveva decidersi, alzarsi, spegner le luci, andar a letto.

Figurarsi se l'Ivo era il tipo di pronunciar un nome lì, mentre abbracciava lei, ammesso poi che di pronunciarlo avesse avuto ragioni.

«Wa...»; poi le pareva che il nome s'arrotondasse...

Uno schifo: ecco. E non capiva come poteva esser uscita dal ribrezzo che verso gli uomini aveva nutrito fin dal giorno in cui tra lei e il Riccardo era avvenuta la rottura e come riprender fiducia e come, tanto per esser chiari, buttarsi via per uno del quale in fondo cosa sapeva? Ventitré anni; Giussano; Vialba; Piazza Napoli; Gran Bar Poliziano; il militare saltato perché il padre era invalido del lavoro. E poi?

Contrariamente a quanto aveva fatto con gli altri, sul Ballabio non aveva chiesto neppur quel minimo d'informazioni necessarie a garantirne, se non altro, l'onestà. Quella era stata la prima imprudenza. Perché l'avesse fatto al momento non aveva capito. Il fatto è che da quella prima e con la stessa inconsapevolezza eran poi venute giù tutte le altre. Ma se non aveva capito, aveva però sentito; questo sì. Era inutile illudersi ancor maggiormente, cercando oltretutto di togliere al suo sentimento quel che di misterioso e incredibile fin dal primo momento ne aveva formato la seduzione e che forse ne poteva essere la sola e umanamente plausibile giustificazione.

E su quella convinzione avrebbe potuto ritirarsi e finalmente andarsene a letto. Ma l'idea d'entrar ancora nella stanza, l'idea di veder ancora la camera sfatta e segnata dal tumultuoso passaggio dell'Ivo, l'idea di sentir salire anche dalle coperte quell'odore tra profondo e mostoso di brillantina, la fermò.

Un nome che cominciava come il suo ma che però come il suo non continuava e non finiva...

Non aveva il coraggio di dirselo. Arrivata alla enne che seguiva la a la sua volontà si fermava come davanti a un precipizio; allora il nome le scivolava fuori dalla testa completandosi in sordina, così che lei poteva finger di non afferrarne la conclusione.

Alzarsi, farsi una camomilla; ecco cos'avrebbe dovuto. Invece no, continuava a star lì.

Quante volte, prima che il nuovo disastro si fosse accumulato su quello già abbastanza recente del Riccardo, la sera, sola in casa o perché non era uscita o perché era già tornata, quante volte seduta sul divano nello stesso preciso, identico punto in cui si trovava adesso, s'era sentito il sonno scender addosso, dolce e ristoratore! Allora aveva assaporato con un gusto che adesso le sarebbe sembrato sicuramente distruttore e lesivo, il rinascere della calma dopo la rottura; i binari di prima non eran saltati; dopo una sterzata brusca e paurosa avevan ripreso, dritti o curvi, in ogni caso normali, il loro corso. Così aveva creduto che lo scotto pagato prima con la rottura dalla casa, dal paese e dalla giovinezza, poi con gli anni passati assieme al Riccardo, quindi con la divisione e la solitudine, avesse calmato quel tanto d'avventuroso che alla sua vita il destino aveva riservato.

Sì, pensa a un piano, a quello che ti sembra più giusto ed

umano. Disponi, disponi per diriger la tua vita verso quel piano! Tutte storie! Una mattina una si alza e magari, com'era capitato a lei, non ha neppur dormito, e proprio lì, nella sua stessa casa, è già pronto l'ordigno che le farà saltar per aria tutto: piani, desideri, giustizia e norma.

Aveva avuto un bel prendere a due a due sei dischetti di Kalmin! L'emicrania l'aveva ormai posseduta. Brevi pezzi di sonno sospesi quasi in diffidenza su un rivolgimento continuo; e a ogni rivolgimento le tempie che battevano come se dentro vi scalpitasse un esercito di cavalli. Avesse mangiato qualcosa di pesante che poteva giustificar quel dolore! Ma per riesumare che avesse fatto i piatti del mezzogiorno e della sera, niente le era sembrato contener quella giustificazione. Di colpi di freddo non ne aveva presi. Di rabbia al bar che le avesse potuto fermar la digestione, neppure. In quelle condizioni la mattina, alle undici, la telefonata della cassiera. Era ancor a letto; l'emicrania non era passata ma il suo persistere le aveva creato uno stordimento nel quale avrebbe potuto se non riposare, certo assopirsi. A rispondere era andata la donna, la quale era poi entrata nella stanza per riferirle che al bar aspettava il giovane mandato dall'Arardo: «non posso scendere. Dille che facciano salir lui». Ma perché, perché le era venuto in mente di dar tale risposta se non per mordere coi suoi stessi denti la sua anima e la sua vita? Forse in un'altra situazione, forse se quelle ore e ore d'emicrania non l'avessero spossata, chissà, sarebbe riuscita a resistere, ma così, conciata in quel modo...

Era stato un lampo; tranne che a bruciare adesso era solo lei. Per lui poteva esser uno scherzo. Anzi, se era vero ciò che sotto forma d'un disagio ancor più penoso di prima, tornava a salirle in testa, era uno scherzo. Con lei l'Ivo aveva trovato quella fortuna che aveva inseguito in tutti i modi, fin prestandosi a quello cui s'era prestato e fin adoperando l'arma dei ricatti.

«Wa...» sì, «Wa...» ma poi il nome completo non era Wally, non era lei, ma Wa, così, ecco, così, Wa... «sì, dillo, dillo pure, tutto e intero.» Era Wanda.

Premendo con le mani sul bracciolo da una parte e sul cuscino dall'altra s'irrigidì come se volesse scattar contro qualcuno o qualcosa.

«Wanda», sì, sì, «Wanda», ripeté a se stessa.

«Una presa in giro», fece poi subito. «Vedersi seguito, amato, servito...» dopo la prima busta, la seconda. Ma quando gli aveva passato la seconda tutto era già successo: la situazione era già diventata irreparabile. E contro lei che aveva cercato di difendersi dietro l'affetto materno o perlomeno da sorella, se figlio proprio non poteva essere, lui aveva eretto subito la sua spavalda volontà e la sua spavalda voglia di vivere:

«Signora, lei mi ha fatto venir qui per un'altra ragione.»

Ma non avrebbe dovuto ridere di tutto questo? E come se l'amava di già? Dette da un altro quelle parole le avrebbe prese come un'insinuazione villana e non avrebbe risposto, oppure avrebbe allontanato chi avesse osato pronunciarle con un insulto. Dette da lui... Sì, aveva tentato di rispondere, aveva tentato di controbattere! «La licenzio!» aveva fin gridato perché la sua dignità in qualche modo doveva pur difenderla. Ma era stato peggio che se fosse stata in silenzio.

Se pensava alla lentezza con cui aveva ceduto alle lusinghe del Riccardo, al calcolo addirittura con cui s'era lasciata prendere: ti dò tanto mi dai tanto. E non era derivata da lì, da quel suo procedere giudizioso, d'una cioè che prima di far un passo vuol veder bene dove mette la gamba, la sicurezza d'adesso?

E invece questa volta, niente; così, un colpo. Non aveva saputo, non pretendeva resistere, ma nemmeno discernere, ragionare. L'unica cosa che le era sembrata possibile era stato di spostar i sentimenti dall'amoroso all'affettivo. Ma come comandare al cuore, a un cuore torbido e senza pace come il suo? E lei, trentacinquenne, età, dio mio, da metter il cuore in pace e pensare a distribuir giudiziosamente le proprie forze, perché il domani nessuno sa cosa può riservare, ecco, dentro fino al collo, come una scema, una ragazzina che per la prima volta le vengano a dire che la desiderano e la amano... Ma almeno da ragazzina e lo ricordava bene i suoi coetanei di Lomazzo e dintorni (fin da Como, fin da Moltrasio venivano a vederla) avevan agito con riguardi, con delicatezze, con raggiri continui, sospesi, ripresi, poi sospesi e ripresi ancora, che si eran accumulati intorno a lei come una rete. Lui invece così, come se fosse il più normale dei suoi diritti chiederglielo e il più normale dei suoi doveri risponder di sì; come se una volta usciti dalla stanza, ammesso che dopo quella sua affermazione lei avesse accettato, basta, finito tutto: arrivederci. E l'indomani vederselo davanti al bar, lei alla cassa, quando stava, e lui dietro la Cimbali con quella giacchettina a righe viola e nere, la cravatta a farfalla, i bottoni d'oro, che di là dagli sbuffi di vapore le faceva l'occhio. Magari sfruttando l'attimo di quella sua stupida accondiscendenza, sempre ammettendo che avesse accondisceso, per cominciare e stenderle intorno una rete continua e orribile non di raggiri ma, come aveva già fatto, di ricatti. «Perché se lei non mi dà questo, signora bella, io parlo.» E allora lei, perché scema del tutto non era, gli avrebbe buttato in faccia una risposta così:

«E chi ti dice di non parlare? Uomo sei?» (rivide la carta d'identità girarle tra le mani, il lunedì seguente l'incontro dell'emicrania), «e allora ascolta: t'è piaciuto di venirmi insieme? E insieme siamo stati.»

Dio mio, dove stava arrivando! L'amore, quello eterno, quello fasciato di pellicce e di rose, imbrillantato di pietre, ori, anelli e distinzione, ecco dov'era arrivato: al ricatto! All'umiliazione di sostituir la parola amore con la parola divertimento!

«È sposato sì o no? E allora...»; risentì le parole del padre salir dal tempo come le campane d'un funerale che s'avvertono e poi subito si perdono.

No, non era vero. Era ancora amore; anzi più dell'altro; e tanto più forte quanto più inaspettato e pericoloso. Che se anche lui un giorno le avesse detto: «basta, signora. Lei capisce, io sono giovane, lei invece...» ecco lei avrebbe continuato a seguirlo come avrebbe potuto e come le sarebbe stato concesso, ad aiutarlo perché non si fabbricasse una vita grama e sbagliata... Poteva forse negare che oltre al resto sentiva di doverlo proteggere?

«Signora, a me piace divertirmi», questa era stata la risposta dopo il suo grido di licenziamento. «E non so perché non debba piacere anche a lei», questa la continuazione di quella risposta. «Sempre che a lei come mi pare io non dia fastidio...»

Quella riduzione dell'amore, che a lei era costato notti insonni, sacrifici, liti, odi e rimorsi, a un divertimento, se l'aveva offesa aveva anche finito col soggiogarla. Come se le avesse fatto intendere la stupida romanticheria che era stata la sua relazione col Riccardo. È che poi non era sicura che anche questa volta da parte sua agisse un sentimento diverso. Se però così fosse stato, questa volta non vedeva come contrapporre al sentimento il peso pratico: che là era avere e qui invece aveva già cominciato a esser dare. Ma ormai era dentro e in qualche modo o uscirne o restarci, doveva pur ballare. Quello che se andava al fondo l'offendeva maggiormente non era il fatto che si trovasse un'altra volta ad esser vittima, ma quel nome che ormai le si era confermato davanti in tutta la sua chiara crudeltà. Tradita dunque? Che tradita! L'avrà avuta prima!

E su questa affermazione, improvvisa e insperata, alla Wally sembrò di poter aggrappare quello che della sua tranquillità era rimasto. Si voltò sulla destra come per facilitar il respiro e allungar il sollievo. No, neppur pensando così per lei c'eran più speranze. Perché a guardar bene la verità era un'altra e più crudele ancora: cioè che, Wanda o Wally, l'Ivo era uno che voleva divertirsi e oltre a divertirsi, viverci sopra. Ecco cos'era. Aver riguardi per cosa? Con lei l'Ivo aveva trovato quello che volgarmente si dice la tetta.

Si disse tutto questo tremando mentre una specie di singhiozzo le scuoteva il corpo.

Stupida era stata lei a cadergli in braccio. Ingolfata com'era nel ridicolo doveva forse far anche la gelosa? Se era per quello l'Ivo poteva togliersi ogni illusione. Ne aveva un'altra? Va bene. Lei non poteva certo impedirgli di voler bene a una che fosse, supponiamo, sua fidanzata. Se ne stesse pure con lei ma sempre: «eh sì, ragazzino mio, e fatti mantenere da lei se sei capace! Comodo trovar una povera disgraziata come me!».

Se lo disse prima con forza, poi se lo ripeté trasformando quel dolore in punizione: sì, una disgraziata, una per cui gli uomini, l'amore, il piacere, diciamolo, diciamolo pure, perché poi c'era tutto il resto, quello cui non avrebbe mai voluto pensare... E se poi per completar il ridicolo della situazione pensava che quello scambio di nomi, avvenuto quando per troppe ragioni uno non ha più freni, era stato pronunciato poco dopo che lei come una stupida, fidandosi della giovinezza del Ballabio e della sua capacità di dominarla, gli era andata a raccontar tutto: e cioè del Riccardo, degli anni di convivenza, della rottura... Ma perché l'aveva fatto? Cos'è che aveva voluto ottenere?

Anzi in quella confessione s'era talmente abbandonata che, a un certo punto, rimettendo gli occhi sul vaso e vedendo il mazzo di rose finte aveva detto:

«Vede», gli dava un po' del tu e un po' del lei, «vede quei fiori? Adesso sono finti. Ma un tempo, quando c'era lui, eran sempre freschi, profumati, veri.»

Adesso i fiori, fabbricati in una seta rosa pallido, stavano ancora lì, sul piano di cristallo, immersi nella penombra in cui anche lei dopo lo scatto causatole dal precisarsi del nome dell'altra s'era abbandonata.

Sì, ne aveva un'altra. Perché farsi illusioni? Eppure poco prima era stata così stupida da chiudere quella confessione dicendo: «Perché io, Ivo, io non sono una signora, ma una come te, come voi...» e dopo per conseguenza la storia di Lomazzo, i vecchi, la miseria, il cimitero...

Non avrebbe avuto più pace fin a quando non li avesse raggiunti: di questo che forse poteva sembrar poco diventava ogni giorno più tristemente sicura. Ma anche loro, a parte la fatica, a parte la vita dura della guerra e di prima, che gioie avevan avuto se l'unica figlia aveva fatto una fine così amara? I nipoti, sì, quelli che la madre aveva sognato guardando con un trasporto sul quale non era possibile equivocare i nipoti altrui! Ma se non i nipoti, almeno un genero, uno che potesse prendersi sulle spalle il peso della casa dato che il padre ormai non era più in grado...

Oh per quello di rimorsi lei non ne aveva! Quanto a loro

poi non avevan mai rifiutato ciò che ogni mese in un primo tempo aveva spedito, poi via via direttamente portato. Perché bene come da quando lei era uscita di casa i due vecchi non eran mai stati. No, non s'era dimenticata di loro, né del paese, né della vita che vi aveva trascorsa. Se si era decisa a rompere era stato perché così le era parso bene. Di quella decisione del resto aveva poi saputo tenersi anche le conseguenze.

La cosa che adesso doveva fare era d'applicar subito il suo spirito pratico al frangente in cui si trovava. Non poteva costarle molto perché le era connaturato. Far follie per cosa? E allora, ecco: come prima cosa doveva sgomberar il terreno dagli equivoci e cioè dall'altra; la Wanda, ecco, la Wanda. Una volta fatto quello poteva mettersi di fronte a lui e considerar con calma il da farsi. Ma intanto chiarir la situazione. Per fare questo, non c'eran dubbi, doveva provocarlo. E se lui poi avesse finto di non capire avrebbe pensato lei a rinfrescargli la memoria raccontandogli con spietata chiarezza, parola per parola, gesto per gesto, tutto quello che era accaduto; a costo di cader nella vergogna. Non importava. Quello che importava adesso era di levar dai piedi l'altra, la Wanda.

Questa volta ripetendone il nome le sembrò d'averla lì, in carne ed ossa. Ma in carne ed ossa non le venne innanzi come una giovane, una possibile coetanea di lui, bensì come una già avanti negli anni, un po' troppo anzi perché l'impresa di levarsela d'intorno potesse confermarsi tanto facile. Ad ogni modo, o lei o me. Su questo non c'era da discutere. Il piede in due scarpe, se proprio voleva tenerlo, lo tenesse ma con un'altra. La chiarezza, la decisione che lui aveva usato nei suoi riguardi durante i primi incontri adesso pareva stesse tornando addosso a lei per spingerla ad agire come doveva.

Non che pensasse che l'altra fosse un burattino. In queste cose, non si sa mai, ogni nome nasconde un segreto. Né era su quel punto che lei intendeva scaricare quella rabbia ma sul fatto, nient'altro che sul fatto: che era quello che era: e cioè che lui prima, anzi l'altra sera, gli avrebbe detto così la prima volta che l'avesse avuto davanti «non far finta, va', che ti si capisce dagli occhi», ecco, in un momento in cui niente, ma proprio niente d'estraneo si sarebbe dovuto intromettere, almeno se era vero quello che lui aveva continuato a protestarle, messi pur da parte i soprannomi di «stella mia», «bellezza», e che lui «non s'era mai divertito come con lei» (vada, vada pure; per questa volta era fin disposta a usar la sostituzione della parola amore con la parola divertimento), figurarsi poi se la parola estranea che in quel momento non avrebbe mai dovuto cadere era il nome o addirittura la figura in carne ed ossa di un'altra, l'altra, la Wanda, sì, la Wanda. «Perché si chiama così. A me ragazzo mio non la fai! Un montone anche tu. Ecco cosa sei: un montone. E senza nemmeno la dignità che hanno le bestie.»

Poteva dunque gridare anche a lui la parola che aveva gridato al Riccardo? Forse quella no, ma rovesciargli addosso intanto che lui se ne sarebbe stato lì, stordito, tutti i particolari di quel momento e poi della gaffe sconcia, orribile e in fondo ridicola, gaffe che lei comunque non si meritava, no, con tutto quello che aveva fatto, con tutto quello che faceva per lui, gridargli: «Chi è allora questa Wanda? Parla. La tua fidanzata? Eh? Cosa credi di potermi sfruttare come una...»

Ma arrivata a quella parola il grido le si fermò in gola. Era dunque ridotta un'altra volta a dover tirar fuori le unghie affinché la sua vita non venisse stracciata da loro, i nemici dei quali, ormai era certa, non poteva far a meno, quelli che prima l'avevano attirata per permetterle di costruirsi una posizione e ora la stavano accalappiando per distruggerle giorno per giorno quella faticata sicurezza?

Perché non c'eran dubbi: se lei quella prima volta non avesse allungato nelle sue mani la busta, sia pur che l'aveva fatto con la scusa delle camicie, lui di dirle così chiaramente che gli sarebbe piaciuto di divertirsi con lei non avrebbe mai avuto il coraggio.

No, a quelle parole, «divertirsi», «divertimento», non avrebbe ceduto; mai; anche se ne fosse stata tentata. Per lui, ammesso, perché nel suo vocabolario c'era anche la parola ricatto che era peggio ma molto peggio della parola assassinio, ma per lei...

Eppure se cercava di guardar bene i fatti, se cercava di

spogliarli d'ogni fantasia, cosa restava nel fondo se non il divertimento? Anche il fatto che lo pensasse sempre, ogni ora, ogni minuto del giorno, che lo avesse sempre davanti anche quando lui era lontano e chissà con chi, forse con quella sgualdrina. Un modo per stornar la testa dalla malinconica noia della vita che se non c'è amore, la verità che non bisognava aver vergogna di riconoscere era questa, non è niente, assolutamente niente.

Le altre avevan marito, casa e figli; lei no. E allora? Le capita lì (e la sua testa, malgrado la crudeltà dell'offesa, tornava con una specie di gioia tormentosa a quel punto) una mattina, disfatta dall'emicrania, un tale mandato per prendere il posto del Gino; lo guarda; la guarda...

Ricordava benissimo anche adesso il punto su cui quella mattina gli occhi del Ballabio eran caduti: lo stesso che, poco prima, quand'era entrata l'Angela, vedendosi riflessa nel cristallo del tavolo, aveva visto uscir candido e quasi spaurito dai ghirigori della vestaglia. Anche quella mattina era vestita o semivestita così.

Ricordava che insistendo lo sguardo del Ballabio su quel punto e diventando man mano insisteva più umido, lei aveva preso una banda della vestaglia, l'aveva aperta, poi assicuratasi d'aver preso dentro anche quel pezzo di carne l'aveva richiusa.

Mentre ripercorreva quei gesti nel silenzio della strada sentì la portiera d'una macchina aprirsi, chiudersi, poi un motore accendersi, ringhiare, scattar via...

Andar a letto. Prepararsi una camomilla. Calmarsi.

Sì, mancava giusto quello per potersi calmare: che il disagio di poco prima avesse preso la consistenza d'un nome e dietro il nome, d'una donna e dietro la donna, d'una presa in giro, d'un volgare tradimento!

Adesso poteva ripetere con sicurezza attimo per attimo tutti i gesti del Ballabio: appena pronunciato il nome dell'altra quasi si fosse accorto l'aveva abbracciata con più forza, poi con la bocca era risalito dall'orecchio allo zigomo, quindi l'aveva baciata con una decisione disperata, una decisione che adesso capiva poteva esser stata quella a impedirle di rilevar sul momento lo scambio, perché quel bacio l'aveva gettata nello stordimento dell'amore (o del divertimento, ammettiamo, ammettiamo pure, tanto fa lo stesso) .

Sì, gli avrebbe buttato in faccia tutto e con la stessa lucidità con cui il fatto adesso si ripresentava alla sua memoria.

Ma queste non eran solo unghie? Ed era allora così che lei un tempo abile e avveduta si preparava ad agire? Dove lasciava l'intelligenza? E dove il calcolo?

Ammettiamo che fosse riuscita a dirgli tutto, ammettiamo che fosse arrivata a prendersi fin la soddisfazione di dargli del falso, del vigliacco e del porco, va bene. E poi? Se l'Ivo per esempio, e il tipo era quello, le avesse risposto con tutta tranquillità: «ah sì, lei vuole così? E va bene». E se ne fosse andato via per sempre?

Ciò che le interessava era allontanarlo o avvicinarlo, perderlo o tenerlo? Possibile che non capisse come tra lui e lei non correva più la relazione che era corsa tra lei e il Riccardo, relazione nella quale era stata lei fin all'ultimo a dominare? Possibile che non capisse come adesso, se non voleva perderlo, toccava a lei subire, a lei esser vittima e schiava? E come gli anni adesso pesassero su lei e come la differenza dell'età rovesciandosi avesse rovesciato anche il comando? Di cosa aveva bisogno per accorgersi di come gli correva dietro, di come lo seguiva, di come tremava per ogni sua parola e per ogni suo gesto? Una madre non avrebbe fatto di più. Piccole menzogne pur di andargli vicino; parole sussurrate anche nelle difficoltà che stare al bar comportava; eppure di tanto in tanto riusciva ugualmente a pronunciarle...

O se con più fredda meditazione (e anche quest'altro tipo non era troppo lontano da quello che l'Ivo era in carne e ossa) avesse cominciato a gettar là l'orrore tanto più rivoltante quanto più immeritato d'un ricatto, proprio come se tra lei e il G. M. non ci fosse nessuna differenza? Qualcosa come: «senti chi parla di gelosia!» magari con un sorriso sboccato e crudele. «Perché lei tutti questi anni con chi è stata? Col gatto?»

Quel lei! Sarebbe stato un colpo di vento che cadendo fra loro avrebbe gelato per sempre ogni calore. E tuttavia se lui avesse deciso di risponder in quel modo, poteva star certa era il lei che avrebbe usato, non il tu: come a significare che la cosa non gli premeva poi troppo. A parte il fatto che quel ricatto avrebbe potuto esser peggio almeno per il clamore che ne sarebbe potuto derivare. Spargere per esempio in mezzo agli altri del bar la notizia che lui e la signora andavan insieme, nient'altro che così: andavan insieme. Tutta la sua passione, stupida e scema, stupida e scema fin che si vuole, eppure così vera, così inebriante, ridotta a quella parola, a una parola ancor più giù del divertimento che correndo dalla bocca dell'Arardo a quella del Domenico avrebbe degradato la sua immagine di signora e padrona a quella d'una donna di strada o quasi. Non che lui così facendo potesse fare una figura che valesse la pena! Perché se lei risultava in quel modo lui cosa risultava? «Ma loro, gli uomini, son capaci di tutto pur d'arrivare allo scopo», si disse, «e l'Ivo non è peggio degli altri?»

Fantasie, irritazioni della sua gelosia. Quando il nome pronunciato poteva magari esser stato il suo detto male; chissà, per la situazione stessa in cui si trovava...

Il nuovo pretesto di calma passò sulla Wally silenziosamente cercando d'intrufolarsi nella sua coscienza.

«Ah no», fece a se stessa, quando avvertì quella nuova insidia. «Questo poi d'illudersi su una menzogna alla quale non sarebbe mai riuscita a credere, questo no, mai.» Figurarsi se lei era il tipo! Piuttosto preferiva perder ogni tranquillità e ogni pace; la verità innanzitutto. Ricordava troppo e troppo bene: l'altra c'era; ed era proprio Wanda come se l'era lasciata scappare lui: Wanda.

Risentì la voce del Ballabio pronunciar quel nome come se fosse lì. Tranne che se l'avesse pronunciato adesso lei gli avrebbe lasciato andar una sberla, l'avrebbe preso per la gola, l'avrebbe strozzato, perché non era giusto...

E allora?

Rimase un momento in silenzio; guardò il piano di cristallo, i mobili, il trumeau, la sveglia; poi si voltò come se avesse sentito alle spalle qualcosa, un'ombra, un fruscìo, un fiato...

No. Non c'era nessuno. E allora?

«Andiamo a letto», si disse alla fine alzandosi e avviandosi verso la stanza come un condannato si avvia alla camera della sua tortura. «Ecco: buttarsi nel letto; chiuder gli occhi, dormire; perché era stanca, stanca morta...»

II

Il divano della vergogna: l'avrebbe dovuto chiamar così. Si sfilò in fretta i guanti.

Il viaggio di ritorno fatto in quel modo non era stato certo quello che ci sarebbe voluto per calmarla. Anzi s'era ridotto a una lotta di silenzi, mezze parole, attacchi, minacce pronunciate sottovoce, sospiri, rabbie. Finché davanti al continuo replicarsi delle sue accuse il Ballabio aveva gridato proprio quello che lei aveva temuto:

«Già, perché in tutti questi anni tu con chi sei stata?»

Tranne che invece del lei era uscito il tu e non certo a dimostrazione che la cosa lo preoccupava quanto a maggior spregio della sua persona: perché quella risposta era fango, come la viltà d'aver ripetuto la gaffe proprio in un momento analogo a quello della prima volta e proprio quando tutto sembrava ormai mettersi verso la riconciliazione e la pace. È che la verità prima o poi viene a galla. E lei stupida a tentar di fidarsi!

Appoggiò i guanti sul cristallo della mensola dove poco prima aveva appoggiato la borsetta. Poi guardandosi nel lungo specchio che s'alzava appena sopra il cristallo si levò il cappello; nel levarlo il velo s'impigliò in una forcina:

«Ma va' anche tu!» fece e con un lancio che la rabbia rese preciso, il cappello volò attraverso il vuoto del tendaggio dall'anticamera sul divano.

Gli occhi della padrona caddero così un'altra volta sul luogo ormai obbligato a ogni sua meditazione, triste o lieta che fosse. Ma anche questa volta non vi diedero che uno sguardo. Infatti come se avesse qualcosa d'urgente da sbrigare, con una specie di febbre si sfilò il giacchettone a tre quarti, si voltò e l'appese a uno dei cerchi d'acciaio dell'attaccapanni. Poi con due colpi alla vita sistemò sottana e busto che il viaggio in macchina aveva malmessi. Quindi si decise ad entrar nel salotto.

Ma perché entrava? Non era meglio che si buttasse subito sul letto?

Mentre il tendaggio si ricomponeva dietro le spalle esitò un momento: dalla penombra appena intravista del salotto salì in lei un senso di disagio. Le sembrò di capire che quella penombra sarebbe diventata un pericoloso stimolo a pensare, a riflettere e forse a tornar sui suoi passi. Ma rifletter su cosa? Era forse tanto stupida da cercar di mescolare un'altra volta le carte che finalmente e malgrado tutto le si eran aperte ben chiare davanti?

Tornò indietro, spinse la mano oltre il tendaggio, schiacciò due volte il pulsante: il lampadario s'accese sfolgorando. Abbassò due o tre volte le palpebre per abituarsi alla luce. Poi gli occhi le giraron sul mazzo di rose che uscivan dal vaso: eran d'un rosso cupo, fresche e piene di profumo; un profumo anzi così forte, da farle venir subito in mente quello dell'Harar. Se l'era messo ancora; anche se lei l'aveva pregato di non ungersi in quel modo e con quella brillantina da teppa.

Quell'odore che poche sere prima sempre lì, dove non sapeva neppur lei perché stava sprofondando un'altra volta, l'aveva quasi cullata facendo seguire ai suoi contraddittori ragionamenti il filo che l'avrebbe convinta a soprassedere, adesso l'infastidiva come se invece di fasciarla la prendesse pei capelli e la trascinasse davanti a quella faccia di vigliacco nel punto in cui, prima di fianco, poi addirittura sopra, le oscillazioni della barca condotta nel mezzo del lago la facevan tremare. Come se ne avesse bisogno! Come se già da sola la testa andasse altrove che lì!

Aveva voluto soprassedere? E se ne tenesse allora anche le conseguenze e l'ancor più grande vergogna!

In verità non riusciva poi a capire se ad abbatterla in quel modo era la vergogna o invece il pensiero che ormai, accaduto quello che era accaduto, la decisione era presa per sempre: cioè finir tutto. E che lui facesse pure quello che voleva. Da un tipo come l'Ivo poteva aspettarsi qualunque cosa. Non si faceva illusioni. Ma piuttosto di tirar avanti così meglio che quello che prima o poi doveva accadere accadesse subito.

L'aveva covata per tutto il tempo del ritorno quella decisione; per tutti i lunghi silenzi durante i quali non aveva capito se il respiro dell'Ivo, che s'alternava con un ritmo fin doloroso al suo, la irritava o le dava invece piacere; la decisione cioè che domani avrebbe fatto recapitar al Ballabio la lettera di licenziamento e di saluto.

Di non avergli esposto subito quella decisione adesso sentiva di poter esser fiera; del resto non riusciva a capire come avrebbe potuto farlo senza rivelare sotto l'odio con cui gliel'avrebbe detto, l'amore (il divertimento, ma sì, quello che voleva, divertimento, divertimento e basta, purché fosse con una, una sola!).

Quanto all'Ivo ne capiva bene anche lei la sicurezza, con tutto quello che aveva dalla sua parte: gli anni, la bellezza, l'incoscienza e la forza.

Aveva avuto il coraggio di dirle tutto, fatto per fatto. Non aveva cercato nessuna giustificazione se non quella d'aver conosciuto la Wanda prima di conoscer lei.

La Wanda, sì: niente più che una prostituta. E lei era stata tanto imprudente d'andarglielo a dire.

«Per una così, per una qualunque...»

Doveva dunque convincersi e torcer contro di sé ogni accusa, soprattutto quella d'aver fornito al Ballabio con le confidenze di poche sere prima gli spunti per costruire con velocità stupefacente i ricatti che aveva costruito; come quello con cui aveva risposto alla sua protesta circa il fatto che valesse la pena di tradir lei per una donna così (perché tradimento era e tradimento restava).

La vita che lei gli aveva snocciolato davanti era diventata nelle mani del Ballabio uno specchio in cui di volta in volta s'era dovuta forzatamente riflettere:

«Già, perché lei di dov'è? In che posto è nata? Nella bambagia? Non l'ha fatta anche lei la gavetta? E allora?» e s'era voltato tirandosi da una parte mentre i sussulti della macchina lo facevan traballare quasi avesse voluto che neppur i loro vestiti si toccassero.

«Del resto a lei piace di venirmi insieme? E allora, basta. Cosa crede che sia qui per disperarmi? Se lei vuole, gliel'ho già detto, lei a me piace e non posso dire che non m'abbia anche aiutato... Ma se crede che io debba perderle dietro l'anima stia dov'è che io sto dove sono.»

La verità cruda e libera d'ogni finzione di quelle parole, dette per di più com'eran state dette con una forza forse un po' esibita ma assolutamente naturale, l'aveva gettata in una specie di stupefazione.

Sentimenti? Amore? Pensieri? Cose per lei che ormai sul punto di sfiorire, s'incamminava già verso chi non potendo più avere ciò che vuole s'attacca a tutto ciò che capita non come a un diritto ma come a una fortuna.

La decisione ormai era presa. Non le restava che tirar fuori la carta, scrivere e far poi recapitare busta e foglio in portineria. Un casamento squallido in una fila di casamenti squallidi, le finestre una uguale all'altra, le macchie dell'umido e dei camini che salgono a decorarli; urla, voci, bestemmie, «una baraonda d'inferno, che appena posso star lontano sono a posto. Cosa crede che stia volentieri al bar per fare? Adesso, a parte che c'è anche lei...» Eh no, caro mio! Che proprio lei fosse quella designata dalla sorte a alleviargli la bruttura di quella convivenza, a distoglierlo da un ambiente «che più che della casa ha della galera, glielo dico io!». Eh no, caro! Magari l'avrebbe anche potuto fare, ma allora sarebbe stato necessario che i suoi sentimenti anziché verso il divertirsi, tanto per usar le parole che usava lui, si fossero avviati verso il materno e il caritativo. In un primo tempo non s'era proprio illusa anche lei di quello?

Non che si sentisse già in caso di far la madre di figli che tra l'altro non aveva creduto di dover mai avere, ma insomma se era per lui, se era per una volta... Lo strano, come anche in quei giorni s'era domandato molte volte, era che quell'affetto fosse nato in lei a contatto col Ballabio invece che con qualcuno degli altri baristi, i quali come condizione e dunque come stimolo a quel sentimento, si trovavano più o meno sullo stesso piano.

Spogliato quel sentimento dai veli coi quali aveva cercato

di parar il colpo con cui la mattina dell'emicrania era stata percossa doveva adesso spogliarlo anche della dignità? Accettare che l'Ivo, lei, e l'altra...

Quello no, mai! Anche facendo la questione del divertimento, che divertimento era se lui...?

La luce sfolgorante del lampadario continuava a battere sul cristallo del tavolino, sulle sfaccettature del vaso, sui profili carnosi, umidi e stillanti delle rose.

Anche quelle! Per una beffa maggiore! Gliel'aveva mandate con un biglietto in cui diceva che quand'era con lei a lui pareva di stare in paradiso. E quand'era con le altre? Perché partendo come partiva lui dal concetto che l'amore non è che un divertimento, allora poi per forza! Paradiso per paradiso!

Ricordava benissimo: l'indomani all'una, quando risalita dal bar aveva visto sulla mensola avvolto in un grande foglio di carta oleata il mazzo; aveva tremato ma non aveva osato sperare, benché fosse assai forte la relazione tra quanto lei aveva detto a lui la sera prima e i fiori che adesso stavan lì, in casa sua, fiori che anche guardando così di sottecchi non era difficile capire come dovessero esser rose. Così tra il sì e il no, non aveva voluto scartar il mazzo; anzi non l'aveva neppur toccato. Finché dalla cucina l'Angela non le aveva detto:

«Signora, han portato dei fiori...»

Dio mio e se fossero proprio dell'Ivo? Buona fortuna, aveva pensato subito, che all'Angela aveva insegnato a non aprir mai niente di quello che arrivava a lei, fossero pur omaggi di fiori. Non che lei non avesse subito compreso con cosa eventualmente aveva potuto prenderli, ma il pensiero, le bastava quello, il pensiero...

Così fingendosi calma era tornata in anticamera, aveva preso dalla mensola i fiori e come se avesse voluto riservar tutta per sé la dolcezza di quell'operazione li aveva portati in sala

Il gesto di levar gli spilli, il fruscìo della carta... Non s'era sbagliata: l'amore le aveva parlato da lontano. Era stato lui a mandarle. La scrittura tremante e un po' incerta dell'indirizzo l'aveva subito rassicurata. E dunque aveva o non aveva fatto bene a soprassedere?

«Ma le rose allora per cosa me le hai mandate? Per ingannarmi ancor di più?»

Se ripensava al tremito e poi al gusto (era quasi impallidita) con cui aveva aperto il biglietto, con cui l'aveva letto e riletto (a che punto, ecco, a che punto s'era ridotta!), se ripensava al senso di calore che introdotto dalla scollatura tra l'abito e il reggiseno quel piccolo pezzo di carta le aveva dato, quasi che invece delle parole ci fossero state le sue stesse dita, e se poi per contrasto pensava alle domande, alle accuse che lei aveva rivolto a lui poco prima, quando la barca era stata lì lì per avvicinarsi alla riva, le sembrava che in quel poco tempo così come le sue speranze anche le rose dovessero essersi appassite.

Le guardò: erano aperte sì, molto aperte ma non appassite.

«Le piacciono o no, le rose?» le aveva risposto il Ballabio mentre girava la testa per veder se la conduzione della barca procedeva con esattezza. «E allora?» aveva fatto dando un colpo col remo.

Faceva tutto così. Un'esattezza assolutamente naturale governava ogni suo gesto e ogni sua parola. E lei invece, lì, tra timori, abbandoni, ribellioni, insulti, dolcezze, come una gattina spaurita.

Ma pur riconoscendo che la nuova vergogna era pesante da sopportare, non poteva dire che l'aver atteso, l'aver fatto insomma quella gita le fosse tornato solo di danno. Innanzitutto adesso aveva in mano e ben chiara la prova. Perché se la prima volta era stato un ripensamento, questa seconda, no, l'aveva colto in flagrante e quantunque fosse stata lì lì per perder la testa lei su quella gaffe era riuscita a inchiodarlo:

«Cos'hai detto? Ripeti, avanti, ripeti», gli aveva gridato rompendo il silenzio della notte e la pace del lago. Che se non aveva potuto alzarsi dal fondo della barca aveva però tentato di liberarsi dalla stretta con cui l'Ivo aveva continuato a tenerla abbracciata.

«Niente», aveva tentato di risponder lui. «Niente.»

«Niente, come? Cosa credi che sia? Sorda? Scema?»

«Niente, Wally, te lo giuro, niente.»

«Comincia ad alzarti», e sul momento le era venuto di dargli del montone. E davvero non riusciva a capire perché si fosse fermata; forse perché aveva dovuto affaticarsi a tirar via dalla sua faccia quella dell'Ivo che continuava a baciarla?

«Lasciami», gli aveva detto. «Lasciami!» e aveva alzato anche i piedi perché lui le aveva messo in bocca mezza guancia e invece che lasciarla sembrava volesse stringerla ancor più forte.

Pensando tra ira e piacere a quella gita in barca si trovò sprofondata un'altra volta e senza accorgersi nel divano. Fu allora che un senso di ribellione le salì per tutta la persona: il ricordo della bocca dell'Ivo che si strofinava sulla sua faccia la spinse a portarsi la mano su quel punto. Quando però riuscì a rendersi cosciente di quel gesto preferì non chiedersi se la mano era andata lì per caso o invece per togliervi ogni traccia.

«Tuttavia siccome per parlar che lui avesse fatto la cosa non sarebbe uscita da un cerchio limitato», riprese a dire fra sé per allontanare ogni ricordo di quel contatto, «poteva dire che l'umiliazione di quella gita le aveva permesso di scoprire in pieno l'inganno.»

Non voleva illudersi d'aver pensato e agito così anche in partenza; anzi! Il mazzo di rose era riuscito a cancellare quel tanto d'incertezza rimasta nella decisione di soprassedere che aveva preso la notte prima, non completamente ma quasi. Il resto l'aveva fatto il desiderio, ma sì, chiamiamolo pure come lo chiama lui: il divertimento. Ma con una sola, o falso!

Avrebbe avuto un bel gridare, tanto lui lì non c'era. Eran sfoghi, sfoghi inutili di chi ha perso la battaglia. Anzi se pensava bene niente tornava meglio nel conto del Ballabio che ritenerlo già a letto, pacificamente sprofondato nel sonno. Perché al massimo la preoccupazione per lui poteva esser di carattere pratico. Tanto più che domani tornando dal servizio avrebbe trovato a casa la lettera di licenziamento e di saluto.

Sarebbe venuto a protestarle che in quel modo si trovava sul lastrico e a mani vuote? Peggio per lui!

L'avrebbe ricattata? Facesse, facesse pure. Alle prime avvisaglie lei sarebbe ricorsa a chi di dovere.

Niente. Non un accenno, non una parola di dolore; tranne

nel respiro che durante il ritorno le era ansimato sul fianco. Anzi all'inizio aveva perfin tentato di volger l'incidente sul ridere; approfittando infatti d'un suo attimo d'abbandono le aveva infilato la mano sotto la giacca, l'aveva stretta, poi prendendola con l'altra aveva tentato di baciarla sul collo.

Gita sfortunata che pure era cominciata così bene, quando presa l'autostrada la macchina aveva corso verso il Ticino. Nella luce prima infuocata, poi livida, quindi via via calma e dolce, s'era perfin lasciata baciare: piccoli baci ma ugualmente pieni, talvolta divertiti e sonori come colpi di frusta. Quei baci le avevan fatto prevedere per dopo, quando secondo il progetto, finita la cena, sarebbero andati sul lago, una distensione piena e riposante.

Oh se l'aveva ingannata la natura con la bellezza di quel tramonto così disteso e così dolce, quasi avesse voluto far tremare ogni punto dell'orizzonte che, seduti com'erano, pareva venisse loro incontro senza mai raggiungerli, formando come una tenda che scendeva a proteggerli!

In quel distendersi delle nubi lei non aveva tardato a trovar il colore delle rose, le prime che dopo il disastro del Riccardo avevan riempito di sé il vaso della sala. E gliel'aveva detto, per poi aggiungere:

«Sapessi che piacere mi han fatto...»

A quelle parole il Ballabio aveva sorriso. Poi con le mani aveva cominciato «a lavorare».

Era orribile, orribile e in fondo stupido e ingiusto, come anche ripensandolo tutto le tornasse alla mente con le parole dell'Ivo: «Cosa fai?» gli aveva infatti chiesto.

«Lavoro...» aveva mormorato lui continuando a sorridere. Poi tirata fuori la mano da sotto la giacca del suo tailleur gliel'aveva portata sulla bocca per chiuderla orizzontalmente, aprirla verticalmente e baciarla un'altra volta; sulla strada intanto la macchina aveva paurosamente sbandato.

Quel tono di festa, quasi di scherzo che l'accompagnava sempre! Sì, di scherzo: uno scherzo da teppa. E stupida lei a fidarsi. Perché nemmeno due sere prima, forse una, ecco sì, una, giusto perché il turno in quel giorno non gli aveva lasciato tempo libero, se no in quello stesso giorno, i gesti che aveva fatto con lei, quell'allegria, quelle parole, le aveva usate con l'altra, la Wanda, nient'altro che una prostituta incontrata dalle sue parti per caso.

Non era certo contro lei poveretta che voleva rovesciar il suo odio, lei che in fondo non era detto che più o meno non si trovasse in una situazione simile. «Mal comune mezzo gaudio», si disse senza nessuna speranza di poter credere a quello che diceva. «Comune cosa», aggiunse infatti, «se non sapeva nemmeno dove stava e come vederla e come eventualmente parlarle? E poi, ammesso che l'avesse saputo, ammesso che avesse potuto vederla e perfin parlarle, cosa le avrebbe detto? «Me lo lasci, la prego. Per lei è uno come gli altri, ma per me...»»

Era ridicolo, ridicolo....

Quantunque la parte che della sua mente riusciva ancora a isolarsi in un minimo d'obiettività sapesse ritener quell'aggettivo perfettamente calzante alla realtà dei fatti, lei come lei non riusciva. Adesso anzi cominciava a pensare che tutta quella luce in contrasto con quanto le girava nella testa (figure, montagne, acqua, facce, chiuse com'erano nella notte o illuminate appena da quel tanto di luna che c'era), anziché distoglierla le dava una specie d'eccitazione nella quale i pensieri s'esaltavano fino all'inverosimile.

Se si fosse decisa ad alzarsi sarebbe uscita dal salotto per entrar nella stanza. Tutto sommato questo era il meglio che poteva fare. Anche ammesso che non fosse riuscita ad addormentarsi, nel letto avrebbe almeno potuto riposare.

Purtroppo insieme alla possibilità di riposo ricordava anche la pena di certe notti appena trascorse o di poco lontane, quando il susseguirsi dei pensieri l'aveva fatta restar lì, legata al materasso e al cuscino, prima voltata di qui, poi voltata di là, cercando comunque di non appoggiarsi al cuore per non fare dei sogni spaventosi, proprio come adesso stava lì, legata a quel divano. Tranne che gli anni, le esperienze, le delusioni e il dolore accumulandosi le avevan reso sempre più penosa la sopportazione. E allora?

Sarebbe passata. «Cosa c'è d'eterno nella vita?» si chiese. «Non la salute, non la felicità, non il piacere: niente, proprio niente.» E perché doveva esser eterno quello che le stava accadendo?

Ed era poi certa di desiderar veramente che passasse? Certissima, soprattutto con la volontà. Per difendere quello che della sua dignità di donna le era restato.

Le avessero raccontato che una cosa così era capitata a un'altra non sarebbe stato il caso di dire: «ma non ti pare ridicolo?». Purtroppo le cose non si capiscono se non quando ci si trova in mezzo! Da fuori, tutto sembra facile; facile anche dar consigli: scappa, procurati qualche altro pensiero, chiodo scaccia chiodo e via di seguito. È che il chiodo lei di scacciarlo non aveva avuto nessuna intenzione. Era lui che l'aveva provocata e a tal punto da costringerla ad ammettere che l'unica cosa che le restava da fare era finir tutto. A una donna come lei il coraggio non poteva mancare. Doveva mettersi in testa che lo faceva per non cader nella vergogna più di quanto non fosse già caduta e per salvar la sua vita. Perché in fondo il tutto, i ventitré di lui e i trentacinque e passa di lei, il fatto che lui fosse barista e lei padrona, tutto questo...

Ma in quella luce così tesa anche il senso del ridicolo si tendeva: luce che sarebbe stata di festa solo che nel salotto ci fossero state se non persone almeno ricordi e pensieri felici, ma che così, in quella solitudine, lei e il suo respiro, non si sentiva altro, in silenzio anche la strada, in silenzio anche gli inquilini dell'appartamento contiguo, l'Angela che pure di tanto in tanto qualcosa nel sonno farfugliava, in silenzio anche lei, anche lei in pace, come tutto, per cui da festosa quella luce diventava opprimente, molto più opprimente di quanto non sarebbe stato il buio nel quale i pensieri avrebbero potuto prender voce e figura.

Desiderava forse che immersa nel buio non avendo davanti niente di riconoscibile che l'obbligasse continuamente a prender atto della stupida e assurda situazione in cui s'era cacciata, il pensiero le riportasse le immagini di quand'era stata insieme a lui, a quel porco?

Sospese un momento il pensiero, poi sussurrò quasi strisciando e sentendosi presa da una vampa di calore:

«... meraviglioso.»

Le era venuto naturale pensar subito dopo quell'aggettivo, quest'altro.

«Meraviglioso», si ripeté sempre sussurrandolo con una specie di timore.

E dunque bisognava già usar il quando? Sette, sei, cinque ore prima... E sette, sei, cinque ore potevan essere bastate per rovesciar tutto, per allontanare, chiamiamola pure così, la voglia di divertirsi, per trascinarla in ciò su cui il tempo cade come la lastra su una tomba?

Ah, no! Questo no. Alt!

L'esclamazione passò con tale forza nella sua testa che tutta la persona s'irrigidì nel divano. Rimase un momento in quello stato d'allarme, poi piano piano tornò a rilasciarsi.

«Ma se la conoscevo prima di conoscer te!» ecco la risposta, la scusa anzi dell'Ivo. E poi subito:

«Cosa crede, che si possa piantar lì una donna così, sui due piedi? Mi piacerebbe vedere cosa direbbe lei se facessi lo stesso. Non dico adesso ma un domani...»

Il pensiero che uno potesse amare o per usar la parola che usava lui andare, ecco, andare insieme a una donna pensando già che la relazione prima o poi sarebbe finita, l'aveva sprofondata ancor di più nello sgomento in cui le parole del Ballabio appunto perché così semplici e naturali l'avevan gettata.

Una cosa così detta in faccia a lei, lei che s'era buttata via per uno e uno solo, desiderando e fidando di poter restargli insieme tutta la vita, anche se moglie non avrebbe potuto essergli mai, perché era già sposato! E l'Ivo invece gliel'aveva rinfacciato! E non solo quello! Ma chi doveva incolpare se non lei? La zappa sui piedi non se l'era tirata da sé? E allora doveva cercar di levarsela al più presto.

Ma come, se fino a cinque o sei ore prima aveva creduto che la felicità piena, anche se incosciente, dei giorni precedenti potesse riprendere e continuare?

Cosa potevan più importare a lei quei particolari? Amava? Sì? Ma e l'Ivo forse no? Voleva divertirsi? Sì? E non piaceva anche a lei divertirsi?

Sembrò che quest'ultime frasi invece di pensarle le pronunciasse contro qualcuno. Ma poiché era sola esse le tornaron indietro, amare e desolate e le ricaddero ai piedi come resti d'una grande illusione.

La gioia dopo che annunciato dal Ticino, appena oltre Sesto, era apparso il lago! Le ville che la stagione e l'ora rendevan piene di sussurri, di luci e di ombre, anche se viste così in corsa, pezzi di giardino, rami, palme, fiori e profumi di là dai finestrini! E dall'altro lato il lago; prima un po' opaco, poi mano mano il cielo s'oscurava per il sopraggiungere della notte, argenteo come una lama distesa e tranquilla, seppur incandescente quasi che tutta la luce del giorno fosse rimasta nel fondo e adesso chiamata dalla frescura risalisse a galla per festeggiare il loro arrivo! Così quand'eran scesi dalla macchina le luci nelle case e negli alberghi di Stresa, come nelle case e negli alberghi dell'altra riva, eran già accese.

C'era già stato, sì; gliel'aveva detto. Ma l'incanto delle isole che sorgevan dall'acqua, il ghirigoro delle statue del grande giardino pensile, mani, braccia e capelli sul punto di diventar rami, foglie e fiori, quand'eran rimasti appoggiati al parapetto della riva, quello era nuovo anche per lui!

La mano di quel porco, calda e pesante sul suo collo... (come faticava a pronunciar quell'aggettivo, eppure doveva, sì, doveva); il suono di due o tre orchestrine, il richiamo di chi lasciava andar le reti...

«Andiamo, andiamo a mangiare. Le dico la verità: ho fame.»

S'erano staccati dalla riva ed eran rientrati per la cena.

Come avrebbe potuto dimenticare la timidezza in cui improvvisamente l'aveva visto dibattersi?

«Non si dia pensiero», gli aveva detto per rassicurarlo. «Non ci sarà nessuno. Ho fatto riservar un tavolo.»

Quel misto di lei e di tu come la faceva felice anche quando a usarlo era lei! Poterne disporre era addirittura un lusso, una civetteria di cui si compiaceva! E così avanti.

«Ti sei messo ancora l'Harar», gli aveva detto allontanandosi un po'.

Se l'era messo, sì. Non se lo sentiva anche adesso sulla persona quell'odore da teppa?

Al ricordo di quel profumo un nuovo nodo di dolore salì in lei. Il pensiero infatti continuava ad andar indietro, come una di quelle barche che poche ore prima avevan seguito insieme staccarsi dalla riva e poi tornare. Dove chi c'era ad aspettarla? Lui. Quel vile. Quel montone.

Era stato un peccato non averglielo gridato in faccia. E tuttavia in fondo era stato meglio: almeno non s'era completamente degradata. Perché dopo tutto da parte di lui poteva esser solo una ragazzata e non valeva dunque la pena di lasciargli capire che per lei invece la faccenda poteva mettersi sul fosco. Anche senza esagerare; almeno per come lei poteva soffrire. Un'altra forse avrebbe fatto una tragedia. Lei invece poteva limitarsi a capire d'esser stata beffata e a soffrire. Del resto meglio, molto meglio così. Se tutto come lui continuava a dire era solo divertimento, va be', il divertimento era finito; non se ne sarebbe parlato più.

Anche nel congedarlo avrebbe dovuto far di tutto per mostrarsi calma e, riuscendo, indifferente. Anche nello scrivergli il biglietto; soprattutto in quello. Non doveva lasciar trapelare niente di troppo doloroso; praticamente la cosa in sé e basta. Per esempio: «dato quello che lei sa, la prego con queste parole di ritenersi congedato da ogni servizio», quindi: «se poi lei ritiene d'aver qualche pretesa, ma non credo, la esponga per scritto oppure venga a parlarne al bar. Cordiali saluti», e la firma.

Ecco. Quanta meno ansia, quanta meno angoscia sarebbe apparsa dal suo biglietto tanto più piena sarebbe stata la sua vendetta e in conseguenza la sua vittoria. S'era degradata anche troppo nella lite di prima. Era lei o non era lei quella che nella faccenda del Riccardo aveva agito con tanto senso pratico d'averla poi vinta? E non doveva vincerla con uno come il Ballabio? Ricatti e non ricatti: guai a cedere anche solo d'un millimetro. Era nel suo pieno diritto. Le corna, se proprio le voleva piantare, le piantasse in testa a un'altra, alla sua Wanda per esempio, alla quale d'altronde non è che non le avesse già piantate.

Un urto fece sobbalzar di nuovo la signora. Era stanca, mortalmente stanca e mortalmente delusa. Ormai non c'era più niente da sperare. La mattina sarebbe scesa al bar e non l'avrebbe più trovato. E nemmeno il pomeriggio. Chissà quante volte il suo occhio da dietro la cassa oppure dai tavoli, mentre salutava qualche cliente o con un tocco delle mani finiva di stendere e sistemar le tovaglie colorate, avrebbe cercato dietro il fianco quella faccia! Chissà quante volte passando di lato alla Cimbali si sarebbe augurata di sentir mormorare una canzone:

> Perdono
> vengo a chiederti perdono...

Che stupida! Aveva imparato anche le parole. E adesso sta' a vedere che ci trovava anche un senso, una relazione. Non era troppo?

Fosse riuscita a prender la decisione d'alzarsi! Una volta che si fosse alzata era certa che nel divano non sarebbe più ricaduta. Ma non riusciva. E non poteva certo pensare che fosse quella gran luce a tenerla lì; anzi. A meno che la tensione del lampadario riflettendosi nello specchio, nei vetri dei quadri e nel piano di cristallo del tavolo fosse tale da inchiodarla lì, dove continuava a crogiuolarsi nel piacere di maledir ora se stessa ora l'altra, come una farfalla infilzata sul cartone dal gioco d'un bambino. Infatti da quelle maledizioni insieme al fastidio per il genere umano in blocco e per il genere maschio in particolare le risaliva in cuore l'onda che poco prima aveva battuto sulla riva del lago:

> Mare, mare crudele
> nelle notti scure
> quando non c'è amore...

Era stata stupida al punto di dirgli che aveva una bella voce. Lui aveva risposto che lo sapeva e che gliel'aveva detto anche un tale delle sue parti che chiamavano Sinatra.

Poi salendovi e prendendo in mano i remi aveva cantato «E la barca tornò sola...». Sola un corno! C'erano su loro due che si guardavano, innamorati e rabbiosi, come cani. Perché eran state cose da cani anche quelle che avevan fatto prima, quando girata la barca tutt'attorno al giardino dell'Isolabella...

I baci! Quel chiudersi e aprirsi degli occhi! Che Riccardo, che quelli prima e dopo il Riccardo! Sì, anche dopo. Adesso tutta la sua vita le si rovesciava addosso come se solo così potesse sostenerne il naufragio. Tutto era stato nuovo, meraviglioso e felice come se avvenisse allora per la prima volta! E invece sarebbe stata l'ultima: su questo non aveva più dubbi.

Loro due sulla barca, «Wally! Wally!» «ma intanto che capivi il nome l'avevi saputo pronunciare giusto, eh, gaglioffo?»; stretti ora di qua, ora di là; la bocca sopra la bocca; poi attorno all'orecchio, poi attorno al collo...

Se non eran cose da cani quelle, tanto per esser chiari, adesso che sapeva come se al suo posto ci fosse stata un'altra tutto sarebbe stato uguale... «Wally, non ne posso più. Non ne posso più, Wally...» la barca aveva continuato a dondolar sul lago; se aveva aperto gli occhi oltre la testa dell'Ivo aveva visto le mani e le braccia delle statue, ghirigori neri contro il nero più nero del cielo, che si confondevan coi ciuffi dei capelli; e poi qualche luce sulla riva; e dappertutto, silenzio; un silenzio rotto appena dall'onda e dai respiri pieni di desiderio, di voglia, sì, sì, diciamolo, diciamolo pure, tanto ormai cos'aveva più da perdere? di voglia, di voglia e basta.

La vita è un tale disastro!

Fu su quella definizione che la padrona si trovò alzata dal divano.

«La vita! Se si paga!» ripensò appena fu in piedi. Da augurarsi di non esser mai felice per non doverne pagar poi uno scotto troppo forte! Com'era capitato sempre a lei. Neppur il tempo di gustarla tutta e fino in fondo quella felicità... Perché quel vile la gaffe l'aveva fatta proprio nel momento in cui, dio mio, essendo la testa via, com'è naturale che capiti in quei frangenti... Sì, altro che Wally! Wanda, ecco cos'aveva in cuore lui! La Wanda; detto così, «Wanda», con la naturalezza di uno che ne ha un'abitudine lunga e quotidiana. Avrebbe voluto interromper tutto e subito. Ma l'Ivo aveva avuto fin il coraggio di dirle:

«Parleremo dopo. Adesso no, adesso sta' qui. Adesso è troppo bello, Wally. È troppo bello.»

Come una bestia. Niente più. E lei stupida e in fondo bestia anche lei, s'era lasciata vincere da quelle braccia, da quella bocca che del resto l'avevan già talmente dominata da domandarsi che cos'altro avrebbe potuto fare. Quando poi di forza le aveva dato l'ultimo bacio e dopo un attimo di esitazione, come sospirando, aveva esclamato: «Che meraviglia!» era scivolato giù sul fondo della barca dove si trovava anche lei; quindi con la mano aveva cercato di sfiorarle la bocca. Allora lei allontanandogliela aveva gridato:

«Vattene, su!»

E lui sfinito, ma tranquillo:

«Sta' a vedere che adesso mi tocca far una nuotata fin a riva. Non che non abbia la forza...» e con uguale tranquillità aveva cercato di riprender a giocherellare con le dita intorno alle sue labbra.

Fu con un senso di paura che notò come in coincidenza col riaffiorar alla memoria del gesto del Ballabio le sue dita passeggiassero sui petali delle rose. Ne levò subito la mano. «Come se le rose...» pensò quasi per correggere l'eccessiva agitazione del gesto e non restarne impressionata. Non esageriamo, non esageriamo. La determinazione più giusta era quella di non prender le cose sul tragico e di dimostrarsi come fosse necessario al suo bene e alla sua calma staccarsi non solo dalla persona del Ballabio (questo infatti era già avvenuto) ma dalla sua memoria. E, per esempio, procedendo con ordine, dal momento che era in piedi, prender lettera e busta, mettersi al tavolo e scrivere. In ogni caso allontanar tutti i pensieri che riguardanti lui le fossero venuti in testa, col riempirsela d'altri pensieri, i più disparati. Si ricordava per esempio che domani sarebbero venuti i rappresentanti?

Sì, aveva un bel tentare! La marca tale, la marca talaltra, tante di questa, tante di quest'altra, bottiglie e bottiglie che si sarebbero allineate sfilando una dopo l'altra per render più difficile anziché facile la sopportazione di quel vigliacco, disteso giù, nel fondo della barca che non voleva decidersi a rialzarsi, riprender i remi e tornare.

Ma come aveva potuto non aver pietà di se stessa e non gettarsi nell'acqua? Come aveva potuto rimettersi in ordine lì davanti a lui?

Perché messasi a posto in qualche modo la sottana e allungato il braccio verso il punto in cui ricordava d'aver appoggiata la borsetta per prenderla, aveva incontrato le gambe del Ballabio. Avrebbe voluto ritentare e cercar nel buio, un po' qua e un po' là, alle volte nel continuo girarsi la borsetta avesse cambiato posto, ma l'aveva trattenuta il pensiero di poter toccare una seconda volta il Ballabio. Stando però così, un po' più in alto di lui, e continuando a fissare a un certo punto aveva visto il bronzo della cerniera brillar sotto l'ascella dell'Ivo. Allora gli aveva detto:

«Mi dia la borsetta. Voglio sperare che non sia vile fino a quel punto.»

Perché malgrado tutto, malgrado lei per prima avesse capito che quell'intenzione non esisteva, meccanicamente non aveva potuto fare a meno di pensare che lui, prendendo la borsetta e quanto c'era dentro... Perché, insomma, per cosa le era venuto insieme se non per quello?

Il G. M., le foto, le orgie; tutto prendeva l'aspetto d'una vergognosa mostruosità. Anche se adesso le sembrava addirittura immondo, non tanto che lui avesse potuto aver quel proposito, quanto che lei gliel'avesse potuto attribuire, perché questo significava che lei era disposta ad ammetter di lui anche quella faccia e che dunque era stata quella che si dice una scema a ridursi con lui al punto cui s'era ridotta. Perché anche riconoscendo, come andava riconoscendo, che la borsetta continuava a stringersela ridendo e cioè con la palese ostentazione di divertirsi oltre che per tentar in qualche modo di volger in scherzo la gaffe di poco prima, questo non cambiava niente; infatti riguardava lui, non lei e quello che pensava di lui.

La sfrontatezza, la vera e propria sfrontatezza di star lì, indifferente e beato quanto più lei lo supplicava d'alzarsi, prender i remi e tornare! La sfrontatezza di canterellare e poi risponder con una voce lenta e tirata, quando alle sue richieste d'aver almeno il pettine lui aveva aperto la borsetta e baciatolo gliel'aveva dato:

«Ma dove vuol andare se il bello comincia adesso?»

Tutto fuori posto, calzoni, pullover, camicia. Neppure l'educazione, neppure il pudore, ecco, neppure quello di rimettersi in ordine davanti a lei che dopotutto era e restava la sua padrona.

«Sei un maiale, ecco cosa sei. Un maiale.»

E lui:

«Adesso non esageriamo. Perché se io sono un maiale, vuol dire che lei...» e s'era fermato alzando con indolenza una mano verso lei e facendogliela passare due o tre volte sulle gambe.

«Tenga a posto le mani!» gli aveva gridato. (Ma adesso ripetendoselo risentì con una sorta di doloroso piacere il caldo di quelle dita passar su di lei.)

E l'Ivo tirandosi su con tutta la persona e attaccandosi a lei come volesse strisciarvi sopra:

«Andiamo, se il bello comincia adesso...»

Ma aveva poi visto anche lui il bello a cosa s'era ridotto! Tutto, ecco, ma passar per una prostituta, no. Quello, no. E meglio ancora l'avrebbe visto domani!

Erano infatti le parole, le domande, le risposte, pronunciate prima sul lago intanto che remava per tornar a riva, poi sulla macchina, era proprio tutto quello e i silenzi e i respiri, ora affannosi, ora lenti, che tornandole in mente davano al suo piano l'appoggio della convinzione; non che il passar del tempo avesse potuto diminuirne la necessità, ma per vendicar subito la sua dignità offesa e dar subito stabilità alla sua tranquillità minacciata, ecco, per quello. Era forse diventata un tipo da farsi metter sotto da un dipendente? Ricatti? Ricatti un corno! Erano paure quelle non per lei. Facesse, facesse pure! Si sarebbe visto alla fine chi dei due aveva il coltello pel manico.

Le lettere erano nel trumeau. E adesso stava veramente per avvicinarvisi. Il congedo sarebbe stato asciutto e laconico: niente più d'una lettera amministrativa. Le si era formato nella testa, parola per parola, prima chiaro come un'affermazione, poi mano mano che lo ripeteva, nitido e inesorabile come l'editto d'una legge.

Aveva aperto il secretaire e quasi temendo che qualcuno potesse vederla s'accingeva a levar la scatola delle lettere, poi da quella un foglio e una busta...

Da dove veniva quel tono di sicurezza di cui continuando a ripetersele sembravan dotate le parole che di lì a poco avrebbe scritto sul foglio che ora, isolandolo dagli altri, stringeva nelle mani?

Mise carta e busta sul piano aperto del trumeau. Poi allungò la mano di lato al tavolo per prender una sedia; fu allora che sentì un'ondata di profumo, di quello schifo d'Harar, proprio di quello, salirle intorno.

Ancora? E come? E da dove?

Tentò subito d'allontanarlo. Con un gesto di volontà riuscì a superar per un attimo il disagio che quel profumo le aveva causato. Allora portò la sedia nel punto in cui avrebbe potuto finalmente scaricar sulla carta la sua vendetta e vi si sedette. Ma in quello stesso momento il senso della sua miseria, della sua fragilità e della sua vergogna la fece scomparir quasi a se stessa; rimase lì, la penna a mezz'aria, pensando che ormai non era più che uno straccio su cui tutti avrebbero potuto sputare e che la sua salvezza non sarebbe dipesa né da lei, né da nessuno, perché di salvezze per lei ormai non ne esistevano più.

La coscienza di ciò che si fa

Più che il biglietto e ciò che v'era scritto, un licenziamento
brusco e definitivo, era stata la gaffe, quello scambio di nomi
in apparenza ridicolo ma in realtà crudele e doloroso, a spez-
zargli la vita; proprio come se una coltellata fosse scesa sulla
catena d'anni trascorsi in una baldanza e in una sicurezza
senza limiti e senza fine che fin lì era stata la sua vita: baldanza e sicurezza di non metter mai il piede in fallo e di poter uscire indenne da ogni avventura, baldanza e sicurezza
del fascino che la sua persona emanava, come se in relazione
a ciò che lui era tutto gli fosse concesso; in proposito l'incidente del G. M. era stata la prova più rischiosa ma più evidente. Anche dalle forche del ricatto e del furto era uscito
senza lasciar brandelli; anzi alla fine eran stati proprio i colpiti a venirgli di nuovo tra i piedi e a offrirgli sia la mano, sia
la pace; e lui la mano l'aveva data e la pace l'aveva accettata;
tranne che proprio facendo così era caduto nel tranello, l'u-
nico che fin lì la vita era riuscita a tendergli senza che lui potesse averne sentore.

In verità si trattava di ben altro che d'un tranello! Fosse
stato un tranello avrebbe agito di conserva: aveva commesso
una gaffe? e va be', chiuso; perso il posto; persa la signora...

Ma perché questa volta non riusciva, non solo ad usare,
ma neppure a ricordarsi dell'arma di cui pur disponeva? Il
ricatto, il ricatto che avrebbe messo a posto oltre al resto le
velleità di licenziamento e d'addio della padrona.

La verità era che la parola ricatto non funzionava più; su di essa il suo impeto e il suo desiderio di vivere e di viver bene non eran più in grado di far leva. Non che la situazione fosse cambiata, era rimasta anzi la stessa; che se usar del ricatto era stato male prima, male sarebbe stato usarne adesso, ma non più.

Se dunque fuori tutto era rimasto come prima, chi poteva esser cambiato se non lui? Non era infatti lui a sentir che qualcosa era franato e proprio quel qualcosa che fin lì aveva formato il piedistallo su cui s'era eretto?

Non che un maleficio gli avesse distrutto nottetempo bellezza e fascino. Si trattava d'altro, d'un qualcosa di cui ricordava d'aver avuto sentore anche prima ma non con la forza e con la violenza d'adesso. Un sentore che s'era risolto in qualche scrupolo, in qualche esitazione e in qualche pensiero ma che poi il vento della felicità aveva spazzato via senza lasciar né strascichi, né memorie; fin lì infatti il bisogno e il piacere di vivere eran stati per lui una giustificazione così naturale di tutto ciò che faceva da non aver bisogno di proporsela: il meccanismo segreto che rassicura e rende tranquilli era scattato sempre da sé, né più né meno d'ogni altro meccanismo della sua vita. Ma adesso?

Adesso anche le azioni e i gesti di prima parevan risalire con le loro ombre sinistre come se qualcosa le ributtasse dal fondo buio e fin lì apparentemente tranquillo verso la superficie dell'acqua: l'acqua era la sua azzurra, trasparente eppur fetida coscienza.

Perché se la coscienza avesse avuto possibilità di puzzare lui, a quel punto della sua vita, avrebbe dovuto torcer il naso da sé. Ma poiché di puzze la coscienza non ne dà così come non dà profumi, in che modo avrebbe potuto togliersi di dosso ciò che ormai gli s'era trasfuso dappertutto? Ci sarebbe voluta una passata di D.D.T. come faceva ogni anno da maggio in avanti sua madre con le mosche e le zanzare; o un barattolo di Mom del cui effetto era stato testimone lui stesso la volta in cui circa un anno e mezzo prima aveva preso le piattole (da chi, per cercar che avesse fatto, non era però riuscito a sapere). Ma il D.D.T. e il Mom della coscienza cos'erano se le cose fatte nessuno poteva richiamarle indietro? Restituir le quaranta e le duecentomila? E ammesso, ammesso d'averle ancora lì o di riuscir ancora a ricuperarle che avrebbero cambiato? E la gaffe? Come rimediarla? Parola torna indietro? Figurarsi, dal momento che indietro non tornavano né fatti, né cose! E tuttavia nel frattempo l'effetto di quelle parole, l'effetto di quella gaffe avrebbe continuato ad allargarsi e come un'infezione avrebbe guadagnato terreno su lei e su lui per trasfonder poi il suo marcio da lei a lui e da lui a lei. Perché anche su quel punto ormai non poteva aver dubbi: e cioè che la padrona s'era veramente, disperatamente innamorata di lui. Già, perché lui forse no?

Quante volte aveva usato per se stesso nei suoi pensieri quella parola! E tuttavia per quante di quelle volte poteva dire d'averla usata a ragione? Era stato amore quello che fin lì aveva creduto di sentire, di dare e di ricevere? Anche con la Wanda (per restar al caso non solo più recente ma più illuminante) era stato davvero amore o soltanto piacere? Magari più convinto che con altre ma pur sempre e solo divertimento, pur sempre e solo piacere. Perché se un giorno la Wanda gli avesse detto: «basta, Bruno, la strada della vita è abbastanza larga perché ci si stia tutt'e due senza darci fastidio», se in una parola l'avesse congedato lui cos'avrebbe provato? Dolore o invece dispiacere? E dispiacere di che intensità, di che durata?

«Almeno», fece a quel punto dei suoi pensieri sfruttando uno degli ultimi ricuperi di leggerezza di cui si sentiva capace, «almeno avesse deciso lei di pronunciar quelle parole e di lasciarlo!» Fosse stata lei almeno a dir per prima che lasciarsi era necessario perché tra lui e lei correvan troppe differenze e insomma il loro era stato un bel sogno, un bel sogno, ma niente più! Tutto gli si sarebbe così alleggerito: le difficoltà si sarebbero dimezzate e in pratica a tormentarlo sarebbe restato solo il caso della sua coscienza. Ma era forse poco?

La coscienza! Come se non ne avesse mai avuta! No, non doveva lasciarsi prendere dall'esagerazione. Forse che fin lì non aveva capito e sentito di volta in volta la gravità o meno di quello che aveva fatto? Il G. M. per esempio; e va be', il G. M. «Pensiamo pure al G. M.» si disse.

Ma a parte il fatto che anche quello era un modo per allontanar la mente dal pensiero che invece la dominava, con che scusa avrebbe potuto difendere il suo operato? Con la nausea che gli era venuta per tutta quella compagnia d'impotenti, di parassiti e di degenerati? O per star più terra terra con la paura che la polizia lo prendesse e lo mettesse dentro? Se infatti la ragione del suo rifiuto era stata quella della nausea e della paura, perché non s'era fermato lì, al rifiuto? Che necessità avrebbe avuto, se le cose fossero state in quei termini, di ricorrere al ricatto e mettersi così dalla parte del torto?

«Torto?» si chiese subito. «Perché considerarlo torto proprio adesso che tutto era passato e il più diretto interessato l'aveva preso per ben altro, tanto da offrirgli la pace?»

«Il G. M.», si ripeté. E forse avrebbe potuto continuar a perdersi e a cullarsi dietro quella diversione se ad un certo punto nella congerie d'immagini e di ricordi che quel nome gli portò alla mente, non avesse visto se stesso nell'atto di frugar con gli occhi dentro la sala: la padrona se ne stava ancora là, seduta nello stesso punto e dentro la stessa poltrona come se da quella sera non si fosse più mossa, ma fosse rimasta legata a quel posto di piacere e di schifo che adesso andava definendola per quel che era. Già, perché la Wally, la signora, la padrona... In che modo doveva chiamarla, adesso che sapeva come signora non poteva essere perché moglie non era stata mai di nessuno e neppur padrona, perché lui da suo barista era diventato suo amante?

Pronunciò quella parola con una specie di tremore, quasi fosse lì lì per varcar la soglia d'un paradiso pieno d'ombre, paure e misteri; lui, lui che fin lì non aveva saputo pensar altro che al divertimento, all'interesse e al piacere, a quello e basta; anche con la Wanda, a parte una certa tenerezza dovuta non sapeva neppur lui a che altro se non alla sorpresa di trovar tanto sentimento, tanta premura, in una che in fondo l'amore lo faceva per mestiere, anche con lei in definitiva...

Con lei, come? Con lei, cosa?

Oh sì, almeno in quel momento doveva averlo il coraggio di tener gli occhi ben aperti, anzi sbarrati sulla verità delle cose; anche a costo di veder che lui fin lì s'era sbagliato, che lui non aveva capito niente, per il semplice fatto che l'amore l'aveva sempre sì e no accostato: un ragazzo, ecco, che aveva avuto il vento della fortuna in poppa, un gran vento...

Un ragazzo? Sì, anche se era amaro e vergognoso vedersi distrugger davanti la sicurezza d'aver provato tutto, d'aver fatto tutto, quando forse aveva fatto e provato ben poco; vedersela distruggere dalle sue stesse mani quella sicurezza e constatar poi che vuoto e che niente c'era sotto. Eppure la vita... «Cos'è la vita se non quello? E gli altri cosa fan di diverso?»

Illusi; illusi tutti; anche quelli che protestano di conoscere e di sapere perché le cose, loro, le han sofferte e patite. L'amore, la fidanzata, la moglie, i figli; anche quei sette o otto della sua età che s'eran legati al carro del matrimonio! Già, perché loro le avevan avute le occasioni che aveva avuto lui, lui che tra uomini e donne, giovani e vecchi, tanto d'un genere quanto dell'altro, certe volte non sapeva più a chi e a cosa ricorrere per difendersi; una di qua con le sue proposte, i suoi inviti e uno di là; una di sopra e uno di sotto: un'orda di occhi, gambe, sguardi, odori che lo inseguivano come se lui avesse in corpo chissà che talismano: richieste appena sussurrate ovvero fatte senza esitazione e senza pudori; bastava che passasse per una strada; figurarsi poi quando ad esser attraversate erano la Galleria, i Portici e la Piazza (non lo diceva per difendersi, lo diceva per capir finalmente qualcosa); e al fondo di tutti quegli sguardi, di tutti quegli inseguimenti, di tutti quegli inviti, di tutti quegli ammiccamenti, il denaro che brillava come conclusione d'un divertimento e d'un piacere che i più per provare dovevan invece pagar di persona.

Era stato ed era tuttora così: perché nasconderlo? Anche oggi...

Meglio, meglio non pensarci. Ma non far la civetta in quelle condizioni non era forse difficile? E non lo era ancor più finger di niente e non approfittare? E allora a furia di baratti, addio coscienza! Non quella dei preti che poteva esser tutta una storia, ma la sua, la coscienza di quello che uno fa o non fa; e se quello che fa va bene o va male oltre si capisce il convenire o il non convenire. Ma bene o male rispetto a chi e a cosa?

Perché mentre quello del convenire o non convenire era un giudizio che veniva da sé, un giudizio naturale, l'altro da che parte doveva cominciare?

Sentori, dubbi, ombre, sospetti... Sentori, dubbi, ombre e sospetti che fin lì aveva tacitato con sorprendente velocità senza che gli lasciassero strascico alcuno. Ma fin lì che senso avevan avuto?

Anche la volta del G. M... «Sì, pensiamoci pure.» Se poi, come s'era già detto, quel pensiero sarebbe servito a distoglierlo dall'amarezza in cui gradatamente si sentiva cadere tanto meglio.

Ma pensare al G. M. e riveder lei, la Wally, seduta nello stesso angolo e dentro la stessa poltrona di quella sera fu tutt'uno.

Una morsa di rabbia gli salì allora pel corpo fermandoglisi nel cuore, come se lì soprattutto volesse colpirlo: non era schifo, era gelosia.

«Gelosia?» fece di soprassalto. «Gelosia, lui? E gelosia per chi?»

Rimase un attimo soprapensiero, la testa irrigidita, gli occhi che non riuscivan più a percepir nulla della calma in cui la notte si stendeva di là dalla finestra cui stava appoggiato da più di un'ora.

Sotto, sulla strada, i passaggi s'eran fatti radi; l'una se n'era andata da un pezzo; forse di lì a un momento l'orologio del campanile avrebbe battuto l'una e mezza; forse addirittura le due; non ricordava; non sapeva...

Lui che fin lì quando entrava nella stanza, a meno di non aver qualche incombenza precisa, si svestiva, se era il caso si lavava, s'infilava nel letto ed era già pronto per lasciarsi prender dal sonno che infatti lo prendeva subito, senza cerimonie e senza fatiche, eccolo lì, lui, in piedi, agitato da non sapere nemmen lui che febbre.

I rimorsi? E va be', va be': i rimorsi; i rimorsi per tutte le vigliaccherie che aveva commesso. Ma se eran state commesse che rimedio trovarci? L'avvenire? Eh, sì, l'avvenire! Con i lussi e con i vizi che s'era dati!

No, non eran neppur quelli. Era la gaffe: ecco cos'era: l'aver ripetuto lo scambio dei nomi tal quale la prima volta e mentre se ne stavano abbracciati, giù, nel fondo della barca...

No, non poteva, non sapeva maledirsi; si sentiva svuotato d'ogni energia, anche di quel minimo necessario a bestemmiare. Non poteva e non sapeva dirsi se quella seconda volta nella gaffe era caduto per la paura d'imbattervisi che l'aveva preso fin da prima di salir sulla macchina della signora. Una sciocchezza come uno scambio di nomi poteva dunque bastare a romper l'incanto di tutta una vita e di tutta un'interminabile serie d'avventure felici? Non stava alle volte prendendo un abbaglio?

Già, perché poi lei che a quello scambio s'era così inalberata cos'aveva fatto quella sera in mezzo a quella ridda di viziosi e di degenerati? Per che ragione era intervenuta? Lui almeno poteva dire d'aver accettato una simile vergogna per il denaro, ma lei?

Come levarseli d'attorno gli occhi della Wally quali eran stati di là dalla cassa la sera in cui il G. M. l'aveva abbordato per la prima volta? Come scordarsi la spinta fin troppo palese e ostentata che gli avevan dato perché si decidesse ad accettarne l'invito? Aveva forse voluto conoscerlo per quella strada perversa e in una di quelle orgie schifose? Forse che a una donna cui come a lei non era mancato il coraggio di farsi veder nei ritrovi del G. M., tra lo scattar di lampi al magnesio su grovigli di corpi irresponsabilmente nudi e tremanti...

Si fermò e come se avesse davanti qualcosa d'orrendo si scostò dal davanzale.

(Perché li aveva visti anche lei quei grovigli, anche lei aveva assistito a quelle pose vergognose e ributtanti; anche lei alla fine aveva battuto le mani e applaudito...) Quasi l'immagine priva di forza fosse scomparsa si riappoggiò al davanzale e tornò a prender la primitiva e più comoda posizione.

«Forse che una donna che aveva avuto quel coraggio», si disse, riprendendo il filo dei pensieri, «poteva non aver quello d'affrontare un uomo, fosse pure come lui un ragazzo? Che alla festa fosse andata per crear tra loro la dimestichezza necessaria? Ma quale aiuto avrebbe potuto darle quell'incontro se a spingerla non era stato il divertimento, bensì l'amore?»

«L'amore?»

La parola gli passò nella mente e gli si fermò come un'ombra dolce, eppur cupa e pesante.

Innamorato? Innamorato d'una che aveva oltre dieci anni più di lui?

Se lo disse e se lo ripeté cercando con tutta la forza possibile di render ridicolo quel legame, d'insudiciarlo. S'aiutò persino col denaro, il denaro che la Wally aveva già cominciato a passargli.

Ma con tutto che una certa sensazione sinistra non poteva nascondersela il legame restò lì, immacolato e splendente, anche se d'uno splendore pieno di dubbi, rabbie, lacrime e dolori.

«Mi ama, ecco la verità; e io l'amo», se lo disse con la sorpresa e l'innocenza con cui se lo sarebbe detto anni prima se mai allora gli fosse accaduto di sentir nascere in sé un simile, veritiero sentimento. Perché per lui fin lì la vita era stata vento in poppa di fortuna e di guadagni, ma quanto a sentimenti, tenerezze e dolori, zero via zero; e come gli aveva gonfiato il portafogli così gli aveva lasciato il cuore asciutto e desolato. Lo capiva solo adesso, adesso che tutt'a un tratto...

Sì, sfotti, ridi, sorridi, ghigna, se sei capace! Fallo, su, fallo, adesso che il cuore ti manca al solo pensiero che nel chiamarla hai potuto tradire la persona cui vuoi e che ti vuol bene!

Le anziane! Una debolezza la sua su cui fin lì aveva più ricamato che sofferto; da cui, tanto per esser espliciti, aveva soprattutto cercato di trar guadagni; eran stati i cuscini su cui aveva abbandonato il suo corpo a sonni amorosi il cui risveglio l'aveva trovato col portafogli sempre un po' più gonfio; le anziane e il resto... «Lasciamo, lasciamo perdere.» Tanto far differenze tra una cosa e l'altra adesso che senso aveva se tutto era schifo, marcio, orrore, colpa e male?

Gli sembrò d'esser preso da un senso di pena verso se stesso quasi si vedesse nell'atto di far in una sola volta ciò che per divertirsi, sfogarsi e guadagnare aveva fatto in anni e anni. Ma adesso? Perché s'affannava a pensare e a dar peso a tutto tranne a quel biglietto e al licenziamento e all'addio che v'eran contenuti?

Dunque era lei, la sua Wally, la sua anziana vera e reale, la sua anziana in carne e ossa, quella che da due o tre giorni lo inseguiva con dolce prepotenza, lontana o vicina che fosse; era lei, quella che se aveva avuto tanta forza da metterlo in crisi poteva diventar davvero la sua salvatrice, era lei a ricacciarlo ancora e forse per sempre in quella gabbia di vizi e di vergogne? Dopo avergli provocato il collasso, dopo avergli fatto capire che nei gesti che uno compie ci son altri significati oltre la convenienza e il piacere, lo lasciava lì, solo come un cane, a meditar sul suo fallimento? E se lui l'amava? Se lui le voleva bene, bene come solo adesso sentiva che uno può volere a una; bene non soltanto per la gioia che provava facendo insieme l'amore, ma perché era così, con quella faccia, con quella voce e soprattutto con quell'anima; un bene che sarebbe durato tale e quale anche se insieme non fossero più tornati per giorni e giorni?

Al punto in cui si trovava quel che necessitava era un gesto di forza, di chiarezza e di lealtà verso lei: chiederle un colloquio, ecco; e una volta ottenuto il colloquio, domandarle perdono, piangere se come adesso sentiva d'aver scherzato con chi mai avrebbe dovuto, e prometterle che l'altra, «la Wanda, sì, la Wanda, ecco, basta, la lascio...» Addio Poslaghetto, addio stanza, addio tetti, addio cene, addio tutto!

Aveva poca importanza che mettendo in opera quel piano sarebbe stato costretto a incrudelir contro chi, come la Wanda, né se l'aspettava, né certo se lo meritava, poiché finalmente a chiedergli quella decisione e quel gesto capiva che era lei, la coscienza; questa volta la sua voce non l'avrebbe tradita dato che era giunto a sentirla, dato che una donna, un'anziana, proprio come fin lì aveva desiderata un po' per scherzo, un po' sul serio, gliel'aveva fatta sentire smantellandogli di dosso tutta la sua inutile sicurezza, tutta la sua inutile baldanza.

«A meno che», si disse mentre gli occhi seguivano le luci del sei che oltre le case arrancava sul cavalcavia, «a meno che anche questa volta la coscienza non c'entri e a spingermi sia un'altra volta la convenienza...» Ma se prima era stata convenienza del portafogli e del piacere, adesso era convenienza del cuore.

Piano piano il tram giunse sul culmine, poi cominciò a planar lentamente verso il rondò; fu in quel punto che dalla sua finestra l'Ivo s'accorse d'esser lì, lì per non vederne più né la sagoma, né le luci.

«Sì, questa volta sono certo: è lei, la coscienza», si disse. E appena ebbe confermata a se stesso quella certezza si ricacciò nei dubbi, nei travagli e nell'esplorazione della sua vita e del suo destino che la Wally l'aveva costretto a cominciare; «tanto», si disse, «questa notte non riuscirei a chiuder occhio lo stesso.» Né del resto riuscendo avrebbe voluto.

Un addio

I

Se ne stava seduta con malcelata indifferenza nell'angolo più scuro, là dove i tavoli scomparivan in una insenatura dell'edificio e la piccola siepe di ligustri rendeva impossibile esser visti da chi, come i due, camminava avanti e indietro sul marciapiede. Tutto questo non impediva però a lei di seguir con gli occhi avidi di una che dopo aver vinto voglia stravincere, ogni spostamento e ogni gesto della coppia e di carpirne con l'orecchio ogni parola.

Finalmente! Il suo spirito pratico anche se in quella contingenza irato e doloroso, e la sua concretezza avevan raggiunto lo scopo: la lettera di licenziamento aveva schiarito come la luce di un'alba improvvisa la sua esistenza proprio nel punto in cui stava per esser ingoiata dalle caligini della notte. Perché a cercarla, anzi a supplicarla era venuto lui. Non che lei nel breve tempo trascorso dal recapito della lettera alla telefonata dell'Ivo avesse desiderato altro, ma quel desiderio se l'era tenuto ben nascosto anche per paura che potesse affiorare allorché, secondo quanto gli aveva accordato, il Ballabio sarebbe salito da lei per parlare.

Che accordar quel colloquio fosse stato giusto il seguito gliel'aveva chiaramente dimostrato. Del resto nel riconoscer dai toni e dai tremiti della voce la situazione di chi parlava lei aveva sempre avuto una sorta di sensibilità particolare, un fiuto da segugio:

«Signora, la supplico...» e come lei dal suo apparecchio non aveva risposto, né quasi respirato:

«Wally...» aveva gridato il Ballabio. «Wally!» aveva ripetuto con la stessa angoscia d'un bambino che preso dalla paura invochi la madre. «Non lasciarmi così. Ti chiedo perdono, Wally... Wally?».

Le era sembrato che piangesse non al modo d'un commediante, ma al modo d'uno che sta per perdere l'unico tesoro che possiede.

Oh sì, poteva ben riconoscerlo questo e di questo poteva ben vantarsi! Per l'Ivo lei era stata ed era tuttora il vero, unico tesoro; tanto che proprio per conservar quel tesoro lui s'era offerto di liquidar definitivamente l'altra: la rivale: la mondana conosciuta per caso a Vialba: la Wanda: sì, la Wanda; e liquidarla in sua presenza.

L'ambigua vigliaccheria di quell'appostamento non pareva incidere che debolmente sulla sua sicurezza; «perché poi», aveva fatto a se stessa per calmar gli ultimi scrupoli, «anche se avesse saputo della sua presenza dietro la siepe, che avrebbe provato quella disgraziata? Col mestiere che fa è abituata a ben altro! Ai calci in faccia che le danno giorno per giorno quei porci che son gli uomini!» Come conseguenza di tale sfogo un'ombra di pietà scese nel cuore della Wally: pietà per quella povera donna che vedeva allora per la prima volta. Non le pareva brutta; decisamente anzi era bella: bella, sì. Riconoscerlo non tornava del resto a onore del suo amato?

Amato? Eh, sì, amato. Perché aveva pianto; perché le si era gettato ai piedi; perché mentre lei faticando sempre più a tener la necessaria freddezza aveva continuato a starsene nel divano, aveva preso a baciarle come un disperato sottana, gambe, vita, tutto, quasi che invece della seta e delle calze toccasse e baciasse direttamente il suo corpo.

«Sono stato un vigliacco, Wally. Ma adesso basta, adesso vivrò solo per te. Fin qui ho sempre creduto che l'amore fosse un divertimento, un divertimento e niente altro, ma da quando ho conosciuto te...» Ecco: era lì, era a quel punto che l'aveva atteso. E in quel momento stava arrivandoci con le sue mani e per suo esclusivo volere. La verità che da sola bastava a ringiovanirla di vent'anni stava per dirgliela lui: e cioè che l'amore, quello vero, quello con l'a maiuscola a farglielo nascere nel suo cuore era stata lei, lei per prima, lei sola; e che di fronte a quello tutto il resto non era più niente. Poi come conclusione la promessa ferma, decisa: «cambierò vita: da così a così: e tu sarai la mia salvatrice».

Oh per quel momento, per quella gioia, era pur valsa la pena di passare tutto ciò che aveva passato: umiliazioni, vergogne, patimenti e dolori! E per il senso di vittoria che le dava adesso spiar da oltre l'intrigo delle foglioline e dei rami, intrigo più nero del nero della notte anche se rischiarato dalle luci del bar, valeva pur la pena di soffrire ciò che aveva sofferto! Perché adesso lei sapeva cosa l'Ivo stava per dire alla Wanda e cosa la Wanda stava per sentir da lui.

Sull'Ivo ormai non aveva più nessun dubbio, il suo sguardo s'era confitto in quello del Ballabio e vi aveva letto ciò che prima non era mai riuscita: una sincerità disarmata, una passione senza limiti ma convinta, una passione divenuta insomma coscienza.

«L'unico problema», si disse mentre gli occhi seguivano più che i gesti della donna quelli dell'Ivo, poiché secondo gli accordi lui non avrebbe dovuto né toccarla, né baciarla anche se era per l'ultima volta; solo la mano avrebbe potuto darle e per educazione; ma la mano e basta; «l'unico problema», fece continuando il filo dei suoi pensieri, «riguarda il lavoro.» Era logico infatti che ormai al bar non avrebbe più potuto tenerlo; doveva cercargli un impiego che eliminasse l'imbarazzo e le difficoltà di quella relazione che al bar sarebbe restata pur sempre da padrona a dipendente; idee glien'eran venute ma prima di decidere sarebbe stato bene soppesarle tutte e sentir lui; conoscer cioè da lui le preferenze che aveva e le disposizioni.

II

Quando cercando di trattener per sé sola il suo dolore gli ebbe voltate le spalle, il Brianza non poté far a meno d'ammirare e con stupore la dignità e il senso d'onore di cui la Wanda aveva dato prova lungo tutto il colloquio.

Lui del resto a salvar dignità e onore l'aveva aiutata; ingiustificato come si sentiva a incrudelire, le aveva lasciato qualcosa come una speranza:

«Se capiterà che ci s'incontri...»; ma era stata una speranza molto vaga poiché la ragione che aveva addotto di speranze non ne ammetteva. In verità non si trattava d'una ragione, ma d'una scusa; e cioè che lui era fidanzato, «fidanzato fin da prima di conoscerti» e che da lì a poco si sarebbe sposato:

«E allora capirai, sposarmi avendo in piedi una relazione così...»

«Ma perché me l'hai tenuto nascosto? Perché non me l'hai detto prima?»

A quelle parole lui non aveva saputo rispondere; e quel silenzio era stato la definizione di tutto.

Ormai l'Ivo era sul punto d'entrar nel recinto dei tavoli e se ancora s'attardava era solo per assicurarsi che la Wanda salisse realmente sulla circolare, in modo che non ci fosse il pericolo d'una sua visita a sorpresa quando lui si sarebbe seduto accanto alla Wally e con lei avrebbe preso a parlare.

Perché a quel punto (fatto quel che aveva fatto gli s'era aperto nel cuore un gran vuoto quasi avesse reciso con le sue stesse mani qualcosa della sua persona; perciò anche se soddisfatto si sentiva stordito), a quel punto era lui che doveva domandare ed esigere da lei alcune spiegazioni. Non gli importava né poco né tanto che a spingerlo in quell'inchiesta fosse la gelosia; del resto la gelosia verso chi si ama cos'è se non il segno d'un affetto profondo?

Forse con la gelosia era il bisogno di levarsi dai piedi ogni ombra così da poter riprendere a vivere con un po' di tranquillità e di pace, dato che l'indifferenza per lui era ormai un bene perduto. L'ombra riguardava il tipo di relazione che era intercorsa tra la banda del G. M. e lei. No, non poteva più aspettare; doveva sapere, saper tutto; anche a costo d'umiliarsi e d'umiliare; anche a costo d'aver da lei una risposta disastrosa.

Ma quando affacciatosi oltre la siepe e avvicinatosi al tavolo si sedette e con un certo imbarazzo seppur con molta chiarezza rivolse alla Wally quella terribile domanda la risposta che ebbe fu tale da ammutolirlo.

Guardandolo fisso negli occhi come per mostrarglisi nuda e lasciarsi frugare fino in fondo nella sua sincerità, la Wally disse: «Vuoi saperlo? E allora ascoltami: dal G. M., dalla sua banda di viziosi ho tentato di mandarti perché speravo che lo schifo in cui saresti caduto avrebbe distrutto l'amore e tutto quello che provavo per te. Benché sentissi che l'amore era più forte, m'illudevo che il fango di quelle orgie sarebbe bastato ad allontanarti... Invece non c'è fango che tenga».

Solo allora la Wally accennò ad abbassar la testa e fu allora che l'Ivo ne vide gli angoli delle labbra belle e profumate tremar impercettibilmente e un pallore salirle piano piano per tutto il viso.

«Wally...» mormorò quasi pentito d'aver osato tanto. «Non te la sarai presa, Wally? Parla; di' qualcosa; non farmi morire, Wally...»

Ma la Wally né rispose, né disse niente; pur tenendola abbassata si limitò a scuotere due o tre volte la testa come a dire che no, non se l'era presa e che anzi malgrado la vergogna quella domanda per lei era un segno che lui l'amava, l'amava veramente.

«Te l'ho domandato perché volevo che tra noi tutto fosse chiaro...»

A quelle parole un abbozzo di sorriso spianò per un attimo il viso della Wally; allora l'Ivo allungò la mano su quella di lei e stringendola dolcemente disse:

«Cameriere...»

Né quella stretta s'allentò prima che chi era stato chiamato fosse giunto ai tavoli e si fosse piegato su loro per riceverne l'ordinazione.

Cosa fai, Sinatra?

I

Aiuta, aiuta i fratelli, o gonzo, che poi ci penseranno loro a darti il ringraziamento! Sgobba, sgobba come un ladro per dare all'agnellino la possibilità di studiare il bel canto! «Oltre alla celebrità del nome che è poi il tuo e il nostro, ne verranno vantaggi per tutti: le orchestrine, i varietà, i dischi, i festival, San Remo, un domani il cinema: oro colato insomma, oro come la sua voce.» S'era lasciato convincere e per due anni, il tempo cioè pattuito insieme come necessario, aveva accettato di sudar per due. E adesso? Sì, stai fresco Sinatra mio!

Sinatra: come avevan preso a chiamarlo, prima solo fuori di casa, poi a furia di sentirlo anche loro della famiglia. «Sinatra fin che vuoi ma per la voce, perché quanto al resto non sei nient'altro che un cretinetti e per di più vigliacco.»

E allora? Forse che dopo avergli fatto tutto quello che gli aveva fatto doveva accettar anche l'umiliazione di vedersi soppiantar nel regno dell'amore da lui, l'ultimo d'una serie di cinque fratelli, tre maschi e due femmine?

Più che del regno dell'amore lo sapeva bene si trattava d'un dominio brutalmente materiale; infatti amore per la Gina non ne aveva provato mai, se l'era detto e ripetuto per giorni e giorni. Figurarsi allora, quando cioè eran due mesi che l'aveva lasciata! Tuttavia che intorno dicessero come ormai aveva sentito da troppi e da troppo per potersi illudere che non fosse voce comune, che il Sinatra come ringraziamento d'averlo fatto sgobbar per due anni gli aveva messo sulla fronte un paio di corna, quello no, non poteva accettarlo. E per convincerlo della necessità di muoversi c'era giusto mancato che a confermarglielo fosse il Pessina, uno cioè di quelli cui per il carattere riservato e sdegnoso lui era più disposto a credere.

«Be', se vuoi proprio saperlo qualcosa ho sentito anch'io», gli aveva detto il Pessina. «Ma siccome a me gli affari degli altri non interessano, non ci ho fatto caso. Ecco tutto.»

Era rimasto soprapensiero, incerto se continuare oppure finger di niente, quindi aveva incalzato:

«Dal momento che hai cominciato, finisci. Da chi lo hai saputo? E dove? Al garage? Al bar? Alla "Vigor"?»

A quell'insistenza il Pessina aveva risposto con un'alzata di spalle:

«Ma scusa, ci vai insieme ancora? E allora cosa ti disperi per fare? Dopo tutto il Sinatra è arrivato secondo e nella vita quello che conta è arrivar primi: il resto son storie.»

Senonché tra lui e il fratello non si trattava di traguardi da tagliare ma di cose che una volta toccate dall'uno l'altro non doveva nemmen sfiorare, pena la distruzione di quella che invece doveva restare la supremazia famigliare: una supremazia che s'era guadagnato a furia di lavoro e sacrifici e che rappresentava il solo mezzo a disposizione per controbattere le doti di cui la natura aveva munificato il fratello.

Sulle prime tuttavia aveva pensato di minacciarlo in privato: arrivar dove voleva non gli sarebbe stato difficile, bastava ricordargli tutto quello che aveva fatto per condurlo dove adesso si trovava, ad aver cioè in mano la scrittura per una compagnia di varietà che di lì a pochi giorni avrebbe dovuto partire e iniziar l'attività nelle città di provincia. Ma a parte il fatto che le voci erano pubbliche e che dunque la figura fatta in pubblico doveva esser sfatata, scendere a quei patti cosa significava se non quello che aveva sempre pensato di dover evitare? Con un padre mezzo interdetto per via del vino che dalla prima gioventù alla vecchiaia era stato il solo mezzo a disposizione per dimenticar le fatiche, i dolori e le ingiustizie della vita e dopo che il maggiore di loro cinque se n'era andato con la famiglia a cercar fortuna nel Belgio, i rapporti tra lui e il Sinatra eran stati più simili a quelli che intercorrono tra padre e figlio che non a quelli che intercorrono tra fratello e fratello.

E allora? «Proprio per quello», s'era detto e ridetto prima d'arrivar alla decisione. Il bastone del comando, onere e onore, essendo rimasto nelle sue mani doveva conservarlo tanto in privato quanto in pubblico: e guai a chi lo toccava! Mostrarlo doveva, tenerlo alzato come un memento sulla testa di quella farfalla d'un cantante di suo fratello e se era necessario brandirvelo sopra come una maledizione. Da lì la necessità e la giustificazione che continuamente si ripeteva della sua vendetta: una vendetta prima pensata e poi covata con il piacere di saper che da quella la sua autorità avrebbe ripreso la forza di prima davanti a lui e davanti a tutti. Il capo dei Rivolta era lui e lui doveva restare.

Di fronte a tale convinzione poco era importata e meno ancora importava adesso la coscienza di sapere a quali aiuti aveva dovuto ricorrere, aiuti che per esser certo dell'esito aveva dovuto perfin pagare. Monete ai due ragazzini che s'eran presi il compito più ingrato, quello di far da spie e ai sei o sette coetanei che gli avevan promesso di testimoniare, oltre all'implicito divertimento, un brindisi. Così mentre s'avvicinava al luogo del convegno per un attimo il Rivolta si vide già di lato al banco, alzar trionfante il calice e inneggiare al ripristino della sua autorità. Perché questo soprattutto era il significato del piano che stava attuando.

«Corna a me?» avrebbe detto a quei sei o sette. «Ma se si fa ancora la pipì addosso!»

Non poteva tuttavia negarsi che anche pensandolo quel trionfo, dato ormai a se stesso come sicuro, si trascinava dietro un'ombra lugubre e sinistra. Forse perché aveva decretato che avvenisse in pubblico o perlomeno alla presenza di quante persone bastavano perché pubblico potesse poi diventare? Be', ma se non in quel modo perché assoggettarsi all'umiliazione di quel piano? Fosse stato per il Sinatra tanto valeva prenderlo una sera nel tu per tu della loro stanza e a furia d'insulti e di sberle fargli capire che la cosa non andava e che la Gina, a nemmen due mesi da che lui l'aveva piantata, doveva lasciarla stare: «agli altri, a tutti gli altri ma a te no, hai capito? A te no, o scemo»: e che anzi avrebbe dovuto girarle al largo e prima d'avvicinarla lasciare che passassero non due, ma venti, trenta, quaranta mesi: «anni, ecco, o brutto scemo, anni». Tanto più che la questione da risolvere tra loro fondamentalmente non era quella privata, ma la figura che gli aveva fatto fare, «meglio che era stato sul punto di fargli fare», si corresse come per riaffermar a se stesso la tempestività della sua vendetta, e proprio dopo che tutti, amici, compagni e parenti gli avevan detto che lui era stato un gonzo ad accettar di sgobbare anche per il fratello: «fosse ammalato capirei, ma con la salute che ha... La verità è che tuo fratello, qui, ha la cannetta di vetro e gli piace farsi mantenere»; a quei consigli lui per contro aveva sempre risposto: «un po' di pazienza. Se l'ho fatto ho le mie ragioni, di voci m'intendo. E poi il maestro cosa m'ha detto?»: «Quello per forza», avevan ribattuto gli altri, «coi soldi che ti spilla per le lezioni!». Ma che loro s'eran sbagliati e che la ragione era stata sua e solo sua la prova l'avevano già avuta dal concorso e un'altra ancor più lucente l'avrebbero avuta di lì a pochi giorni solo che fossero andati a Casale, la città scelta appunto per il debutto: i manifesti della compagnia di varietà col loro cognome stampato in grande: Rivolta: anche se al posto del vero nome del Sinatra che era Dario si sarebbero trovati di fronte a un Bob. Nome che del resto gli aveva proposto lui e che il fratello aveva accettato senza fiatare come senza fiatare aveva accettato i consigli che lui, all'atto di vagliar le proposte e di firmar il contratto, gli aveva dato. Salvo poi fargli le corna.

«Corna? Che corna!» rispose a se stesso. A quel punto lo riprese il dubbio che avendolo favorito nella voce la natura poteva benissimo esser stata avara col fratello nel resto.

Stava già inconsciamente crogiolandosi per ciò che quel dubbio sottintendeva quando fu preso da un moto di fastidio e di ribellione.

Cosa? Un Rivolta conciato in quella maniera? Uno di loro
che se si voltava indietro e intorno a guardare più che figli, e
figli a serie, non avevan fatto, tanto da moltiplicarsi come
conigli, sei di qua, cinque di là, quattro a destra, otto a sinistra... No, è perché è un cretino: una farfalla; giusto per
quello.

Era arrivato ormai in prossimità dello spiazzo dove aveva
fissato l'appuntamento coi suoi due imberbi agenti segreti:
infatti quando alzò gli occhi dalla strada, dove era solito tenerli fissi come se ciò che lo interessava fosse solo la sicurezza del terreno su cui metteva i piedi, li scorse nell'atto di con-
fabulare, l'uno appoggiato a un paracarro, l'altro in piedi.

La sicurezza con cui fece gli ultimi metri e s'accese una sigaretta fu il sigillo che volle dare all'altra, più grande sicurezza che poggiava su tre elementi: primo, la legittimità del suo
desiderio di vendetta; secondo, la consuetudine di rapporti
con la Gina, lunga di per sé, ma lunga soprattutto in confronto alla brevità di quelli che con lei aveva avuto il Sinatra;
terzo, che tutti i particolari del piano eran stati eseguiti a dovere. Solo su quest'ultimo se mai era necessaria una conferma; ma i due che l'aspettavan più avanti non li aveva pagati
proprio per quello? E poiché del denaro pattuito avevan avuto solo un terzo, era chiaro che dovevan aver disposto le cose
in modo che, scattando il tranello, la paga sarebbe stata
completa e che quindi già sapessero dove il Sinatra e la Gina
quella sera s'eran rifugiati.

Così allorché gettata la prima boccata di fumo il Rivolta ebbe levato nell'aria il fischio di richiamo, le due spie si stacca-
ron di colpo dal paracarro e si diressero correndo verso di lui.

II

Mezza-puttana? Alle compagne che le dicevano che la strada
su cui s'era messa era quella rispondeva:

«E a voi cosa importa? Del resto la merce da vendere ce
l'ho e per cosa dovrei tenerla?»

Conscia ma senza alterigia della sua bellezza la Gina era

convinta che la ragione vera di quei non richiesti interessamenti fosse l'invidia: invidia per non poter disporre di quello di cui lei disponeva; invidia per non saper vincere la paura di romper il ghiaccio e cominciare; invidia per tutto quello che dal suo accompagnarsi a questo e a quello e tuttavia sempre con ragioni buone e ben pensate, le derivava.

«Sì, ma poi quando sarà il momento di sposarti voglio vedere chi ti prende...»

«Non preoccuparti», aveva risposto lei allorché l'interessamento aveva osato arrivare a quei punti. «Non preoccuparti, che di trovar il merlo adatto quando verrà il momento sarò più buona di te. E poi se a me piace?»

Era questa la ragione più semplice ma anche più vera del suo costume: il piacere: piacere d'aver un amico; piacere di cambiarlo (la sua libertà arrivava tranquillamente anche a questa ammissione); piacere di poter togliersi i capricci che voleva; piacere in una parola della vita. Quanto ai rimorsi e alle malinconie eran sentimenti che la prendevano di rado: i primi perché l'intelligenza con cui sceglieva e dirigeva le sue relazioni le aveva sempre vietato almeno fin lì d'inciampare in qualche contrattempo vergognoso o difficile da superare; i secondi perché all'atto di terminar una relazione l'attesa di quella che nascostamente o palesemente aveva già avviato le si rivelava subito piena di tanto interesse e di tante speranze quante bastavano per vincere ogni eventuale rimpianto. L'unica volta in cui quelle ombre e quel rimpianto eran risultati più tenaci del previsto era stata allorché la relazione col Rivolta aveva minacciato di rompersi. Ma questo era accaduto perché quella rottura l'aveva colta all'improvviso o perché lei gli s'era attaccata con più forza che agli altri? E cos'aveva poi di particolare l'Attilio per averle provocato un tal sentimento? Forse quel suo carattere sicuro, asciutto ed orgoglioso? Forse perché di tutti era stato quello che le aveva dato la dimostrazione più chiara di cosa debba esser un uomo vicino a una donna? L'opposto esatto del fratello che invece era solo parole, esibizioni e vanità: io faccio; io disfo; voce e non voce; contratti; radio; varietà: profumi addosso: tutto attento alla propria persona; ma che per parlar chiaro, quando si trovavano a tu per tu, pareva mancar d'ogni iniziativa tanto che aveva dovuto esser lei a cominciare.

E che il fatto d'esser passata dall'uno all'altro fosse stata una rivalsa, una rivalsa segreta fin a se stessa, dopo i primi giorni la Gina non aveva potuto negarselo. Tanto più che s'era ricordata di certi riferimenti abbastanza chiari che l'Attilio aveva fatto sul fratello e su come praticamente l'aveva sempre dominato.

«Se ha fatto fortuna deve ringraziare me. Perché lui da solo si sarebbe fatto imbrogliar da quei cani rognosi che son gli impresari. Del resto anche la voce chi gli ha permesso d'educarla? Lo tengo sotto così, guarda, come un cane al padrone.»

Non che coscientemente il cambio da un Rivolta all'altro fosse avvenuto soltanto per quello, c'era la fama per esempio, che il Sinatra ottenendo il secondo posto nel «Concorso per le voci nuove» aveva improvvisamente sparso intorno a sé e il presagio d'una buona fortuna anche per quella che gli si fosse messa a fianco. Aprendo quella nuova relazione non aveva infatti potuto negarsi che quella prospettiva non avesse il suo peso ma eran state speranze di pochi giorni, poiché la scrittura che il Sinatra aveva subito firmato per una compagnia di varietà e la conseguente necessità di spostarsi da una sede all'altra gliene aveva mostrata subito l'infondatezza; e non eran bastate certo le promesse: «fra uno spostamento e l'altro tornerò, vedrai»: «leggero com'è», s'era detto, «la prima che vede prenderà e di me non si ricorderà nemmeno per mandarmi una cartolina». Considerazioni che venivan sostenute dall'inerzia e dall'indifferenza, gioviali e scherzose tanto l'una quanto l'altra, con cui il Sinatra s'era comportato ogni volta che s'eran visti e tanto più quanto più dal parlare e dal passeggiare eran arrivati ad esser soli: all'amore. Ma per quello lì l'amore son parole, non fatti! Chissà di che cosa sono questi cantanti!

Tuttavia l'ambizione e la vanità l'avevan spinta a continuare, ambizione e vanità di farsi vedere con lui in modo che tutti e tutte, massime le più invidiose, avessero un'altra prova che il suo potere di conquista arrivava sempre alla schiuma: schiuma di bellezza, di virilità, di vantaggi e schiuma anche di gloria e di fama. Tanto che diversamente dal suo solito col Sinatra aveva sempre cercato di mostrarsi e restar in pubblico il più possibile, sia nei bar, sia nelle strade.

Così aveva fatto anche quella sera e senza sospettar che fuori qualcuno stava tramando contro quella sua sicurezza di far bella mostra un tranello e che qualcuno la spiava quando, alzatasi dal tavolo insieme al Sinatra, aveva preso a camminar avanti indietro sul marciapiede, arrivando sempre al punto di scendere e proceder oltre il piazzale nelle stradette che davan sui prati ma a quel punto tornando sempre indietro e rifacendo in senso contrario lo stesso tratto di strada.

«Ma cos'è che ci mettono?» aveva fatto sottovoce una delle due spie all'altra.

«Su», aveva ribattuto la seconda come per spingere col suo desiderio d'arrivar presto alla conclusione la coppia verso i prati, «su, su che l'erba vi aspetta.»

Finché giunti al limite estremo del marciapiede, dondolando lentamente i due eran scesi sulla strada ed entrando quasi subito nel buio avevan voltato a destra.

Seduti sul bordo del marciapiede, nello stesso posto in cui avevan atteso che la Gina e il Sinatra s'alzassero, i due ragazzi avevan seguito con gli occhi lucidi e golosi la coppia allontanarsi. Poi, non riuscendo più a veder con chiarezza senza peraltro preoccuparsi di simular lo scatto, eran balzati in piedi e di corsa s'eran allontanati dalla parte opposta, sapendo come trenta metri avanti la strada parallela a quella su cui il Sinatra e la Gina s'eran incamminati avrebbe loro permesso di seguire a debita distanza e senza esser visti i loro movimenti.

«Fate piano!» aveva detto uno di quelli che eran rimasti seduti ai tavoli del bar e che evidentemente era del gruppo cui il Rivolta aveva svelato il suo piano. «Piano!» aveva ripetuto.

I due ragazzi s'eran voltati e con un gesto rapido avevan raccomandato a chi li aveva redarguiti con tanta leggerezza il silenzio. Allora nel gruppo v'era stato un ammiccamento di sguardi e di sorrisi, prima intesa per il divertimento di poi.

III

Eran più che sicuri. Il pedinamento condotto fin quasi a destinazione con mosse repentine e al più possibile silenziose non aveva lasciato alle due spie alcun dubbio.

«Speriamo. Ma se vado e non li trovo son sberle», aveva detto alla fine il Rivolta. «Intesi?»

«Intesi.»

L'intesa era che loro l'accompagnassero passo passo e che giunti a un centinaio di metri s'intrufolassero in qualche siepe da dove sarebbero usciti appena la sua voce avesse dato il segno che il tranello era scattato. Dieci minuti dopo loro, dal bar avrebbe dovuto partire il gruppo dei maggiori cui essendo assegnato il solo ruolo di testimoni bastava un'attesa più lontana: aldiquà cioè di dove cominciavan le ortaglie, luogo scelto dalla coppia per il convegno di quella sera.

La notte malamente rischiarata da una luna ora velata ora nascosta dal montar delle nubi, rendeva impossibile distinguere con esattezza ai tre che avanzavano dove da un certo punto in avanti la coppia poteva essersi ritirata, più che all'occhio dunque dovevan chieder aiuto all'orecchio. I fruscii, i respiri, l'eco d'ogni parola era ciò che dovevan cogliere appena fossero giunti a varcar il terreno ritenuto buono per l'incontro: perché potevan essere molto più vicini di quanto loro stessi non osassero pensare, magari lì, a due passi... Fu allora, quando nei suoi pensieri si fece strada quel dubbio, che il Rivolta con un segno diede ordine alle due spie di fermarsi e scomparir nell'erba.

Con la silenziosa naturalezza d'un pallone che si sgonfia i due ragazzi caddero nel prato. Subito dopo quasi avesse scorto qualcosa e quindi non volesse farsi vedere anche il Rivolta s'abbassò sui ginocchi.

Stando così accovacciato si sentì tremare. Ma più che per la miserevole indegnità di quanto stava facendo, tremava per l'ira contro il fratello che ve l'aveva costretto: ecco a che punto quella farfalla l'aveva ridotto! Eppure vendicarsi più che un suo diritto era un suo dovere.

Anziché smarrirlo, quella constatazione ebbe così il potere

d'acuir il bisogno che sentiva di metter il fratello alla gogna e in quel modo risolver tutto e per sempre. Perché da quella sera in avanti era certo che più niente avrebbe turbato l'ordine dei loro rapporti: il suo dovere di comandare e il dovere d'ubbidire dell'altro: sotto, come una mucca alla monta.

A quell'immagine un'ombra d'orrore gli scese nel cuore; allora s'alzò di scatto e girando lentamente la testa perlustrò tutt'intorno.

La supposizione che i due fossero nascosti di là dalla siepe che divideva un'ortaglia dall'altra fu così forte che senza esitazioni decise di dirigersi verso quel punto.

Bastò che avanzando gli mutasse davanti la prospettiva dei rami e delle foglie perché di là da essi apparisse, più nera perché stagliata sul biancore del cielo, la sagoma della coppia.

La decisione con cui compì i passi necessari a portarsi ancor più vicino fece voltar i due. Allora da quel buio per un attimo apparvero al Rivolta, lucidi e atterriti, gli occhi della Gina.

«Fermi!» gridò.

«Ho detto di star fermi», ripeté quando vide che il fratello accennava a muoversi.

«Be', perché? È forse proibito venire qui a far l'amore?» chiese con un tono di voce dal quale si capiva come avendolo subito riconosciuto il Sinatra cercasse di mostrarsi indifferente e sicuro almeno di fronte alla ragazza.

«Con lei, sì. E non solo qui, ma in qualsiasi altro posto!» ribatté l'Attilio.

Ormai era arrivato alla stessa altezza dei due, seppur dalla parte opposta della siepe. Allora, com'era convenuto, lanciò un fischio che lacerò l'aria e si perse nei campi.

A quel segnale le due spie scattaron dal loro nascondiglio e via di corsa a raggiunger i tre!

Arrivaron sul posto che l'Attilio girata con calma in parte naturale, in parte imposta, la siepe stava per affrontare il fratello.

«Ma insomma si può sapere cos'hai?» fece il Sinatra senza nessuna convinzione, mentre la Gina cercava di staccarsi il più insensibilmente possibile da lui. «Avrò pur il diritto di stare con chi ho voglia.»

«Con chi vuoi sì, ma con chi è stata con me, no. Lo vuoi capire che il padrone in casa sono io e che il dubbio d'esser fatto becco da te non deve sfiorar nessuno? Lo vuoi capire, o scemo!»

«Ma se son dei mesi che l'hai piantata...»

«Ho piantato questo, stronzo!» gridò l'Attilio e questa volta accompagnò la parola con una sberla che colpì il Sinatra in piena faccia.

A quel colpo che echeggiò nell'aria i due ragazzini, di cui la coppia s'era appena accorta, scoppiaron a ridere.

«Anche delle spie si serve il padrone di casa!» fece il Sinatra.

«Sì, anche di quelle, come di tutto ciò che mi fa comodo. Perché la schiena per far bella la tua voce l'ho dovuta piegar io. Hai capito? Io!»

«Se era per rinfacciarmelo potevi farne a meno. Ci avrei pensato da solo.»

«Sì? E con cosa, se hai sempre tirato avanti nella bambagia?»

«E tu allora perché l'hai fatto se non per il tuo interesse?»

«Ripeti quello che hai detto, se hai il coraggio. Ripetilo!» incalzò l'Attilio facendosi sotto il fratello a pugni chiusi.

«Ho detto che se l'hai fatto è perché avevi il tuo interesse.»

«E quale? Questo qui?» gridò l'Attilio colpendo il Sinatra con un pugno.

Il Sinatra vacillò per un momento, giusto il tempo perché la Gina gli s'avvicinasse per sorreggerlo.

«Fatti, fatti sostenere dalle donne tu...»

«Ma Attilio...» intervenne allora la ragazza.

«Attilio, cosa? Prender le donne che son state con me e solo per far che intorno dicano che lui suo fratello oltre ad averlo fatto scemo, convincendolo a lavorar per due, l'ha fatto becco! Domandami scusa, avanti! Domandami scusa!»

L'Attilio era tornato minaccioso e tanto più andava comprendendo l'assurdità cui l'ira l'aveva spinto tanto più insisteva nelle sue richieste.

«Ho detto di domandarmi scusa! O vuoi forse che a furia di sberle ti conci da buttar via? Il Bob, guardatelo lì, il Bob che non ha neanche il coraggio di ribellarsi...» aggiunse l'Attilio. «Ma che uomo sei se non hai neanche la forza di difendere la tua donna?»

«Attilio...» intervenne per la seconda volta la Gina.

«Diglielo, diglielo se si sente di farla a pugni con me per vedere a chi tocchi. Avanti, diglielo, se ti sei affezionata così tanto.»

Dopo quella sfuriata l'Attilio esitò un istante, poi impaurito dal silenzio in cui se non avesse ripreso a parlare si sarebbero trovati tutti e cinque, rivolgendosi ai due ragazzi disse:

«E adesso andate indietro e fate venir qui gli altri, che vedano anche loro chi è dei Rivolta che comanda.»

«Ma cosa vuoi fare, Attilio?» supplicò la Gina staccandosi definitivamente dal Sinatra. «Cosa vuoi fare?»

«Quello che mi fa comodo. Perché tu lo sai cosa dicono intorno? Dicono che il Sinatra ha fatto becco suo fratello. Io, io farmi far becco da lui, io che l'ho mantenuto, io che l'ho fatto studiare, io che gli ho trovato lavoro e contratti! Ma cosa credevi che potessi aver paura di te, io? Guarda, lo vuoi vedere com'è tua la Gina?» aggiunse con una voce acre l'Attilio mentre con una mano afferrava la ragazza e se la tirava vicino.

«No, Attilio, ti supplico. Attilio!»

«Vuoi vedere come si fa a far lingua in bocca con la tua dama?»

«Attilio...» mormorò un'altra volta tremando la Gina.

«Vuoi vedere come si fa a tirargliele giù le mutandine?»

Benché tutto il suo corpo fosse già piegato sulle ginocchia, con un colpo e voltandosi verso il fratello il Rivolta costrinse la Gina a cader a terra.

«Andate a chiamar gli altri voi due. Su, cosa aspettate?» disse senza lasciarsi il tempo di prender fiato.

«In faccia a tutti, no. Ti supplico, Attilio! Attilio?»

«Non me l'hai fatta fare in faccia a tutti la figura del becco? E in faccia a tutti devi smentirla.»

Il Sinatra restò qualche altro istante in silenzio, poi vedendo il fratello alle prese col corpo della Gina disse:

«Non sembri neanche mio fratello. Mi fai schifo, mi fai...»

A quelle parole la Gina riprese ad interporre le sue suppliche: «Qui no, Attilio. Ti supplico. Qui no...»

«Ma di cosa ti preoccupi?» ribatté il Rivolta maggiore. «Di quel bamba lì? Non vedi che a lui non importa né di te, né di nessuno? Almeno venisse qui a darti una mano, almeno mi saltasse addosso per strozzarmi... Guardalo, guardalo chi è il tuo nuovo spasimante! Ma di cos'è che t'ha fatto nostra madre?»

S'era inginocchiato anche lui e continuava a tener chiuse rabbiosamente tra le sue le gambe della ragazza che inutilmente tentava di svincolarsi. Ormai era arrivato a prender le mutandine per l'elastico e mentre si voltava per insultar anche con gli occhi il fratello fece forza per vincer le ultime resistenze e levarle.

«Ti supplico, Attilio. Andiamo dove vuoi, ma qui no. Qui no.»

«Invece qui, qui!» gridò l'Attilio. «Qui e davanti a tutti.»

Fu con un senso d'impotente disperazione che poco dopo l'Attilio sentì la seta romperglisi tra le dita. Continuò tuttavia nella sua febbrile operazione e quando approfittando del fatto che nel dibattersi la ragazza aveva perso i sandali gliele ebbe sfilate, ne fece un mucchio e con un lancio le gettò verso il fratello:

«To', prendile e baciale se hai il coraggio. L'amore tu lo sai fare solo con queste cose qui.»

Non aveva ancor finito di parlare che cadde con tutto il corpo su quello della ragazza. Quindi nello sforzo di vincere ogni ulteriore resistenza e di portar le braccia sotto la schiena della Gina così d'averla in suo completo possesso, ebbe appena il tempo di percepir il passo del Sinatra che strisciava come quello d'un ladro dentro l'erba.

«Se ne va, lo vedi che vigliacco?» disse alla Gina, abbastanza forte tuttavia perché lo sentisse anche il Sinatra. «Ma non credere che tutto sia finito qui», aggiunse alzando la voce. «Il resto dopo, a tu per tu, nella nostra stanza.»

Stupito, ma solo fin dove il suo carattere glielo permetteva, il Sinatra continuò a far passi e passi finché si trovò sul limitare delle ortaglie.

Il momento più difficile della sua ritirata fu tuttavia quando do prima sentì e poi vide il gruppo degli asserviti venirgli incontro: davanti i due ragazzini che gridavano a squarciagola:

«Gliel'ha soffiata con una sberla!»

«E così il cantante è rimasto all'asciutto!»

I grandi dietro, con il passo di testimoni un po' delusi dal saper che il più del divertimento s'era svolto durante la loro assenza.

Quantunque supponesse ciò che sarebbe accaduto il Sinatra non fece niente per evitarli, anzi d'evitarli non pensò neppure che valesse la pena: tanto quello che dovevan dirgli avrebbero trovato il modo di dirglielo lo stesso; e se doveva subir scherni meglio subirli adesso. Perché di lì a qualche giorno poi chi l'avrebbe più visto a Vialba? Lui in giro con la sua compagnia di varietà e loro lì, come suo fratello, a morir di malinconia e di fatica...

«Eccolo, eccolo che arriva!» disse uno dei ragazzini quando la sua figura si fu disegnata sulla strada.

«E allora?» fece il secondo.

Il Sinatra non rispose né a quelle domande, né alle insinuazioni, alle risate e ai titoli che gli piovvero da tutte le parti quando dové fronteggiar l'intero gruppo: in misura minore e con minor cattiveria tuttavia di quanto vedendoli arrivare avesse pensato.

Solo quando se li fu lasciati alle spalle e uno dei grandi gli ebbe detto: «E adesso cosa fai, Sinatra?» osò voltarsi e con voce tranquilla, dove tutti non seppero se ammirar più l'incoscienza o più l'abilità a simulare, rispose:

«Vado a casino. Tanto se là son puttane, la Gina cos'è?»

Il resto, dopo

Benché tutto si fosse svolto come aveva previsto la delusione scese nell'Attilio appena, salutati gli amici con cui aveva brindato, se ne fu uscito dal bar; allora gli sembrò che tutte le rinunce, i sacrifici e le fatiche di quei due anni di lavoro, straordinari ogni giorno fino a tirar sera stanco e stordito, gli pesassero sulle spalle come orpelli completamente inutili, salvo che per diventar argomenti di scherno, ora che ne aveva così indegnamente distrutto ogni valore.

Vinto aveva vinto, di dosso le corna se l'era levate in pubblico e clamorosamente, ma tutto quello bastava a giustificar la degradazione cui era sceso? «A giustificarla», si disse, «di fronte a se stesso»; perché di fronte agli altri era chiaro che bastava: questo anche se i sei o sette testimoni non avevan mostrato quell'allegria che lui avrebbe desiderato. «Forse», aggiunse, «perché alle ortaglie eran giunti quando tutto era finito.»

In effetti il segreto disastro del suo trionfo, lo smacco per cui gli pareva d'aver perso anche quel poco d'autorità che malgrado tutto fin a poco prima gli era rimasta, si riferiva al contegno del fratello: che fosse indifferente lo sapeva ma non fino a quel punto. A confermargliene l'insensibilità c'era giusto mancato che gli amici gli riferissero la risposta con cui s'era allontanato da loro:

«Era avvilito?» aveva chiesto allora per riprendersi dalla delusione di quella risposta.

«E come si faceva a vedere... Eravamo al buio!»

«Ma piangeva almeno?»

«Piangere quello lì? Ma se non ha né cuore, né onore...»

E allora?

«Il resto, dopo», gli aveva gridato e se lo ricordava bene adesso che stava per dirigersi a casa, «a tu per tu, nella nostra stanza...»

E cosa sarebbe stato il resto? Un'altra fila d'insulti?

E che ne avrebbe cavato se non una degradazione ancor maggiore? Perché era di fronte a lui e di fronte a se stesso, alla loro sordida intimità di fratello maggiore e di fratello minore che adesso doveva provare d'aver vinto o perlomeno di non aver aggiunto alla precedente una nuova sconfitta. Ma come? Insistendo nel tono di prima? E che senso avrebbe avuto là nella loro stanza dove tra poco si sarebbero ritrovati? Facendo così non avrebbe messo in evidenza ancor maggiore l'assurdità del suo comportamento e quindi la sua debolezza?

Piano piano, continuando a seguir i suoi pensieri sentì che avrebbe finito con l'ammettere che per lui sarebbe stato più conveniente aver fatto finta di niente. «Ma le voci», si corresse, «le voci che avevan preso a circolare come serpenti usciti dal covo?» E la sua dignità? Il suo nome? Il suo prestigio? La sua autorità? I suoi due anni di lavoro? Il suo bisogno d'esser primo nei confronti del fratello almeno in quel campo? Avrebbe dovuto lasciar che tutto questo andasse in niente?

Aveva fatto bene, benissimo. La soluzione migliore era quella che aveva messo in opera. E per provarlo gli mancava soltanto di vedere, una volta entrato, il Sinatra steso nel suo letto, pianger la vigliaccheria che aveva commesso: questo sarebbe stato sufficiente a togliergli di dosso il disagio che provava e a rimetterlo per sempre sul piedistallo del padrone.

Quando però, giunto a casa, passò dalla cucina nella stanza e per far luce girò l'interruttore dové prender atto che anche quell'ultima speranza era sbagliata: il letto era vuoto; nella stanza tutto era in ordine e niente portava segni che il fratello vi fosse già passato.

«Che sia davvero un vigliacco?» si disse. E stentò a convincersi che veramente il sangue che correva nelle vene del Bob fosse uguale al suo.

Un Rivolta? Un Rivolta, così? Senza né orgoglio, né onore? Che si lascia beffeggiare e insultare e poi va intorno come se niente fosse? Perché era chiaro che anziché tornare doveva essersi recato in qualche cinema o in qualche bar.

Che fosse andato dove aveva detto ai suoi testimoni non osò pensarlo; più per non aumentare la delusione causatagli dal fallimento almeno privato del suo piano che per difficoltà ad ammetterlo. Perché in pubblico, in pubblico la sua autorità l'aveva completamente ristabilita.

Nonostante però s'affannasse a ripeter a se stesso quella certezza, nel suo cuore generoso ma sostenuto da un orgoglio eccessivo il vuoto continuava ad allargarsi.

«Aspetterò quando torna», si disse mentre in fretta e furia si svestiva, «e quando torna dovrà chiedermi perdono; ai piedi dovrà cadermi; in ginocchio, qui; supplicarmi d'aver pietà; gridarmi piangendo che io quello che lui ha fatto, con tutti i sacrifici che ho sostenuto per lui, non lo meritavo; questo dovrà fare. E lo farà», si ripeté, «per dio, se lo farà!»

Ma dicendoselo capiva anche lui come la possibilità d'umiliare il fratello con la persuasione e con la calma anziché con la rabbia e con l'ira sarebbe stata distrutta dalla coscienza del degradamento cui s'era ridotto, una coscienza che gli illividiva il cuore e gli offuscava la volontà e i pensieri.

Quando però sentì il rumor della chiave e uno dopo l'altro gli scatti della serratura, ebbe un ricupero di forza: anche se vedendolo la spinta fosse stata d'assalirlo un'altra volta si sarebbe dominato o quanto meno avrebbe aspettato che a parlare cominciasse lui.

Il passo ilare e indifferente che risuonò subito dopo e il motivo che a mezza-voce ne accompagnò il suono gli distrussero ogni resistenza.

No, ecco, niente: non avrebbe detto niente. Perché chiedere, parlare, minacciare avrebbe significato scender ancor più in basso; e quello era ciò che soprattutto doveva evitare.

Così si limitò a girarsi nel letto e in silenzio attese che il Sinatra entrasse nella stanza. Quando poi sentì che aperta la porta il fratello continuava a canticchiare non solo come se tra loro non fosse accaduto nulla, ma come se lui non fosse ancora lì, nel letto per riposare e dormire, si sentì infuriare e brontolò:

«Almeno di notte tienila chiusa la bocca!»

«Il padrone sarà servito», rispose il Sinatra con un tono di sfida calmo e per niente irritato.

«Se è per quello sarà bene che tu mi dica dove sei stato fin adesso», ribatté l'Attilio levandosi di dosso le coperte con un colpo.

«Dirtelo? E perché? Mi pare che questo nei contratti non c'era.»

«Bob!» gridò l'Attilio alzandosi con uno scatto dal letto.

«Be', cos'hai?» ribatté sforzandosi di parer sicuro il Sinatra. «Non ti basta la figura che hai fatto alle ortaglie?» Lanciando questa frecciata il Sinatra osò guardare e a lungo il fratello: vide così che tutto il corpo, scarno e potente, pareva tremare come se fosse preso da un convulso.

«Bob!» ripeté l'Attilio cercando invano di trattener in sé il bisogno che sentiva d'andargli addosso e assalirlo. «Non cimentarmi, Bob, perché non so cosa potrei fare stasera!»

«Cimentarti io? Torna a letto, dai ascolto a me. Vedrai che i nervi ti si calmeranno. E di quello che è successo non parliamone più, né adesso, né mai.»

«I consigli puoi risparmiare di darmeli. Non ne ho bisogno.»

«E allora resta lì...» concluse il Sinatra appoggiandosi alla sponda del letto e inchinandosi per slacciar le stringhe delle scarpe.

Davanti a quella prova di sicurezza impudente l'Attilio che si trovava di fianco al letto e che era coperto dalla sola canottiera e dai soli calzoni del pigiama, si sentì diventar un'altra volta ridicolo e impotente quasi avesse perso non solo ogni forza, ma ogni residuo di dignità. Il resto che gli aveva promesso nelle ortaglie si sarebbe dunque trasformato in una nuova sconfitta? E l'avrebbe accettata così, senza nessuna reazione?

Spinto da quei pensieri, seppur a fatica, riprese a parlare:

«Voglio sperare che non sarai andato dove hai detto...» fece.

«E dov'è che ho detto?» chiese il Bob forzando con la punta del piede destro il tacco della scarpa sinistra per levarsela. «Sentiamo, sentiamo che mi diverte...»

Attese un momento la risposta e quando capì che non l'avrebbe avuta, mentre si rimetteva in piedi per slacciarsi i calzoni, si voltò verso l'Attilio e disse:

«Be', che c'è adesso? Non parli più?»

«È il colmo», replicò allora l'Attilio, «il colmo. Ma chi sei? Cosa pensi? Come ragioni?»

«Io?» rispose il Sinatra che con alcuni colpi stava facendosi scivolar di dosso i calzoni.

«Tu, sì. Ma non vedi che non hai più né dignità, né carattere. Niente t'è restato, niente!»

Mano mano però che parlando si affannava a ricostruir davanti al Sinatra la scena delle ortaglie l'Attilio sentiva come l'indegnità anziché sul fratello, ricadeva tetra e crudele su se stesso.

«E poi pensa, pensa a cosa m'hai costretto a fare», aggiunse quando s'accorse di non poter più sostenere l'equivoco in cui s'era messo.

«Io? Perché secondo te a costringerti a fare quello che hai fatto sono stato io?»

«Tu, sì. Perché se invece di andar con la Gina fossi andato subito con la puttana con cui hai appena finito d'andare...»

«Ma cos'è questa storia della Gina? Non l'avevi piantata? E dunque?»

«Bob, t'ho detto di non cimentarmi!»

«E cosa devo fare per non cimentarti? Lasciarti dir delle fesserie?»

«Fesserie? Fesserie queste dove c'è in gioco il mio onore, il tuo e quello di tutta la nostra famiglia?»

«Già, perché se io vado con una con cui sei andato anche tu ci va di mezzo l'onore! Ma dillo, dillo chiaro e netto che è l'invidia che ti fa parlar così: invidia per la mia voce, invidia per la mia fortuna...»

«Bob!» gridò con voce strozzata l'Attilio piombandogli sulle spalle proprio mentre, levati gli slip, egli s'accingeva ad infilarsi il pigiama.

«Lasciami!» gridò il Sinatra cercando d'uscir dalle mani del fratello. «Lasciami se non vuoi che gridi e svegli tutti!»

«Ecco dov'è il tuo coraggio: gridare, svegliar tutti! Perché da te non sei capace di far niente, neanche di difenderti. Ti farai fregar da tutti, tu! Anzi se non ci fossi stato io, ti saresti fatto fregare anche dai tuoi amici del varietà.»

«Ho detto di lasciarmi...» ripeté due o tre volte il Sinatra. Ma la morsa dell'Attilio, che l'aveva costretto ad abbandonarsi con tutto il busto sul letto, non accennava ad allentarsi.

«Devi domandarmi perdono, perdono per quello che hai fatto prima e per quello che hai fatto adesso. Perché qui son arrivato per colpa tua. Lo vuoi capire che è per quello?»

Afferratolo pei capelli e preso dalla disperazione di non sapersi dominare l'Attilio trascinava il fratello di qua e di là, come per sfogare su lui la sua rabbia e nello stesso tempo dare a se stesso una dimostrazione di forza.

Il dolore di quei colpi costrinse però il Sinatra a ribellarsi quasi subito. E poiché ogni altro movimento gli era vietato, facendosi forza sulle reni cercò di sollevar le gambe sul letto e rovesciarle contro l'Attilio. La sua manovra fu però anticipata. Così quando la spinta giunse a scaricarsi anziché il corpo del fratello trovò il vuoto. L'Attilio infatti s'era drizzato di scatto e in quella posizione aspettava che il Sinatra, fallito il tentativo, scendesse dal letto e l'affrontasse direttamente.

Quando però l'ebbe davanti non gli concesse neppure il tempo d'abbassar la canottiera sul ventre:

«Chiedimi scusa, o scemo!» gli gridò e con un manrovescio lo colpì in pieno sulla faccia.

A quel colpo il Sinatra barcollò, si raggomitolò su se stesso, poi come se stesse per svenire scivolò a terra portandosi le mani sulla faccia e lì rimase, anche quando un fiotto di sangue cominciò a scendergli dal naso, a impiastrargli guance e bocca per calar infine da lui sul pavimento.

L'Attilio continuò a fissarlo ansimando e benché se lo vedesse disteso ai piedi come un cane, si sentì irritato da quei fianchi e da quelle gambe immodestamente nudi.

«Alzati, adesso. E che questo ti serva di lezione per l'avvenire.»

Quindi si mosse per passar dall'altra parte della stanza: l'intenzione era di raccoglier il pigiama e col gesto di portarglielo ristabilir tra loro un po' di pace. Ma la riga di sangue che d'improvviso vide scorrere dalle mani del Sinatra sul pavimento, lo arrestò.

«Bob?» fece allora.

Il Sinatra non diede nessuna risposta.

«Bob?» ripeté l'Attilio e questa volta s'inchinò per alzar la faccia del fratello e veder cos'era successo. Ma il Sinatra non gli permise neppure di compiere quel gesto: chiuso in sé rimase a terra e solo quando, risollevatosi e passato oltre, l'Attilio gli ebbe gettato sulle gambe il pigiama cominciò a muoversi.

«To', prendilo», disse poco dopo l'Attilio levando da sotto il cuscino il suo fazzoletto e buttandolo verso il Sinatra. «E non far scene; è solo un po' di sangue che t'è venuto dal naso.»

«Su. Va' a lavarti», aggiunse poi a voce bassa. «E cerca di non far rumore, perché la vecchia deve essersi già svegliata.»

Infatti dall'altra stanza era già arrivato il cigolìo del letto e adesso si sentivan le nocche picchiar contro il muro.

«Cos'è successo?» fece subito dopo la voce della madre.

«Niente», rispose l'Attilio. «Cose che non ti riguardano.»

«E allora lasciate in pace chi dorme», brontolò la vecchia mentre il letto sotto i movimenti cigolava di nuovo.

Ormai il Sinatra aveva finito d'alzarsi e così prima di rientrar nel letto e risollevar le coperte l'Attilio poté vederlo, la sinistra occupata a premer sul naso il fazzoletto e la destra che s'affannava ad infilar dai piedi alla vita il pigiama.

Pensieri nella notte

I

Gira e gira era dunque arrivata anche lei a dar ragione alle sue invidiose consigliere? Quello che era successo l'aveva bollata davanti a tutti e per sempre come puttana, neppur mezza, ma intera, da trattar quindi come tale e cioè senza scrupoli e riguardi? Ma chi l'aveva vista? Le voci, sì, le parole, le invettive e le irrisioni gridate all'indirizzo di quel vigliacco d'un Bob mentre lei se ne stava sull'erba, preda improvvisa d'uno che, per esser chiara con se stessa, dei molti che aveva conosciuto era quello che più le piaceva...

Riconoscer questo non era una rivalsa della sua dignità: era la verità pura e semplice; perché l'Attilio le piaceva. Del resto quello che aveva fatto quella sera e cioè prenderla di sorpresa e con tanta disperazione non era una prova che a spingerlo, oltre a tutto ciò che aveva gridato al fratello, era stata anche la gelosia? Gelosia per lei? E perché no?

Ma la violenza di quel passaggio, la brutale aggressione, la parola giusta era questa, con cui prima l'aveva tolta dalle braccia del Bob, poi l'aveva gettata a terra e svestita delle mutandine?

In quel momento le sembrò di sentir ancora la bocca, le braccia e le gambe dell'Attilio stringerlesi intorno, tremare, abbracciarla...

«Il resto dopo, a tu per tu, nella stanza», aveva gridato

proprio in quel momento al Sinatra. Poi mentre da oltre le ortaglie arrivavan le voci delle spie le aveva dato un bacio furioso, tanto che per non farsele rovinare lei aveva dovuto aprir subito le labbra e lasciar che lui vi facesse quel che voleva.

«Chissà cosa sarà stato il dopo...» si chiese a quel punto dei suoi pensieri.

Se ne stava chiusa nel silenzio della stanza rotto solo dal respiro delle due sorelline che dormivan testa e piedi di fianco a lei, soprattutto da quello della Gemma che soffrendo di carne crescente era il più pesante.

«Dovran pur decidersi un giorno o l'altro a fargliela togliere!» commentò infastidita da quel ronzio.

«Sberle e insulti: il resto sarà stato questo», fece riprendendo a svolgere il pensiero che la dominava. «O non peggio?»

Uno spavento e tuttavia lieve, come se sapesse che la causa non lo valeva, entrò nel suo cuore: un'immagine, ma non più che quella, di gesti violenti, quasi assassini. Poi come un'ombra anche quell'immagine fuggì via e la lasciò nel suo cruccio, desolata eppur felice.

«Diranno che finalmente s'è visto chi sono: passa da uno all'altro», diranno, «senza neanche ribellarsi.» Bei cretini o belle cretine se fossero state donne, che non san neppure che il passaggio fondamentalmente lei lo aveva desiderato.

Ma anche adesso che vi ripensava non poteva nascondersi che nel momento in cui da oltre le ortaglie eran giunte le voci delle spie e dei testimoni s'era sentita prender dalla paura. Allora stringendoglisi alle spalle e cercando di staccar per un momento la bocca dell'Attilio dalla sua l'aveva supplicato d'alzarsi:

«Andiamo via, Attilio. In qualunque altro posto starò con te fin che vorrai. Ma qui no. Risparmiami questa vergogna, Attilio. Ti supplico, qui no.»

Era l'ultimo velo di dignità quello che aveva cercato di difendere in quel momento: un velo che, come l'ombra della notte e i muri e le persiane delle stanze, fin lì aveva sempre custodito dalle malelingue il segreto delle sue gioie spensierate.

Rispondendo a quelle suppliche l'Attilio le aveva invece offerto un'altra prova della sua forza e della sua sicurezza:

«Non aver paura. Qui non verrà nessuno. Han l'ordine di fermarsi indietro e guai se lo tradiscono.»

Un po' perché quelle parole l'avevan liberata almeno in parte dalla paura e un po' per la gioia di sentirsi stringere un'altra volta da colui che, adesso lo poteva riconoscere con certezza, rappresentava per lei il vero uomo, s'era sentita prendere da un gran bisogno di piangere. Tuttavia aveva cercato di trattenersi e certo ci sarebbe riuscita se l'Attilio allungandole le mani nel grembo non le avesse sciolto ogni freno; allora dalla bocca le era uscito improvviso un singhiozzo e dopo quello, il tempo per tentar un ultimo diniego, il pianto. Era stato un pianto convulso, contro cui ad un certo punto l'Attilio era stato lì lì per alzar le mani e schiaffeggiarla:

«Piangi? Piangi, per cosa? Per quella farfalla? O piangi perché hai capito che non meritavo d'esser trattato così?»

«Ma come dovevo trattarti Attilio se sei stato tu a lasciarmi?»

«Io, sì, io», aveva fatto il Rivolta. «Ma perché avevo capito chi sei: ecco perché t'ho lasciata. E comunque col Sinatra non dovevi andare mai e poi mai. Che gusto ci potevi cavare del resto? Parla, su. In tutto questo tempo cos'è che t'ha fatto? Cos'è che è riuscito a combinare se non parole e parole? Su, avanti, cosa?»

Non aveva gridato quelle parole, le aveva mormorate appena come se all'atto di pronunciarle ne avesse sentito lui per primo la miserevole indegnità. Finché a un certo punto dalla strada era arrivato il richiamo degli amici.

L'Attilio s'era sollevato da lei quel tanto che bastava per gridare e aveva risposto: «Andate al bar. Appena ho finito vi raggiungo», e giù di nuovo su lei con la stessa rabbiosa volontà di distruggere qualcosa che lei non aveva afferrato, ma che certo doveva ossessionarlo.

«Appena ho finito»: aveva detto così. Era inutile che se lo nascondesse. E cosa volevan dire per il suo futuro quelle parole? Che dopo quella volta, dopo cioè che lui s'era preso sul Sinatra la vendetta che s'era preso, non si sarebbero più visti?

Quando l'Attilio s'era staccato da lei e alzandosi aveva cominciato a mettersi in ordine maledicendo ora il fratello, ora le donne, tutte, lei compresa, ora i fili d'erba e il terriccio che gli s'era attaccato dappertutto, lei aveva continuato a restar in terra; un senso di desolazione le aveva impedito di dire e di fare qualunque cosa; era rimasta lì giusto il tempo per coprirsi in qualche modo con la sottana, poi s'era voltata e s'era chiusa la testa fra le mani; così il pianto di prima aveva ripreso come se nel frattempo non ci fossero state interruzioni e in esse la gioia e lo sgomento d'aver trovato chi le piaceva. No, non aveva avuto né il coraggio d'alzarsi né quello di parlare: in silenzio aveva atteso che a decidersi fosse lui. E allorché alla fine l'Attilio inchinandosi verso lei le aveva allungato la mano e le aveva detto:

«Su, alzati», lei s'era aggrappata a quella mano come all'ancora che sola poteva liberarla dalla vergogna e salvarla. Allora senza per altro nessun tono di rabbia, aveva osato dirgli: «Se volevi tornare con me, perché hai fatto così?».

«Non chiederti mai il perché e il percome. Se mi vuoi bene, prendimi come sono.»

Ed era stato tutto. Perché poi s'eran salutati senza nessuna effusione, anzi intristiti tutti e due dalla violenza degli avvenimenti e irritati di poter esser lì, una di fronte all'altro, dopo ciò che era successo.

E solo quando aveva avvertito il passo dell'Attilio frusciar tra l'erba e la sua figura allontanarsi nel buio dei coltivi e delle siepi, aveva sentito il bisogno imperioso di richiamarlo e implorarlo affinché le promettesse che si sarebbero rivisti e le fissasse un appuntamento per l'indomani, «perché dopo tutto quello che è successo e che abbiam fatto tu non puoi lasciarmi così, diventerei lo scherno di tutti e per me sarebbe la fine».

«E poi mi piaci», gli aveva detto e si ripeteva adesso, mentre presa da un nuovo scoramento si premeva la testa sul cuscino, «belli come te non ne ho mai conosciuti e neppur bravi come te nel far l'amore. Attilio?» fece come se l'Attilio fosse lì. «Dobbiamo tornar insieme ancora. Domani sera verrò a cercarti, Attilio», e quelle ultime invocazioni si confusero con le lacrime che lentamente ripresero a scenderle giù dagli occhi sulle guance e sul collo.

II

Il senso rozzo ma drastico e concreto dell'onore che possedeva, gli fece parer subito inevitabile che da quei momento la Gina dovesse tornar ad essere la sua amica: anche in pubblico. Del resto chi aveva conosciuto meglio di lei?

Continuò a seguir quei pensieri finché il riprendersi della sua sicurezza non fu contraddetto dal trac dell'interruttore: girato dal Sinatra, che aveva appena finito di levar col fazzoletto ogni segno che della lite era rimasto sul pavimento e di sistemarsi, fece ricader la stanza nel buio.

E aveva il coraggio di parlar d'onore lui dopo le indegnità che aveva commesso? Indegnità? E perché indegnità se gli eran servite a rimetter sul giusto piano i rapporti col fratello? D'una cosa infatti era certo: che da quella sera in poi fra loro due tutto sarebbe tornato come prima: lui, il padrone che segue, guida, dirige e dispone, l'altro, il figlio che accetta, vien diretto e ubbidisce. «Forse che i miei due anni di lavoro», si disse voltandosi mentre il fratello tirava indietro le coperte per entrar nel letto e dormire, «non valevano quel prezzo?»

Ma aveva un bel ripetersi quelle giustificazioni! Il ripensamento dell'accaduto lo fece scivolar pian piano verso una nuova e questa volta definitiva constatazione del disastro a cui il suo piano e la sua vendetta s'eran ridotti.

Fosse almeno riuscito a non ripetere nel tu per tu della stanza la prova d'invidia, di rabbia e d'impotenza che aveva già dato nelle ortaglie! E invece! Malgrado tutti i propositi che aspettandone l'arrivo aveva fatto a se stesso, la spavalda esibizione d'indifferenza e d'insensibilità del fratello l'aveva accecato. S'era ritrovato privo d'ogni difesa e arroventato dal bisogno di vendicarsi ancora e più di prima. Ma fin a quando? E se le cose stavan davvero così, perché s'era fermato davanti a quel po' di sangue che gli era uscito dal naso e alla scena di svenimento, da vero commediante, con cui il Sinatra l'aveva accompagnato? La verità era che il suo bisogno e il suo istinto di dominare non riuscivan a disgiungersi e anzi si confondevano con un affetto profondo e immeritato; «immeritato», cercò di spiegarsi, «perché con me il Bob come ha agito?». Sì, va bene, i consigli glieli aveva sempre richiesti, poi una volta avuti li aveva sempre messi in pratica: anche per la voce, il concorso e la scrittura poteva dire che aveva fatto tutto e solo quello che lui gli aveva suggerito e comandato. Già, perché poi avrebbe voluto vederlo mettersi nudo e solo alle prese con le cricche degli impresari! E allora perché tant'odio insieme a tanto affetto?

A quelle domande che cadevano come conclusione di una serata così triste e delusiva non seppe neppur lui cosa rispondere. Era solo la faccenda delle voci e lo scherno che in pubblico avrebbe potuto derivarne? O non era il bisogno di metter finalmente alla prova il carattere invertebrato del fratello? E se questa era davvero la ragione segreta del suo piano che risultato aveva raggiunto?

A quel punto i dubbi che l'avevan preso poche ore prima, quando cioè era andato avvicinandosi al luogo accordato con le spie, si ripresentarono alla sua coscienza in tutta la loro ombrosa ambiguità; quasi per rafforzarli vi s'univa ora il ricordo delle parole che lui stesso aveva gridato alla Gina, quella specie d'interrogatorio senza pace che le aveva fatto su ciò che il fratello in realtà con lei aveva combinato. «Quell'interrogatorio», si chiese allora, «l'aveva svolto perché gli premeva d'arrivar alla sicurezza che un contatto diretto, l'amore insomma, loro due a farlo non eran arrivati o invece per aver in qualche modo una smentita o una prova circa quei dubbi e quei sospetti?»

Era comunque il caso di preoccuparsi tanto? Perché la natura che aveva favorito il fratello in un senso, non poteva essersi divertita a mostrarsi poi avara in un altro?

Non aveva finito di formular a se stesso quelle domande che l'identità con quanto aveva pensato mentre si recava ad attuar il suo piano lo raggelò. Tutto era a posto: la Gina sarebbe tornata con lui, almeno per qualche tempo; le corna eran state mozzate; ma il Sinatra? Perché dopo tutto il Bob era un Rivolta come lui, come suo padre, come l'altro fratello che se n'era andato nel Belgio. Quella voce che lui per primo s'era adoperato e in che modi e con quanti sacrifici a educare e a far bella, non doveva maledirla adesso se era il contrappeso d'una imperfezione così debilitante?

Ragiona e ragiona, andò a finire che per capir qualcosa sentì il bisogno di riattaccarsi alla risposta che il Sinatra prima d'andarsene aveva dato ai compagni; solo così infatti avrebbe potuto sapere e direttamente da lui qualcosa che in un modo o nell'altro lo rassicurasse. Che il Sinatra fosse ancora sveglio era certo; a parlare tuttavia esitò qualche momento come se si sentisse oscillar sull'orlo d'un precipizio.

Ma era poi il caso di preoccuparsi? Tanto lui cos'avrebbe capito? Con ogni probabilità avrebbe preso la domanda come una nuova prova del suo bisogno di tenerlo sotto di sé, suo succubo e schiavo. E anche se così fosse stato la domanda non avrebbe raggiunto ugualmente uno scopo?

«Senti, Bob», fece ad un certo momento, girandosi con tutto il corpo verso il letto del fratello. Sul punto però di continuare si trovò inceppato, gli occhi sbarrati sulle forme del fratello così come il biancore delle coperte gliele rilevava nel buio della stanza.

«Be', che c'è ancora?» rispose il Sinatra colto di sorpresa.

«Quando sei venuto via dalle ortaglie dove sei andato?» chiese l'Attilio riprendendo a parlare, mentre il cuore aveva ricominciato a battergli come se l'avesse assalito la febbre.

«Ma a te cosa interessa?» fece il Bob. Poi voltandosi dall'altra parte: «Lasciami dormire, va'...»

«Ho detto di dirmi dove sei andato», ripeté l'Attilio con una voce che non ammetteva evasioni. «A casino, forse?»

«Che casino!» disse il Sinatra. «Sono andato al bar dell'Espinasse a sentir due dischi e a bere un punch», aggiunse voltandosi un'altra volta e sbuffando per la noia di quell'interrogatorio di cui non capiva in nessun modo la ragione.

A quella risposta l'Attilio si rinserrò in se stesso e riprese a svolgere come prima e senza pace i suoi contraddittori pensieri.

III

«Sì, a casino! Io parto da Vialba che son le undici e vado a casino! Ma cosa crede che importino a me quelle cose lì? L'ho detto per smorzar la superbia sulla faccia di quei scemi;

loro devono averglielo raccontato e lui c'è caduto. Bell'esempio del resto quello dei suoi compagni: arrivar a ventiquattro, venticinque e ventisei anni, far i bulli e poi perder tempo a divertirsi in quella maniera!» «E che divertimento era stato?» si chiese. «Capisco venir sul principio, ma dopo? Le corna? E chi voleva far corna? Perché adesso che interesse potevo avere? La Gina? Né più, né meno delle altre. Per il peso che dò io alle donne poi!»

In realtà che peso dava? Nessuno: uno strumento del quale non sentiva neppur molto la necessità. Peggio per gli altri se ne avevan bisogno tutte le sere.

La voce: la sua vera donna era quella. Quanto al resto era tutto come la faccenda dell'onore. Dicevano che lui con la storia di farsi mantenere dall'Attilio, gli s'era venduto anima e corpo? Be', e cosa gli importava? Del resto non era neppur vero, perché l'Attilio era suo fratello e nessuno sarebbe stato in grado di conoscere e difendere i suoi interessi come lui. Era stato così anche in occasione del contratto. Chi l'aveva consigliato a non ceder di niente, neppure d'un centimetro? Fosse stato per lui, sulla questione del carattere grande o piccolo nei manifesti prima o poi avrebbe ceduto. Invece l'Attilio s'era impuntato e per conseguenza aveva finito con l'impuntarsi anche lui:

«Non è questione di vanità; è che il nome nello stesso carattere di lui e di lei (si riferiva al comico e alla primadonna) vuol dire celebrità e celebrità vuol dire paghe più alte per gli anni avvenire. Piuttosto, se è proprio necessario, cedi sulla giornaliera. Del resto il Guzzi (si riferiva al direttore della compagnia) non t'ha preso in simpatia? E allora sfruttala, questa simpatia! Non vorrai che se ne servano solo gli altri per mormorare una cosa e l'altra...»

Così lui aveva resistito e alla fine l'aveva spuntata: il suo nome nei manifesti era stato stampato con gli stessi caratteri del comico e della primadonna. Peggio per loro se, per quell'inaspettato livellamento, avrebbero continuato a mostrarglisi ostili. A mettere a posto tutto del resto avrebbe pensato lui fin dalla prima sera: col successo che avrebbe suscitato in sala la sua voce. La sola cosa cioè cui teneva e per cui sarebbe stato disposto a scender a tutti i compromessi, anche a quello della vigliaccheria. Avrebbero continuato a rimproverargliela come avevan fatto fin lì? E lui che peso poteva dare all'invidia di quei poveri falliti? Uno nasce Loi, l'altro nasce Sinatra. La vita è bella giusto perché è varia. E che colpa aveva lui se ai pugni del fratello non aveva da opporre se non un si bemolle e un fa diesis? Col si bemolle e col fa diesis gli avversari non vanno a terra? Già, ma ti arrivano palanche in tasca, ti fai un nome e diventi qualcuno. E questo a suo modo non è metter a terra chi un nome non riesce a farselo, palanche non ne prende o quelle poche deve sudarle come un cane e qualcuno non diventa e non diventerà mai? Di lì a qualche giorno poi se ne sarebbe andato. Anche a Vialba l'eco dei suoi successi, dei quali era sicuro come del respiro che aveva preso ad uscirli dalla bocca con l'indifferente lentezza di chi è lì lì per addormentarsi, avrebbe distrutto le ultime ombre che, della scenata di quella sera, potevan esser restate. Quanto alla continuazione che s'era svolta lì, nella stanza, era certo che l'Attilio non ne avrebbe fatto parola con nessuno: gli voleva un bene troppo profondo. Se poi anche l'eco dei suoi successi non fosse riuscito a distruggere quelle ombre be', che farci? Cosa aveva da spartir più lui con la foffetta di Roserio e della Vialba, se non il fatto d'esser nato lì? Il suo destino non stava andando tutto per un'altra strada?

«Certamente», si disse. E questa volta senza che lui stesso se ne accorgesse cambiò posizione. Il letto cigolò appena e mentre le palpebre cominciavano a scendergli sugli occhi e tutto il corpo piano piano a rilasciarsi nel riposo, con un colpo richiamò giù dal naso per la gola qualcosa che gli dava fastidio: in quel modo seppellì per sempre nello stomaco e nel cuore l'ultimo, amaro residuo che delle sberle del fratello gli era restato. Poi sollevò adagio la sinistra sotto il cuscino. Non aveva ancor finito d'aprirla e spostarne di qua e di là le dita che si trovò addormentato.

Il ponte della Ghisolfa

I

Quando nascondendosi in se stessa scese dal tram e, il tempo d'attraversar il viale, si trovò davanti la rampa del ponte che i lampioni illuminavano nella sua curva ampia e solenne ebbe un momento di tremore: benché lo conoscesse, quella sera la ragione per cui vi si recava glielo fece parer smisurato.

Non sapeva dove poi il Raffaele l'avrebbe condotta: se si sarebbero fermati in uno degli archi che formavan il sottopassaggio o se da lì sarebbero passati altrove; le aveva detto soltanto d'aspettarla al fondo della strada piccola e non asfaltata che si staccava sulla destra, al culmine del cavalcavia.

Il lieve ritardo di cui poté rendersi certa guardando l'orologio posto poco più in là della fermata le ridiede un po' di sicurezza: il Raffaele doveva aspettarla giù, immobile o gironzolando avanti e indietro, con quella sua aria indolente, le mani in tasca, la sigaretta accesa.

Aspettò che un rimorchio percorresse rombando la Mac Mahon poi da un salvagente passò all'altro e quando infine si trovò sul punto d'attraversar la carrozzata di destra del viale, esitò come se la sicurezza le fosse svanita di nuovo. Allora dalla piena luce in cui era si ritirò nell'ombra, s'appoggiò a una pianta e cominciò a guardare con l'intensità di chi insegue la propria salvezza quanti da quel punto prendevano a salir l'erta del ponte.

Non era uscita per quello? Dopo tanto tergiversare e contraddirsi non s'era detta d'aver vinto ogni rimorso? Del resto valeva la pena d'aver rimorsi per uno come il Michele? Cos'era stata fin lì la sua vita a fianco di lui? Figli? Figli no, perché rubano il pane di bocca, mettono pensieri, costringono a raddoppiar le fatiche e basta. In questo non le era sembrato nemmeno un meridionale che i figli son soliti farli come conigli. Forse la permanenza nel Nord gli aveva attaccato dei settentrionali anziché i pregi, i difetti e cioè la mancanza di fiducia nella vita; «siccome noi», si disse, «la vita la spremiamo fin in fondo e sappiamo bene che sugo di niente ci si trova». Salvo poi in quel cambio essergli restati dei napoli soltanto i difetti e cioè la gelosia; una gelosia basata più su un principio che su una necessità, ma continua e furiosa; una gelosia senza senso, ecco. Perché lui della sua prestanza si riteneva poi in diritto di far quello che voleva. E lei intanto a casa, a far la buona moglie d'uno che la sera la passava dove e con chi voleva; ma guai poi se tornando non se la trovava lì, al suo fianco in piedi o a letto, pronta a testimoniare con meschina rassegnazione, con la rassegnazione d'una schiava, la sua immacolata fedeltà e a obbedire ai suoi comandi, qualunque fossero.

Piano piano attraverso lo stadio dell'indifferenza era così arrivata ad odiarlo il marito; un odio silenzioso, ma cupo; un odio che forse aiutava più lei a tirar avanti di quanto non mirasse ad estendersi e a colpir lui; un odio che in poco era diventato per lei l'unica difesa possibile, soprattutto le volte in cui rientrato, il fiato che puzzava di vino, le chiedeva e senza mezze misure di far l'amore; un odio che le aveva permesso di rimaner staccata persino in quegli angosciosi momenti, anche se per fortuna essi s'eran fatti sempre più radi. E poco le importava saper che radi eran diventati perché l'amore lui se lo faceva fuori e con chi voleva. Lo facesse, lo facesse sempre in quel modo! E la lasciasse sempre sola a crearsi l'abitudine d'una vita dura, grama, priva di qualsiasi uomo come di qualsiasi speranza, ma priva anche di tutte quelle avvilenti vergogne!

Man mano la sua situazione era andata precisandosi come

irrimediabile le era cresciuto il sospetto che nel ridurla a quel punto avesse agito la prospettiva cui i genitori, all'atto di concederle dopo infiniti rifiuti il matrimonio, l'avevan messa davanti:

«È molto, molto più d'una questione di razza. Con quelli lì noi non riusciamo a parlare. Figurarci a mescolar il sangue!»

«E se mangerai pan pentito», era intervenuta la madre, «sai anche tu a chi rivolgerti.»

«Amore! Già amore!» aveva ribattuto il padre. «A vent'anni è facile parlar d'amore e credere che quello sia tutto. Ma guarda invece al sodo! Che lavoro ha in mano? Niente. E della sua famiglia cosa sai? E cosa sappiamo noi? Giusto quello che t'ha raccontato lui, perché quelli lì di positivo non han niente, ma la lingua sì.»

Così quello che durante tutto il fidanzamento non aveva voluto capire, cinque anni di matrimonio e anche meno eran bastati a metterglielo davanti con la crudele chiarezza delle verità.

Loro e solo loro avevan avuto ragione. Ma andarglielo a dire adesso? Umiliarsi fino a quel punto? E allora al dolore di quel tradimento e di quella vita misera e senza luce, ecco unirsi l'affanno di non poter disporre d'alcun confidente: né solo dei due vecchi i quali s'eran limitati a vedere senza mai intervenire, ma anche della sorella che all'opposto di lei aveva sposato un artigiano di Cantù, il quale in tre anni era stato in grado di metter su una fabbrica di mobili. No, e nemmeno per farsi aiutare quando, avendo provocato una rissa, il Michele era stato allontanato dal cantiere e aveva dovuto aspettar quindici giorni prima di trovar lavoro: nemmeno allora. Forse se avesse avuto un figlio sarebbe scesa anche a quel punto, ma dato che le bocche da sfamare eran solo le loro due, no, mai. In quell'occasione la sua cocciutaggine lombarda aveva trovato un'insperata alleanza nell'indifferenza e nella mollezza meridionali del marito: almeno fino ad un certo punto. Poiché passati dodici giorni e visto che all'orizzonte non spuntava niente, senza far parola il Michele s'era presentato ai suoceri e ne aveva richiesto esplicitamente l'aiuto: «Che voi non possiate veder me, capisco, ma questa volta è vostra figlia a soffrir la fame. E dunque che aspettate a aiutarla?».

«Se è vero che nostra figlia patisce la fame, venga lei a chiederci da mangiare»; questa era stata la loro risposta.

Presa dalla vergogna l'Enrica aveva preferito barricarsi dietro la sua dignità e resistere; questo malgrado le insistenze prima e le sfuriate poi del marito:

«E perché mai sarebbero tuoi genitori se non t'aiutassero adesso che ne hai bisogno? Tutto per il tuo maledetto orgoglio e la tua maledetta superbia!»

L'aiuto dei genitori era tuttavia arrivato, di là a quindici giorni: sotto forma di diecimila lire messe in una busta che il Michele uscendo la mattina in cerca di lavoro aveva trovato in portineria dentro la loro casella.

L'avesse avuta nelle mani lei per prima quella busta l'avrebbe rimandata senza esitazione, tant'era la sua superbia, il suo dolore e la sua capacità di soffrire. Era arrivata al punto di desiderar che la fame serpeggiando nel suo corpo riuscisse a darle anche la gioia di morire.

Tuttavia non c'era stato bisogno d'aspettar molto: il giorno successivo a quello in cui era arrivata la busta dei genitori il Michele aveva ritrovato lavoro.

«Vedi? Basterebbe esser un po' più umani, come voi non riuscite ad esser mai. Una fortuna ne chiama sempre un'altra»; questo era stato il commento del marito. E per festeggiar l'avvenimento quella sera era stato fuori fino alle tre: il suo ritorno lei l'aveva notato come sempre non solo dai rumori che aveva fatto nel rientrare e nello svestirsi, ma dal respiro pesante e dall'odore profondo, acre e nauseante di vino che a un certo punto aveva cominciato a venirle su dal fianco.

Avesse potuto pensare in quel momento, mentre cioè continuava a seguire il salir sempre più rado della gente dalla Mac Mahon verso il ponte, a tutto quello che aveva accettato per difendere la sua dignità, al dolore muto e all'angoscia silenziosa che le era costato! Le fosse accaduto di paragonar tutto quello alla ragione per cui adesso si trovava lì, fuori di casa, a spiare come una forsennata gli uomini, i giovani, sì, i giovani, doveva pur riconoscere anche quest'altro particolare, prima dalla faccia, poi subito dopo dal loro incamminarsi lungo l'erta del ponte, quindi dalla schiena, dal passo, in modo di riconoscer fra tutti lui e allora piano piano staccarsi dal tronco a cui stava appoggiata e seguirlo, avrebbe avuto certo di che sorridere! E difatti un sorriso fu sul punto di affiorarle alle labbra constatando come, dopo essersi tanto trattenuta per non ceder né di fronte a sé, né di fronte agli altri, fosse crollata nelle braccia del cognato: poco più d'un ragazzo! Ancora uno come il Michele, terrone e spavaldo come lui, anche se d'altra creanza e d'altri vizi: invece del vino, l'eleganza, il gioco, le donne e chissà che altro! Per non lavorare e esser sempre lì in quel modo; quasi che venendo dal Sud verso il Nord si fosse trascinato dietro una ventata di fortuna! Tutti i sospetti potevan essere veritieri, anche i più oscuri, anche i più ambigui...

Ma quel sorriso le si raggelò subito sulla bocca: un vuoto improvviso l'obbligò a ripiegar su se stessa e a pensare.

Ma pensare a chi e a cosa? E a pro di chi e di cosa? Non s'era sempre opposta lei a che il Michele facesse venir su da Lentini il fratello?

Quantunque prima della sua venuta l'avesse visto una sola volta, in occasione cioè del viaggio che subito dopo il matrimonio avevan fatto per conoscer la famiglia del marito, sapeva bene il pericolo che per lei poteva rappresentare la presenza del cognato nella casa. Quella volta era stato come veder ciò che l'aveva affascinata nel marito reso ardente dalla giovinezza e da un'aria ancor più naturale, sorniona e torbida, quasi animale; tanto che s'era trovata a pensare che, nel caso in cui a cercar lavoro a Milano invece del Michele fosse salito lui, lei certo non avrebbe esitato... E ciò malgrado la differenza d'età si fosse mostrata subito tanto evidente da farle giudicare quel pensiero una leggerezza, una leggerezza e nient'altro.

Il sospetto però che il Raffaele avesse suscitato in lei qualcosa di diverso e di più profondo s'era confermato ogni volta che in seguito eran arrivate a loro sue notizie e poi, quando fu il tempo del militare, direttamente sue fotografie: di lui solo, di lui in compagnia di qualche commilitone, di lui in compagnia di qualche ragazza. L'età che cresceva nel Raffaele cresceva in lei il rimorso per non aver saputo aspettare; e questo veniva a sua volta aumentato dalla rovina verso cui giorno per giorno la sua relazione col Michele stava scivolando.

Ma se avesse aspettato le sarebbe stato possibile incontrarlo? E riconoscer quest'errore di persona non significava ammettere che lei s'era sbagliata, che l'amore per il marito era stato una follia giovanile e dar ragione così e in tutto ai suoi due vecchi persecutori?

Sarebbe bastato comunque non aver occasioni d'incontrarlo; tutto sarebbe finito da sé.

Così, quando più avanti il Michele aveva osato insistere nel suo progetto di far venire su e addirittura nella loro casa il fratello, lei s'era opposta con un rifiuto in cui tutta la sua ribellione e il suo dolore s'eran scatenati e con tale forza da impressionar perfino il marito: «No! Facciamo già troppa fatica a mangiare in due. Non c'è nessun bisogno che arrivi un altro a toglierci il pane di bocca.».

«Che pane! Se lo faccio venire è perché voglio che trovi lavoro.»

«E allora prima trovagli il posto e poi chiamalo su e che la casa se la metta in piedi lui, da solo, con le sue mani. Non ne posso più di far la serva degli altri!»

«Enrica!» aveva gridato il marito. «Se non vuoi farmi commettere una pazzia, non lasciarti sfuggire mai più dalla bocca una parola così! Il Raffaele non è un altro; è mio fratello!»

Lei se n'era stata in silenzio, presa dal tremore che meccanicamente le scuoteva il corpo ogni qualvolta il marito usava quel tono; poi alzandosi per portarsi al lavandino, aprir il rubinetto e lavar i piatti e le posate di quella cena grama e rabbiosa aveva detto:

«Del resto so già come andrà a finire: ci rimetteremo i soldi del viaggio che da Lentini a qui e ritorno non son pochi e basta.»

Sigillando l'argomento il Michele aveva però ribattuto:

«Comunque il Raffaele verrà. Noi non siamo come voi che vi dimenticate l'uno dell'altro: noi al sangue crediamo. Verrà su, troverà lavoro e finché non potrà far da sé si fermerà qui. D'accordo?» aveva aggiunto. Poi dopo aver aspettato inutilmente un suo cenno di consenso aveva aperto la porta e se n'era andato. Per tornar quando? Ma in quel momento che poteva importarle supporre dove e con chi il marito se ne andava?

Aveva capito anche troppo bene come lo scroscio d'acqua che a un suo gesto era piombato dal rubinetto sui piatti, facendo schizzar tutt'intorno una ridda di gocce fredde e pungenti, fosse il segno che la sua vita stava per subire un'altra svolta e che da quel momento essa sarebbe diventata ancor più difficile e penosa.

Quelle parole di sicurezza e d'alterigia circa il valore che il sangue aveva nella loro famiglia le si eran ripresentate alla mente come una beffa, appena si fu accorta che la simpatia verso il cognato lei non doveva sforzarsi a rivelarla, in quanto a mostrar d'aver capito che loro due avrebbero anche potuto amarsi era stato lui e di sua iniziativa; questo a meno che il Raffaele non fosse riuscito a legger nella sua coscienza, cosa che difficilmente poteva esser accaduta per la continua esibizione d'indolenza di cui il cognato dava prova fin nel modo con cui guardava: come se a girar gli occhi da destra a sinistra ci mettesse doppia fatica degli altri.

Era arrivato, sì; dieci giorni dopo la discussione di quella sera conclusasi con la presa di posizione del marito. Era stato un mattino, verso le dieci.

Lei se ne stava in stanza a dar luce e aria ai locali, alle coperte, ai lenzuoli, ai cuscini e ai materassi, quando aveva sentito il campanello trillare: l'arrivo era atteso per quel giorno, ma forse proprio perché ne era preoccupata, quel trillo era stato per lei come la punta d'un ago che le avesse colpito il cuore di sorpresa.

Era andata ad aprire e se l'era visto sulla soglia: vestito in qualche modo, una valigetta di cartone ai piedi e l'aria stanca di chi ha viaggiato per venti e più ore e s'è quindi concesso un riposo relativo.

Appena l'aveva scorta il Raffaele le si era avvicinato e con un gesto naturale aveva cercato d'abbracciarla. Lei s'era subito scostata cercando ma inutilmente di sorridere.

«Volevo abbracciarla come cognato...» aveva detto allora il giovane. «Chissà cos'ha pensato!» e così dicendo era passato dalla piccola anticamera nella cucina e s'era guardato intorno, estasiato, come se non avesse mai visto niente di simile.

Avesse potuto prevedere in quel momento il modo in cui neppur di lì a tre mesi il cognato si sarebbe messo, l'eleganza sfacciata che avrebbe assunto, avrebbe certo provato un senso di disgusto per l'ambiguità di cui i suoi guadagni si sarebbero circondati, un'ambiguità da galera e forse in quel modo avrebbe potuto salvarsi! Ma in quel momento tutto le era passato per la testa tranne quel dubbio e quei sospetti.

Poche notizie sulla famiglia, chieste per di più con un'apprensione che le era diventato sempre più difficile nascondere; notizie alle quali malgrado la stanchezza il cognato aveva risposto con giovialità, quasi entrar in quella casa avesse significato per lui metter piede in paradiso.

E difatti! Altro che cercar lavoro e disporsi a faticare come fanno tutti i cristiani! Il manovale no, per via dei postumi d'una pleurite fatta da bambino; l'officina, men che meno... E allora eccolo lì, in casa, a vivere sulle loro spalle, tanto che lei aveva dovuto raddoppiar le ore di servizio che prestava in una famiglia di viale Certosa.

All'ingiunzione del marito che le aveva comandato di trovar il sistema per portar a casa più denaro, dato che ormai c'era un'altra bocca da sfamare, sulle prime aveva resistito, poi ben sapendo a chi sarebbe andato il frutto di quei sacrifici aveva ceduto e senza neppur ribellarsi, forse anzi nel profondo del suo animo felice. Perché la sua vita, con l'avvento di quel cognato indolente eppur impetuoso, indolente quanto a voglia di lavorare, impetuoso quanto a voglia di vivere, cos'era diventata se non un cedere progressivo di tutta la sua dignità, di tutta la sua morale, di tutta insomma la sua persona?

Se non aveva saputo ribellarsi lei con le abitudini che fin da bambina s'era creata alla naturalezza con la quale tutte le mattine il cognato aveva assistito, sdraiato nella branda, impudente e tranquillo, alla sveglia e alla partenza del fratello prima, quindi al suo lavorar tra stanza e cucina, cosa le rimaneva d'accettare? Che un giorno, come poi era accaduto, a furia di vederselo girar tra i piedi, come avveniva tutte le mattine prima che si decidesse a vestirsi e ad andar dai suoi compagni di far niente eppur guadagnare, lui le si avvicinasse e prendendola di sorpresa le facesse trovar sul collo la bocca già aperta per baciarla?

«Che fai?» aveva detto di scatto.

Le finestre della cucina quella mattina eran spalancate all'aria e alla luce che entravano trionfanti coi rumori e le voci della vita in pieno tumulto.

«Non ti spaventare. È da tempo che ho capito.»

Aveva capito? E quando? E come? E da cosa?

Finger di niente, ecco; volger l'accaduto in ridere, ma resistere; resistere ad ogni costo; questo le era sembrato in quel momento il suo dovere. Non per il marito, che certo non si meritava da lei nessun sacrificio, ma per se stessa; per la sua convenienza, sì, per quello; sempre che la sua vita, al punto in cui era, potesse aver qualcosa oltre la morte che ancora le convenisse.

Così aveva tentato di fare. Senonché il cognato non solo non aveva accettato che lei tergiversasse, ma neppure che il discorso si dirigesse altrove.

«Non illuderti di poter scappare. È da quando t'ho vista a Lentini che penso d'arrivar qui. Allora ero poco più d'un ragazzo, ma adesso...»

«Raffaele!» aveva gridato lei per difendersi da quegli occhi che s'ostinavano a star fissi su lei. «Non aggiunger parola, perché sarei costretta a parlar con tuo fratello.»

«No, tu non parlerai: tu non mi fai paura. So troppo bene che ciò che chiedo lo desideri anche tu. E poi se tentassi di parlare, saprei come difendermi: volterei l'accusa contro te. Sai bene anche tu come il Michele sia più disposto a credere a me che a te.»

Era stato allora e proprio come se durante tutti quegli anni di convivenza non ne avesse avute dal marito altre prove che aveva capito quanto della forza dei due fratelli poggiasse sul ricatto; come una bestia presa nel laccio aveva tremato. Era dunque impossibile salvarsi? E il cognato da che aveva derivato quella sicurezza? Forse dalla freddezza, talvolta addirittura dall'ostilità cui anche in pubblico eran giunti i rapporti tra lei e il Michele?

E tuttavia adesso era lì ad aspettarlo: l'appuntamento che aveva rimandato per giorni e giorni finalmente gliel'aveva accordato: perché ormai resistere non era più possibile; né tantomeno coricarsi di fianco al marito, anche se il marito nel letto entrava più tardi di lei, dormirgli o comunque far finta di dormirgli a lato, quando sapeva che di là, nella cucina, sulla branda chiesta in prestito a un compaesano, dormiva o come lei fingeva di dormire chi le aveva fatto più e più volte le sue richieste d'amore, chi in modo furtivo l'aveva già sfiorata, stretta, baciata... Quante volte chiusa nel suo letto diventato ormai per lei una prigione, s'era sentita assalire da una vampa di calore, poi piano piano s'era sentita immerger nel sudore come in un lago dove tutto il suo corpo pareva battere come il cuore di un'indemoniata? E come resistere dunque e sostener l'ingombro del marito lì, di fianco a lei, la sua indifferenza, la sua puzza di fumo e di vino? Forse se fosse riuscita a liberarsi da quell'ossessione e compiendo quel tradimento si fosse sciolta d'ogni inibizione le sarebbe stato più facile accettar da lì in avanti quella condizione. Forse calmandosi nelle braccia del cognato le sarebbe stato possibile scender ancora al compromesso di entrar nel suo letto e dormire accanto a chi ormai le era diventato un peso insopportabile e odioso. Forse... Ma se avesse ceduto una volta come avrebbe potuto poi fermarsi? Non era una strada quella su cui un passo chiamava di forza un secondo e un secondo un terzo, fino ad arrivar giù, nel fondo? E se un giorno un qualunque sospetto si fosse affacciato alla mente del marito? Cosa sarebbe successo allora non solo a lei, ma a lui, a quello che stava per diventare il suo amante?

Pensieri, dubbi, paure su cui s'era fermata per ore e ore, sia che fosse in casa, sia che fosse fuori a prestar servizio o a far la spesa. E la paura di quelle che avrebbero potuto esser le conseguenze aveva sempre poggiato più sul Raffaele che su lei; talvolta soffermandosi su quella diversa intensità di preoccupazioni s'era fin compiaciuta. Sì, perché quello cos'era se non il segno che ormai lei il cognato l'amava e al punto d'impensierirsi più per lui che per sé, anzi quasi esclusivamente per lui? E in un caso simile come l'avrebbe difeso? Non conosceva forse a che punti arrivava la gelosia dei napoli? (Il disprezzo con cui nell'avvicendarsi di quei pensieri aveva pronunciato e ripetuto quella parola era sembrato riguardar solo il marito; il cognato infatti ne era restato immune, non sapeva nemmeno lei per quale precisa ragione.) Non ne aveva avute in quegli anni prove su prove? Anche se il Michele poi si riteneva in diritto di permettersi tutto: non solo l'indifferenza, la freddezza, l'astio e l'odio, ma il tradimento protratto di continuo, quasi per sistema. Salvo poi quando, o perché non aveva trovato con chi sfogarsi o perché lo prendeva un improvviso bisogno di provarsene la fedeltà, non riteneva suo diritto prender lei e farlo con lei, l'amore.

Era stato dopo una di quelle odiose costrizioni che s'era decisa a romper anche le ultime esitazioni; quella volta in quell'abbraccio le era sembrato che la sua dignità avesse sofferto l'ultimo insulto e che da quel momento in avanti ribellarsi fosse diventato più che un suo diritto, un suo dovere.

Non era stata e non era una giustificazione quella cui pensava: era stata ed era la verità. Nelle braccia del cognato l'aveva spinta lui: prima imponendole d'accettarne la presenza lì, nella loro casa, poi trattandola come l'aveva trattata anche di fronte a lui.

Allora più che preoccuparsi di dar mentalmente ragione alle prospettive dei genitori su cui non aveva voluto neppur riflettere, aveva sentito come una necessità estrema quella di lottare con tutti i mezzi per salvar la sua vita, anche col tradimento perpetrato lì, sotto i suoi stessi occhi e con uno del suo stesso sangue.

Certo in tutti quegli ultimi giorni non aveva potuto avvertire il dubbio che prese a serpeggiarle in corpo solo quando staccatasi dal tronco cui fin lì era rimasta appoggiata s'avviò oltre la Mac Mahon per salire il cavalcavia: il dubbio cioè che, prima la convivenza col marito, poi insieme con quella la presenza del cognato l'avesse contagiata costringendo la sua natura ad accettar dei sentimenti, cui da sé non avrebbe saputo credere. E se così era quali sarebbero stati i risultati? A perdere non sarebbe stata proprio lei?

«Quando sei in cima al ponte, a destra troverai una strada: scendi da lì; al fondo mi vedrai che t'aspetto», così il Raffaele aveva spiegato il punto in cui avrebbero dovuto incontrarsi. Perché di tradirlo nella sua stessa casa, malgrado il lavoro del marito le garantisse una certa sicurezza, non s'era sentita; quasi prevedendo le testimonianze che, del tradimento, le pareti, i mobili, le finestre, tutto insomma della sua casa, avrebbe poi continuato a portarle. Meglio fuori, dove poi non sarebbe mai più passata o se lo fosse sarebbe stato per caso; dove allacciar ricordi non sarebbe stato possibile, perché il buio della notte e del luogo avrebbe impedito di veder qualunque cosa, fin le loro facce.

Ma se l'appuntamento era stato fissato giù, perché lei aveva aspettato sul viale e perché s'era sforzata di scorgerlo prima? Che altri dubbi aveva? Che non venisse? Che le giocasse il tranello di presentarsi, ma non solo?

Cominciò a salire i primi metri del cavalcavia piena di sospetti di cui non capiva neppur lei la ragione: forse il disprezzo verso il marito cominciava a riflettersi anche sul cognato? O forse le tornava davanti la possibilità d'un ricatto che aveva notato nelle parole con cui il Raffaele l'aveva spinta ad accordargli l'appuntamento? Non era napoli anche lui come il Michele?

Quella constatazione le ridiede d'improvviso la misura di come lei fosse sempre stata vittima del fascino di quella gente: «anche da ragazza», si disse, bastava che ponesse attenzione a quelli su cui di volta in volta eran cadute le sue simpatie.

Pensò e si disse: «quella gente», come se parlasse di uomini che vivevano in un altro mondo, uomini di cui ad attirarla eran più le divergenze che le somiglianze.

Purché tutto poi finisse e lei potesse finalmente ricominciar a vivere accanto al marito con un minimo di dignità: la dignità che appunto le avrebbe dato il tradimento cui stava preparandosi. Al crollo progressivo della sua vita sentiva che solo l'incontro di quella sera avrebbe potuto opporre la sicurezza d'aver osato qualcosa e qualcosa di definitivo.

O invece tutti quei pensieri, quei dubbi, quelle contraddizioni erano un tentativo di nascondere anche a se stessa la ragione vera di quello che stava per fare? Una ragione semplice e nella sua semplicità forse brutale: e cioè che lei del cognato era innamorata, innamorata e basta. E questa ragione non era forse più vera di tutte le altre che aveva tentato e tentava di porsi innanzi come giustificazione? Non era anche la più umana?

Che l'amasse, non aveva nessun dubbio; anzi ne era certissima e benché combattuta ne era anche orgogliosa. Ma se non fossero esistite le condizioni che s'eran create nel suo vivere di fianco al marito si sarebbe lasciata convincere a cedere anche nei fatti a quello cui, nei pensieri e nei desideri, aveva già ceduto?

II

Benché giunta sul culmine del cavalcavia avesse subito scorto la strada, preferì fermarsi e lasciar che dal buio della periferia s'avvicinasse lo sferragliar strozzato d'un merci; come per distrarsi ne seguì anzi tutto il passaggio finché, preceduta dallo scatto d'alcune luci, la catena delle carrozze non fu entrata nel corridoio dei tetti e delle case dove piano piano scomparve.

In quello stesso momento abbassò gli occhi sul fondo del cavalcavia ed ebbe un nuovo attimo di terrore.

Era giù, come le aveva promesso o invece non era ancor arrivato? Si sporse dalla spalletta e gettò gli occhi nella zona più cupa, cercando di scorger la sagoma di chi cercava. Fu allora che sentì salir dal fondo una specie di fischio, modulato non come un richiamo, ma come una canzone: esitò un momento, più per non subir dopo una delusione che per incapacità a riconoscerlo, perché dal tono aveva subito compreso che si trattava del Raffaele.

Ma dove stava nascosto? Perché non usciva a veder se arrivava? Perché non le veniva incontro?

Restò lì in quel modo per farsi un'ulteriore conferma e così decidersi a scendere: seguì lo spostarsi del fischio e allora si convinse che il Raffaele camminava avanti e indietro, appena più in là del sottopassaggio. Si ritirò dalla spalletta giusto in tempo per veder una coppia che usciva dall'ombra; la seguì avanzare; poi temendo che salisse verso la circonvallazione attese qualche istante; con un senso di liberazione vide però che si portava verso il sentiero fiancheggiante la ferrovia, oltre il quale poco dopo scomparve.

Allora si decise e con il timore di chi sta per varcar la soglia d'un inferno cominciò a scendere.

Appena i suoi passi risuonarono nel silenzio rotto solo dai rombi delle macchine e dai respiri di chi si trovava nei dintorni, il Raffaele uscì dall'ombra in cui era rimasto e le andò incontro: «Credevo che non saresti venuta...» disse.

L'Enrica non rispose. Si limitò a sorridere e a percorrer velocemente gli ultimi metri di quella strada, poi gli si mise a fianco e insieme a lui s'inoltrò nel buio.

«Dobbiamo fermarci qui?» chiese a un certo punto: le coppie sparse qua e là, sotto gli archi, di fianco alle siepi e a ridosso dei piloni l'avevano riempita di vergogna e di timore.

Anziché rispondere il Raffaele le si strinse alla vita e cominciò a baciarla.

III

Quando aprì la porta per entrare, e subito dopo allungò la mano verso lo stipite per accender la luce, ebbe paura che il marito fosse già in casa: era stata dalla zia inferma: la scusa era pronta, e se fosse stato il caso se ne sarebbe servita. Ma la vera paura era che passando dalla cucina nella stanza trovasse il Michele abbandonato nel letto o invece che dietro lei camminasse per raggiungerla il cognato?

La porta l'aveva chiusa, e l'accordo con cui lasciandosi l'aveva scongiurato era che tornasse il più tardi possibile. Tuttavia le richieste, prima mormorate tra un bacio e l'altro, poi pronunciate con la forza d'un animale che abbia paura di trovarsi solo, affinché continuasse a restar lì, su quel pezzo di prato, poco oltre la Bovisa, dove gradatamente s'eran portati, le martellavan la testa: «resta qui, Enrica, resta qui»; per convincerla l'aveva fin tentata con le difficoltà nelle quali in avvenire si sarebbero trovati a realizzar un altro incontro.

E se le parole d'amore avevan avuto su lei poca presa, molta ne aveva avuto quel dubbio, sussurratole prima quasi per caso, poi con l'insistenza d'una condanna: e cioè che forse di stare insieme, dopo quella sera, non avrebbero più avuto né le possibilità, né le occasioni; «a meno che tu», le aveva detto a un certo punto il Raffaele, «non voglia arrischiare...».

Arrischiare? Arrischiar la gelosia e la vendetta del marito che se mai avesse avuto sentore della loro tresca era il coltello e solo il coltello che avrebbe usato? Arrischiar la vergogna d'essere messa fuori di casa? E non sarebbe stata neppur quella la cosa più grave, tanto ormai vivere le era diventato pesante. Ma bisognava allora che il Raffaele si decidesse a tenerla con sé e per sempre; mentre, a parte il ridicolo che derivava dalla differenza d'età (dicendoselo un'onda di disperazione le salì in gola) c'era il fatto che finita la passione del momento lui se ne sarebbe andato al suo destino, poiché libero era e libero sarebbe rimasto; con la fortuna che da quand'era salito a Milano pareva spingere le vele della sua vita verso un successo tanto sfacciato, quanto incomprensibile e strano!

No, non sarebbe venuto: imprudente il cognato lo era, ma non al punto d'arrischiar d'esser colto dal fratello a tradirlo lì, nella sua stessa casa.

Ma era ancor una casa? La guardava con circospezione, quasi con paura, come se dovesse difendersi da tutti i particolari di cui era fatta e che lei stessa, giorno per giorno, aveva disposto con tanta più cura, quanto più aveva compreso che quello e solo quello ormai sarebbe stato lo scopo della sua vita.

Continuò a star ferma per qualche minuto sulla porta della stanza; poi prese a fissar il letto così come le stava davanti, intatto cioè e vuoto.

Avrebbe dovuto tornar lì, dormire e riposare ogni sera, settimana dietro settimana, mese dietro mese, anche adesso che aveva conosciuto cosa voleva dire essere amata da chi veramente ti desidera e ti vuole? E come? E con che forza? E pur ammesso di trovarla la forza necessaria a tener per sé tutto, fin a quando ne sarebbe stata capace? Stanotte, domani, dopodomani ma e poi? E tutto quello sapendo che pochi metri in là, bastava aprir una porta, se ne stava a dormire o a far finta di dormire quello che poco prima le aveva ridato il senso di cos'era la vita e di cosa l'amore? E quel momento sarebbe bastato per aggrapparvi tutta l'esistenza? Sarebbe riuscito quel momento a durar quanto bastava perché potesse tirar avanti e riprendere ad accettar tutte le umiliazioni di quella vergognosa convivenza?

No, lì no. Tornar lì non era possibile. E neppure dormir lì, in quel letto, vicino a lui.

Ma adesso bisognava far presto: la fortuna l'aveva già favorita facendole trovar vuota la casa. Svestiti, su; in fretta; prima che dal ballatoio arrivi il suo passo e col suo passo il suo odore acre e insopportabile.

Aveva cominciato a slacciarsi la camicetta senza neppur curarsi d'accender la luce della stanza, ma servendosi di quella che oltre la porta mandava la lampada della cucina.

Avrebbe potuto spegner anche quella: il buio, ecco. Ma perché il buio? Non seppe rispondere. Dalla stanza ripassò in fretta nella cucina, girò l'interruttore, poi tornò vicino al letto e riprese a svestirsi.

Allora, come in tutti quegli anni non era mai riuscita a notare, vide il lucore che scivolava freddo e azzurro dalle persiane sul pavimento e sulle coperte fin a perdersi nel punto in cui, oltre il letto, si creava come un'ombra, un vuoto dove chi sarebbe entrato di lì a poco per svestirsi, gettar in qualche modo giacca, calzoni e camicia sulla sedia, poggiar il ginocchio sulla sponda facendo scricchiolar tutto come se ogni volta volesse violar qualcosa e così affermare la sua autorità? Lui: quello che da quella sera in avanti avrebbe dovuto sorvegliare perché la gelosia non glielo armasse.

Ormai era quasi pronta per tirar indietro le coperte e cominciare il suo calvario notturno. Prima di farlo gettò di nuovo gli occhi verso quell'ombra e allora la vide brulicar tutta di forme e di immagini come se fosse popolata da un intrigo di vermi.

Quando poi, poco dopo, si decise ad entrar nel letto sentì che il cuore le batteva e che una fiamma di calore le stava salendo per tutta la persona bagnandola di sudore.

«Che fare? Come trovar pace? E quando fosse venuto come fingere?»

Si girò due o tre volte, poi come se volesse allontanare ogni possibilità di contatto si ritirò sul limite della sponda dove cioè le coperte s'avvolgevano attorno al materasso e lì rimase, gli occhi persi dentro il chiarore azzurro che veniva da fuori. Allora prese a ripetere ogni parola e a riviver ogni gesto di ciò che poco prima aveva fatto col Raffaele.

IV

Era passata più di mezz'ora, mezz'ora in cui se n'era stata immobile in quel punto, partecipando con una sorta di fierezza segreta al ripetersi di quelle parole, di quei gesti e di quei baci, allorché le sembrò di sentir sul ballatoio un passo che conosceva.

Trattenne il respiro; poi seguì il rumore della porta che s'apriva: non poteva essere che lui, il Michele. Bisognava dunque tener gli occhi ben chiusi e finger di dormire, non perché proprio quella sera lui potesse preoccuparsi di venirle vicino e vedere se veramente dormiva, ma per spegnergli ogni velleità alle volte gli fosse saltato in testa di chiamarla.

I suoi pensieri furon però contraddetti dall'accendersi, nella cucina, d'una luce pallida.

«Non era il Michele, dunque?» si chiese. La reazione immediata fu di sollevarsi sulla vita e ascoltar con più attenzione. Ma la paura che se pur fosse stato, come già pensava, il cognato, i rumori che avrebbe provocato potevan fargli supporre che lei era sveglia, la costrinse a starsene immobile.

Sì, s'era sbagliata: era il Raffaele; fin lì per cinque anni, entrando, il Michele aveva sempre acceso la lampada della cucina; ora invece la luce che attraverso lo spiraglio della porta arrivava nella stanza era quella della piccola abat-jour posta di lato alla branda.

Non sapeva neppure lei se sperare o disperare; se augurarsi che il cognato comportandosi come un uomo se ne stesse in cucina o se invece...

Ne seguì i passi e i gesti; ne sentì le scarpe cadere una dopo l'altra sulle piastrelle, poi il fruscio della camicia che veniva tolta; poi quello dei calzoni...

Lentamente la fiamma di calore tornò a salirle pel corpo; si sentì sudare come presa da una paura che nello stesso tempo era sicurezza, desiderio e orgoglio.

Quindi avvertì il passo avvicinarsi umido e ovattato, e giunto alla porta fermarsi. In quello stesso momento girò gli occhi verso la fessura e allora s'accorse che nessuna luce scendeva più dallo spiraglio, ma che anzi a una certa altezza due occhi stavan scrutando il letto dove lei continuava a starsene rannicchiata; finché quegli occhi non s'incontraron coi suoi.

Furon pochi gli istanti che passarono mentre l'uno fissava l'altra, poiché subito dopo uno scricchiolio la avvertì che la porta stava per aprirsi.

Quantunque avesse ben compreso ciò che sarebbe accaduto, rimase come e dove era e solo quando il cognato le venne vicino e le si strinse addosso tentò d'alzarsi.

«Che fai?» mormorò, la voce strozzata dal terrore. «Va' nella tua branda.»

«No. Lasciami qui, Enrica. Il Michele è all'osteria; l'ho visto venendo qui, forse tarderà ancora...»

Ormai il cognato le aveva preso la testa nelle mani e cercava di tenerla ferma così da poterla baciare. A un certo punto con un colpo le tirò indietro le coperte:

«Mi vuoi bene?» le chiese mentre cominciava a baciarla attorno al collo e sulle spalle.

«Torna nella tua branda, disgraziato. Qui non è possibile.»

«Sì, adesso torno, ma prima lascia che ti baci ancora una volta», replicò il Raffaele.

«Non aver paura», aggiunse mentre con gioia incosciente continuava a stringerla e a baciarla. «Basta esser scaltri e nessuno saprà niente. E adesso promettimi che quando te lo chiederò verrai ancora con me; perché se non verrai sarò io a parlare.»

L'Enrica esitò un momento, poi comprendendo che solo così sarebbe riuscita a rimandarlo in cucina fece:

«Sì, te lo prometto. Ma adesso va', va' nella tua branda.»

Su quell'ultimo invito il Raffaele la baciò ancora una volta, poi si decise a staccarsi da lei e a uscir dalla stanza.

I ricordi e i rimorsi

Dopo il piacere di ricordare e ripetere quanto avevano fatto, quella visita temuta insieme che desiderata l'aveva rimessa senza scampo davanti alla realtà: e cioè che s'era legata a una corda contro cui anche se avesse voluto non avrebbe più potuto far niente; e che l'arma di cui anche il Raffaele si sarebbe servito e della quale l'aveva già minacciata, era il ricatto:

«Perché se non verrai, sarò io a parlare.»

Così il gesto che avrebbe dovuto salvarla e difenderla dal marito l'aveva resa schiava d'un altro, senza averla per questo liberata da lui: d'uno che per di più aveva tutto dalla sua parte: età, forza, sfrontatezza e decisione. Perché certo il giorno in cui si fosse stancato, l'avrebbe lasciata senza nessun scrupolo; in quel caso lei non avrebbe potuto disporre di nessuna arma, men che meno del ricatto.

Una parola quella del ricatto che odiava, ma la cui forza continuava ad attirarla come se in essa vedesse l'espressione più vera dell'uomo, che era quella di dominare e per conseguenza l'espressione più vera della donna, che era quella d'esser dominata. Perché lei quella sera cosa aveva fatto se non cadere un'altra volta, come da ragazza aveva fatto col Michele, sotto il giogo dell'uomo? E quello che lei e le altre, tutte, chiamavano amore cos'era, ridotto come lei ormai poteva ridurlo, se non quello? E in che consisteva la differenza tra ciò che aveva provato poco prima, quando sul prato della Bovisa era stata abbracciata al Raffaele e ciò che ormai da tempo provava le rare volte in cui il marito con quella sua voce indifferente eppur dispotica le chiedeva di far l'amore, lì, nel loro letto?

E cos'era quello che aveva spinto tutte le coppie, in un numero che lei non avrebbe mai pensato, sotto il ponte proprio nel momento in cui vi si eran recati loro?

Le pareva di rivederle tutte anche se in realtà di loro non aveva visto che pezzi di braccia, schiene, stoffe, gambe, e di tanto in tanto qualche occhio furtivo e affamato: ombre pesanti, prive d'ogni coscienza e vive soltanto del loro desiderio e della loro gioia. Allora le era sembrato e ancor più le sembrava adesso che le tornavan in mente proprio negli stessi angoli, contro gli stessi pilastri e sotto le stesse siepi in cui le aveva viste, che esse vivessero solo del bisogno che le stringeva; di quello e di nient'altro; perché l'amore era quello e nient'altro. Eppure chissà quante ansie eran costati anche a loro quei momenti, chissà quanti dubbi, chissà quanti dolori! Non aveva sentito a un certo punto, mentre stava uscendo col Raffaele dall'arcata più grande, un singhiozzo scoppiar sulla destra e subito una mano coprirlo quasi per non farlo sentire e una voce dire:

«Taci, stupida. C'è gente.»

Per chi o per cosa era scoppiata a piangere quella donna? Forse per aver saputo che quell'incontro sarebbe stato l'ultimo? O forse per aver scoperto nella vita di lui un'altra?

«La gelosia!» si disse e pensò di sorridere come per convincersi che quello era un sentimento di cui lei non sarebbe mai stata vittima; ma proprio in quel momento, come una bestia che frusciando mostri il suo muso di là da una siepe, ne sentì per la prima volta la presenza.

I suoi pensieri tuttavia riusciron a scivolar ancora per un poco su quelle coppie disposte qua e là, ora nascoste nell'ombra, ora sdraiate senza pudore sotto le siepi; di tanto in tanto su di esse riudì i fischi dei treni, poi la loro corsa, quindi il rombo di qualche camion che transitava sul cavalcavia con lo stesso tono con cui lo aveva sentito poco prima, quasi si fosse trovata nel fondo d'una cantina.

Aveva tradito, ecco quello che aveva fatto: e se adesso poteva dirselo con tanta chiarezza significava che tutte le sofferenze e le umiliazioni di quegli anni non bastavano a giustificare, come avvicinandosi all'appuntamento si era detto e ripetuto, ciò che aveva fatto. Che il marito l'avesse tradita e a tradirla continuasse e neppure con una che amava ma con la prima che gli capitava attorno, non era una ragione sufficiente a legittimare che lei avesse distrutto in poco più d'un'ora tutte le sue convinzioni, tutto il suo passato, tutta insomma la sua vita.

Fosse riuscita a prevedere quanto sarebbe successo appena quel momento di gioia e d'incoscienza era, come adesso, finito o anche solo a sospettarlo, avrebbe rinunciato a tutto; avrebbe respinto ogni invito e ogni intimidazione; il ricatto allora l'avrebbe avuto nelle mani lei; sarebbe bastato far un cenno al Michele, dir una parola... A tutto avrebbe rinunciato; anche alla felicità d'aver sentito che la vita aveva altri significati oltre a quello di rinunciare, oltre a quello d'obbedire a una legge impietosa, oltre a quello insomma d'essere e far la schiava, a tutto. Perché se prima al marito e al suo destino poteva opporre l'onestà, adesso da opporre aveva solo la sua colpa. E ciò se davvero avesse tentato di farlo l'avrebbe umiliata; umiliata, svergognata e basta. L'offesa non era consistita nell'aver disprezzato la ridicola e in fondo bestiale consegna che la donna deve essere onesta, onesta a tutti i costi? E disprezzata una volta quella consegna, non era disprezzata per sempre?

Ma adesso queste domande lei se le poneva perché ne era convinta o solo per giustificar a se stessa quello che ormai sentiva sarebbe stato il suo futuro e cioè che lei e il Raffaele...

«Va', va' nella tua branda!» se lo ripeté come se lo avesse ancora lì di fianco, profumato e imbrillantato, che la stringeva e la baciava; poi quasi non resistendo a quell'immagine si voltò dalla parte opposta.

Allora gli occhi le ricaddero dentro il pulviscolo che brulicava di là dal letto; lo fissò per un momento e subito in esso le riapparve la figura del marito mentre senza riguardi cominciava a svestirsi. Così spiando attraverso le ciglia l'aveva visto infinite volte e così l'avrebbe visto anche di lì a poco:

poteva esser questione di minuti... Ma questa sera cos'avrebbe fatto?

Voltati ancora di là e fai finta di dormire: dopotutto è meglio aver vicino l'immagine di chi si ama che non la figura e il corpo di chi si detesta. Perché adesso lo detestava veramente, lo odiava. Come se l'amore che fin lì, anche quando s'eran creduti innamorati, lui le aveva dato non fosse stato niente o solo un'ombra a confronto di quello che poco prima le aveva dato il cognato.

«T'ho tradito con tuo fratello», si disse allora come se avesse lì, davanti, invece che un'ombra, un verme da schiacciare e mentre il sudore continuava a bagnarla e a renderle ancor più penoso restar lì, ferma, come pur doveva, in quelle coperte bagnate anche loro e avvizzite; «sì, con lui. E a mandarmi nelle sue braccia sei stato tu; la tua gelosia; la tua indifferenza; i tuoi tradimenti; fosse stato con una che amavi sarei stata disposta anche a capire; mi sarei ritirata; le avrei ceduto il posto; ma così, una volta con questa, una volta con quella; perfino alla degradazione d'entrar nei casini, sei arrivato, nei casini, come li chiamate voialtri!»

Pensò e si disse «voialtri» come se gradatamente la sua ribellione s'allargasse e partendo dal marito volesse scaricarsi su tutti gli uomini. «Anche su te, disgraziato», fece, continuando. «Perché per te farlo è stato facile e più facile ancora sarà dir basta e andartene quando ne avrai voglia. Ma per me che devo restar qui, per me che in un modo o in un altro devo continuare a vivere vicino a lui? E tuttavia se è così, ti sbagli. Forse di là nella branda tu pensi che ti possa lasciar andare così; forse stai dicendo a te stesso: "quando mi farà comodo lei..." perché forse credi che in un caso simile io darei più peso alla paura che al bisogno che ho di te. Ti sbagli; e vedrai tu stesso chi diventerò se dovessi deciderti a lasciarmi in quel modo: una bestia anch'io che difende la sua felicità con le unghie, come tutte.»

Passava dal marito al cognato, li divideva per poi riunirli di nuovo negli insulti; diceva e disdiceva; desiderava e subito dopo odiava; si contraddiceva come una bestia che presa nella trappola veda una via d'uscita, poi subito non la trovi più, poi ne veda una seconda, poi una terza e intanto il cuore e le vene le battono sempre più forte e il terrore la confonde rendendola incapace di scegliere e di decidere. Tutto quello di cui s'era sentita sicura poco prima e cioè che tradire il Michele era una rivalsa necessaria alla sua dignità, adesso le pareva un'affermazione fragile e vana; così fragile e così vana che forse la verità stava nel contrario: in quello che i suoi, cocciutamente, come fossero fatti di legno, le avevan sempre insegnato: e cioè che la donna deve star sotto all'uomo in tutto, giusto come sta sotto nell'amore.

In quello stesso momento sentì che la porta di casa stava per aprirsi un'altra volta; si mise un ascolto. Udì prima un cigolio, poi un colpo, quindi il passo del marito (ormai non era più possibile sbagliare) che attraversava la cucina.

«Ecco, adesso passa di fianco a lui», si disse; «lo guarda con quella comprensione paterna con cui guarda a tutto quello che lui fa; ma forse non gli lascia cader sopra neppur uno sguardo; comunque è certo che non sospetta di niente.» In fondo era facile; come le aveva detto poco prima il Raffaele bastava esser scaltri. Ma per far questo bisognava che la sua coscienza, la sua coscienza sbagliata, la sua coscienza inutile e codarda, la liberasse d'ogni rimorso; forse col passar del tempo anche questo sarebbe stato possibile...

Ecco, adesso abbassa la maniglia, apre la porta...

Quando con un ritardo che non riuscì a spiegarsi la porta della stanza si fu aperta e il Michele con la sua solita, pesante indifferenza ebbe acceso nella stanza la luce, l'Enrica s'era già ritirata un'altra volta sulla sponda. Così si limitò a far qualche movimento e con intenzione: quelli cioè che meccanicamente si compiono quando un improvviso sfolgorio di luce rompe il buio del sonno. Quindi riprese a respirare col ritmo d'una che dormisse veramente e quello sforzo, protratto come dovette assai a lungo, raddoppiò la pena che già le costava sostener la presenza del marito, i suoi gesti, il suo respiro e il suo odore; perché anche quella sera come ogni altra s'era riempito di vino; siccome diceva che il vino del settentrione a loro del sud non basta mai; loro che l'han forte e inebriante come un liquore. E allora giù, quel vino fabbricato con chissà quali intrugli; purché fosse vino e gli desse l'illusione di sentirsi uomo e uomo forte, despota e padrone. «E tu tieni il tuo vino che io mi terrò tuo fratello e per sempre.»

Mano mano sul lato opposto il Michele si svestiva e si preparava ad entrar nel letto l'Enrica capiva che la sua presenza provocava in lei un effetto opposto a quello che aveva temuto: anziché renderle più evidente e più squallida la vergogna aumentava la legittimità del tradimento. Dunque più schifo durante la notte quel corpo le avrebbe fatto, più luce avrebbe preso la sua colpa.

Arrivò quasi a desiderare che il marito commettesse la più odiosa delle imprudenze: tirar indietro le coperte e anziché lasciarsi andare dentro il suo posto e dormire, allungarsi e tirarsela vicino: il contrasto col corpo e con l'anima del fratello le avrebbe confermato che aveva fatto bene a tradirlo, che tradirlo era stato giusto.

Ma appena ii Michele tirò indietro le coperte l'Enrica non sentì che un colpo d'aria correrle sul corpo; poi dentro il sudore che la fasciava un lungo brivido.

«Forse lo farà dopo», si disse. «Appena si sarà sistemato.» E mentre seguiva il marito prima dar due colpi di tosse, poi levar da sotto il cuscino il fazzoletto per sputarvi dentro, cominciò a pensare che di là dalla sua schiena piano piano le sue gambe stessero allungandosi verso lei; quindi, allorché lui ebbe rimesso a posto il fazzoletto, che la sua mano grande e nodosa stesse strisciando sul lenzuolo per arrivar fino a lei, passarle sul fianco e piantarlesi sul ventre.

«Fallo», si disse allora quasi per spinger il marito. «Fallo. Ma quello che faremo insieme qui, nel nostro letto, sarà la fine di tutto.»

In realtà di ciò che aveva pensato e di ciò che aveva fin desiderato non accadde nulla. Ben presto di fianco a lei il respiro del Michele divenne quello che lui aveva sempre quando dormiva.

Allora, mano mano il dubbio che il marito si fosse addormentato diventava certezza, capì che i rimorsi doveva tenerli per sé come paga necessaria alla gioia di poco prima e di tutte le volte che si sarebbe vista col Raffaele o come adesso l'avrebbe pensato; e che se mai a distruggerli avrebbe dovuto esser lei e lei sola. E soprattutto che come prima cosa doveva sforzarsi di non confondere quei rimorsi con le difficoltà e i pericoli che, continuando quella relazione, avrebbe incontrato; perché questi e non quelli avrebbero potuto perderla.

Un letto, una stanza...

I

Era vero: anche quello che si crede più tenace, anche la coscienza si mette d'accordo con le necessità della vita e cambia.

Aveva assistito prima incredula, poi rassegnata al progressivo diminuire e sfasciarsi dei suoi rimorsi, contro i quali a prender forza non era stata come nei primi giorni la logicità del suo tradimento, ma la gioia e il senso di pienezza, buia, sordida, ma non meno vitale e inebriante che quell'amore le dava: proprio come se le avesse trasfuso del sangue e la sua persona si fosse così rinnovata. Ormai i suoi pensieri non si rivolgevano più a nascondere e a giustificar a se stessa ciò che andava facendo, ma a far in modo che quella vita a tre, difficile e pericolosa, potesse continuare. E se i sogni pieni d'immagini contrarie, immagini che si succedevano l'una all'altra come se l'una dovesse fatalmente sfociar nell'altra, avevan ceduto a sonni più tranquilli, quasi opachi, era segno che nella sua vita si stava creando una nuova normalità e che anche lei stava scivolando verso l'indifferenza.

Ma che indifferenza era se messa alle strette una decisione avrebbe comunque dovuto prenderla? Non c'era bisogno di dirsi quale sarebbe stata: lo sapeva benissimo; tanto che a proporlesi di quell'eventuale decisione eran le conseguenze. La vergogna cioè d'esser allontanata come adultera e d'esser così bollata da tutti. Perché in quelle enormi galere che eran le loro case tutto veniva messo o passato sotto silenzio finché una scenata o addirittura l'intervento della polizia non rendeva impossibile finger che le cose non fossero di pubblico dominio; allora la cattiveria che fino a quel punto se n'era stata nascosta, prorompeva. Prima uno poteva tradire, rubare, aver commerci illeciti, fare il mantenuto, eccetera, e nessuno diceva niente, poi di colpo il marchio che lo bollava; tanto che se voleva starsene in pace doveva cambiar aria; a meno di non resistere il tempo necessario perché lo scandalo andasse in niente o venisse sopraffatto da un altro se non più grave più recente.

Anche del tradimento disordinato, continuo e vile del Michele, tutti nel loro caseggiato e in quelli più vicini eran a conoscenza; ma perché esso diventasse ufficiale sarebbe stato necessario che lei una sera assalisse il marito con una scenata e che gli gridasse davanti a più gente possibile la degradazione cui era sceso. Esso invece aveva continuato a vegetare proprio per l'aiuto di quella sua tacita convivenza: «lo sa anche lei e se lei non si scomoda perché dovremmo scomodarci noi?» dicevano, parlando tra loro, le coinquiline.

Ma se un giorno il Michele avesse avuto un sospetto o se un'ombra circa i suoi rapporti col Raffaele l'avesse sfiorato avrebbe scelto anche lui, come aveva scelto lei, la tattica del silenzio e dell'indifferenza? Sarebbe bastato che uno qualunque della casa magari per scherzo avanzasse un'insinuazione...

La prudenza e la maestria nel difendere i suoi sentimenti e nel fingere eran però diventati pari alla fatica che nei primi tempi le era costato superar i rimorsi della coscienza; tanto che ormai era arrivata a temer solo d'un atto imprudente del cognato; lei era certa che non ne avrebbe mai commessi, fossero pur mezzeparole, ammiccamenti, sguardi. Ma il Raffaele? Fin a quando avrebbe sopportato le violenze che il Michele commetteva contro di lei in sua presenza? Non le aveva già confidato più e più volte gli sforzi che in quelle occasioni doveva far su se stesso per starsene un silenzio, proprio come se la cosa non lo riguardasse?

Anche per questo era diventata sua costante preoccupazione evitar al marito ogni pretesto d'irritazione e circondarlo per contro di cure delle quali da tempo aveva perso l'abitudine.

Tuttavia solo la notizia che il Raffaele la sera precedente aveva comunicato prima a lei poi a tutti e due, e cioè che aveva deciso di lasciar la loro casa e di trasferirsi come pensionante presso una vedova che abitava dalle parti di Bresso, le aveva dato quella sicurezza che fin lì malgrado gli sforzi le era mancata.

Ecco finalmente il gesto che aveva sperato ma di cui al Raffaele non aveva mai osato parlare, neppure negli incontri più segreti, per paura che potesse prender quel consiglio in un senso sbagliato. Ora però la decisione l'aveva presa lui, certo per sottrarsi alle difficoltà e ai pericoli che quella coabitazione quotidianamente presentava. Il trasferimento sarebbe avvenuto quella stessa sera e lei per quell'ora avrebbe dovuto preparar vestiti e biancheria affinché potesse prenderli e portarseli là: questo era stato il commento, semplice e asciutto, che la sera precedente il marito aveva fatto alla comunicazione del fratello.

«Hai visto tu che avevi paura che ci restasse sulle spalle per tutta la vita?» aveva aggiunto rivolgendosi a lei con un tono d'orgoglio insieme che di sfida.

«Era il vino, quel suo vivere in uno stato di stordimento perenne che l'aveva così ottenebrato da non permettere che lo sfiorasse neppure un dubbio», ecco invece il pensiero che in quel momento era passato nella sua mente. «Meglio così», aveva aggiunto, «e che beva e si stordisca fino a non capir più niente.»

Una decisione la cui tempestività s'era palesata subito dopo che il Raffaele l'aveva esposta: infatti terminata la cena il Michele era passato dalla cucina nella stanza e ancora non aveva finito di prender, come doveva, il maglione dall'armadio che, violento, aveva alzato la voce.

«Cosa sono questi rossetti?» aveva gridato. Poi era apparso oltre la porta e aveva agitato le due matite, quella che lei aveva preso da quindici giorni e quella che tre sere prima le aveva regalato il Raffaele, per avvicinarsi quindi al lavandino dove lei stava ammucchiando i piatti da lavare e gridarle:

«Ti pare il caso di sciupar soldi in queste fesserie? Non te ne basta uno? Per chi devi farti bella se a me piaci così? Su, parla: per chi?»

Le domande eran cadute una su l'altra in una tensione greve e minacciosa; fermo nel suo angolo il Raffaele era stato lì lì per scattar dalla sedia, alzarsi e gettarsi sul fratello, ma una sua occhiata l'aveva trattenuto proprio nel punto in cui il gesto sembrava irrimediabilmente deciso. Così come altre anche quella volta, seppur con più fatica, tutto era finito in parole e rimproveri che non trovando ostacoli s'eran gradatamente smontati; e per loro due inoltre nella prova di una forza e d'una pazienza che era reciproco pegno d'amore e, come aveva voluto lui, di scaltrezza.

«Ecco: un letto, una stanza...» Una fortuna che in qualsiasi altro caso non l'avrebbe minimamente toccata, ma che adesso prendeva il senso d'una garanzia per il suo e per il loro avvenire. «Un letto, una stanza», s'era ripetuto, «via di qui; una stanza dove si sarebbero potuti vedere; un letto dove avrebbero potuto stare insieme; non più all'aperto, nel buio della notte, come due bestie dannate, ma dentro quattro muri anche loro, muri che li avrebbero difesi e custoditi; l'ingresso privato di cui il Raffaele l'aveva garantita era la sicurezza che nessun occhio, neppure quello della vedova li avrebbe mai visti.»

Mentre aveva svolto quei pensieri piano piano l'ira del marito era andata convertendosi in avvertimenti e consigli, avvertimenti e consigli che ai loro orecchi avevan preso subito l'aspetto d'una ridicola beffa: «se un giorno prenderai moglie», aveva detto, «ricordati di trattarla fin dal primo momento come una serva. Non lasciarle mai un'illusione, mai un respiro: perché non meritano altro queste farfalle qui...». Dentro il suo pugno le punte dei rossetti eran state lì lì per cader fuori finché insensibilmente eran scivolate sul tavolo e lì eran restate immobili, come segni d'un segreto che nello stesso tempo in cui divideva, univa e vendicava: «quasi un simbolo», s'era detto lei guardandoli: «il rossetto per far più belle le tue labbra»: ed eccolo, lì, ora, vicino all'altro ma che più dell'altro usciva con impeto dalla custodia; eccolo lì proprio sotto l'occhio di chi gliel'aveva regalato e che paziente e scaltro aveva continuato a finger di leggere e anzi alle parole del fratello aveva saputo fin acconsentire e benignamente sorridere. Era l'ultimo sforzo, perché domani...

II

Anche circa il lavoro, piano piano, di confidenza in confidenza, aveva saputo tutto: si trattava di contrabbando: sigarette come base e tutto ciò che di conveniente di volta in volta l'occasione presentava, come soprappiù.

Che fosse un'attività illegale lei l'aveva subito sospettato, tuttavia con lui non aveva osato parlare se non quando gli incontri avevan creato tra loro la dimestichezza necessaria.

Del resto al punto in cui era quanto di buio e canagliesco l'attività del cognato comportava, buio e canagliesco di cui nei primi tempi aveva cercato di servirsi per controbattere il montar della passione, s'era trasformato in una ragione d'orgoglio, soprattutto per i rischi che esso comportava. «È coraggioso», aveva pensato mostrandosi inevitabile il paragone tra l'audacia e i conseguenti guadagni del Raffaele e la mollezza e la conseguente miseria del marito, «coraggioso, forte e deciso a tutto.» Del resto farla alla legge in un mondo che non permetteva di vivere come pur si sarebbe dovuto, poteva esser davvero un male?

In ben altro consisteva il male; nei pericoli e nelle insidie che in un simile lavoro eran sparse ovunque e in ogni momento; sia che tra Como, Chiasso e Cannobio agisse direttamente, sia che se ne stesse a oziare in attesa dell'occasione e della congiuntura propizie. Il fiuto della polizia lo seguiva per ogni dove; di questo era dolorosamente ben certa. E a che potevan servire allora i consigli di prudenza che gli aveva dato e gli dava senza posa? Non solo quando sapendo d'esser soli eran riusciti e riuscivano a crearsi lì, in casa, l'intimità necessaria, ma anche nei momenti di più amorosa confusione; allora quei consigli avevan preso e prendevano l'accento di chi richiede la salvezza del proprio figlio dalle insidie d'una guerra.

Che fosse come una guerra, sia pur combattuta con l'astu-
zia invece che con l'armi (per quanto gli inseguitori dispo-
nessero anche di quelle), s'era andata convincendo dall'aria
sospesa, d'uno cioè che vive in perpetua minaccia, che mano
mano aveva sostituito nel cognato la primitiva indolenza. Indolenza forse era restata ma come pressata da un incubo
continuo che dava anche ai momenti di stasi una lucidità
troppo tesa ed eccitata per parer naturale.

L'annuncio del pericolo avrebbe potuto arrivare in ogni
momento; ogni momento avrebbe potuto esser quello buono
perché il lupo piombasse sull'agnello e ne facesse strage.

«Anche per questo è opportuno che me ne vada», le aveva
detto il Raffaele confidandole la decisione di cambiar casa.
«Il Michele sa già tutto del mio lavoro, è vero, ma non voglio
coinvolgere nei miei pasticci lui e men che meno te.»

Com'era logico, quel rischio e quella minaccia gliel'avevan stretto ancor più vicino; quasi che la possibilità di perderlo (e l'incubo allora non era più quello della galera, ma
l'altro, sanguinoso, d'un incidente; con le corse e gli inseguimenti cui doveva sottoporre la macchina sgangherata!) l'obbligasse a star col pensiero applicato su lui come una sangui-
suga sulla schiena d'un malato; questo però l'aveva aiutata e
l'aiutava a sopportar le ore di lontananza e, adesso che se ne
sarebbe andato, i giorni.

«I giorni?» si chiese come se non riuscisse a credere, mentre le mani frugavano in un cassetto.

Ecco: non l'avrebbe più visto né il mattino, né il mezzogiorno, né la sera; non l'avrebbe più avuto lì, a girare e a
oziare tra i piedi; non le avrebbe più preparate anche per lui
le minestre, le vivande e le insalate E tuttavia da lì in avanti
incontrarsi e vedersi sarebbe stato infinitamente più confor-
tante e più sicuro; sarebbe stato proprio come tra due sposi,
quali ormai sentiva che stavano per diventare; perché il suo
matrimonio vero era questo, non l'altro che di questo era stato appena una parodia triste e vergognosa.

«Un letto anche per noi, una stanza...» continuava a dirselo e a ripeterselo mentre con trepidazione eccitata prendeva
in mano, pezzo per pezzo, la biancheria del Raffaele: prima

camicie, poi canottiere, slip e calze e dai cassetti le sistemava dentro le valige, una grossa e una piccola che aveva a disposizione: «Verrò a prenderle con la macchina, verso le sei...» le aveva detto il Raffaele.

La macchina: il suo incubo d'ogni ora, d'ogni momento; quel giorno poi che se n'era andato per servizio! «Oggi non sono a Chiasso, ma a Cannobio» le aveva mormorato; a volte sul lago di Como, a volte sul Maggiore, secondo dove le segnalazioni (telefonate fulminee e fulminei, incomprensibili messaggi) consigliavano; secondo insomma dove i trasporti notturni eran avvenuti.

Ma la macchina non era intestata a lui come del resto non gli era intestato il magazzino (ed era già una fortuna ad ogni occorrenza infatti sarebbe balzato giù e avrebbe potuto lasciarla lì, vuota); anzi il magazzino non era intestato a nessuno dei tre (in verità, non si trattava d'un magazzino ma d'una cantina: ne conosceva la zona, la via e il caseggiato. Ma gli altri due chi erano? Cosa sapeva di loro? Massimo, Marino e basta. Ma eran i loro nomi veri o soltanto i nomi di comodo?).

«Non chiedermi niente. Non perché io di te non mi fidi, ma perché anche sapendo tutto non avresti nessun vantaggio.»

«Ma se una volta o l'altra dovessi averne bisogno? Adesso poi che te ne vai e il controllo di quanto può capitarti giorno per giorno diventa impossibile, a chi busso? Di chi cerco se non dovessi saper più niente?»

Ecco le sue vere preoccupazioni, i suoi veri pensieri. Altro che coscienza! Altro che rimorsi! Che forza avevan più coscienza e rimorsi di fronte a quei rischi, a quei pericoli e a quelle insidie?

La macchina che sfrecciava inseguita come da un'orda di cani; città, strade, paesi; il carico di poche pile di sigarette, giusto quanto bastava per viverci sopra in tre, perché poi gli altri non eran scapoli come lui (era questo uno dei pochi particolari che su di loro aveva saputo: due figli il Massimo, la sola moglie il Marino): frenate, curve, deviazioni, sibili di ruote, fischi di sirene, lampi, abbagli: tranelli, pedinamenti, appostamenti...

E di fronte a tutto quello che peso potevan aver più non

solo coscienza e rimorsi, ma i dubbi che un giorno o l'altro il Michele avrebbe potuto sapere?

Non aveva già deciso come in una simile congiuntura si sarebbe comportata?

«Cannobio», si ripeté due o tre volte mentre piegava una canottiera e la riponeva con cura sulla precedente, nell'angolo destro della valigia più grande. «Ma arrivato là (e se le cose eran andate bene arrivato doveva esserlo certamente) dove era solito entrare? Dove era solito caricar la merce che durante la notte i loro scagnozzi, tre o quattro morti di fame, avevan portato dalla Svizzera sulle spalle?»

Sì, stasera o se fosse arrivata tardi, quando cioè il Michele era già entrato, domani, oppure la prima volta che si fossero visti nella stanza della pensione, gliel'avrebbe chiesto; l'avrebbe supplicato di dir tutto; «o mi dici tutto o basta»; lei era e sarebbe stata ancor più in avvenire una tomba; di quei segreti non se ne sarebbe servita mai; gliel'avrebbe giurato; ma doveva sapere: saper dove battere e a chi e di chi cercare; «perché così non è possibile»; «così non posso più andare avanti, Raffaè, credimi, non posso più».

Adesso aveva in mano una terza canottiera, di rete anche quella, anche quella svizzera (gliel'aveva detto lui stesso quando lei s'era meravigliata di tanta finezza) e la teneva sospesa, prima di piegarla, tra le mani e la guardava come se si trattasse di qualcosa che apparteneva a un figlio.

Andiamo a Rescaldina

I

«Ha dentro di quegli occhi!» e su quella confidenza prima smorzò la voce, poi come se avvertisse che continuar, sia pure a magnificarlo, significava svelare ad altri un segreto che invece doveva restar solo per sé, si fermò.

Ma benedetta, strabenedetta la decisione che avevan preso quel pomeriggio d'andar là! E dire che sulle prime s'era opposta!

«A Rescaldina?» aveva fatto a quello della compagnia che aveva proposto di passar così la domenica. «E perché poi a Rescaldina?»

«C'è uno che lavora con me...»

«E a noi cosa importa?» aveva ribattuto lei pur conoscendo la precarietà che alla sua posizione derivava dall'esser la minore di tutti.

«Se dovessimo andar tutti dove c'è qualcuno che ci conosce staremmo freschi!» aveva commentato un altro.

«Se dico così è perché son pratico. Appena fuori c'è una balera...»

L'incertezza tra le varie proposte, quasi tutte però meno precise e giustificate, era durata qualche minuto. Poi avevan finito per scegler quella.

«E allora su, andiamo a Rescaldina come dice lui», aveva fatto il Riguttini che sapeva bene come la sua autorità da neocampione potesse convincer anche i titubanti. «Però se una volta là non ci divertiamo», aveva aggiunto rivolgendosi al sostenitore della proposta, «pagherai la penale.»

Poco dopo eran saliti sulle moto e sugli scooter: tre coppie assortite in modo perfetto, almeno per quel momento, legate cioè dai fili dell'amore, più o meno tenaci, ma pur sempre d'amore: i rimanenti, due ragazzi e una ragazza, senz'altra relazione che l'amicizia: appunto tra questi c'era lei, la Rina, tanto che proprio per la mancanza di quello stimolo s'era mostrata fredda ed esitante, lei che invece...

Ma chi poteva immaginare che proprio là, nella balera di Rescaldina, si sarebbe imbattuta anche lei e ad esser sincera per la prima volta nell'amore?

Sorrise a se stessa senza saper se quel sorriso fosse di compiacimento o di difesa per quell'ombra di paura che dà scoprirsi in cuore una passione.

No, non doveva parlarne, nemmeno a lei, nemmeno alla sua amica del cuore che quel pomeriggio essendo i suoi andati da certi parenti aveva dovuto starsene a casa a curar il fratello malato e non aveva quindi visto e saputo niente; anche se nel descriverselo lì e con tanta trepidazione da parer che le si muovesse ancora davanti sentiva una gran gioia.

«Signorina, permette?» erano state queste le prime parole che aveva avuto da lui. Ma allora chi era? Uno qualunque che s'alzava da un tavolo situato all'incirca in faccia al loro. E tuttavia, perché negarlo, quegli occhi già da qualche ballo, sia che se ne fosse stato fermo, sia invece che girando con qualche ragazza della sua compagnia le fosse venuto vicino, l'avevan guardata a lungo e con l'intensità di uno che ha la febbre.

Un tuffo al cuore; e subito dopo, il tempo d'alzarsi e fermar il golf che privo della pressione della schiena aveva preso a scivolar giù dalla spalliera, una vampa di rossore per tutto il corpo che poi le era affiorata come una luce sul viso. Forse perché era la prima di tutte loro ad esser richiesta da fuori? Ma non era logico? Le altre avevan tutte il loro cavaliere, né lei poteva costringere i due compagni liberi a ballarle sempre insieme: più d'una volta infatti se n'erano andati a invitar qua e là le ragazze sedute ai tavoli vicini. L'aveva dunque scelta perché l'aveva vista lì, al tavolo, seguir tutta sola e con una certa mestizia le coppie che ora scivolavano, ora balzavan via?

Un velo di tristezza era così calato sull'impennata gioiosa di quell'invito; una tristezza cui aveva dato subito risposta la coscienza, non altera anche se certa, del suo corpo giovane, semplice e piacente. Era stata quella coscienza a permetterle di superar le difficoltà in cui s'era sentita prendere all'atto d'entrar nella pista e cominciar la danza col suo sconosciuto cavaliere: qualche lieve contrattempo, qualche passo ritardato, poi via sull'onda della musica in uno stile perfetto, proprio perfetto, se lui come prima parola s'era sentito in dovere di dirle:

«Balla come un angelo.»

Nero: come piacevano a lei. E ciò sembrò render più legittima la sua fiducia; poiché intorno aveva sempre visto e quanto a simpatie s'era sempre provato che nelle vicende dell'amore la bionda si mette col nero e viceversa, salvo poche eccezioni che altro non facevan se non confermar la regola.

Neri i capelli e scura anche la pelle, per via che se ne stava tutto il giorno al sole nelle fornaci di Castellazzo; e con dentro due occhi...

Interrogata non avrebbe saputo dire se eran stati gli occhi la cosa che più l'aveva attratta nel suo cavaliere o se tali le eran parsi perché da quelli come primi era stata colpita.

Nei balli successivi infatti, quando tremando avevan cominciato a stringersi l'uno all'altra e la faccia del Franco le era venuta così vicina che ne aveva sentito fin il respiro, ecco, allora le labbra, la bocca! E sapere che un giorno, ma quando, quando? quelle labbra l'avrebbero baciata! Mentre quel pomeriggio eran arrivate appena a sfiorarle prima l'orecchio, poi la guancia, proprio come in un sospiro...

Ma adesso l'elogio cui s'era lasciata andare con l'amica come finirlo? Troncarlo così sui due piedi e all'improvviso?

«E allora?» fece l'amica dopo aver aspettato qualche minuto. «È finito tutto così?»

«Be'...» disse la Rina riprendendo a parlare, quindi dopo

una nuova esitazione aggiunse: «Ci siamo divertiti, ecco. Peccato che a un certo punto è venuta l'ora di tornare...»

«Ma t'ha colpito così tanto?»

«Chi? Il Franco?»

«E di chi vuoi che parli?»

«Insomma...» rispose la Rina mentre un sorriso tra di compiacenza e di gravità le si disegnava sulle labbra.

«Ho capito. Non vuoi riconoscerlo ma è così», ribatté l'amica. «Lascialo dire a me che son pratica...»

«Pratica lei? E di cosa? E come?» pensò la Rina.

«Comunque vedremo il seguito. T'ha lasciato l'indirizzo almeno?»

Fu difficile anche per la Rina che era di carattere semplice non coglier nelle parole dell'amica un sospetto d'invidia; tuttavia non seppe e del resto anche sapendo non avrebbe voluto risponder a tono.

Si limitò a dire la verità pura e semplice. Perché poi che bisogno c'era di mentire se le cose erano di per sé così belle?

«Gli ho dato il mio e m'ha detto che mi scriverà.»

«E tu aspetta!» fece l'amica. «Ma non hai ancora capito come son gli uomini? Anche se giovani san già prenderci, illuderci e poi una volta che siam via dai loro occhi chi s'è visto s'è visto...»

Ma la Rina non sapeva e non poteva credere che il suo cavaliere di Rescaldina fosse come tutti gli altri, «ammesso», si disse, «che anche gli altri fossero come glieli stava descrivendo l'amica».

«Dalle tue parole sembrerebbe che a te gli uomini han dato sempre e solo dispiaceri...»

«Difatti», rispose l'amica abbassando la testa.

«E allora perché non mi hai mai detto niente?» chiese piena d'improvvisi timori la Rina.

«Si dicono solo le cose che van bene, quelle che van male si tengon per sé. Così farai anche tu se del tuo damerino un giorno o l'altro non dovessi saper più niente.»

Niente? Niente di lui? Niente del suo Franco? No, non era possibile. Si fossero almeno baciati poteva capire, ma così, quando il più doveva ancor venire...

«Credo che ti sbagli», si limitò a rispondere.

«Te lo auguro. Ma con gli uomini si ha ragione solo quando si pensa male.»

Ormai era tardi: fuori dalle case la più parte dei crocchi s'eran già sciolti; gli altri cominciavano a diradarsi sia che fossero di ragazzi e ragazze, sia che solo di queste o solo di quelli. Tra Roserio e Vialba la domenica moriva come ogni altra settimana; la dubbiosa pienezza che causano il divertimento e il riposo quando son sul punto di finire dava alle persone, ai loro passi, alle loro conversazioni, al saettar delle moto e degli scooter, un senso doloroso di tristezza come se in ognuno affiorasse tutto il peso dei sei giorni ormai imminenti di lavoro.

«Adesso andiamo, andiamo che è tardi», disse a quel punto la Rina.

«Se lo vuoi tu, andiamo», fece l'amica. E mentre si salutavano aggiunse:

«Non c'è bisogno, spero, che ti faccia l'augurio di sognarti di lui...»

La Rina sorrise con la mestizia che le causava veder come di fronte alla felicità anche l'amica più cara fosse diventata perfida ed invidiosa e come a un certo punto di quello che succede a se stessi nessun estraneo riuscisse a capir più niente. Poi la salutò e si diresse verso casa.

II

«O Franco, Franchino mio...» chiusa dentro le coperte continuava a chiamare senza aprir bocca. Malgrado a due o tre metri da lei sulla branda che stava appoggiata al muro dormissero i due fratelli, uno di otto, l'altro di cinque anni, quella sera le pareva d'essere lei la padrona di tutto. Se fosse stato necessario avrebbe potuto pronunciarlo quel nome a voce alta: nessuno se ne sarebbe accorto, nessuno l'avrebbe sentito. Ma che bisogno c'era? Non era più bello ripeterselo così, tutta in sé e per sé, come se l'avesse lì dentro il letto d'abbracciare, da baciare e da farsi abbracciare e baciare?

Certo la prima volta che si fossero visti non se lo sarebbe lasciato sfuggire l'invito timido ma, ora che lo ripensava, ben esplicito del Franco:

«Venga fuori con me. Appena voltato l'angolo ci si trova nei prati...» le aveva detto al quinto ballo.

Anziché scherzare con l'allegra impudenza dei suoi compagni, la sua destra aveva continuato a stringerle il fianco; quasi però avesse paura di farle male o d'offenderla tremava; la sinistra invece le aveva chiuso sempre più forte le dita, alzata di quel tanto che bastava per tener la posizione di danza mentre la volontà, il bisogno, il desiderio, sarebbe stato di lasciarsi andare uno sull'altra.

All'invito d'andar nei prati non aveva risposto parlando ma sorridendo, e a quel sorriso il Franco s'era limitato a stringerlesi ancor più sopra così che d'improvviso lei aveva avuto una sensazione inafferrabile e cupa...

Si voltò nel letto come se la pace in cui se ne stava adagiata pensando al suo Franco fosse stata distrutta dal risorgere di quella sensazione; una vampata di calore le salì allora per tutto il corpo; alzò le braccia, poi agitò le coperte come per illudersi che il ricambio dell'aria potesse calmar l'affanno. Quindi si girò dalla parte opposta, contro le persiane dalle cui strisce scendeva giù a malapena il riverbero del lampione che fuori illuminava la strada.

Rombando veloce una moto le diede un sussulto come fosse stata colta da un estraneo a compier qualcosa di troppo intimo e segreto. Quindi col cuore che aveva preso a batterle a un ritmo insolito tentò di seguir il rombo perdersi oltre la curva, oltre le case, oltre i prati, finché la pace non fu tornata sulla strada e nella stanza.

Di tanto in tanto dalla cucina arrivavano i rumori della madre che ancor alzata stava stirando sul grande tavolo la biancheria: colpi ovattati, scricchiolii, tosse.

Come avrebbe fatto a dormire quella notte con tutta la felicità che l'aveva presa e con il Franco che appena se ne stava tranquilla le si metteva davanti, non in piedi e per invitarla a far un giro ma disteso lì, con lei, nel suo stesso letto, le braccia aperte per un momento intorno alla sua vita poi, una volta che gliel'aveva presa, chiuse, strette e che a stringere continuavano sempre più forte, «sempre più forte, Franco, sempre più forte», finché le gambe del ragazzo si attorcigliavano attorno alle sue e la bocca dal collo, dalle orecchie e dalle guance passava ad aprir la sua mormorando non sapeva neppur lei che parole!

«O Franco, Franchino!» sospirò un'altra volta come se a quel punto il ragazzo le avesse allungato le mani dentro la sottoveste e gliela stesse levando. «No, no che rompi tutto!»

Allora le sembrò che sulla faccia del Franco fosse scesa un'ombra di tristezza, quasi di disperazione.

Come poteva starsene tranquilla, come poteva dormire e prepararsi con un po' di riposo alla nuova settimana di lavoro? Del resto che importava l'indomani, la sveglia alle sette, il vestirsi stanca come certo sarebbe stata perché stanotte, di lì a poco, non c'eran dubbi, lo desiderava anzi, lo desiderava con tutta l'anima, si sarebbe sognata di far l'amore con lui? Che importavano il tram, le compagne, la faccia stravolta che le avrebbero trovato, le ossa rotte, la sagoma del calzificio che si sarebbe profilata oltre il capolinea di Affori, il fischio della sirena, il reparto verifiche, gli errori che avrebbe commesso? Che importava tutto questo adesso che il Franco, lì, nel suo letto (i pochi momenti in cui riusciva a pensare si chiedeva se anche lui nella sua casa di Rescaldina stava o non stava passando una notte agitata come lei e a causa sua, se anche lui stava o non stava illudendosi d'averla nel letto, abbracciarla, stringerla, baciarla con quella bocca che sapeva di sigarette, un profumo che seppur ne era stata appena sfiorata le aveva dato subito il capogiro) e adagio adagio, senza mai allontanarsi, aiutato anzi da lei come lui prima, un po' violento e un po' delicato, aveva aiutato lei a levar la sottoveste, si svestiva di tutto e arrivava al punto d'esser lì in slip e canottiera? E lei? Non aveva su più niente: solo le mutandine...

Un nuovo rossore; poi la vampa tornò a salirle per tutto il corpo. Risentì ma più forte, come se si stesse confondendo col suo, il profumo di sigarette. Quindi le sembrò di sentir sui suoi denti il fremito di quelli del Franco. Allora mentre la mano del ragazzo le affondava nel grembo portò la sua dal collo sulla schiena e cominciando a sollevargli la canottiera sospirò:

«Levatela Franchino, levatela...»

III

«Sveglia!» gli gridò il fratello scrollandolo con due o tre manate. Era la seconda volta che lo chiamava e questa volta il Franco capì che doveva alzarsi.

«Che ore sono?» fece allargando la bocca in uno sbadiglio e alzando le braccia fuor dalle coperte.

«Le sette.»

«Le sette?» e con un colpo fu giù dal letto.

Era stanco, stanco morto più che se l'avessero bastonato tutta notte. Le gambe e le braccia eran legate e dagli occhi il torpore pareva non volersene andare.

Fece due o tre movimenti, poi pensò che gettando la testa sotto il rubinetto si sarebbe rianimato. Allora saltellando a piedi nudi uscì dalla stanza e si diresse al gabinetto.

«Se la vedete passar
datele un fiore
come facevo con lei
tutte le sere»

cominciò a cantare mentre l'acqua scrosciava dentro il lavandino:

«Ci siam lasciati così
senza rancore
e se felice sarà
ne avrò piacere.
Vola l'amore col vento...»

«Muoviti invece di cantare!» fece il fratello che aveva già finito di vestirsi.

Il Franco non rispose. S'inchinò e pieno d'una felicità contro cui pareva che nulla potessero la stanchezza e gli strascichi di quel lungo amore fatto tra realtà e sogno durante tutta la notte, mise la testa sotto il rubinetto. Poi s'insaponò faccia, mani e braccia e vi passò sopra per molte volte ampi getti d'acqua.

Aveva passato tutta la notte con lei: poco a poco le si era avvicinato, l'aveva sfiorata, abbracciata, stretta, baciata; finché, aiutandosi vicendevolmente s'eran tolti i vestiti e lei era rimasta nelle sue mani completamente nuda.

Abbassò la testa per scrollar dai capelli alcune gocce d'acqua. Poi in fretta passò e ripassò la salvietta sulle braccia, sulla faccia e sul collo. Quindi guardò gli slip e vedendo com'erano, sorrise:

«Dovrei cambiarli», si disse. «Ma a lavarmi fin lì adesso non faccio in tempo. Stasera», concluse; «stasera», ripeté.

Intanto dalla cucina il fratello continuava a sollecitarlo:

«Muoviti! Ho detto di muoverti!»

E lei? Aveva passato anche lei la notte con lui? S'era fatto dar l'indirizzo; di ritorno dalle fornaci le avrebbe mandato una cartolina, fissandole un appuntamento per domenica pomeriggio al capolinea del sei, dove cioè s'eran messi d'accordo.

Una bella come la Rina non l'aveva mai vista: bella e riservata. In mezzo all'esibizione di tutte le altre le era sembrata ancor più schiva e quindi ancor più fatta per lui. Perché era così che gli piacevano: «la donna è una cosa per sé, per sé e basta», si disse. E quell'affermazione gli diede per la prima volta la coscienza, l'orgoglio e la sicurezza dell'uomo.

Vestirsi, pettinarsi, passar in cucina, salutar la madre, dire «aspetta, vengo subito» al fratello che sul punto d'uscire fremeva come un cavallo, far a pezzi il pane dentro la tazza di caffelatte, bere, mangiare, salutar la vecchia, prender la bici a tracolla, scender le scale, attraversar l'orto, raggiunger il fratello che l'aspettava nell'angolo, avvenne con così ilare velocità che fu lui stesso il primo a stupirsi.

«È l'amore», si disse. E nell'amore anche la stanchezza è una gioia. Salendo sulla bici gli parve di veder la Rina uscir di casa, prender il tram con qualche amica, recarsi al calzifi-

cio, entrare, ma il pensiero, il pensiero e tutto il suo desiderio e il suo corpo eran rivolti a lui...

«To'!» disse e lasciò schioccar dalla bocca un bacio.

Che importava allora se cominciando a pedalare per star
dietro al fratello che a lui sembrava non fosse mai andato
forte come quella mattina, le gambe gli dolevano e tutto il
corpo faceva doppia fatica del solito?

Era uno scotto che valeva la pena di pagare e che anzi
avrebbe voluto pagar un'altra volta subito. Ma bisognava
aspettar fino a domenica. Intanto oggi l'avrebbe avuta davanti tutto il giorno e stanotte, nel sogno... I baci, gli abbracci, tutto quello stringersi, quel chiamarsi, quel sospirare:
«Rina, Rinetta»; e lei: «Franco, Franchino»; e intanto giù le
mani... Che roba, madonna, che roba!

Lo scopo della vita

I

«Allora, tanto per farla finita: se vuoi proprio sposarti sposati. Non posso certo proibirtelo io che alla tua età avevo già moglie.»

«Meno male.»

«Meno male, un corno! Perché io un padre come l'hai tu non l'avevo. E non lo dico per superbia, lo dico per farti capire che l'occasione che ci sta capitando adesso non ci capiterà più e che se perdiamo questa, addio sogni, addio benessere, addio tutto», il Riboldi padre era rimasto soprapensiero come se esprimendo con le parole quel saluto avesse visto chissà che miraggio di felicità e di ricchezza allontanarsi nel buio per lasciar lì lui e con lui tutta la sua famiglia nello squallore in cui da anni tiravan avanti la vita.

«Del resto», aveva fatto riprendendo a parlare, «se la Carla ti vuol bene saprà capir le ragioni per cui rimandi il matrimonio. Se poi non le capisce, vuol dire che non ti vuol quel tanto di bene che è necessario per metter su famiglia. Allora, caro mio…»

«Allora?» aveva ripreso di scatto il Riboldi figlio.

«Allora, se vuoi proprio saper tutto, lascia che se ne vada per la sua strada. Sarà meglio per te, per lei e per tutti.»

«Facile dir così quando a suo tempo si sono accontentati i propri capricci…»

«Cos'hai detto?»

«I propri capricci!»

«Capricci? Capricci quelli che son riusciti a metterti al mondo e a mantenerti?»

«Appunto!» aveva gridato il giovane.

«Appunto?» aveva ripetuto tra sé il vecchio. «Appunto a me?» Appunto a suo padre? Eran dunque queste le soddisfazioni che davano i figli una volta fatti grandi?

«Non sembri neanche mio figlio», aveva fatto con una voce più contristata dal dolore che arroventata dall'ira.

«Ma se sei stato tu a costringermi a parlar così...»

«Io?»

«Tu, sì. Perché la Carla io la sposo, la sposo anche se a te, a tua moglie, a tua figlia e a quello che sta per diventar tuo genero non fa piacere. La sposo perché piace a me. Questo è quello che conta.»

«E sposatela allora!» aveva gridato il Riboldi all'estremo della sopportazione. «Sposatela!» aveva ripetuto. «Ma la vedi lì, la porta?» aveva aggiunto indicando con un gesto veloce l'uscita verso il ballatoio. «La vedi? Apri, esci, chiudi e non tornar più.»

Un silenzio cupo, pieno di risentimento, di odio, di paura e di rimorsi s'era formato allora nella cucina: il figlio, le mani nelle tasche, aveva sentito un'altra volta la sua ribellione spegnersi nell'incapacità a prender una decisione non di parole, ma di fatti e aveva lottato a lungo con se stesso per non cedere definitivamente: il padre invece, ch'era stato preso da un tremito convulso, aveva fissato sul figlio i suoi occhi arrossati dalla rabbia e dalle lagrime imminenti, pronto a scattare appena il ragazzo avesse tentato di riaggrapparsi al diritto, che pur capiva, di difendere la sua indipendenza e soffocarglielo così per sempre.

«Domando io», aveva detto il vecchio quando aveva compreso che protrarre quel silenzio avrebbe potuto favorir la posizione del figlio, «domando io se uno deve arrivare a sessant'anni, sessant'anni in cui ha faticato come un cane per tener su la sua casa e vedersi trattar così da un figlio. Ma cos'hai qui, al posto del cuore?» aveva fatto battendosi due o tre volte il pugno sul petto e stringendo poi tra le dita il risvolto della giacca. «Cos'hai? Non ti fa paura parlar così con tuo padre? E tua madre? Tua madre che, se la chiamassi qui...»

«Non c'è bisogno che la chiami», aveva ribattuto il Vincenzo. «Tanto è già là, dietro la porta che ascolta e spia pronta a intervenire se per caso mi venisse voglia d'usar le mani.»

«Vincenzo!»

«Perché è ora di finirla di far il padrone! Se hai lavorato tu, ho lavorato anch'io. E se la Carla mi piace, mi piace e basta. E moglie mia o sarà lei o non sarà nessuna.»

In quello stesso momento uno scricchiolio, come d'un tarlo che smangi il legno d'un armadio, era venuto da oltre la porta che dava nella stanza.

Subito padre e figlio s'eran voltati verso quel punto temendo che come infatti accadde la porta s'aprisse e da essa venisse avanti la vecchia.

«Lo vedi?» aveva fatto il ragazzo. «Lo vedi che se ne stava là a spiare? Lo vedi che al primo momento di paura è venuta fuori? Mi fate pietà.»

Irritato dall'imprudenza della moglie il Riboldi anziché rispondere al figlio, s'era rivolto alla donna e aveva detto:

«Cosa vieni a fare tu? Torna in camera. Non son cose per donne quelle di cui stiamo parlando.»

In parte offesa dal tono del marito, in parte rassicurata per non aver colto i due come temeva uno addosso all'altro, la donna era rientrata senza dir niente nella sua stanza; la porta s'era richiusa prima con un cigolio, poi con un colpo di maniglia. Quindi il padre aveva ripreso a parlare senza supporre che il modo sbrigativo con cui aveva estromesso la moglie avesse potuto creargli nei confronti del figlio qualche vantaggio.

«Parliamoci chiaro, come si parla tra uomo e uomo. E dicendo così non credo di corromper nessuno...» aveva aggiunto. Quindi avvicinandosi al Vincenzo con la palese intenzione di ridurre la lite a una discussione: «Tu con la Carla», il vecchio aveva esitato un momento incerto più che sull'espressione da usare sull'opportunità d'esser esplicito come il momento esigeva. «Voglio dire», aveva aggiunto cercando di farsi capir con gli occhi. Poi dato che il figlio s'ostinava a tener i suoi occhi sul piano del tavolo: «Insomma, dato che mi tocca dir tutto, anche quello che un padre non dovrebbe mai dire, l'amore tu e lei, cerca di capirmi Vincenzo, tutto quello è già avvenuto, non è vero?» aveva detto alla fine.

Il Vincenzo non aveva risposto ma agitando le mani nel fondo delle tasche e muovendo spalle e testa come per riconoscere che la cosa era troppo naturale perché non fosse accaduta, aveva implicitamente ammesso che la risposta doveva ritenersi affermativa.

«E magari più d'una volta e magari da mesi e mesi...» aveva ripreso il vecchio. Poi cambiando tono: «Non te ne faccio una colpa. Certe cose le capisco bene. Del resto anch'io...» aveva aggiunto, ma s'era subito fermato sembrandogli quello che stava per dire oltre che non necessario, eccessivo.

«Anch'io?» aveva ripreso il Vincenzo.

«Lascia stare. Se hai capito hai capito e se no, non importa. Possiamo andar avanti lo stesso. Insomma, senti, chi ti proibisce di continuar con lei come hai fatto fin qui? Non è vero, te lo giura tuo padre, non è vero che a me, a tua madre, a tua sorella e a quello che sta per diventar mio genero la Carla non piace. Per noi in queste cose va bene quello che va bene agli interessati. È il momento quello su cui si discute: il momento, Vincenzo! Tirar in casa bocche da mantenere, metter sul conto delle spese quelle d'un matrimonio, perché se ti sposi è chiaro che i locali e i mobili, almeno quelli devi portarli, far queste spese proprio adesso che i nostri sforzi son tutti diretti a metter in piedi la fabbrica. Vincenzo», aveva implorato il vecchio avvicinandosi al figlio e andandogli così sotto da costringer a guardarlo, «tutto questo, Vincenzo, a me pare che adesso, in questo momento qui...»

Il figlio il cui bisogno d'uscir dalla prigione familiare aveva ricevuto da quelle parole una nuova sferzata, era rimasto un momento in silenzio, poi cercando di caricar la voce oltre l'effettiva volontà di ribellione aveva esclamato:

«Ma quello della Piera allora cos'è? E le spese per i suoi locali e per i suoi mobili?»

«Sembra impossibile, ecco, impossibile che tu parli così. Ma vuoi proprio obbligarmi a ripeterti che è solo il matrimonio di tua sorella che ci permetterà d'aver quanto basta per realizzar ciò che vogliamo? I soldi che ci occorrono chi li porta? La tua Carla forse che ne ha ancor meno di noi? Vuoi proprio che mi umilii a ricordarti che se non fosse per il Luigi, quello che son riuscito a metter insieme io in quarant'anni e passa di sudori non basterebbe nemmeno per cominciare? Vuoi proprio offendermi anche così? Ma cerca di capire una buona volta, Vincenzo. Io son disposto a sentir tutto; se devi rinfacciarmi qualcosa fallo; se quello che t'interessa fare è questo gridamelo pure in faccia che son un fallito, uno che ha come destino quello d'esser operaio, operaio e basta! Ma se fosse per me e per tua madre, tientelo ben in testa, io mi fermerei qui, alla condizione in cui mi trovo e qui aspetterei che venga l'ora d'andarmene. Se lo faccio lo faccio solo per voi due. Lo vuoi capire che è per la tua fortuna come per la fortuna di tua sorella che ti chiedo il sacrificio di rimandare a dopo quello che vuoi fare adesso?» giunto a quel punto il vecchio s'era fermato convinto che se anche quell'ultima, vergognosa sincerità non fosse riuscita a vincere la resistenza del figlio, a niente sarebbero valsi gli altri mezzi che aveva a disposizione.

Da parte sua il Vincenzo che quelle parole e i continui richiami alle ragioni affettive avevan gettato in un completo smarrimento, cercava di pesare come poteva i due piatti della bilancia: e cioè quello che doveva rimandare da una parte e il vantaggio che il rinvio gli avrebbe procurato dall'altra. Se in quel momento fosse riuscito a meditare senza sentirsi soffocato dalle figure del padre e della madre, dai loro piani d'interesse e di ricchezza, dalle loro profferte d'amore e dalle loro improvvise e crudeli maledizioni, avrebbe finito con l'optare per la sua libertà: sposar la Carla e se coabitare fosse diventato impossibile, andarsene. Invece nella contraddizione dei suoi pensieri, appena gli era apparsa la soluzione del posto che in casa il matrimonio della sorella avrebbe lasciato libero, aveva cercato d'aggrapparvisi come alla soluzione che poteva appianare ogni contrasto:

«Ma se la Piera si sposa io la Carla posso tirarla in casa

con noi...» aveva detto allora accompagnando le parole con un sorriso.

«Con noi? Con noi, come?»

«Qui, in casa nostra. Se glielo chiedo io son sicuro che accetterà. Così risparmieremo le spese dei locali e dei mobili...»

«Sì, ma tua madre?»

«S'abituerà a viverci insieme anche lei.»

«E se poi non dovesse abituarsi?»

«Cercherà di fingere. Non dovrò esser io solo a sacrificarmi in tutta questa storia.»

In quel momento la porta della stanza con un colpo s'era spalancata e di là da essa era apparsa, rigida ancor più del solito, la madre.

Il padre e il figlio s'eran voltati di scatto.

«Tanto per metter in chiaro tutto», aveva detto la donna, guardando il figlio coi suoi occhi dalla luce grigia e metallica, «io con quella senzadio della tua Carla non vivrò mai. Hai capito? Se vuoi sposarla, sposala, ma alla larga. Alla larga te, lei e tutti quelli che nasceranno!» e così dicendo aveva richiuso con un altro colpo la porta.

«Hai visto?» aveva fatto subito il Vincenzo. «Hai visto se è la fabbrica la ragione per cui non vuole che io sposi la Carla? È l'odio, l'odio che ha nel sangue. E va in chiesa tutte le mattine e dice di far anche la comunione! Ma se il tuo Dio c'è...» aveva gridato dirigendosi verso la porta e alzando la voce.

«Se è per quello c'è, Vincenzo! C'è!» aveva gridato il vecchio avvicinandosi al figlio.

«E allora se c'è che venga giù a metter le cose come vanno messe! Perché questa, come la state riducendo voi, non è una vita ma un inferno!»

«Vincenzo!» aveva gridato il padre. «Ti proibisco di parlar così in casa mia. Fuori pensa e parla come vuoi ma qui no, perché qui il padrone per adesso sono ancora io e lo sarò finché respiro.»

«Non c'è bisogno che lo gridi. Lo si vede e lo si sente anche troppo...»

«Vincenzo!»

A quel punto la porta s'era aperta di nuovo e di nuovo la

madre s'era affacciata, il pugno sulla maniglia, l'aspetto terreo: «Mandalo fuori quel senzadio! Mandalo fuori che a star qui ci tirerà addosso maledizioni e basta!».

Non aveva ancor finito di parlare che un singhiozzo le aveva scosso il corpo. Allora allungando la mano aveva cercato di trovar qualcosa cui appoggiarsi, proprio come se le forze le venissero meno. E quando, dopo alcuni tentativi, era riuscita ad incontrar lo spigolo della credenza vi s'era abbandonata; quindi aveva lasciato andar tutto il corpo a un pianto convulso.

«Ecco cosa sei capace di fare. Quando non si crede più a niente e a nessuno come te...»

Disgustato, il Vincenzo era rimasto immobile nel suo angolo.

«Ma per te cos'è, cos'è lo scopo della vita? Far morire tuo padre e tua madre di crepacuore? È questo? Parla.»

«Morire?» aveva fatto il ragazzo voltando le spalle ai due vecchi. «Morir per cosa?»

«E hai anche il coraggio di domandarlo? Ma guarda, guarda tua madre come s'è ridotta!»

«E chi le ha detto di occuparsi di cose che non la riguardano?»

«Vincenzo!»

«Già, perché voi quand'era il vostro tempo vi siete pur sposati come e quando avete voluto...»

«Ma in casa nostra allora non c'era la possibilità che c'è oggi e tua madre era una ragazza come si deve e non una...»

«Una cosa? Avanti», aveva fatto il ragazzo avvicinandosi al padre. «Parla!»

Allora la madre che scossa dai singhiozzi s'era abbandonata sul piano della credenza aveva ricominciato a parlare:

«Non far così con tuo padre, Vincenzo! Per l'amor di Dio non farlo. Un giorno potresti pentirti...»

In quello stesso momento, non prevista da alcuno dei tre poiché le loro parole avevan coperto ogni rumore, la porta d'ingresso s'era aperta e di là da essa erano apparsi la Piera e il fidanzato: s'eran fermati sulla soglia, avevan guardato intorno cercando di capire quello che poteva esser accaduto, poi la ragazza aveva fatto:

«Ma che c'è ancora?»

«Possibile che tu non possa far succedere che disastri?» aveva aggiunto il Luigi rivolgendosi al Vincenzo.

«Sta' in silenzio tu, perché per il momento questa non è ancora casa tua!» aveva ribattuto il Vincenzo facendoglisi contro. «E se vuoi proprio farla fuori vieni giù, avanti, vieni in strada...»

«Vincenzo!» aveva gridato il padre accorrendo tra i due.

«Morire, ecco quello che mi farà fare quel delinquente...» mormorava la madre verso cui s'era subito diretta la figlia, «morire di crepacuore...»

Contemporaneamente il vecchio avvicinatosi al genero che le minacce del Vincenzo avevan irrigidito sulla soglia, aveva preso a supplicarlo:

«Luigi, ti scongiuro, non dargli retta. Stasera il Vincenzo non sa più quello che fa e quello che dice. Luigi? Cerca di capirmi, Luigi, ti supplico...»

Davanti alle implorazioni del padre che era parso lì lì per inginocchiarsi ai piedi del futuro genero il Vincenzo era rimasto più esterrefatto che inorridito: quella scena, dove tutta la dignità della sua famiglia sembrava cedere innanzi a chi portava la possibilità di realizzare un sogno covato a lungo e certo disperatamente, gli aveva fatto scendere nel cuore un senso oscuro di pietà, di impotenza e di paura.

E quel senso era diventato ancor più profondo quando il padre, rassicurato dal fatto che il Luigi aveva compreso, s'era rivolto a lui e gli aveva detto, ma a bassa voce quasi volesse che a sentire fosse lui solo:

«Quanto a te, se non vuoi che succeda di peggio, va' fuori un momento. Fammi questo santo favore: va' fuori.»

Allora il Vincenzo aveva dato un'occhiata lunga e scrutatrice a tutti e quattro, poi da loro l'aveva passata e ripassata su tutta la cucina.

Se ne sarebbe uscito: questo era certo; perché dopo un po' quelle scenate gli davan il vomito e quella che adesso guardava con una tristezza senza luce e senza speranza non era una casa, ma una baracca di esaltati.

Tuttavia affinché nessuno dei quattro potesse illudersi che

lui se ne andava perché aveva ceduto, dopo averla attraversata nel più assoluto silenzio, dalla cucina era passato nella stanza, lì era rimasto un momento come se avesse da cercar qualcosa, poi era tornato nella cucina, l'aveva attraversata tutta un'altra volta e quand'era stato sulla soglia s'era acceso con calma una sigaretta, quindi senza preoccuparsi né di guardare i quattro che invece avevan continuato a seguirlo come se gli fossero legati, né di chiuder la porta, se n'era andato. Poi appena sul ballatoio aveva preso a zufolare una canzone.

II

Ciò che i quattro s'eran detto e ciò che insieme avevan deciso dopo che lui se n'era andato e solo aveva cominciato a girar su e giù per le strade, non l'aveva mai saputo. Tuttavia il seguito gli aveva permesso di supporlo.

L'assedio del padre e della madre era infatti continuato nei giorni successivi stringendoglisi sempre più attorno come se volessero impedirgli ogni scampo: il primo coi suoi ragionamenti continui e pedanti su ciò che era lo scopo effettivo della vita aveva mirato a dimostrargli non solo l'altruismo dei suoi propositi, ma la loro umana e logica praticità; l'altra coi suoi riferimenti, le sue scenate improvvise ma appunto per questo crudeli, gli aveva creato nella coscienza l'ombra di responsabilità vergognose e di vergognose degradazioni. Non che lui potesse più capire, come avrebbe capito fin a qualche anno prima, ciò che significava la parola «senzadio» con cui la madre aveva quasi sempre bollato la figura morale della Carla e neppure quell'altra di: «donna dell'U.D.I. che va dentro e fuori dalle balere dei rossi e che è rossa e marcia anche lei come tutti quelli e come tutta la sua famiglia»; ma quel prorompere improvviso della voce della vecchia proprio quando supponeva che per esser tutti a tavola o per esser lui sul punto d'uscir di casa e avviarsi all'officina avrebbe dovuto forzar la bocca e tenerla chiusa e inoltre le scene d'isterismo, gli svenimenti, i pianti, i singhiozzi l'avevan poco a poco ossessionato.

«Ancora con quella senzadio, eh? T'ho visto va', t'ho visto!» gli aveva gridato una volta. E un'altra quando finita la cena s'era avviato per uscire:

«Non ti troverai anche stasera con quella porca d'una rossa? Perché se è così io, tua madre, non potrò che disperarmi e maledirti.»

E infatti quella volta tornando l'aveva trovata abbandonata sul tavolo, il busto rotto dai singhiozzi e col marito vicino che cercava di consolarla.

«Ecco, lo vedi a cosa serve la tua superbia? Lo vedi?» gli aveva detto il padre con una voce così calda e patetica da sembrar che invece di respingerlo, volesse avvicinarlo.

«Lascialo stare. Se ne vada nel suo letto e provi a dormire. Li sentirà anche lui i rimorsi e le paure rodergli la coscienza. Perché dove non c'è timor di Dio e rispetto dei genitori non c'è pace», aveva borbottato la vecchia «ma inferno.»

Incerto su quale delle due ragioni nel contegno dei genitori fosse la preponderante, se cioè il manifesto disinteresse a ogni pratica religiosa e la vita libera della Carla o la costruzione della fabbrica che era diventato il loro unico pensiero e il loro unico sogno, il Vincenzo aveva finito col ritener che l'una si confondesse nell'altra, scambiandosi e prendendo vicendevolmente forza, «come accade nella vita», s'era detto, «quando la posta in gioco è così importante»: interessi di idee e interessi di borsa, spinte dell'anima e spinte del ventre, si collegano allora in unico fine che per i tre della sua famiglia, quattro col futuro cognato, era quello d'impedirgli ad ogni costo di sposar la Carla. E se il padre con una tattica più prudente di quella della madre aveva puntato più sul rimando che sul divieto, ciò era accaduto perché sperava che nel frattempo il miglioramento delle loro condizioni economiche avrebbe spinto il figlio a cercar di meglio: «perché tra l'altro», aveva sempre sottinteso il vecchio e più d'una volta gli aveva detto «meriti molto, ma molto di più».

Di questo s'era potuto convincere proprio il giorno in cui la madre s'era inserita tra lui e la Carla con un gesto irreparabile così da por fine a tutto. Quella sera infatti, quando era rientrato in casa dal lavoro aveva trovato i due che parlavano con un'agitazione insolita:

«Hai fatto male, malissimo», eran state le prime parole del padre che una volta aperta la porta aveva sentito.

«E come, se non c'era altro mezzo per fargliela finire?" aveva replicato la madre.

Che parlassero di lui e della Carla era bastato quell'accenno a farglielo capire.

«Del resto, guarda, è qui lui e possiamo dirglielo chiaro e netto subito», aveva fatto la donna come se il suo ingresso non l'avesse minimamente irritata. «Così saprà quello che gli resta da fare...»

«Non mi sembra il caso», aveva commentato il vecchio con un tono di voce già rassegnato ad accettar il dominio della moglie.

«È sì il caso. Non vorrai saperne più di me anche in queste cose...»

«E allora parla, parla. Se poi succederà qualcosa...»

«Ma cosa vuoi che succeda? Ormai tutto quello che doveva succedere è successo.»

Fermo appena più in là della porta il Vincenzo s'era guardato intorno smarrito. Rientrar in casa dopo ore e ore di lavoro e trovar quell'accoglienza l'aveva disgustato; tuttavia come in lui accadeva di sovente il disgusto aveva preso più che l'aspetto dell'ira, quello della nausea e della pietà.

«Ma si può sapere cos'avete ancora da litigare?» aveva chiesto cercando di ribellarsi più a se stesso e all'inerzia verso cui si sentiva trascinare che non a loro.

«Abbiamo questo: che oggi ho parlato con la Carla.»

«Luisa!» era intervenuto il vecchio a quell'affermazione.

«Ma di cosa ti preoccupi? Il Vincenzo non è più un ragazzo e sa bene come certe cose vanno prese. È vero, Vincenzo? In questo, se Dio vuole, assomiglia più a me che a te»; poi cambiando appena il tono e rivolgendosi a lui: «Dunque le cose stanno così: ho visto la Carla e come non ho mai fatto prima l'ho fermata».

«L'hai fermata?» aveva ribattuto lui ma con un ritardo che gli aveva fatto sentir subito la debolezza del suo intervento.

«Sì, l'ho fermata. Perché è forse proibito a una madre fermar la ragazza che vorrebbe sposar suo figlio? Ah, perché se è proibito anche questo allora vuol dire che di quello che una volta valeva al mondo non è rimasto più niente», s'era stretta attorno alla sua magrezza e aveva lasciato che il terreo del volto si distendesse quel tanto che bastava per ricuperar un po' di forza.

Allora approfittando di quella pausa il padre era intervenuto e aveva detto:

«Aspetta dopo a parlare, Luisa. Il Vincenzo non ha ancor finito di prender fiato...»

«No, adesso, adesso. Perché se dopo si deve incontrare con lei è meglio che sappia tutto.»

«Se è per quello non c'è bisogno», aveva fatto lui. «So già che la Carla tu la vorresti veder morta.»

«Morta? E perché? Sono una cristiana, io; a me basta solo che tu non la sposi. Questo voglio e questo sarà.» Una nuova pausa di silenzio era caduta nella stanza, poi riprendendo a parlare la vecchia aveva spiegato tutto e, anche senza caricar la realtà del colloquio che s'era svolto tra lei e la Carla, ne aveva mantenuta intatta di parola in parola la terribilità.

Fermo contro la finestra a lui era sembrato allora che il padre scrollando di tanto in tanto la testa opponesse alla sicurezza della madre la sua incertezza circa gli effetti che quel colloquio avrebbe avuto. Attraverso quel silenzio pieno di titubanze e di umori la figura del vecchio aveva finito con l'assumere per lui di fianco a quella della madre l'aspetto d'un soggiogato, cui si deve se non rispetto, almeno carità e comprensione. Soggiogato ai voleri della moglie e al suo sogno di indipendenza e di benessere: la fabbrica che coi soldi del Luigi poteva finalmente diventar realtà, anche se poi non si sarebbe trattato che d'un bugigattolo per far ranelle, con quattro macchine, due tavoli, la stufa e il cannone che l'attraversava per riscaldarla durante l'inverno. E fosse stato solo per quello! Sarebbe stato disposto a capire; il rinvio del matrimonio era una cosa su cui a furia di sentirselo dire, avrebbe finito con l'accordarsi; era sicuro che anche la Carla, benché vi si fosse sempre opposta, soprattutto da quando aveva saputo che a volerlo eran i futuri suoceri, ripeti e ripeti, avrebbe accettato: quattro, cinque, sei mesi... Ma il vecchio non era stato più esplicito?

«Aspetta qualche anno», gli aveva detto fin dalla prima volta in cui aveva abbordato l'argomento. Già, perché le donne sanno aspettare, quand'è da più di venti mesi che gli si parla insieme!

Ma insomma un accordo tra loro tre, lui, padre e Carla, alla fine l'avrebbe trovato. È che invece, man mano era andata snocciolandoglisi davanti la scenata che la madre aveva fatto alla Carla gli s'era rivelata senza scampo.

«E siccome io senza guardar alla gente ch'era in istrada o che s'era fermata per sentire e vedere, ho continuato a ripeterle che mio figlio con una senzadio come lei non si sarebbe mai sposato, hai capito? mai, e che era inutile che lei sperasse perché i suoi argomenti di fronte agli argomenti d'una madre non eran niente, lei a un certo punto è schizzata via ed è scomparsa...» aveva esitato un momento, poi con una voce appena più calma aveva aggiunto: «No, non aver paura: non era disperata, non piangeva. Sono convinta che a quest'ora ha già dimenticato tutto.» Un nuovo silenzio, poi riprendendo il tono di prima: «Perché se alle mie parole avesse avuto qualcosa da controbattere si sarebbe fermata lì e m'avrebbe risposto. Invece niente: in silenzio per tutto il tempo come una mummia. Quando poi ha visto la malparata m'ha piantata. E con me», aveva aggiunto, «credo che abbia piantato per sempre anche te».

A quel punto lui aveva girato gli occhi verso il padre e l'aveva colto nel momento in cui deluso e avvilito si portava dal tavolo verso la credenza.

«Del resto», aveva aggiunto la madre, «meglio così. Anzi, dovresti esser contento che ho fatto tutto da sola risparmiandoti le seccature degli addii.»

«Non esagerare, adesso, Luisa...» aveva borbottato il padre: ed eran state le ultime parole pronunciate tra loro in quella sera. Poiché lui subito dopo se n'era uscito per rientrar giusto il tempo di sedersi a tavola; ché, appena finito di mangiare, senza dir niente era tornato fuori. La sorpresa più dura l'aveva avuta però solo dalla Carla: essa sulle prime aveva pensato di non recarsi all'appuntamento accordato il giorno prima; viceversa l'affetto e una coscienza semplice sì, ma concreta della propria e altrui dignità, l'avevan poi decisa. La sorpresa riguardava la sorella; riferendogli il colloquio la madre s'era infatti ben guardata dallo specificare tra chi in realtà esso fosse avvenuto. Così dopo un'esitazione piena di dolore, in cui egli non aveva resistito allo sguardo della fidanzata e quasi sentisse sulle proprie spalle tutto il peso dei soprusi e delle violenze perpetrate contro lei dalla sua famiglia aveva abbassato gli occhi, la Carla cominciando a parlare aveva detto:

«Ho incontrato tua madre e tua sorella...»

«La Piera?» aveva detto subito tra sé mentre gli occhi involontariamente s'eran alzati sbarrandosi sulla Carla.

«Perché mi guardi così? Credevo che lo sapessi.»

Sì, lo sapeva, ma non tutto; non il particolare della sorella. Da quel momento il dubbio, da cui più volte era stato sfiorato, che dietro il padre e la madre la vera strega che tesseva il piano dei suoi interessi fosse lei, la Piera, aveva cominciato a prender forza e concretezza: lei che con lui del suo matrimonio chiaramente non aveva mai parlato, lei che se n'era stata sempre in disparte come se la faccenda non la riguardasse e che invece col suo silenzio pesante e pieno di doppi sensi... Doppi sensi? Tutto gli s'era rivelato allora oscenamente subdolo e falso: le rivelazioni della madre, l'indifferenza della sorella, il distacco del futuro cognato; perché era chiaro che a dirigere il contegno della Piera fosse poi lui, il Luigi, quello che avrebbe dovuto permetter loro di cambiar condizione.

Era andata a finire che l'unico a non sembrargli completamente falso era stato il vecchio: lui, con quel suo povero sogno di metter su la fabbrica! Le ranelle, sì, cerchietti e cerchietti d'acciaio che chissà con quale lucente ossessione avevan popolato per anni e anni i suoi sogni! Prima per averne fatte a centinaia di migliaia come dipendente; poi, apparsa all'orizzonte la speranza del matrimonio di sua figlia con l'Oliva, per poterne far lui con macchine sue, in un capannone che per malmesso che fosse sarebbe stato pur sempre suo, di lui e della sua famiglia!

Povero vecchio rimbecillito dalla satanica virtù della moglie e della figlia, dov'è più adesso la tua pazienza? («Bisogna saper aspettare, Vincenzo, bisogna saper aspettare», gli aveva detto prima che il suo matrimonio con la Carla fosse andato in fumo per sempre a causa di quella scenata.) Dove son più tutti i tuoi vergognosi cedimenti? (non aveva mai avuto dubbi e men che meno li aveva adesso che lui per primo avesse sentito la vergogna di quello che moglie, figlia e genero l'avevan indotto a fare). Dove tutte le tue speranze di salire e salire nelle condizioni economiche e raggiunger finalmente, se non la ricchezza, la tranquillità e l'indipendenza?

Lo guardava star lì, nel suo letto, immobile come un pupazzo, senza più senso e senza più peso, vestito dello stesso abito nero che s'era fatto per il matrimonio della Piera, la testa fasciata da un fazzoletto perché a quelli che venivan a vederlo la bocca non si mostrasse aperta come se invece che quella d'un santo avesse fatto la morte d'un dannato, le mani intrecciate, tra dita e dita la corona del rosario e sul petto il crocifisso.

«Devon vedere e devon saper tutti che il mio Sandro se ne sta già là, in paradiso...» come aveva detto la madre.

S'era appena alzata da una sedia dov'era stata tutto il tempo in cui, senza lagrime e senza cedimenti, aveva recitato a voce alta l'ennesimo rosario:

«Non sai più pregare nemmeno per tuo padre...» gli aveva detto, quando lui a un certo punto di quel rosario era entrato nella stanza e lei s'era voltata verso la porta.

Era rimasto nel vano dell'anta che tra cucina e stanza stava quasi sempre chiusa: un senso di pietà insieme che di fastidio era salito nel suo cuore e nella sua coscienza: come ogni volta da che il vecchio era spirato e lui s'era affacciato nella stanza, dove il corpo stava esposto alla curiosità dei parenti e dei vicini, aveva sperato che il tempo necessario per arrivar ai funerali passasse il più in fretta possibile; subito; «via, mettetelo nella cassa, portatelo al cimitero»; «prima», intendeva aggiungere a se stesso, «prima che la beffa di questa povera vita si mostri ancor più palesemente nella sua sfacciata verità».

Benché non riuscisse a capirlo era quella l'ultima dimostrazione d'affetto che poteva tributar al padre; perché il resto era odio, odio e basta che lo legava a lui; anche se ormai aveva compreso come non valesse la pena d'aver più nessun sentimento per nessuno. Tanto che ne avrebbe cavato? Neppur il piacere dell'offesa e della maledizione, che avrebbe potuto ancor ricevere dalla madre e dalla sorella pel solo fatto che erano in vita.

«Per te tuo padre è finito qui. Sono queste, lo so, le teorie che t'insegnano i tuoi compagni. E invece sbagli, perché tuo padre ti seguirà come un'ombra anche da qui in avanti e non ti lascerà mai in pace», aveva aggiunto la vecchia. «E allora, abbassa la testa e inginocchiati davanti a lui che t'ha messo al mondo e t'ha insegnato come si fa a vivere, inginocchiati e prega!»

Cosa rispondere? Niente: il silenzio che in casa aveva quasi sempre tenuto dalla sera lontana in cui aveva dovuto romper ogni rapporto con la Carla, gli si rivelava anche adesso la sola arma a disposizione per salvar la sua vita. Ma che vita sarebbe più stata, se l'unico della sua famiglia che pur tra debolezze e cedimenti aveva saputo prestargli un po' di comprensione se n'era andato per sempre? Che avrebbe fatto lì, in casa, con davanti sempre e solo quella santa in forma d'arpia che era sua madre? E che cosa nella fabbrica, se la morte del vecchio aveva dato al cognato tutti i poteri e tutti i diritti, anche quelli di mancargli di rispetto e di trattarlo come uno schiavo?

«Se tu fossi stato un uomo, un vero uomo», si disse a quel punto con quel poco di forza che ancora gli restava, «non avresti ridotto tuo figlio ad aver pietà di te. Invece eccomi qui; e tutto quello che sento è che facciano in fretta: in fretta a spegner le candele, in fretta a chiuderti nella cassa, in fretta a gettar via i fiori, un fretta ad aprir le finestre; che se ne vada quest'odore e che entri un po' d'aria! Perché la più gran fesseria», si disse mentre i passi di qualche estraneo risuonavan nella cucina, «l'hai fatta a metter al mondo uno ch'è più debole e più vigliacco di te.»

In quel momento con un cigolio la porta accennò ad aprirsi. Il Vincenzo ebbe appena il tempo d'uscir dal vano e portarsi contro la finestra che, dicendo:

«Prego, s'accomodino», la madre fece entrar nella stanza gli Oliva: suocero, suocera, cognato e cognata della sorella.

III

Il cedimento più grave e la più grave vigliaccheria l'aveva compiuta quando terminato il colloquio con la Carla era tornato in casa e aveva trovato la madre intenta a cucire, di lato al tavolo. Infatti dalla cucina era passato nella stanza senza dir niente e far quindi un qualunque accenno al particolare della sorella.

Ma aveva taciuto per debolezza o perché le parole della fidanzata mettendogli davanti l'insopportabilità della situazione che si sarebbe creata qualora avessero deciso di sposarsi, l'avevan gettato nello sconforto come in un mare in cui stava per affogare? Arrivate le cose a quel punto a che sarebbe servita una ribellione? E come distrugger poi l'immagine d'uomo senz'ossa che aveva fatto dinanzi alla Carla e che la Carla senza cattiveria, ma anche senza mezzi termini quella stessa sera gli aveva rinfacciato?

«A parte il fatto che dopo quello che m'han detto oggi tua madre e tua sorella, io non potrei non dico avvicinarle, ma neppur vederle, che me ne faccio d'uno come te che non ha nessuna volontà e che è sempre in balìa di quello che decidon gli altri? Che fiducia può darmi un marito che da fidanzato non ha saputo difendermi dalla cattiveria e dalla malignità dei suoi? Rimandare, rimandare...» aveva aggiunto. «Ma perché? Io so che tra me e loro, tu di bene ne vuoi molto più a me; ma so anche che se dovessi scegliere tra quello che ti vorrebbero far fare loro e quello che vorrei farti fare io, saresti costretto e per sempre a sceg(lier loro. Che tu fossi debole l'avevo capito da tempo, ma avevo sperato che l'avvicinarsi del matrimonio t'avrebbe reso autoritario, deciso e indipendente come dev'essere un uomo. Invece eccoti qui...»

Aveva ascoltato la condanna uscir dalle labbra della fidanzata senza dir niente; di tanto in tanto era stato preso dal bisogno di ribellarsi, inveir contro lei, gridarle cosa mai poteva presumere di capire di quello che lui era e di quello che era la vita nella sua famiglia; ma la verità e il tono di progressivo distacco con cui la Carla parlava l'avevan fermato.

«Del resto è meglio esserci accorti adesso; adesso tutto

può esser sistemato; domani sarebbe stato tardi per me e per te. Se poi lasciarmi ti procura dolore, sai anche tu chi devi ringraziare. Fin quando sono stata con te io ho fatto il mio dovere; ma non potevo certo cambiar idee per far piacere a tua madre o a tua sorella. Ognuno ha le sue, perfino quelle di noi due son diverse; eppure con un po' di pazienza si sarebbe riusciti ad andar d'accordo lo stesso. Ma loro, loro lo sai bene anche tu, Vincenzo, chi sono!»

Praticamente il colloquio era finito su quelle parole: dopo l'umiliazione inflittagli qualche ora prima dalla madre, ecco quella della fidanzata. Tuttavia se n'era stato lì fermo, gli occhi fissi sulla strada, le mani nelle tasche, la punta della scarpa che muoveva qua e là il velo di terra più superficiale.

«Vincenzo, è tardi. Devo rientrare. Salutiamoci senza rabbia, sarà meglio per tutti e due»; la Carla gli s'era avvicinata e gli aveva rivolto quelle parole con una voce commossa ma chiara.

Lui aveva esitato un momento, poi alzando la testa e sfiorando la ragazza appena con uno sguardo aveva detto:

«Allora è finita?»

«Vincenzo, lo sai; la cosa cui tengo di più è la mia dignità. Ora quello ch'è successo oggi», s'era interrotta, poi aveva aggiunto: «Ma ormai è inutile. T'ho già detto tutto. Ciao, Vincenzo e buona fortuna.»

La sua scarpa aveva continuato a muover con agitazione sempre maggiore il velo di terra, come se soltanto in quel gesto potesse trovar la forza necessaria a non scendere ancor più in basso sulla china della vergogna e delle umiliazioni. Quindi senza rialzar la testa aveva mormorato una specie di saluto.

In silenzio la Carla s'era voltata e in silenzio piano piano se n'era andata. Così coi passi della fidanzata che egli aveva osato guardar solo quando s'era tanto allontanata da essersi persa nel buio, s'eran spente anche le ultime speranze di romper la sorda prigione cui la famiglia l'aveva destinato.

Niente. Una maledizione sarebbe stata troppo; ma almeno un accenno, almeno dirle: «ho visto la Carla e ho saputo; ho saputo tutto: non c'eri solo tu oggi sulla strada, c'era anche lei, la Piera»; almeno quello...

Ma arrivato a quel punto cosa sarebbe servito? Non era meglio starsene lì nell'ombra e spiare come un fantoccio il modo in cui le due donne, aiutate dall'incosciente complicità del padre, avrebbero portato avanti il loro piano?

Il matrimonio con l'Oliva: tutto quello che c'è da spendere spendiamo; tanto se ne escon dieci ne entran cento; l'appartamento di tre locali trovato da loro e naturalmente di fianco a dove stava sorgendo la baracca dell'officina. Circa la quale aveva poi dovuto mettere all'attivo della sua carriera un altro cedimento. Ma al punto in cui si trovava doveva forse fargli orrore approfittare?

Eh, no! In schiavitù m'avete ridotto? E allora che da quella salti fuori non dico molto, ma un interesse, sia pur un interesse esclusivamente pratico! Del resto nella vita cosa c'è di vero, se non quello?

Perché, a furia di vedersi distruggere anche gli ultimi barlumi di speranza che nei riguardi della vita gli eran restati, era bastato che di lì a qualche mese una sera, mentre se ne stavan a tavola, sua madre con l'aria d'esibire un'altra prova dell'esattezza delle sue accuse gli comunicasse che la Carla s'era fidanzata e a metà aprile si sarebbe sposata, per perder anche quell'ultima fiducia.

«Guarda un po'», aveva commentato la vecchia, «se valeva la pena di perder l'anima dietro una simile sgualdrina!»

«Anche la Carla come tutte?» aveva pensato lui cercando di vincer la gelosia con un moto d'ironica accidia. «Perso me ne ha trovato subito un altro e da lui si farà far tutto, né più, né meno di come se lo faceva far da me: gli stessi gesti, le stesse parole, gli stessi baci...»

Ma anche quei pensieri s'eran ritorti subito contro di lui, tanto da indurlo a irridere amaramente tutti i pianti cui in quei mesi s'era lasciato andare nel segreto della sua stanza.

«Che pena, Vincenzo! Perché oltre a esser stato scemo nel lasciarti metter sotto i piedi da tutti, sei stato scemo a consumarci sopra anche delle lacrime! E sopra a chi? A una donna! Una che ha già trovato chi ti sostituirà per tutta la vita!»

Piano piano, nei mesi successivi, la fabbrica aveva cominciato a funzionare: oltre il cognato, il quale più che lavorare dirigeva, vi prestavan servizio il padre, lui, un fratello del cognato e due apprendisti. La retribuzione era stata subito buona, non aveva potuto negarselo, più alta cioè di quanto non sarebbe stata altrove. Ma aldilà di quello non era mai riuscito a sapere quale fosse veramente la parte che lui aveva nel capitale della ditta: un capitale piccolo ma che per loro aveva rappresentato tutto quanto possedevano e cioè oltre ai risparmi, ciò che avevan preso dalla vendita dei due appezzamenti di terreno che la madre aveva ereditato dalle parti di Olgiate.

Le poche volte in cui facendo forza s'era deciso a chiedergliene ragione, il padre gli aveva risposto con le stesse, monotone parole:

«Non preoccuparti. So io come stanno le cose. A difender i tuoi interessi ci ho pensato e bene.»

Ora qual era questa difesa? E quali questi interessi?

Che difendersi dall'egemonia degli Oliva più che necessario fosse indispensabile l'aveva subito compreso; e non solo per quanto riguardava la loro forza economica che non si poteva discutere, ma per quanto riguardava la loro forza lavorativa che invece doveva esser discussa, perché quanto a piegar la schiena i due Oliva eran meno di niente. Nel far i suoi piani, il padre aveva almeno calcolato che la seconda forza non avrebbe avuto nessun peso di fronte al prepotere della prima e che dunque un giorno o l'altro ne sarebbe stata schiacciata?

«Forse», s'era detto le infinite volte nelle quali s'era proposto le difficoltà della situazione in cui già si trovava e ancor più si sarebbe trovato una volta che a fronteggiar il cognato fosse rimasto solo, «forse avrà basato i suoi calcoli sulla sorella...» Ma che affidamento poteva dargli una che tirava tutto dalla sua parte e che pur nel silenzio era stata l'aizzatrice più rabbiosa della madre nel distrugger la sua felicità e il suo avvenire? Perché nella loro casa il sangue contava per cementar gli interessi o per esacerbarli? Ed eran segni d'affetto i rari abbracci che s'eran scambiati o oscuri complotti in cui dalla mano che fingeva di stringere poteva scattar il coltello che uccide? Anche se questi abbracci avvenivano nel nome della carità e nel nome di dio. Perché se veramente per i suoi quei nomi avessero significato qualcosa oltre il paravento che mascherava colpe sordide e sordidi interessi, mai e poi mai li avrebbero ridotti a quei fantocci che eran diventati: ombre, nient'altro che ombre.

Ma nemmeno sul punto della fabbrica il destino l'aveva favorito: anzi era stato lì che l'aveva colpito nel modo più duro e proprio nel bisogno che di giorno in giorno gli s'era fatto disperante, di saper cioè cosa lui, Riboldi Vincenzo, nella fabbrica fosse e rappresentasse: un operaio che faceva ranelle dalla mattina alla sera anche se con una paga migliore degli altri? O se no, chi? E che cosa?

Infatti il padre, l'unico depositario delle convenzioni stipulate tra Riboldi e Oliva cui avrebbe potuto credere, se n'era andato di colpo; non una malattia durante la quale prima o poi sarebbe riuscito a convincerlo a parlare e a tirar fuori, se realmente c'erano, carte, firme e contratti, ma un infarto: era stramazzato come una bestia da soma sul posto di lavoro; il tempo di sollevarlo, scuoterlo, chiedergli qualcosa; non aveva potuto dir niente: neanche un'a: un rantolo e basta.

Oh sì, era inutile, ridicolmente inutile che la sua coscienza cercasse di creargli dei rimorsi sulle considerazioni che stava traendo dal cadavere del padre! Perché adesso potesse pensare ad un affetto troncato, sarebbe stato necessario che lui prima si fosse meritato dal figlio non la pietà e la pena, ma il rispetto e la stima. Ma con quello che in vita aveva fatto e col modo in cui l'aveva ridotto, che poteva pretendere di diverso?

Ormai nelle lunghe ore d'esposizione s'era così ridotto da non desiderar altro che venissero, lo mettessero nella cassa e via, via per sempre dalla vista e dalla memoria.

«M'hai rovinato per l'interesse e che altro vuoi che pensi davanti a te se non all'interesse?»

IV

Le ultime ore di permanenza del padre in quella che era stata la sua casa passarono per lui con una lentezza esasperante. Finalmente venne il momento dell'addio definitivo, della fiamma ossidrica che salda lo zinco del coperchio a quello della bara, dei parenti, dei preti e dei chierichetti fermi sulla porta.

Per più di due ore intorno a sé il Vincenzo non sentì che mormorar preghiere e commenti; e questo lo rese ancor più smarrito davanti al vuoto che s'allargava da ogni parte a misura che il corpo del padre, passando dalla cassa sul carro, dal carro sul catafalco e dal catafalco un'altra volta sul carro, s'avvicinava ai grandi muri e ai grandi cancelli di Musocco, come se il non averlo più davanti nella sua meschina debolezza d'uomo gli concedesse di pensarlo con minor odio, se non con più carità.

Pallido e senza mai dir niente seguì il feretro fino all'ultimo e in ogni passo fu accompagnato dalla compunzione mesta, ma sicura di chi crede che la vita in comune un giorno continuerà in un altro regno, della madre, della sorella e del cognato.

Quando infine la cerimonia e il seppellimento furon terminati ed ebbe salutato come di dovere i parenti, il Vincenzo si fermò a conversare senza nessuna particolare volontà con alcuni cugini; certo la conversazione non avrebbe avuto per lui nessun interesse se a un certo punto uno d'essi, evidentemente all'oscuro di notizie da mesi e mesi, non avesse chiesto come mai non si fosse vista lì, ai funerali, la Carla.

«Ma non la sposi più?» fu la seconda domanda che il cugino gli pose.

«Non sposo né lei, né nessuna», rispose il Vincenzo con quel po' di rabbia che gli era restata in corpo e col bisogno di tagliar corto.

«Si dice sempre così ma poi, dài e dài, si finisce col cader tutti nella rete. Del resto capisco», fece il cugino senza nessun'ombra di malignità, «tua madre sarà stata contraria. Con la passione che da giovane aveva avuto per lui...»

«Lui, chi?» fece di scatto il Vincenzo.

«Come, chi? Il papà della Carla...» rispose l'altro. «Non lo sapevi?»

La domanda cadde nel silenzio. In questo modo gli altri cugini, che avevan afferrato la scabrosità della situazione, ebbero la possibilità di cambiar agevolmente discorso: discorso che del resto fu breve, poiché subito dopo i parenti si salutarono e ognuno o col tram o a piedi si diresse alla propria abitazione.

Quando poco dopo rientrò in casa, la vecchia aveva già spalancato le finestre e dato aria alle stanze: e quella gran luce che d'improvviso aveva ridato una vita potente e sfacciata alla sua casa, proprio mentre i paramenti di velluto nero finivan di scendere dalle mani della sorella per ammucchiarsi inerti ai suoi piedi, sembrò al Vincenzo l'ultimo insulto e l'ultima offesa che chi restava faceva a chi era andato: un insulto e un'offesa cui gli pareva che madre, sorella e cognato prendessero parte con una sorta di gioiosa liberazione.

«Guarda che stasera a dormire la mamma vien da noi» disse a un certo punto la sorella rivolgendosi a lui. «Non sembra meglio anche a te? Lasciarla qui dopo due notti di veglia…»

«Se va bene per lei…» rispose il Vincenzo. «Quand'ho pronto da mangiare al resto m'arrangio io.»

«Potresti venir anche tu dal Luigi», intervenne la madre mentre china su un secchio sceglieva dai mazzi di fiori quelli da gettar via e quelli da portar in chiesa, come lei stessa poco dopo avrebbe spiegato.

«Preferisco star qui.»

«Fa' come vuoi. Tanto cambiar idea a te non riuscirà mai nessuno.»

Così se ne restò lì in un angolo in attesa che le donne finissero di metter ordine. Quando poi esse se ne furono andate e fu l'ora, in silenzio si sedette al tavolo e in silenzio cominciò a mangiare quello che con la solita cura la madre, in questo irreprensibile, gli aveva preparato.

I pensieri di quella sua cena solitaria? Che pensieri! Non ne sapeva aver più che avessero un minimo di forza. La notizia di poco prima l'aveva definitivamente distrutto. Rinfocolar l'odio contro la madre, ora che aveva saputo tutto ciò che era dietro a quel suo odio e a quella sua ira? Perché dovevan saperlo tutti e tre quello che lui aveva saputo soltanto un momento prima; perché forse proprio con quella notizia la sorella aveva spiegato al marito l'opposizione della madre a che lui si sposasse con la Carla! Perché suo marito lei, sua madre, l'aveva sposato per ripiego, per ripiego e basta. E di bene non gliene aveva mai voluto; e forse tutte e due eran contenti che se ne fosse andato: lei perché in fondo le era stato sempre come un estraneo; gli altri due perché finalmente restavan gli arbitri della situazione. E ammesso di provarsi a rinfocolarlo, quell'odio, come sarebbe riuscito se non poteva sfuggire a paragonar la situazione in cui sua madre da giovane s'era trovata non potendo sposar chi amava, con quella in cui s'era trovato lui stesso?

Forse anche per lei la proibizione era venuta dai suoi e anche per lei la scusa era stata che «è un anticristo». Del resto per esser crudeli ma chiari fin in fondo, come avrebbe trattato lui sua moglie se un giorno stanco di star solo si fosse deciso a sposarsi, dal momento che non sarebbe mai stata quella che lui aveva scelto e voluto?

Non aveva niente da rimproverare agli altri che non dovesse rimproverar prima a se stesso. E allora era meglio star lì ed esser fino in fondo quello che era: un ignavo.

Quand'ebbe finito di mangiare l'ultimo pezzo di mela, aprì la radio; sentì alcune notizie pubblicitarie alternarsi ai motivi d'alcune canzoni; infastidito ma senza rabbia rigirò la manopola dell'apparecchio; andò alla finestra; la socchiuse; si rimise addosso la giacca, aprì la porta e se ne uscì.

Sedendosi al bar non poté certo supporre come fra le persone che di lì a poco gli sarebbero passate davanti avrebbe potuto esserci la Carla. Invece quando il discorso coi suoi compagni si fu avviato senza nessun interesse, almeno per lui, ma così tanto per tirar l'ora di tornarsene a casa a dormire, sulla campagna acquisti delle squadre e sull'ultimo trionfo del Pessina, se la vide venir incontro.

Non la vedeva da più d'un mese e, benché indirettamente ne avesse già avuto notizia, solo nel momento in cui, a braccetto del marito, gli passò davanti ebbe la certezza della sua maternità. Allora il ventre già gonfio e il passo molle e strascicato gli diedero una sensazione di fastidio.

«Gelosia?» si disse. «Macché!» rispose con una decisione che non si conosceva da tempo. «È solo schifo: schifo per tutte queste povere dannate che non son capaci di far altro che metter al mondo altri dannati e altre dannate come loro.»

«Forse è incinta!» esclamò ridendo uno della compagnia appena la Carla si fu allontanata, con l'evidente scopo di schernir la donna e far così un piacere indiretto all'amico.

«Voi non ci crederete, ma ho fatto fatica a riconoscerla. Come ho potuto innamorarmi d'una cosa così, lo sa solo dio!» ribatté il Vincenzo. E in quel momento mentre un sorriso amaro gli attraversava le labbra s'illuse che dal fondo, cui era arrivato, potesse ancor risalire: simile nel carattere al padre e nelle disavventure alla madre stava forse a lui decidere se risolversi al destino dell'uno o a quello dell'altra.

Nel pensiero optò subito per il secondo: «anche a costo di diventar un tiranno», si disse, «com'è diventata lei».

Ma bastò che quella reazione, improvvisa e immediata, si spegnesse perché il gran vuoto che era ormai diventata la sua vita lo circondasse tutto e l'attirasse piano piano verso quello che ormai sapeva troppo bene sarebbe stato il suo vero destino: operaio che fa ranelle dalla mattina alla sera nell'officina del cognato.

«E la sua parte? E il suo capitale?» si disse. «E le carte? E i contratti? Cos'aveva lasciato suo padre?» Niente di niente. Tutto era stato speso nella fabbrica. «Chi muore giace e chi vive», fece allora a se stesso, «si dà pace.» O va in niente, come stava andando lui. Perché a guardar bene anche quello era un modo di darsi pace. «Dopotutto la questione», fece per concludere, «si riduce a quello che uno può o non può fare: a quello e basta.»

Gli innamorati della Brasca[*]

di Camilla Cederna

Ormai si può dire che stiamo assistendo alla rivalutazione di Milano e della Lombardia come fonte d'ispirazione artistica e letteraria. Scrittori, commediografi e registi rileggono Carlo Porta, esplorano Lambrate, oppure, senz'allontanarsi troppo dal centro, entrano in qualche portone di via della Moscova o di via dell'Orso e scoprono, meravigliandosi, cortili che farebbero bene da sfondo ad un racconto, ad una commedia, ad un film. I milanesi non si vergognano più della loro realtà (per esempio la nebbia) e sanno che la realtà milanese non è esaurita dalla Scala, da via Montenapoleone e dalla Galleria. Cercano una Milano più schietta, e senza compiacersi del pittoresco, danno rilievo a quanto c'è di lombardo in una frase colta sulla bocca d'un abitante della periferia o in un vecchio e malridotto edificio della Bovisa.

Da qualche anno, e cioè dopo almeno mezzo secolo di silenzio, ci sono scrittori, autori di commedie e di film, che si sentono attratti da tutto quello che è milanese. Oggi però ciò che incanta di più è la periferia, che ormai non appartiene solo ai milanesi, ma che è cresciuta smisuratamente ai margini della città con l'apporto dell'immigrazione. Ecco i grandi quartieri popolari eccentrici e grigi, ecco quel paesaggio così squallido da essere quasi solenne, composto da prati ispidi e smozzicati, e tutt'intorno le alte e cieche facciate di

[*] Articolo apparso su «L'Espresso», il 27 maggio 1960.

cemento, le assurde sagome delle fabbriche e gli esili pioppi, i gobbi ponti della ferrovia, le distese dei terreni vaghi, degli orti miracolosamente verdeblu, delle casette per cani col tetto di lamiera che sono baracche per abitazioni, qua una roggia, là un deposito d'immondizie, e quasi dappertutto nell'aria la crudele puzza delle raffinerie.

I personaggi che oggi ispirano la letteratura, il cinema e la musica sono i piccoli eroi della periferia, che vivono ai confini della città e quasi ignorano il centro, i corridori ciclisti, i pugili o i campioni di «moto-cross» delle società sportive rionali, gli operai delle fabbriche, i teppisti frequentatori delle sale da ballo e dei bar coi bigliardini, e le ragazze che naturalmente non possiedono più il formidabile candore di Lucia Mondella, ma hanno invece in comune le doti positive, di tenerezza, generosità e abbandono, d'una celebre spudorata milanese, la Ninetta del Verzee.

Una di queste milanesi che si chiama almeno come venti altre sue concittadine, di professione sartine o bustaie, e che è un ragazza sensuale e materna insieme, tenera e urlona, nient'affatto «piaga», ma maledettamente possessiva, testarda e fanatica nel difendere e nel voler conservare un uomo che non vale quanto lei, è l'operaia Maria Brasca, di ventisette anni. Da una settimana i milanesi l'applaudono sul palcoscenico del Piccolo Teatro, mentre amoreggia sui prati, mentre per amore, per dispetto e gelosia litiga col suo Romeo, con sua sorella e suo cognato, guardando da lontano il «Fabbricone», dove abita la sua rivale, una gran casa popolare del '24 tutta a ringhiere.

L'autore della commedia in quattro atti *Maria Brasca* è Giovanni Testori, abitante a Novate Milanese, vicino alla Bovisa. Figlio di madre di Lasnigo e di padre di Sormano (sopra Erba), Testori è un giovanotto dagli occhi blu che, oltre ad essere romanziere e commediografo, è anche critico d'arte e scopritore di quadri e affreschi di pittori lombardi.

La parte di Maria Brasca la fa Franca Valeri che s'è splendidamente trasposta in quest'appassionata operaia di Niguarda, e di continuo s'impenna tirando fuori fonde voci di gola, gridi disperati e ansiosi sussurri. La Valeri ha fatto le elementari in via Spiga e il liceo al Parini, il che equivale a una tessera di milanese di primo grado. L'Angelo Scotti, che nella commedia è suo cognato (meccanico presso la UROM), è un altro milanese, Mario Feliciani. Chi ha fatto le musiche di scena è Fiorenzo Carpi, milanese purosangue anche lui, anche lui ex scolaro di via Spiga, e la cui madre appartiene ad una famiglia che era milanese prima delle Cinque Giornate. Quanto al regista, Mario Missiroli, è sempre lombardo anche lui, perché di Bergamo.

«Ci si slarga il cuore», dicono i veri milanesi negli intervalli della commedia, e gli si slarga il cuore perché in scena ogni tanto sentono parlare come piace a loro, «linosare» per stare ozioso, «faccende del lèlla» per cose di poco conto, «magone» per malinconia, «morosata» per amoreggiamento, «terronia» per dire meridione, «romper le glorie» per seccare, e «sgammellare» per far fatica. Riconoscono quindi con soddisfazione un tipo di donna che esiste nella realtà, un po' per il carattere e un po' per come s'esprime quando parla in italiano, emettendo spessissimo come fanno le milanesi, proverbi e frasi fatte. «Tanto, finché c'è vita c'è speranza»; «Già che ha fatto trenta faccia trentuno»; «adesso come adesso», e «Perché, si sa, l'occhio vuole la sua parte».

La Maria Brasca è il primo personaggio di Testori che sale sul palcoscenico, ma molte altre sue creature nate a Milano e negli immediati dintorni, da un anno sono venute ad affollare la letteratura contemporanea: quella prostituta dal cuore tenero che è la Gilda del Mac Mahon, il nero Carisna, lo straziante Renzo detto Ciulanda, i «patiti» della Osiris, l'innamorato della Masiero, il Ballabio, il bell'Ivo, la Wanda, povera «battona» (passeggiatrice) innamorata, tutti gli abitanti di Roserio e Vialba, del quartiere che si stende tra il fondo di via Mac Mahon e la Bovisa, e di quei quartieri di periferia che più piacciono a Testori, cioè Sesto, viale Monza, viale Zara, il Giambellino e la Baia del Re, dove poco per volta l'asfalto divora i prati e dove appunto per questo uno dei problemi più difficili da risolvere consiste nella difficoltà di trovare un angolino tranquillo per far l'amore senz'essere disturbati dai ragazzacci e dai ladri di coppie.

Una delle più patetiche scene d'amore periferico e domenicale, prima di Testori ce l'aveva data tre anni fa Ottiero Ottieri, il giovane scrittore toscano d'educazione romana, trasferitosi a Milano per ragioni di lavoro e presto convertito a Milano e alla sua difficile poesia. In un capitolo di *Tempi stretti*, il primo romanzo italiano che ha messo a contatto i lettori con l'ambiente operaio e certe grandi industrie milanesi, il lettore segue Giovanni ed Emma che in una fredda sera d'inverno escono dal cinema, e tra le siepi, i viottoli, le stradette di terra e i magri cespi bruciacchiati dell'Ortica cercano qualche metro libero. E mentre sono lì che si credono soli sotto un cielo decorato di lontanissime stelle sbiadite (dimenticando per pochi attimi il gelo dell'aria e quello scomodissimo letto), nel buio a lei rubano la borsetta nuova, lunga, stretta e rossa, con dentro le sue uniche cinquemila lire.

Sempre quest'argomento dell'amore difficile ha tentato un altro letterato, Franco Fortini. Ne ha fatto il testo per una canzonetta, *Quella cosa in Lombardia*, che tra le parole e la musica di Carpi, è certo una delle più belle e poetiche dell'attuale programma di Laura Betti. «Cara, dove si andrà / diciamo così / a fare all'amore... / Vedi, è amore anche la fretta, / tutta fibbie, lacci e brividi, / nella nebbia gelata e sull'erbetta, / un occhio alla lambretta, / un orecchio ai rintocchi / che suonano da un borgo la novena / e a una radio lontana / che alle nostre due vite / dà i risultati dell'ultime partite...»

A questo punto bisogna notare che la canzonetta d'ambiente milanese, spesso ancora in dialetto, ma sempre di livello e mai falsa come la vecchia *O mia bella Madonina*, è un genere che oggi sta decisamente riprendendo, specialmente ad opera di Dario Fo che ne scrive i testi e di Fiorenzo Carpi che le mette in musica. *Hanno ammazzato il Mario in bicicletta* è la storia d'una vendetta fra teppisti. *Senti come la vosa la sirènna* è lo straziante lamento d'una ragazza che trova il suo «Barbisa» assassinato su un marciapiedi «di via Cassio primo ventitré», tutt'intorno c'è la polizia che lo piantona, ed è lei che singhiozzando gli chiude gli occhi e gli mette «in crôs i brasc». *Ma mì* è la storia d'uno sbandato che è stato a San Vittore, ma nonostante le botte non ha fatto un nome, e *Quand seri giùina* è una bella canzone inserita in uno spettacolo di Fo. «Quand seri giùina e stavi in Lodovica – fòò minga per vantàmm, seri on belée.»

Già l'anno scorso nella rivista di Einaudi «Menabò Uno» Lucio Mastronardi aveva scritto un romanzo in dialetto milanese dal titolo *Il calzolaio di Vigevano*, protagonista un operaio che a furia di lavoro mette su una fabbrica di scarpe, mentre ora su «Menabò Due» il poeta Elio Pagliarani, un romagnolo che si trova a Milano come «un emigrato in miniera», ci dà *La ragazza Carla*, che è un racconto in versi dedicato a «Carla Dondi fu Ambrogio di anni / diciassette primo impiego stenodattilo / all'ombra del Duomo».

Carla è un'altra milanese periferica che abita «di là del ponte della ferrovia / una traversa di via Ripamonti». Ma il suo ufficio è nel cuore della città. «All'ombra del Duomo, di un fianco del Duomo / i segni colorati dei semafori le polveri idriz elettriche / mobili sulle facciate del vecchio casermone d'angolo / fra l'infelice Corso Vittorio Emanuele e Camposanto, / Santa Radegonda, Odeon bar cinema e teatro / un casermone sinistrato e cadente che sarà la Rinascente / cento targhe d'ottone come quella / TRANSOCEAN LIMITED IMPORT EXPORT COMPANY / le nove di mattina al 3 febbraio.»

Il principale che le fa orrore la insidia, un timido compagno di lavoro le si affianca per la strada e intanto sopraggiunge la primavera «e quest'interno rigoglio come viene / tradotto sopra i volti? Ma dietro i vetri / che cosa bolle alla Montecatini / dov'è la primavera della Banca Commerciale?». Anche qui è molto importante la passeggiata della domenica: «... via Brembo è una fetta di campagna, peggio / una campagna offesa da detriti, lavori a mezzo, non più verde e non ancora / piattaforma cittadina; meglio il fumo sul ponte che scompare / col merci, via Toscana, piazzale Lodi con un poco / d'alberi e grandi chioschi di benzina, dove fischia un garzone bela tusa / e un altro stona ha fatto più battaglie la mia sottana / uno stornello di Porta Romana».

Ma la galleria dei nuovi tipi e dei paesaggi lombardi è destinata ad arricchirsi sempre di più. Prima della fine dell'anno infatti Giovanni Testori ci farà conoscere la Redenta, una zitella isterica che ha avuto il fidanzato morto in Albania e protestando contro tutti vive e si agita nel «Fabbricone»; Rina Oliva, la sua coinquilina, appartenente all'Azione cattolica che s'innamora di un giovane comunista e finirà a sposarlo attraverso memorabili intrighi; e anche Vittoria Maspes, o *La cavalla da corsa*, futura protagonista del settimo libro di Testori («Telalà la cavalla da corsa» diranno additandola quando esce dal Duomo di Como, dopo la messa di mezzogiorno), ed è la ragazza abile e intelligente che da impiegata in un setificio, fa carriera senza mai sbagliare un colpo, diventando la proprietaria d'un piccolo stabilimento di foulards e cravatte a Lomazzo.

In una trilogia teatrale invece campeggerà una terrona, che vive a Milano da anni, e precisamente alla Baia del Re. In un altro romanzo ancora la protagonista è «la strada di Besnate», che corre lungo le colline di Somma Lombardo ed è stata fatta da un industriale ai tempi del fascismo. *La strada di Besnate* è la storia dei rapporti tra questa famiglia di ricchi e gli operai del posto, e dell'incontro rovinoso che proprio su questa strada avviene tra il giovane ras industriale e un'operaia. O un operaio? si chiede Testori. Forse questa seconda ipotesi corrisponde di più a una realtà contemporanea. Anche a Milano e dintorni si moltiplicano i giovani che «si dan via, fanno, forcano (parola milanese per dire "trescano") per arrivare ad avere dei soldi e ricattare, e mi interessano quelli che lo fanno per vivere, non gli esibizionisti buffoni». *Le linee della Nord* infine sarà il titolo d'un altro libro in cui corrono continuamente i treni che da Milano portano in Brianza, sui laghi e nel Varesotto, carichi d'impiegati, impiegate, operai, provinciali annoiate e signori delle ville.

«Non c'è in Europa una regione bella come l'Alta Lombardia» dice Testori «da Novara a Bergamo, da Varese a Laveno» e: «non c'è cosa che mi interessi di più del fatto popolare». Quindi aggiunge: «Non populista, sia ben chiaro, ma popolare. Sono popolari il Porta, il Caravaggio, il Giacomo Ceruti quel pittore bresciano-milanese del Settecento i cui quadri mi nutrono veramente e passo delle ore a guardarli, piuttosto di leggere un libro. Il più grande artista popolare resta però sempre Verdi. Quando nelle scuole insegneranno il Porta insieme a Leopardi, sarà un gran giorno agli effetti della cultura. E ricordatevi che il Parini è più grande del Foscolo. Per quel che riguarda poi il fatto popolare, la Lombardia ne è maestra. Un esempio? Quando Leonardo da Vinci venne a Milano, vi lavorava anche il Foppa. Ebbene, all'influenza di Leonardo il Foppa reagì in modo superbamente popolare, dipingendo alla fine della sua carriera *Lo stendardo di Orzinuovi*, che più che un quadro è una specie di grande e domestico ex voto».

Gli affreschi popolari contemporanei sono forse i film in via di fattura che hanno Milano come sfondo, coi suoi caffè cromati, le sue palestre di boxe, le case degli sfrattati e degli immigrati, i prati di Roserio e Vialba? Vedremo presto *La vita urlata*, la cui sceneggiatura è stata preparata da Pierpaolo Pasolini, e presto Luchino Visconti, in questa sua città natale, finirà di girare *Rocco e i suoi fratelli*, una storia di tipo dostoieschiano, di una famiglia meridionale che faticosamente s'inserisce a Milano, e che narra come un giovane si sacrifichi per i suoi fratelli.

Ma non finisce qui l'attuale epopea di Milano. Proprio contemporaneamente alla *Maria Brasca* si sta recitando con successo un'altra commedia che porta di nuovo Milano alla ribalta: è però un altro ambiente nuovissimo per le scene, e non meno interessante del mondo della periferia. È il mondo dei commerci, dei rapporti e del gergo degli infiniti uffici in un paesaggio irto di scrivanie, di macchine calcolatrici e schedari metallici. È *I venditori di Milano*, di Ottiero Ottieri, che si dà al Gerolamo, regia di Virginio Puecher.

Indice

«Il ponte della Ghisolfa»
di Giovanni Testori
Oscar classici moderni
Arnoldo Mondadori Editore

Questo volume è stato stampato
presso Mondadori Printing S.p.A.
Stabilimento NSM – Cles (TN)
Stampato in Italia – Printed in Italy